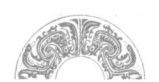

战国风云三十年 Ⅲ

鬼计狼谋

许葆云 著

国际文化出版公司
·北京·

图书在版编目（CIP）数据

战国风云三十年. 3 ／ 许葆云著. —北京：国际文化出版公司，2015.5（2023.1 重印）
　　ISBN 978-7-5125-0773-9

I. ①战… II. ①许… III. ①长篇历史小说—中国—当代 IV. ① I247.5

中国版本图书馆 CIP 数据核字（2015）第 099086 号

战国风云三十年Ⅲ

作　　者	许葆云
责任编辑	潘建农
统筹监制	葛宏峰　兰　青
策划编辑	耿媛媛　王　维
特约策划	好读文化
美术编辑	秦　宇
出版发行	国际文化出版公司
经　　销	国文润华文化传媒（北京）有限责任公司
印　　刷	天津画中画印刷有限公司
开　　本	710 毫米 ×1000 毫米　　16 开 22.25 印张　　　　　　273 千字
版　　次	2015 年 7 月第 1 版 2023 年 1 月第 2 次印刷
书　　号	ISBN 978-7-5125-0773-9
定　　价	38.00 元

国际文化出版公司
北京朝阳区东土城路乙 9 号　　邮编：100013
总编室：（010）64271551　　传真：（010）64271578
销售热线：（010）64271187
传真：（010）64271187-800
E-mail：icpc@95777.sina.net

第三部 鬼计狼谋

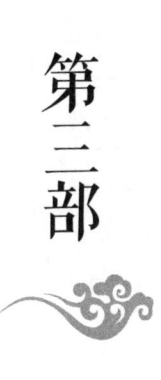

目录 Contents

一 穷国霸道

003 苏代钻进魏国

012 小人比而不周

021 赵国拒绝改革

035 廉颇攻克安阳

二 内乱如麻

- 051　尔虞我诈
- 057　拿定一个大主意
- 063　一拍两散

三 大梁围城

- 077　两笔买卖，一场大战
- 089　白起不替穰侯出力
- 095　榆关惨败
- 109　启封斗阵
- 118　血战梁城

四 不败而败

- 137 魏王抱薪救火
- 152 三人成虎,苏代去职
- 166 赵军倾巢南下
- 174 须贾田文争着卖国
- 192 平原君公报私仇
- 203 相国做了替罪羊

五 华阳之战

- 211 捧杀信陵君
- 219 魏无忌开门纳士
- 230 大人何不伐韩
- 237 穰侯欺诈秦王
- 251 魏军兵败华阳
- 260 孤零零的信陵君

六 陷害

277　各怀鬼胎

285　鹬蚌相争

293　苏代反咬薛公

305　巧言令色的门客

318　范雎变成了张禄

334　田文灭族

341　如茵馆消失了

一穷国霸道

苏代钻进魏国

周赧王三十六年,也就是魏王遫在位的第十七年,白起、司马错两位将军正率领虎狼之师在楚国境内大张挞伐,几十万楚人做了秦人的刀下鬼,更有无数百姓逃离楚地,拖家带口地沿颍水北上,纷纷进入魏国边境。在这一大片黑压压的逃难人群中,只有一位先生看上去洒脱淡定,虽然也是逃难,却既不哀伤也无惧色,袋里有钱,船上有粮,心里很清楚自己要去哪里,打算做什么事。

这十万人里唯一的明白人,就是闻名列国的天下第一小人苏代。

自从离开邯郸的庄院,这几年苏代的求官之路走得不顺当。天下虽然有七个强国,可齐国是仇家,燕国是抛弃了苏代的旧主子,这两地已经去不得了;韩国太弱,四面被强邻包围,成了一盘死局,苏代对那里没兴趣;苏氏兄弟半生致力于合纵抗秦,现在去秦国谋官当然也不是好主意;赵国倒是个不错的去处,可惜平原君太精明,不肯用他;苏代所能选择的只剩下楚、魏两国,偏偏当年的孟尝君——现在的薛公田文又在魏国任相国,此人早年吃过苏代的大亏,必然对他记恨,现在苏代轻易不敢见他。左思右想，还是决定先到郢都去求官。

可到了郢都才知道，原来楚国的政局比苏代想象的还要糟糕。

楚国文化与中原不同，其政体也自成一家，向来只重用与王室有血亲的重臣，对中原来的士人并不信任。且楚王熊横十分昏暴，整日不是宴饮歌舞就是出游射猎，根本不问国事，国政都掌握在鄢陵君、寿陵君、州侯、夏侯四位贵戚手中，这四个都是渔利的小人，结党弄权互相倾轧，内斗十分残酷，时有大臣因党争被杀。苏代是个靠舌头生存的辩士，心眼儿多，做起事来难免瞻前顾后，居楚数载，犹豫再三，竟不能决定该投靠何人，白白浪费了几年的光阴。

此时的楚国表面歌舞升平，暗中却危机四伏，秦人表面与赵国缠斗，暗中却在窥视楚地。等到秦军攻克了上庸，苏代这只最会打洞的"狐鼠"，已经清楚地感觉到楚地将有变乱，等到秦国大军杀进巫郡，苏代当时就料定楚国必败。

既然并未投靠楚王，当然也用不着替楚国卖命，于是苏代下决心离开楚国，驾一条轻舟出了云梦泽，经淮水入颍水，北上鸿沟直到大梁。

魏国是苏代最后的落脚点，可是想在此处安身，田文那一关实在难过，以此人的凶残秉性，甚至可能谋害苏代的性命，所以苏代进了大梁第一件事就是找个有分量的靠山先求庇护，再慢慢寻找出头的机会，而苏代选择的靠山就是公子无忌。

魏无忌英明果敢，能决政事，未当政时已名闻列国，如今他协助太子执掌魏国政事，权柄在手，每天来求他的人不计其数。魏无忌深明周公"吐哺握发"之训，礼贤下士，只要有名士到访无不接待礼让，遇上那些真有本事的人，也肯破格提拔，让他们在魏国做官。

可惜魏无忌这人有个怪癖，性情刚直，行事却拘谨，只知道为国家选士，自己却不蓄门客，生怕惹来闲话。来府中拜访的士人中本领非凡能立刻用为大夫的毕竟不多，而愿投南宫做舍人替魏无忌卖命的又不被接纳，结果是百人之中未必能有一人得到举荐，弄得士人们对魏无忌颇有怨言，都说这位魏国公子孤僻清高难以相处，来与他交往的士人日渐稀少了。

无私者往往少思，魏无忌年轻，还看不透人性中的阴暗，也不屑于在这上头多想，对别人的怨谤竟无觉察，又因性子恬淡，平时来得人少也未挂怀，只要有士人来访照样殷勤接待。听说苏代来拜，知道此人非同小可，急忙请进宫里设宴款待。

苏代和魏无忌没打过交道，只听说此人是公子王孙中出了名的怪人，性格孤傲不易相处。对这样的人苏代也有一套对付的办法，不说是来求官的，倒先把自己打扮成一个双脚不沾尘土的高人逸士，笑着说："在下早年侍奉燕、齐两国君主，那些争名夺利的事看多了，一颗心也灰了，这些年在各国游走，不结交权贵，不过问政事，有意则留，无意则去，恰似闲云野鹤，日子倒过得安逸。"说了这一堆假清高的虚话之后才悄悄转过话题："听说公子素好琴音，苏某也爱此道，这次路过大梁，就到南宫来讨一杯水酒，与公子盘桓数日，雅乐相娱，不知可有此幸？"

苏代这话是战国辩士们常用的敲门砖，不说正事，先套交情，仗着自己是六国闻名的人物，估计魏无忌必会留他在南宫住下，至于到底要"盘桓"多久，就看苏代有多大本事，怎么用言语行动引起魏无忌的重视了。却想不到魏无忌长叹一声，淡淡地说："苏先生来晚了，两年前我已断岳山斩龙池，割绝七弦，从此不再抚琴了。"

"岳山"是架弦之木，"龙池"是合音之谷，魏无忌言下之意不但不再抚琴，甚而将瑶琴毁去，其意决绝，着实把苏代吓了一跳，以为这位魏

国公子对他颇有成见，说出这样的硬话要驱逐他，赶忙偷眼打量魏无忌的神气，看他说这话究竟是何意。却见魏无忌脸色灰暗，神情沮丧，眼里也没了光彩，既不像作伪佯嗔，也并无恼怒责备之意，倒摸不清这位公子的意思了。

好在苏代的脑子极快，一条舌头比脑子更快，眼看套交情碰了钉子，立刻把这个话题丢在一旁，找出一个魏国权臣们最感兴趣的话题来，满脸堆笑对魏无忌说："公子听说赵国人的笑话了吗？"

石玉离开魏国已有两载，毫无音讯，魏无忌甚至不知该去何处打听。到现在他的心已经灰了，可这份情却放不下，每念及此，总有凄惶孤苦之感，今天无意间被苏代在旧创疤上戳了一下，痛骨刺心，魏无忌神思竟有些恍惚，勉强打起精神问："先生说的是什么笑话？"

"听说两年前漳河决口，赵国遭了一场大水，秦国正好抓住机会狠狠打了赵国几下子，逼得赵王订了个'渑池之盟'，大伤体面。赵王从此下了狠心，把家底子全搬出来大治漳水，足足花了一年工夫，几十万人力投了进去，硬是让漳河改道流经武平之西，哪知人算不如天算，今年汛期一来，漳水西边的潞水忽然暴涨，大水直入漳河，却在武平上游冲开了口子，又把半个赵国给淹了！今年赵国百姓怕是要饿肚子啦。"说到这里，苏代偷眼打量魏无忌的脸色，见他果然有了些精神，暗暗点头，故意把话题一扔，低头饮酒，不说话了。

赵国气候寒冷土地贫瘠，本就是个穷苦之地，七国之中，赵国粮食产量最低，就算赶上丰年，老百姓也要拿野菜熬粥吃。这些年先遭两年大旱，又遇两年大水，不知饿死了多少百姓，这个魏无忌当然知道。可苏代拿赵国的大灾当笑话来说，必有他的意思，现在又故意把话留在肚里不说，摆

明了是想让魏无忌问他。魏无忌是个聪明人，知道苏代这是在拿捏自己，想讨个面子。

苏代是六国名士，两人又初次相见，这样的面子是要给的，魏无忌立刻顺着苏代的话头儿问："苏先生熟知赵国内情，想来必有高论，可否指教一二？"

魏无忌把面子送过来了，苏代赶紧抓住机会把早想好的一番话说了出来："苏某以为列国欲成霸业必须具备四条：君主英明，臣子干练，兵马精锐，粮粟充盈，这四条缺一不能成事。如此算来，能成事的大国唯秦、楚、魏、赵而已。四国之中，秦有关中、汉中，沃野千里，百姓足食；楚有江汉、吴越，广植盈收，一年几熟，皆可养兵百余万。魏国居于中原腹地，黄河两岸土地平整，灌溉无忧，所产亦可养兵五六十万。只有赵国偏居北地，天气苦寒，土薄石多，旱涝无时，全国只有汾河中游一小片地区地势平缓，上游冲下来的肥土淤积至此，造出一片良田，可惜汾河的河道不稳，时常泛滥，当地人称其为'三年熟，两年废'。这么一个赤贫的穷国，养兵三十万已经十分勉强，若再扩军则国力难支，所以从赵烈侯立国到武灵王称盛，赵国兵员从未超过三十万人。这么一个穷国，枉自君明臣贤，兵马精勇，虽有称霸之心，可惜没有粮食，只能是有心无力了。"

其实苏代所说的称霸四个条件，七国之中唯秦国全部具备。楚国太昏，赵国太穷，而魏国君王垂垂将死，臣子暴躁浅薄，军中缺少良将，士卒畏惧秦军，若论君明臣贤，兵马精锐，在四强之中其实敬陪末座。但世人都有一种心态，不愿意承认自己的问题，却专门去挑别人的毛病，这就叫"灯下黑"。

现在魏无忌正犯了这个毛病，只看到赵国仓无陈年之粟，民无隔夜之食，却忽略了自己身上的短处，被苏代一通马屁拍得舒服，心里十分痛快，

笑着问:"依先生看来,赵国实难称霸?"

"单以赵国之力不可能压倒秦国,若想称雄,必须挟持魏、齐两国为羽翼。然而魏、齐两国都是大国,想压服两个大国,赵国目前尚无这个实力。"说到这里苏代忽然醒觉,自己开口闭口说"赵国压服魏国"恐怕魏无忌不爱听,忙不动声色地转了话题,"要与赵国斗法,必须明白赵人的秉性,在下久居燕齐,数十年与赵国为邻,在这上头也动过些脑筋,有几个想法。"

苏代说的都是让人感兴趣的话,魏无忌忍不住推开几案凑到苏代面前:"愿闻其详。"

魏无忌来了兴趣,苏代也就畅所欲言了。于是理一理袍袖,清了清喉咙,把声音抬高了些:"赵国地域狭长,自南而北分为五段。最南边是邯郸地,北通燕蓟,南邻中原,土地尚可耕作,其民脾气率直,重气节,轻奸诈,尚侠义,是赵人精华所聚。然而邯郸多贵族,骄横跋扈,颐指气使,为人任性而暴,行事常有'乱命'。当年赵武灵王整顿军伍之时任性使气,政令无常,摆布臣属如同木偶,欲探秦人虚实则孤身入秦,宠爱吴娃则立幼子赵何为王,怜惜长子又命公子章分赵国土地城池,此皆'乱命'!最后弄得兄弟阋墙,君臣相杀,武灵王一代雄强竟被困死于沙丘行宫。今之赵王性情阴鸷沉静,少有'乱命',可朝廷中的平原君、廉颇、乐乘之辈仍然骄横率直,意气用事,一言不合即舍命相争,所作所为不可理喻,此是其短。"

苏代这些话把赵国的内政说得很透,魏无忌暗暗佩服,捧过犀樽亲手为苏代倒了一爵酒,苏代忙再三道谢,饮了酒,接着说道:"邯郸西北是上党地。上党本是晋国故土,晋国立国久长,雄霸春秋,所以上党一带多有名门望族。自并入赵国后,当地氏族多已衰落,然奢靡风气尚存,上党人矜而好名,炫耀财货,婚嫁丧葬每倾家为之,其人多浮夸,言语虚滑,

重利轻义，寡廉轻诺，不可信，不可用。

"邯郸以北是中山国故土，人口众多，民性躁烈，多有慷慨悲歌之士，赵国兵马一半征自中山。然而此处多山，土地贫瘠，一年耕作不足以糊口，民众穷苦，所以性情孤偏，匪气十足，民间常有私斗攻杀，报仇过直，又或啸聚乌合，杀人掠货，战时可充勇士，平时却是祸根。

"中山以北是代郡，此处与胡地相邻，胡人南下，赵人北上，自古以来争斗不休。当地之民半农半牧，农不能填口腹，牧不能足奶食，下民刚烈好斗，勇如虎兕；代郡西北是云中郡，此处本是戎狄居所，其民粗野朴直，能骑善射，半牧半猎，赵国骑兵多出此两郡。然代郡、云中两地百姓不识文，不知礼，不顾忠恕仁义之道，只贪粮食财货之利，气性难驯，有利则为国效命，无利却不肯协从，甚而一言不合一事不遂，就群起剽劫，攻略城池，叛投胡地，所以赵王多将北地之兵置于邯郸左近，却调邯郸兵赴代郡、云中，是不信北地之民，而北地百姓也不忠于赵王。"

苏代这番话，把赵国的国势民情分析得条条入理，魏无忌凝神细听，暗暗点头。

眼看进言有了效果，苏代才把要紧的话说了出来："赵国将帅骄矜，百姓好斗，纵则愈骄，抗则愈厉，匪气十足，然而国力不济，急战尚可，战事拖延一年则食尽，两载而国破，赵军虽精，终不能深入魏国腹地。要对付这样的邻国，魏国应做到不卑不亢，平时与赵国结盟，借赵国精兵以拒秦军，若赵军南下攻伐魏国，就以重兵对峙，守护国土，待赵军食尽疲惫之时，就大胆与之交锋，将赵人逐退，断不可示弱于人。"

苏代的话里有些暗示之意，魏无忌听了出来，斜眼瞄着苏代问："苏先生以为魏国对赵国示弱了吗？"

所谓"文武之道一张一弛"，有软有硬，有宽有严，才能取信于人。

苏代一上来拼命巴结魏无忌，现在魏无忌已被说服，苏代的气势也不同了，说话也硬气了，扬起脸来笑道："五年前赵军攻克伯阳，魏国不能应战，这就纵容了赵国的匪性，若不是秦军在石城打败赵军，恐怕连安阳大城也被赵人占了，在下以为这是魏国示弱于敌，差点遭了大祸。"

赵国伐伯阳之时，魏国也曾派五万大军渡河北上，只是太子魏王担心与赵国恶斗会给秦军可乘之机，不肯和赵军交锋，把这场战事拖延过去了。当时魏无忌初涉国事，经验尚浅，也没反对，可听了苏代的话再回头一想，也觉得魏国明明理直气壮，却不与赵军正面交锋，确实有些软弱了。

其实苏代的话里三分是道理，七分却是在迎合魏无忌。

苏代的精明之处就在于捉摸人性，见缝插针。一开始不知魏无忌的脾气秉性，只是巴结试探，到后来看出魏无忌性情刚烈，就故意说些刚强的主意来迎合这位公子。魏无忌聪明睿智，也能察言观色，听出苏代言辞中颇有不实之处，但此人对赵国的一番分析入情入理，大面儿上还是对的。

人无完人金无足赤，尤其那些有本事的政客，更是一帮精乖狡诈的货色，彻头彻尾的老实疙瘩哪能做得了政客？在这上头不能太苛求。苏代未必是治国领军的人才，可好歹还有一张嘴巴管用，做个使臣说客绰绰有余，在人才凋零的魏国，这样的人才也属难得。何况苏代的政见似乎也与魏无忌相合，以后在朝堂上多少也算个臂助，就让他在魏国做个大夫。

魏无忌是个有心计的人，已经拿定了重用苏代的主意，嘴上却不肯说出来。因为苏代这个人太滑，这种人虽然可以用，但用他之前必须先杀杀他的威风，让他知道畏惧，免得此人太骄狂，关键时刻出来捣鬼。

想到这里，魏无忌也不再和苏代讨论政事，喝了一口酒，微笑着问："先生刚才说这些年一直在列国游走，不知离了大梁之后要到何处去？"

魏无忌这一问很突兀，表面听起来倒像个逐客令似的，苏代一惊，忙偷看魏无忌的神色，可看来看去只是一张温和的笑脸，实在瞧不出虚实来，心里顿时没了底，既不好说留，也不愿说走，支支吾吾地说："大梁是座名城大邑，我想在这里住两三个月，各处风景游历一遍，然后……或许去咸阳看看。"

苏代说想去咸阳，是投靠秦国的意思，在魏国公子面前说这话实在有些弄险。魏无忌早看出苏代的话言不由衷，就故意追问了一句："苏先生对秦国怎么看？"

"秦王残暴不仁，轻诺寡信，秦军冒功害民，杀人如麻，是天下公敌，这不用说！"

苏代先说要去咸阳，转过脸就咒骂秦国，诋毁秦王，可见前面的言辞全是虚话，魏无忌忍不住微微一笑。

到这时苏代终于明白，自己进了南宫以来耍的各种心眼儿全被魏无忌看在眼里了，现在用他，逐他，只在魏无忌一念之间，心里惶恐起来，像只讨食的狗一样拱着手，眼巴巴地看着魏无忌。

既然苏代识趣了，魏无忌也不在这上头和他计较，顺着苏代的话头儿说道："先生说的对，秦国是天下公敌，而魏国以一国之力独当强秦，正是天下正气所在，先生是闻名天下的策士，半生力主合纵，眼下秦人残暴日甚，无忌想请先生留在魏国做一个大夫，辅佐我王除残去暴，不知先生意下如何？"

魏无忌是个直率的人，说话不愿意多绕弯子，可苏代虚伪惯了，总要表演一番才肯下场，皱起眉头说："公子美意我心领了，可苏某闲散惯了……"

魏无忌聪明得很，知道苏代扯这些淡话无非是想多讨一个面子，干脆

就给他这个面子,笑着说:"孔夫子说:'君子之于天下也,无适也,无莫也,义之与比。'可见天下事大,个人事小,先生虽是闲云野鹤,然大义当前,亦当为天下而舍自身才是。"

法家苛政最能收拾百姓,所以天下王孙好法家。魏无忌却是个另类,虽是王孙,却尊道崇儒,专以老子、孔子为师,做事信守一个"刚"字,待人接物却能守一个"柔"字,虽然年轻气盛,有时不能做到十足,大面上倒不会错。现在面对这个滑头滑脑的苏代,魏无忌就以老子"见小曰明,守柔曰强"的办法应付,既给他好处,又给他面子,苏代心满意足,又假装犹豫了半天,终于拱手道:"既蒙公子厚爱,苏某敢不奉命?"

魏无忌举爵向苏代敬酒,两人推杯换盏畅饮起来。

小人比而不周

魏无忌手掌魏国的实权,且言出必行,说要举荐苏代任大夫,这个大夫的爵位就跑不掉了。可苏代心里清楚,想在魏国落脚,必须过田文这一关,等自己真做了大夫再去巴结田文就有些晚了,不如早去为上。

想定这个主意,苏代从南宫出来只回传馆歇了一下午,故意等到黄昏用晚饭的时候,才换了一身华丽的袍子,坐上传馆为贵客备下的轻车喜滋滋地来拜见田文。

吃饭的时候,人的心情最好,所以和朋友闲谈不必在饭点上,免得给人添麻烦,求人的事却一定要趁着饭局去办,这时候大家心里都痛快些,事情也易成。

薛公田文的府邸在大梁城南市之侧,地段倒也繁华,可惜田文是外来人,在魏国经营不久,根子扎得不深,他的宅院规模气势尚不能和范痤、芒卯、晋鄙这些魏国真正的公族权臣相比。

田文以招贤纳士闻名天下,虽客居魏国,仍有两千余门客追随左右,田文在魏国并无采邑,只靠俸禄为生,相国年俸是七万斗,若在平常百姓家,这七万斗粮食能养活几百张嘴。可对田文来说,这点俸禄仅够他府上三个月的支用。好在田文手里还有薛县这块世袭采邑。

薛县早先曾是个小诸侯国,被齐国兼并后成了一个大县,如今薛县已被田文割据,下辖薛、滕、尝、留、休五邑,土地几百里,百姓四十多万,光私兵就有六万人,俨然是个国中之国。有了这块富庶的采邑,成了丧家狗的田文仍然财大气粗,金银粮食从东方源源而来,足能支应府中开销。只是相府规模有限,门客仆役几千人挤在一处,更显得狭小局促,田文虽富,毕竟是外来人,害怕炫耀财富引来魏国人的嫉恨,不敢公然置办房产,就拿出钱来让门客们自己买房居住,几年下来,已经并购了相府左近四五十处院落,两千多门客分居其内,团团拱卫,相府与外面的宅院间又悄悄开挖了七八条密道,四通八达,一旦有事,或门客进府,或田文出走,外人都无从觉察。

如此一番布置,魏国的相府倒成了大梁城里的一座小城。田文精明得很,又派门客分居大梁四门察看动静,拿些钱给手下,让他们扮作商贩混迹市井,到处打听消息,大梁城里有什么人进出,相府周围有什么风吹草动,无一逃得过田文的耳目。

苏代刚进大梁城,田文这边已经得到了消息,立刻叫门客尾随跟踪。此人去南宫拜会魏无忌,待了多久,何时转回传馆,田文全都一清二楚,

待得苏代离开传馆往相府而来，田文早已获悉，并做了十足的准备。

等苏代兴致勃勃到了田文府上，却见大门紧闭，门前一个人也看不见。苏代也不介意，亲自上前叫门，田文的家宰冯谖迎了出来，冷着一张脸把苏代上下打量了几眼，连个招呼也没打，只问："何事？"

苏代的脸皮就像城墙上突出来的"马面"，真正是厚上加厚，从不知道什么叫尴尬，冲冯谖笑道："请报与薛公：故人来访。"

冯谖两手抱在胸前，双眼望天冷冰冰地说："薛公名满天下，故交多如牛毛，阁下究竟是何人？"

冯谖这番做作是在故意羞辱苏代，苏代也知道自己在大事上对不起田文，不妨先把尾巴夹起来装一回老实，于是拱起手来郑重说道："洛邑苏代特来拜见薛公。"又捧出一只拜匣，冯谖一声也没言语，接过拜匣转身进府，大门就在苏代面前"嘭"的一声关上了。

苏代一个人被扔在大街上，眼前两扇黑漆大门紧闭，没有一个人来招呼他，可苏代在列国混迹半生，什么事没见过？也不以为意，只在门前静立。站了好一会儿，府里毫无声息，背后却传来脚步起，回头一看，街上不知何时已经聚了几十人，粗看都是麻衣短褐打着赤脚的闲汉，却一个个肌肉结实目露凶光，腰里插着短剑，手中提着板斧，也不说话，都恶狠狠地盯着苏代看。

明眼人一看便知，这帮凶徒都是田文豢养的刺客杀手！

苏代孤身一人给这些狼一样的家伙围住，也不知是田文要取他的性命，还是这帮亡命徒自作主张要替主子报仇！眼看后路已断逃不掉了，唯一的出路就是钻进相府躲避。想到此，也顾不得田文府里是什么样的龙潭虎穴，抢步上前尽力叩打门环，可门后却毫无动静。

一 穷国霸道

　　街上那些人见苏代去拍府门，互相递个眼色，手持利刃一起逼了上来，苏代吓得心胆俱裂，尖起嗓子叫道："我是薛公的故友，快开门让我进去！"连叫几声无人答应，眼看着一帮凶徒已逼到面前，当先一个手中持着利斧，只要抬手一挥就能把他砍翻在地，苏代吓得魂飞魄散，双手抱头身子紧紧缩在门边，自忖此番必死，不想大门忽然从里面打开，苏代一个踉跄撞进门去，脚下收不住，"咕咚"一声摔下石阶，滚得浑身是土，帽子也掉了。苏代也顾不得疼痛，起身就往院里跑，却见冯谖立在面前冷笑着问："苏先生这是怎么了？"

　　见了冯谖，苏代惊魂稍定，回头看去，街上那帮凶徒好像没事人似的都走散了，这才知道田文安排这帮门客做戏是在捉弄自己，又气又恨，脸上却不敢带出样子来，口里只说："没事，是我不小心……" 强作镇定，拍了拍身上的土，捡起帽子戴上。冯谖只是冷笑，也不理他，等苏代把脸丢了个够，这才领着他来拜见田文。

　　薛公田文正在屋里用晚饭，见冯谖领了苏代进来，连眼皮也没抬，更不给他让座。苏代也不等别人让，已经在田文身边坐了下来，拱手道了声："薛公安好。"又指着田文面前的酒肉觍起脸笑道说："我也饿了，请薛公赏些酒肉吃吧。"田文根本就不理他，冯谖在一旁冷冷地说："粱肉贵重，不能拿来喂狗！"

　　冯谖这话说得实在不客气，苏代脸皮再厚也忍不住了，横眉竖眼地厉声斥喝冯谖："这是什么话！苏某已经做了魏国的大夫，特来拜见相国商量国事，岂容你这个奴才在此多口！"

　　苏代这话明着斥责冯谖，其实是说给田文听的。

　　田文在大梁城里耳目众多，知道苏代先拜访南宫才来见自己，现在苏代说自己是魏国大夫，田文就知道此人已经取悦了魏无忌，在魏国有了立足之地，有恃无恐。

当年苏代害得田文身败名裂，弃国出逃，所以田文心中最恨的人就是苏代。可田文不是糊涂人，也知道苏代当年是燕王的心腹重臣，冒死到敌国行反间计，一心要摧毁齐国社稷，所作所为当然不择手段，能骗倒田文，也是人家的本事。现在苏代和田文都是在魏国寄居的丧家犬，两条狗结伙一起找食，总比一条狗要强些。何况田文知道苏代这只狐狸打洞找食的本领，也料定他能在魏国站住脚跟，若一味与此人为难，苏代大可投向田文的政敌，这对田文有什么好处？

像田文这样的政客天生有一种本事，为了利益，亲生父母也可以出卖，不共戴天的仇敌也可以共事，何况田文与苏代的矛盾还谈不到"不共戴天"，只能叫做此一时也彼一时也。如今田文寄居魏国，脚下没有根基，急需帮手，而苏代在魏国也同样是没有根基的外人，田文本来就有心拉拢苏代共同结党，在魏国朝堂上互相扶持，也正因为有心拉拢，才会费尽心思连番恫吓，否则田文大可以不见苏代，何必还要费这些工夫？

如今吓也吓了，辱也辱了，田文觉得差不多了，于是挥挥手让冯谖退下，片刻工夫，手下人捧上酒肉摆在苏代面前。

田文一心想用苏代，苏代也正打算投靠田文，见了酒肉，已经猜到田文的心思。只是苏代早年曾用了一回反间计，把这位薛公害得好惨，田文不可能对苏代改颜相向，这个弯子还得苏代自己想办法绕过来。

苏代是个纵横家，一辈子练的是舌头上的功夫，在他看来，人心好似一块顽石，搬不动砸不烂，要想把别人的心切割琢磨，拿过来为自己所用，必得用山里人采石头的法子才好。

一 穷国霸道

山里人开采石料之前必先架火焚烧，等石头烧得滚烫再浇以冷水，反复几回，再坚硬的石头也会崩裂。苏代摆布人的法子也是如此，先以好言哄骗，再用冷语激之，多可收到奇效。

现在苏代对田文就用上了这个法子，赔起十分笑脸热呼呼地凑上来说："苏代在楚地时曾听诸大夫议论，说薛公如此人才，与其居于魏，不如居于楚。鄢陵君也曾命我来魏国劝说薛公到郢都共事，可惜秦人忽然伐楚，以致此事不遂，如今楚国大败，再入郢都已经没有意思了，苏代在薛公面前也不敢再提此事。"

苏代这个滑贼说起话来实在有趣，口口声声"不敢提此事"，其实却在田文面前大提特提。更好笑的是，所谓"鄢陵君请薛公到郢都共事"根本就是苏代随口编出来的瞎话，因为这个苏某人在楚国时根本就没和鄢陵君打过几回交道，鄢陵君又是个狠毒狭隘的小人，排挤能臣把持朝政尤恐不及，怎么可能把一个六国闻名的田文请到郢都加以重用？

但人的一张嘴有时候真能遮天盖地。苏代在大梁城里编楚国鄢陵君的瞎话，谁能站出来揭穿他的谎言？何况苏代所说的是田文最爱听的话，自从逃出齐国，这位薛公已经好多年没听过这么得意的话儿了，立刻信以为真，心里十分痛快，嘴上却淡淡地说："楚人不过妄想罢了。本公是何人，岂肯践履南蛮之地？"

田文嘴上说得清淡，两只眼睛却已经闪出光来，肉皮儿里也透出几丝笑意，苏代早就看在眼里，知道自己这一捧有了效果，已经把田文这块"顽石"烧热了，下面就该用"冷水"激他，且先饮两碗酒，吃几口菜，让田文多得意了一阵子，这才叹了一口气："薛公是个有本事的人，早年把齐国治理得富甲天下，威压强秦，可到魏国摄相事七年几无建树，寂寂无闻，外人不知这是魏国疲弱，反说薛公已经消磨了志气，不复当年之能，苏某

每每与这些人争执，可在背后说薛公坏话的人太多，我一个人遮不住千百张嘴，无能为力呀。"

苏代肯为了田文的名声去和人争执？这话连五岁孩子都不信！可苏代话里的意思是讽刺田文在魏国毫无作为，这倒是句实话。

七年前田文能在魏国拜相，只因魏国要借他的名头号召五国伐齐。这些年田文居然没有倒台，也只因魏国政事全由太子、公子决断，相权旁落可有可无，田文又乖巧，惯能见风使舵，一味奉承太子，从不惹人讨厌，就这么不声不响混了下来，可这么个混法儿，想干出一番事业就太难了。

身为大国名相，七年毫无建树，这也太不像话了。

田文执齐国政事十多年，是个天下公认的能臣，自拜为魏相以来却碌碌无为，旁人还罢了，可魏国的上卿芒卯也在觊觎相国之位，对田文多有不忿，摩擦日甚。不管是名声、性格和寄人篱下的现实都不允许田文在魏国继续混下去了，对此田文心知肚明。苏代也正是看到这一点，才敢找上门来和这个昔日的仇人拉关系。

现在苏代先用一顿奉承缓和了气氛，又用几句冷话压住了田文的气焰，眼看自己和田文的旧怨到此也算揭过去了，于是把话引入正题："我与薛公都是有家难奔，有国难投，流落异国他乡，仰人鼻息而存。可薛公是'大人'，名闻列国，食客三千，薛邑所产富可敌国，敛翅如凤凰栖于桐木，展翼如鲲鹏翱翔宇宙；苏某只是一个'小人'，名不见经传，力不能自食，今番到魏国落脚，实欲攀附大人以取爵禄。我也知早年行事鬼祟，得罪了薛公，但那时苏某是燕国臣子，各为其主，不得不为，这些年中夜思之，愧悔不已，今日到府，是为当年之事向薛公请罪，若薛公能恕我之罪，苏某自此与薛公同气连枝，做马做犬，此心昭昭，绝无虚言。"说罢推开桌

案拜伏在田文面前，等他发话。

田文早年在齐国做孟尝君的时候就以招贤纳士闻名列国，最擅长收买人心的手段，听苏代说出投靠的话来，忙推案而起搀住苏代，嘴里连说："先生这话就见外了。"扶苏代归位，自己也坐回主位，两人又相对而拜。

至此，两个小人前嫌尽释，又做了同谋。田文笑着说："苏先生来得巧，我这里正有一位贵客。"话音刚落，从屏风后走出一个身材魁梧紫黑脸膛的中年人，苏代也认识他，此人正是当年五国伐齐时统率韩国大军的名将暴鸢。

韩国是七雄之中最弱的一国，整个国家被围在秦、楚、魏三个强国中间，国土不断被强邻蚕食，只能被动防御，无力扩地并土。早年韩国名相公仲朋是个精明的人物，对内修政安民，对外游走于秦、齐、楚、魏之间，四处讨好，却仍不能免伊阙、夏山之败，国力越来越衰弱，亡国只是时间问题了。

公仲朋死后陈筮做了韩国的相国，此人的才智尚不能与公仲朋相比，又心胸狭小，迫害异己，弄得人才流失，国力大不如前，眼看站不住脚了，不得不一头倒进秦国的怀里，背叛山东诸国，第一个做了秦国的附庸。

暴鸢早年在韩国做将军，能征惯战，是公仲朋的亲信，可陈筮上台后暴鸢在韩国没了立足之处。好在暴鸢与田文有些交情，就靠着田文的举荐在魏国做了上大夫，由此和田文结成一党，现在苏代也挤了进来，这三个在魏国都是没有根基的外人，一见面自然格外亲切，坐在一起纵论时事。

饮了几爵酒，暴鸢高声大嗓地说："苏先生来之前，我正与薛公说到秦国伐楚已获全胜，很快要对魏国用兵，陈筮是个小人，一味讨好秦王，我担心秦国大军会借道韩国入魏，想请大王下诏，调重兵到长社驻扎，防

备秦军出华阳来攻,不知苏先生对此怎么看?"

自周赧王二十二年伊阙之战,魏军败北,名将公孙喜被杀,折军二十余万,花了十六年工夫尚不能完全恢复国力,曾是中原霸主的魏国在与秦国的战争中彻底转入守势。当下魏国兵马主要集中在三处:南阳郡兵马由亚卿晋鄙统率,固守轵邑要塞,迎面与河东郡的秦军对峙;河北兵马集中在汲邑、安阳,由上大夫新垣衍统率,与赵、齐两国对峙;河南军马由上卿芒卯统率,以雍丘为前哨、大梁为后盾与楚国对峙。

轵邑,汲邑,雍丘,这三地集结着魏国大军的主力,统军的皆是名将权臣,和这些手握重兵的名将相比,从韩国来的暴鸢显得势单力薄。现在暴鸢靠着相国田文的支持,急于掌握一路兵权。但他初到魏国,不具备与芒卯、晋鄙、新垣衍这些重臣一较短长的实力,所以暴鸢想在韩、魏边境的榆关、长社之间另外设置一军,由自己统率,算是一个落脚点儿。早前他已和田文初步商妥此事,现在苏代来了,暴鸢就把自己的心思讲给苏代听,请他帮着出出主意。

苏代是辩士,不是谋国之臣,说到军政大事,他的见识其实有限,对魏、韩边境的军情又知之甚少。可苏代刚刚入伙,绝不肯被田文和暴鸢看轻了,不懂也要装懂。假装想了片刻,皱着眉头说:"将军所虑极是。可我担心的是,秦军还没到,赵王已对魏国起衅。"

暴鸢一愣:"听说赵国刚遭了一场大灾,只怕无力对魏国用兵了吧?"

苏代摇了摇头:"赵国图谋伐魏不是一天了,两年前的渑池之会赵王与秦王结盟,表面纵容秦国伐楚,暗中却想趁秦军攻楚的机会腾出兵马伐魏,若不是其后的一场天灾把赵军拖了一年多,赵军早已南下了。现在秦人伐楚已经获胜,一旦秦王缓过手来攻打三晋,赵王又要假仁假义与魏国结盟,也就失去了扩张疆土的机会,所以我料定赵王就算饿着肚子也会立

刻对魏国用兵。"

苏代这话虽然有理，却不中暴鸢的意："这么说来魏国应该向河北增兵？可河北之兵一向由新垣衍统率，旁人去了也插不上手……"

暴鸢嘴里说的是国事，其实驻守长社也罢，向河北增兵也罢，都是暴鸢自己想借机会掌握兵权。苏代当然明白暴鸢的意思，笑着说："将军不要急，新垣衍未必是赵人的对手，等他打了败仗，咱们就找个因头赶走新垣衍，再请薛公举荐将军赴河北，那时魏国一半的军马都在将军手里了。"

苏代的话确有道理，暴鸢暗暗点头，田文也笑着说："苏先生说的对，以将军的名望本事，早晚必得重用，咱们且不急，看清局势再说。"于是三人放下大事不谈，一个个推杯换盏吃喝起来。

孔夫子说过："君子周而不比，小人比而不周。"小人不管走到哪里，第一件要做的事就是结党营私。

有田文这个谋主，暴鸢这员名将，再加上苏代这条神出鬼没的舌头，这股由"外臣"组成的政治势力终于在大梁城里站稳了脚跟，开始追求更大的权柄，同时，也给魏国制造出了前所未有的乱局。

赵国拒绝改革

精明的苏代靠着一番推测就看透了赵国的虚实，其实苏代并不知道，赵国的情况比他想象中还要坏得多。

早在与秦国会盟时，赵王和蔺相如已经定下攻魏伐齐的国策，第二年

秦国大军攻入了楚国，赵王也调兵遣将准备大举伐魏。想不到天时却与赵人作对，继上一次漳河大决之后，周赧王三十七年雨水仍然偏多，赵国境内两条最大的河流漳水、潞水（今之清漳河、浊漳河）河道盈满，水情不稳，赵王与平原君赵胜、上卿蔺相如商量之后决定暂停伐魏，腾出一整年时间，集中人力物力在武平附近大治漳水，蔺相如亲自到武平督导水利，先后动用二十五万民夫花了半年工夫，终于将漳水引入武平以西宽阔的河道。哪想到天刚入秋，工程还没收尾，老天爷忽然发起疯来，一场大雨没白没黑地连下了二十多天，潞水暴涨，自发鸠山以下的主河道以及丹河、陶清河、岚水河、石子河、绛河、迎春河、圪芦河、白玉河、郭河、徐阳河、淤泥河、云簇河、涅河、贾豁河、洪水河、史水河各处支流处处漫堤而过，大小决口有十余处之多，榆社、长治、襄垣都遭了水患，漳河也发了大水，水头一路南下，先后淹没阏与、涉县，在合漳城外与潞水交汇，两条汹涌的浊流冲撞在一起，合漳堤防顿时大决！好歹武平一带拓宽了河道，水势至此有所缓和，总算保住了一座邯郸城，可两河所经之地尽成泽国，连邯郸西面的重镇武安都泡在一片黄水里了。

赵国本就是个穷国，即使丰年百姓也吃不饱饭，现在连着两年旱灾，两年水灾，几乎把赵国拖垮了。赵王也无心再想争伐之事，急忙拿出粮食救济百姓，可惜国库底子太薄，灾民尚未得到赈济，官仓粮食却已放尽，赵王只得拿出钱到齐国去买粮食，好歹买回十几万斛，用来赈济百万灾民实在杯水车薪，赵国的国库倒是彻底搬空了。

没粮没钱，赵王束手无策，赵国君臣只好把两眼一闭，装聋作哑不再理百姓的死活。赵国百姓没有办法，临山的上山狩猎，靠水的下水捉鱼，庄户人家只能以野菜树皮为食，到了年底几场大雪下来，河面冻成冰坨子，无鱼可捕，山上雪深没膝，鹿兔獐狍无影无踪，就连野菜也吃尽了，树皮也剥完了，赵人本就暴烈凶悍，眼看实在活不下去了，那些强悍的人集群结伙四处抢掠，盗贼蜂起，抢掠富户，打劫官仓，拿性命拼一碗饭吃。老实软弱的百姓只能坐在家里两眼望天，静等饿死。

这一个冬天总算熬了过去，等春天到来冰雪消融，露出来的大地上饿殍遍野，而冬春交替青黄不接，等着赵国人的还是个"死"字。

这场大灾，赵国人口减少了十多万，很多地方全村逃亡，无数百姓满门皆死，各地盗匪横生，民情如沸，赵王不得不减税减捐以平息民怨，却忘了古话说的"大灾之后必有大疫"，洪灾过后，河道中尽是淤泥杂物，水井里多有恶秽死畜，百姓饮了污水就生起病来，还没入夏，一场大瘟疫沿着漳河两岸发作起来，迅速漫延，赵国人本就饿得面有菜色，身薄如纸，风一吹就倒了，再被瘟疫一催，乡村中病死者相枕藉，官府不能救治，农人无以为活，情急之下纷纷拥进城镇，或沿门乞食，或结伙盗抢，军马赶来弹压，这些百姓们觉得反正也是一个死，干脆拿着棍棒叉耙和当兵的拼命，甚而掳劫县府杀死官吏，打开官仓取粮自食，数以十万计的赵国人携家带口跨过南长城向魏国、齐国逃荒，或者出代郡、云中逃进胡地，整个赵国从南到北全都乱了套！

赵王何在位二十二年，从未遇到过这样的乱局，这一年赵王才三十一岁，虽然为政颇有手段，治国养民的本事却还差些，顿时乱了方寸，急忙把重臣们召集起来商议对策。

在战国七雄之中，赵国在制度上是个相对落后的国家，虽有赵武灵王胡服骑射改革军制，但只强军而未富国，经过这一番改革，百姓并没得到实惠，只是把这贫弱之国改成了一个彻头彻尾的军国，朝臣之中武夫多而文臣少，这些武臣战场上都有本事，说到用什么办法养活老百姓，一个个

都拿不出好主意来了。

好在上卿蔺相如在这上头还明白些,已经替赵王想好了几条对策:"大王,臣以为'治乱世用重典',秦国商鞅的治国之术赵国可以借鉴,抢掠者一经捕获当处以重罪,为首者以黥、刖之刑治之,杀人者诛,杀官作乱者腰斩凌迟,不可姑息!"

天下大乱,民怨沸腾,其实是朝廷官府治理无能所至,然而自古以来君王重臣们却不在自己身上找问题,而是总结出一句"治乱世用重典"的话,以暴制暴,视民心如铁,用官法为炉,专以虐杀百姓为能事。战国乱世,各国君主对外攻伐不断,对内横征暴敛,加之法家酷吏横行,滥刑虐害百姓,无所不用其极,残酷达于极顶,其中尤以秦国的商鞅之法最为狠毒。蔺相如提出"治乱世用重典",其实是把秦国的严刑酷法借鉴到赵国来了,此话一出,不但赵王颔首微笑,坐在一旁的臣子们也都拊掌称善。廉颇第一个高声叫道:"蔺卿说的对!早有这句话,天下早就太平了!"一声吆喝顿时引来一片赞叹。

蔺相如这个人并不是一条饿狼,他给赵王出的主意也并非一味虐杀百姓,只不过蔺相如是个务实的人,知道要想说服朝堂上这帮贵人,必须从"虐杀百姓"说起,不然这些人绝不会听他的。眼看自己献的杀人策略得到群臣拥戴,赵王也很满意,蔺相如心里轻快了些,这才把后面的话一点点说了出来:"臣觉得单以严刑酷法压制百姓,短时间或许有效,长期来看却未必高明,对各地饥民还要以赈济为主。臣想了几个办法:一是由官府牵头在受灾地区垦殖田亩,开挖灌渠,修整河道,重建堤防,所需人力就从饥民中招募,凡参加劳役者不取酬劳,只由官府供给饮食,用这个'以粮代酬'的法子既可以在数月之内整修水利,复耕田亩,以待来年丰收,百姓们也能以力得食,民怨或可稍解,乱象亦可平复。"

蔺相如的主意很有趣,赵王微微点头,但心中还有疑虑,又问不出口,就转头看着平原君。平原君明白赵王的意思,忙替赵王问了一句:"蔺卿说饥民由官府供给饮食,这些粮食从何而来?"

"官仓提供一半食粮,另一半从军粮中拨出。"蔺相如对赵王拱手奏道,"臣想出的第二条办法是:今年之内赵国暂停一切攻伐,除南北长城驻守之兵军粮照拨之外,内地驻军粮食减半供给,命军士们在营房附近开拓荒地屯田自养,所得之粮全部留与军人自食。官库中所囤的军粮拨出一半,交给地方官府用来招募民夫,供应饮食,军中粮食种得多了,也可以作价卖给官府,都做养民之用。"

蔺相如这两条主意放在一起就完善了,赵王点头笑道:"蔺卿这主意好。"

赵王话音刚落,廉颇已经在旁捧场,指着蔺相如对众人高声笑道:"蔺卿果然了得,这好主意不知他是怎么想出来的!"众臣忙齐声赞叹,大殿上又是一片闹哄哄的。蔺相如笑道:"这都是古人的点子。我看《左传》里有鲁国季文子收买百姓的手段,《论语》也有孔夫子的弟子仲由兴修水利,孔夫子命他从官库调粮米供百姓饮食的法子,我只是借鉴一下罢了。"又对赵王奏道:"臣还有第三条办法:赵国现有精锐军马三十万,与秦、楚、魏相比略显不足,大王早有意扩军至四十万众,而赵国大灾之后饥民遍野,这些人所求不多,只要有一口吃的就够了,咱们不如就趁眼下的机会从饥民之中招募十万精壮编成新军,在巨鹿郡划定地域给他们驻扎囤垦,熟地可以养兵,开荒以备来年之食,半天务农,半天操练,这么一来乡野间少了十万作乱的饥民,而军营里多了十万健卒,正是一举两得的好事。"

借着灾荒的机会征募青壮年入伍,这样征来的士卒多是乡间无赖恶棍,懒惰凶暴不守军法,所以这个法子只在民不聊生的乱世才能用。

好在战国本就是一个乱世，赵国又赶上大灾，正是乱上加乱，蔺相如这个法子倒真能用。只是眼下要招纳的都是国家军马，十万人所需的铠甲兵器也是一笔大开销，赵国在这上头却没有准备。赵王不由得皱起了眉头："蔺卿的办法虽好，可军资从何而来？"

听赵王一问，蔺相如脸上现了难色，哑巴着嘴半天说不出话来。

蔺相如的主意说到底，其实是想从贵族们手中分利于民，可他的这个主意却很容易得罪那些贵人。

蔺相如从一个舍人升为大夫，挤进赵国朝堂已经四年了，办事圆滑得体，从没得罪过人。如今他已位列上卿，主赵国政事，辅佐一个野心勃勃的强国成就霸业，就必须有所变法，而变法，就一定会得罪权臣。今天蔺相如想出一系列减灾救民的主意，说来说去，最后还是要从权臣身上拔毛，所以他吞吞吐吐欲言又止。

蔺相如的神气赵王已经看在眼里，这位精明的君王也隐约猜到蔺相如想说什么。

战国乱世是个改革的年代，君王们为了富国强兵都很愿意革旧立新。对赵王来说，赵国的霸业是第一位的，只要有利于称霸，别的东西他都舍得下，这时候正该替蔺相如撑腰，于是缓缓地说："赵国不同于暴秦，寡人专以'仁义'治国，一心维护社稷，守牧万民。" 扬起脸来把群臣逐个看了一眼，先让这些臣子把他话里的意思体会一番，这才又说："殿上诸位皆是寡人心腹，蔺卿不必犹豫，不论何事，只要于国有利，皆可畅所欲言。"

赵王说这话是摆明了替蔺相如撑腰，到这时蔺相如才算鼓起勇气："孟子有言：'天将降大任于是人也，必先苦其心志，劳其筋骨，饿其体肤，

空乏其身，行拂乱其所为，所以动心忍性，曾益其所不能。'臣以为赵国连遭大灾，正应'生于忧患，死于安乐'之言，此是上天降大任于大王也。我王有恒心于国，有仁心于社稷，有爱心于民，实是一代贤君。如今赵国困窘至此，又欲募新兵以充实战力，旗甲兵器无所出，马匹战车难以措手，臣请大王节衣减膳，缩减宫中用度，拿出钱来赈济赵国百姓。"说到这里，拿眼角儿扫了身边那些权臣一眼，见这帮人多半已经冷下脸来，在底下窃窃私语，心里也有点慌，咽了口唾沫，鼓起勇气说道："臣以为或可请诸位大夫也从自己的采邑中略献薪资充入国库，以为军费之用。"

蔺相如果然出了这么个主意。

要是真能扩充军力称霸东方，赵王减衣减膳也心甘情愿，对蔺相如的主张是支持的。可王廷上的贵人们都是些天生的铁公鸡，绝不肯平白掏出一个钱来。

果然，蔺相如话音刚落，平原君赵胜第一个笑着说："蔺卿何出此言？大王一向俭朴，宫中用度本已不敷，如何再减？"

平原君是赵国第一号贵戚，智谋过人，是个谋国之臣。可赵胜从小长在深宫，被所有人奉承巴结，养出一副贵人脾气来，除了赵王，其他人都不放在眼里。现在蔺相如让权臣贵戚们献出自家的粮食给百姓们吃了。在赵胜看来，公卿大夫是百姓的主子，一个在天一个在地，在主子们眼里，赵国的百姓天生卑贱，连蝼蚁都不如，主子们宁可拿多余的粮食去喂牲口，也不能随便给百姓们吃！蔺相如的主意实在过分，赵胜不但不能答应，甚至把这看成是对他的侮辱。

春秋战国，诸侯国的军政大权是掌握在世袭贵族手里的。这些贵族的生活环境与普通人大不相同，一个个把自己当成人上之人，养尊处优，颐

指气使，自视极高，私心极重，简直不可理喻。在赵国的朝堂上一多半是这样的世袭贵族，他们的心态，舍人出身的蔺相如根本理解不了。现在赵胜满脸带笑，话却说得十分强硬，蔺相如没法和他正面抗衡，只好转而寻求赵王的支持，冲赵胜笑道："大王虽然节俭，可宫中人员众多，日用庞杂，总还有能减省的地方吧？"话是冲着赵胜说的，眼角却瞟向赵王，等着君王发话。

蔺相如从权贵身上拔毛，是为了让赵国富国强兵，赵王当然要支持他，先掩着嘴咳嗽两声，暗示平原君闭嘴，又把众臣看了一眼，这才缓缓地说："蔺卿之言有理，寡人平时衣食享取多有糜费，宫人更不知节省，甚而隐瞒盗取以自肥，寡人本就心中不安，当今大灾之年，更以减省为要，就先从寡人身上省起来吧。"说到这儿回头看了宦者令缪贤一眼。

蔺相如本是缪贤家的门客，这两人的交情与众不同，只要力所能及，缪贤凡事都尽力给蔺相如圆场，听赵王动问，赶紧躬身奏道："老奴算过一笔账，大王减衣减膳，一年或可省出粮食五千斛，宦官、宫人等辈也当自行节省，一年尚可得粮三万斛。"

赵王嘴里"哦"了一声，半晌才慢吞吞地说："……三万斛？太少了。"

赵王明确表态支持蔺相如，缪贤又说宫里一年可省出三万斛粮食来，话说得清清楚楚，平原君是个识趣的角色，立刻把先前那些硬话都收了起来，摆出一脸又惭愧又敬佩的神情，对赵王拱手笑道："大王爱护子民，真使下臣感动！臣也愿献三万斛粮食充入国库以救百姓。"说到这里有些激动起来，推开几案上前拜倒，高呼："我王贤明，是百姓之福，臣僚之幸，大王万岁！"群臣赶紧一起抢上前来山呼叩拜，接着各依爵禄身家报上所献粮米，公子、君侯献两万斛，世卿献万斛，大夫们或八千，或五千，或三千，最少的也愿意献一千斛，不大会儿工夫已经凑出二十万斛粮食来。

一 穷国霸道

有了这批粮食,赵国扩军的计划就有了底,赵王不由得眉开眼笑。

赵王是个深沉的人,平时难见笑容,今天却笑得这么灿烂,群臣虽然被逼献了粮食,有些肉疼,能讨得君王的欢心倒也值得。蔺相如更是被赵王的喜气鼓舞,胆子越发大了起来,又向上拱手:"大王,赵国自敬侯立国至今已有百余年,与诸侯征战不停,国土多有变迁,尤其武灵王败林胡、楼烦,兼并中山,扩地千里,国力大增。可这些年国库却难得充盈,百姓无衣无食,究其原因,实是田亩册籍混乱,税赋不能足额收取,以至于入不敷出。臣以为大王应该派专人到全国各处清丈田亩,重新造册,以新造册籍为准重订税赋,如此一来国库每年可增收百万,治军备战就有粮饷可用了。"

蔺相如这话一出口,朝堂上顿时静了下来,赵国的重臣们一个个面面相觑,就连最卖力气为蔺相如叫好的廉颇也不吭声了。

蔺相如竟要清丈田亩,这还得了?

平原君是群臣之首,这时候自然轮到他说话了:"蔺卿要清丈田亩,敢问是要清丈何人之田?"

"自然是全国田产全部清丈,重新造册。"

平原君冷着一张脸硬邦邦地说:"自周天子分封天下以来,君王有公田,大夫有采邑,士人有产业,祭祀皆有定数,太牢、少牢之礼不可稍乱,一黍一稷一盘一樽皆不可少,此是礼法所依,岂可任意毁坏?蔺卿说要清丈田亩,请问是要先清丈公田,还是先查大夫名下的采邑?"

平原君追问是否清丈公田,是拿赵王的名头来压蔺相如,这话说得十分厉害,蔺相如心里更加慌乱,可得罪人的话已经说出来了,总得力争一番才罢。既然平原君带头出来争执,蔺相如就从这里先下说辞:"君上是

柱石之臣，贤名冠于四海，可否为群臣做个表率？"

赵胜早料到蔺相如有此一问，冷笑一声："我名下食邑半是先王所赐，半是大王所封，均已在册，蔺卿忽然要丈量田亩，是怀疑本君侵占了别人的田产吗？"

其实像平原君这样的大贵族名下采邑多达万户，那些大夫也有几千户、数百户不等，这些农户世代给贵人为奴，子孙生息，人口越来越多，都被瞒了起来，贵族们就利用多出来的人力开拓荒地并入自家的采邑，这些新开垦的土地当然被瞒了下来，皆未在册，自然不肯纳税，所产尽为贵人占有，成为他们手里的一大财源，此事众人皆知，蔺相如想清查的也正是这些被瞒报的产业。

平原君是个精明人，知道自己手里的庄田比官册所计多出一倍还不止，在这上头实在瞒不住人，干脆自己先把这话说出来，征得满朝权贵暗中响应，把殿上众臣都变成了他的同谋，接着又冷笑道："当年孟尝君田文受领薛地，有采邑六万户！可他为了养士耗尽家财，逼不得已在齐国放债赚钱养活门客，结果放贷害民坏了名声。本君的采邑不过万户，所产能与田文相比吗？我府上食客不多，却也为国养士三千余人，衣食供给日费百金，若依蔺卿之言，本君是否应该遣散门客，自此不再养士？"

平原君的话表面是在哭穷，其实等于承认了自己瞒报田产避税自肥的事，只是他说话时打着"国家"的幌子，骄横已极，蔺相如竟不知如何发问，半天才说了句："君上为国养士，还是应该的……"

蔺相如的话头儿软了，赵胜更加得势，隔席指着蔺相如厉声问道："蔺卿说得容易，可养士之钱从何而来？难道本君也要学那田文的样子，在赵国放债养活士人？如此一来，赵国的王孙皆成了市井商人，还有没有礼法尊卑，还要不要国家体统！"

赵胜的几声断喝把蔺相如吓得脸色灰白,忙又偷看赵王的脸色,却见赵王低垂着头,双目微闭,脸上毫无表情。

说真的,赵王也没想到蔺相如如此鲁莽,居然提出"清丈土地"的话来。

赵王何是赵国的君主,这一国的土地金钱都是他一个人的,在赵王眼里,这帮勋戚大夫私蓄人力瞒报田产,全是在他的粮仓里打洞偷食的老鼠,赵王怎么会不恨他们?可在这件事上赵王比蔺相如明智,也更了解公卿大夫的心态,知道公卿大夫一个个把手里的采邑看成命根子,让他们献些粮食还好办,可清丈田亩就是要削减他们的采邑,这帮人是要跳出来拼命的!赵王虽是孤家寡人,毕竟不能以一人之力抗衡满朝权贵,眼看赵胜如此发难,重臣们虽然不便公开附议,看意思也都站在平原君一边,赵王知道这事办不成,这时候自己说话也是多余,只会让蔺相如和赵胜越吵越凶,收不了场,不如装一回糊涂吧。

在提出这条国策之前,蔺相如早想到自己的主意会遭到权贵们的反对,却没想到平原君的反对如此强硬,言辞又是如此激烈,竟拿"礼法尊卑、国家体统"来压他,满朝臣子没有一个人支持他,加上赵王的态度忽然变了,蔺相如更加乱了阵脚。这位出身卑贱的上卿与敌国争斗时最有胆色,敢在万众面前斥责秦王,可在赵国的王廷上却软弱圆滑,根本没有抗争的骨气,立刻见风使舵转了话题,笑着说:"清丈田亩不过为了筹粮,筹粮也是为了攻伐扩地……"说到此处,眼巴巴地看着赵王,想求君王替自己解围。

赵王当然明白蔺相如的处境,立刻说:"蔺卿说的对,征伐扩地是大事,不知赵国应从何处下手?"

一提"清丈田亩",王廷上顿时剑拔弩张,现在说起打仗,气氛马上缓和下来,群臣都松了一口气,平原君也收起了一脸怒容。蔺相如知道自己刚才那话把平原君得罪得不浅,赶紧补过,拱起手来笑着说:"想必君上心里早有计划,不妨说说吧。"

蔺相如请平原君献策,其实是个赔罪的意思。平原君也就不和蔺相如计较了,转向赵王奏道:"大王,魏国称霸百年,屡屡侵夺赵国土地,东面占据几县,西面夺了房子,南面又占据故都中牟,修筑安阳大城以塞邯郸之口,臣以为赵国要对付强秦,最要紧的就是强固王城,以绝后顾之忧。我军应先拔几县、房子,绝东西两路之患,再夺安阳,将魏军击退三百里以巩固邯郸。"说到这里故意略停了停,看有没有人出来附和,蔺相如的动作比谁都快,早在一旁抚掌赞道:"君上所言极是!"

蔺相如果然识趣,把露脸的话送给平原君去说,又在一旁喝彩帮腔,赵胜脸上这才有了几分笑容:"从当前局势看,整固邯郸防务才是当务之急。要想邯郸无忧,必须夺取几县、房子、安阳,这三处都是大城,须用精兵猛将方可制胜。"说到这里却又停住,打算把话题推回给蔺相如,让他跟自己一起露这个脸儿。

平原君和蔺相如一是君侯一是上卿,都是聪明识趣的人,在王廷上极少争执,而是尽量互相帮衬,这样既显得自己心胸宽大,又透出赵国君臣和睦,没有党争,赵王也高兴。现在平原君和蔺相如一搭一唱,正乐在其中,赵王忽然接过话来:"平原君说的有理,就命上大夫楼昌提兵先取几县,再夺房子、安阳。"

赵王最信任的将领是亚卿廉颇,当此大战之际,群臣都以为赵王必用廉颇为将,想不到赵王却要用楼昌打头阵,平原君觉得十分意外,一时竟不知如何回答,坐在蔺相如下首的廉颇心里也咯噔一下,悄悄变了脸色。

群臣之中唯有蔺相如明白赵王的意思。

楼昌是楼缓的弟弟，而楼缓是个让赵王痛恨的奸邪之人。虽然楼缓的所作所为楼昌未必知情，可赵王毕竟不再信任楼昌了。这次赵王命楼昌去攻打几县，其实是要架空此人，夺他的兵权，再找借口把楼昌逐出王廷，从此不再重用楼氏一族。

赵王在楼缓这贼身上吃了大亏，满朝臣子谁也不知道，也就弄不懂赵王摆布楼昌的用意，只有蔺相如知道赵王的心思，急忙给赵王帮腔，抢在众人之前奏道："大王英明！楼昌大夫英勇善战，能当大任。但列人是防备齐国的要塞，不可轻忽，臣以为楼昌出征之时，可以命上大夫燕周统率列人之兵。"

列人是邯郸周边三座要塞之一，与武安、武城并列。现在赵王和蔺相如一唱一和，不动声色之间已经收取了楼昌的兵权。楼昌却毫不知情，还以为赵王这是要让他出战立功，满心欢喜，忙上前拜谢。赵王看也不看他一眼，只问蔺相如："攻取几县当用多少兵马？"

蔺相如忙说："几县守军不足万人，臣以为当年望诸君伐伯阳用兵两万，七日而定，楼昌大夫的本事绝不在望诸君以下，且赵国眼下缺粮，也不宜调动大军，就调列人之兵三千，巨鹿、沙丘、柚人之兵各三千，刚平之军五千，应该足够了。"说到这里，偷着瞟了楼昌一眼，见这位上大夫满脸狐疑，欲言又止。

蔺相如附和君王之意，命楼昌去伐几县，可所调之兵却少得可怜，不但楼昌心里大为不满，就连其他臣子也看出内中有鬼。

但蔺相如知道赵王一心要收拾楼昌，却又不肯让臣下知道，自己这个做上卿的就必须出来唱这个白脸儿，"陷害"楼昌。既然已经做了小人，

也就无所顾忌，只想着要堵楼昌的话头儿，不让他因为兵少向赵王分辩。就抢先对赵王奏道："臣还有一事奏与大王：公子丹年纪已长，仁孝聪慧，颇孚重望，上次大王赴渑池之会，公子丹留守邯郸，处理政事井井有条，臣请大王立公子丹为太子，也好多为大王分忧。"

蔺相如请立太子，这是一件天大的事，顿时把伐魏的事压了过去。楼昌虽然觉得不对路，一时却也插不上话了。

公子丹是赵王的长子，聪明能干，性情直爽，人缘极好，赵王对他爱如珍宝，群臣更是没有不奉承他的，何况赵王早前就命公子丹监国，立为太子的事早就挑明了。现在蔺相如当廷提了出来，平原君第一个高声道："蔺卿言之有理！臣愿附议。"廉颇、乐乘等人也抢着表态，全都倾力赞同。赵王面露微笑，却并没有立刻答应，只说："此事容后再议吧。"

立太子是大事，除了重臣当廷推举，还要进表再议，公族会商，宗庙占卜，但赵国的立储之事早已内定，并无枝节，廷议至此也就散了。赵王起身进了后殿，群臣纷纷退下，只剩一个楼昌昏头涨脑地站在那儿，不知用这不足两万人马如何能攻克几县？更不明白自己这是得了重用，还是遭了陷害？

别说楼昌弄得一头雾水，就连赵王、平原君和蔺相如也都想不到，今日所议，竟是自赵武灵王胡服骑射以后赵国唯一的一场改革，可惜这场改革尚未落地就被世袭贵族们联手扼杀了。

从赵王何二十二年蔺相如改革田亩的主张被否决，直到赵国灭亡为止，这个一心想称霸的穷国再也没出过蔺相如这样的臣子，当然，也再没有改革的机会了。

廉颇攻克安阳

虽然赵国君臣下定了伐魏的决心,可真正实行起来却又着实不易。

赵国连遭巨灾,国内乱到如此地步,多亏有个能臣蔺相如出了几条好主意,全国整修水利,开官仓以工代赈,鼓励军人在驻地屯垦,把流民中的青壮编入军伍,由国家供养这些年轻人,叫他们不要闹事,同时用新兵替代精锐士卒守城,而精兵集中起来准备用于攻伐,这些策略虽然条条得当,真正实施下去,还是足足浪费了一年工夫。

此时秦国在楚地用兵已经两年,西边的司马错占了巫郡,在黔中郡和楚军恶战不休,东边白起大军已经破夷陵,焚郢都,把小半个楚国的土地并入了秦国。赵王本打算趁着秦国全力伐楚无暇东顾之机向魏、齐两国大举用兵,可被国力拖累,秦人在楚地的攻伐即将告一段落,赵国大军还没出国门呢。

国力,这是实实在在的两个字,在这上头掺不得假。和沃野千里民生殷富的大秦国相比,急火火一心想要称霸的赵国,国力差得太远了。

周赧王三十八年,也就是赵王何在位的第二十三年,赵国总算从大灾中缓过一口气来,入冬之后,依赵王之命,赵国的国戚楼昌把列人郡守之职交托给上大夫燕周,自己率领两万多人马出赵长城,渡过黄河去攻打魏国的几县。

魏国一百年前曾是天下霸主,兵强马壮,西边攻秦,南边破楚,东边拒齐,北边伐赵,夺取了大片土地。可随着魏国的势力逐渐衰落,在秦、

齐两大强国的压力下，魏国的势力步步后退，很多早年攻下的土地离魏国本土越来越远，有些甚至与本土隔绝，只能靠魏国的余威勉强维持。赵国计划夺取的几县、房子两座城池都是这样的情况。

几县筑在黄河南岸，北边是五国伐齐之后被秦国割据的陶邑，此处与秦国不相连，仅驻扎了几千秦军，却因为是穰侯魏冉的封邑，齐、赵、魏三国都不敢打它的主意。几县东边是齐国的平邑、范县、黄城；南边是赵国在黄河岸边筑起的要塞刚平城，从三面把几县围在当中，只有一条道路和安阳大城相连，可几县与安阳相距两百里，中间还要两次渡过黄河，整个行程都在赵军监视之下，安阳军马想救几县实在鞭长莫及。

在所有人看来，几县之战应该手到擒来，却想不到赵王和蔺相如从中弄鬼，只给了上大夫楼昌一万八千人马，而且这一点儿兵马还是分从五处城池召集起来的，虽比几县守军兵多，可就以这么点兵力想攻下一座城池，还是太难了。这时候楼昌也感觉出朝中似乎有人在暗算他，可楼昌做梦也想不到害他的人是赵王，只是深恨蔺相如罢了。

事到难处也没有退路，楼昌只能拼命去做，一到几县城下，立刻以刚平的五千军马为主力开始攻城，前后苦战两个多月，士卒折损一千余人，倒是撼动了城里的魏军，可兵力太少不能速胜。春节过后，楼昌不得不上奏赵王请求增兵，哪知赵王不问青红皂白就发下一份诏命，以"出战不力，挫折军威"为名把楼昌好一顿申斥，让他交卸兵权回邯郸领命，同时下令亚卿廉颇、上大夫韩徐率兵五万再攻几县。

接了这道不近情理的诏书，楼昌理所当然地认为这是蔺相如和廉颇暗中串通，在赵王面前设计害他，又气又恨，可也没有办法，只能交出兵权回了邯郸，赵王当着众人的面又把楼昌好一顿数落，说得楼昌抬不起头来，最后才说了两句客气话，让楼昌回府休养，楼昌只得灰溜溜地

回家躲了起来。

从这天起，与赵王同出一脉的楼氏贵戚在赵国彻底失势了。

与此同时，亚卿廉颇率领七万大军向已经残破了的几县城垣发起猛攻，仅五日就顺利破城，赵王闻报大喜，立刻赐给廉颇采邑五百户，其余有功之人皆得重赏。

攻伐几县，只是赵军对魏国的第一战，对廉颇来说，一座几县也算不得什么功劳，依赵王所命，赵军接着就要攻打魏国的安阳和房子。

安阳是魏国北部最大的要塞，驻扎精兵三万，城防十分险固，想攻取安阳无疑是一场硬仗。廉颇这个人脾气虽然孤僻，作战却以稳健著称，知道安阳不易攻打，就决定先取房子，然后集中一切力量回头再攻安阳。

房子是早年魏国强盛之时从赵国手中夺占的一块土地。这里地处魏上党郡的一角，地形特殊，像个楔子一样深深揳入赵国的西部领土，西面是赵上党的重镇阏与城，东面有赵国的高邑城，南面是临城，北面是元氏，把一座房子城团团围住，孤立前出，守无可守，之所以还能被魏军控制，只是因为赵国早年行韬晦之策，结好魏国，始终没有对房子城用兵。但在攻伐伯阳时，赵军就曾切断房子魏军与外界的联系，断了魏军的粮道，房子城里的魏军也知道城池难以坚守，一度几乎弃城投降。可是随着秦军攻取石城、光狼，赵国措手不及，狼狈万分，不得不和魏国重新修好，魏军这才好歹保住了房子城。现在廉颇带着几万人马围住房子，并未立刻攻城，而是写了一封羽书射进城中，劝魏国守将投降，结果不到一个月房子的魏军就献城投降了。

廉颇兵不血刃取了房子，邯郸城里当然又是一番庆贺。君臣同庆的快乐时候倒是平原君想得长远，向赵王提议：魏国所建的房子城位置偏东，

如今秦国是赵国的头号大敌，秦军偷袭石城、光狼的教训不能不吸取，请赵王下令，废弃魏国所建之城，向西另寻一处合适之地建一座大城，作为赵国上党郡的兵马粮草周转之地，一旦阏与城有战事，房子的兵马粮食可以做阏与城的后援。

平原君的想法极为稳妥，赵王立刻发下诏命：命廉颇推倒魏人所筑之城，在旧城以西另选险要之地筑一座大城。

得令之后，廉颇立刻亲自出发，在房子旧城西面七十里外选了一处高地，命人准备了几千副夹板和大量木夯，动用两万兵士择地取土，准备筑城。为了让城墙筑得更牢固，廉颇又命人到河边割苇，从山里采了灰石，先用木柴烧制，再投入水中熬成灰浆，用石灰浆拌合黄土和芦苇，夯打出来的墙体坚固无比。随着城墙越筑越高，运土的器具不够用，赵军就到附近乡村征集百姓的箩筐、炊具、食器用来担土上城，听说廉颇在房子筑城，四乡百姓也纷纷放下手里活计来帮忙。

眼看百姓们自发地来为国家做工，廉颇倒想起了蔺相如在朝堂上说过的"以粮代酬"的法子，就从军中拨出一批粮食给筑城的百姓们吃。

此时的赵国经过连年灾荒，百姓食不果腹，日子过得很苦，听说帮着筑城就有饭吃，那些困在乡下靠野菜稀粥过活的乡民成群结队拥了过来，抢着替赵军做事，只几天工夫，房子城下已经聚集了六七万百姓。眼看军粮一大半都叫百姓们吃了，韩徐不禁发起愁来："将军，筑城的百姓越来越多，长此下去只怕军粮就要耗尽了，这可怎么得了？"

韩徐的顾虑也有道理，可百姓们已经来了，总不能再把他们赶走吧？廉颇皱着眉头想了半天，忽然一拍脑门笑了起来："韩大夫，这是好事！大王本想在今年先取几县、房子，明年开春再攻安阳，可咱们已经取了几县、房子，又有百姓帮着筑城，尽可以腾出全部兵马去攻打安阳，何必等到明

年开春呢?至于军粮,干脆全部留在房子给百姓们吃,等大军到了南长城下,再让武城的赵奢给咱们准备一批粮食就行了。"

廉颇这个主意倒很巧妙,韩徐听了连声称是。廉颇当天就写了奏章送往邯郸,同时整顿军马准备南下攻打安阳,军粮大半抽调出来留给筑城的百姓们食用。

只五天工夫,邯郸来了诏命,一切照准,于是房子的赵军开始向安阳方向调动,筑城的事全部交给百姓们去做了。

赵军要往何处调动,乡民们当然不知道,他们只知道亚卿廉颇仁义,把军粮全部留在房子给百姓们吃,消息传开,四乡百姓欢声如雷,来筑城的人塞满了大路,有些乡民感念廉颇之义,干脆不食国家之粟,自带干粮跑来帮着筑城。眼看房子的城墙筑得飞快,廉颇心里也很痛快,正要动身南下,却见一大群乡民搀扶着一位须发如雪的老人走过来,廉颇忙下车相迎。那老者上前向廉颇行礼,颤巍巍地说:"小人自幼生在房子城下,六岁那年房子就被魏人占了,从那天起,咱赵国百姓给魏国人纳了几十年的税,受了几十年的欺负,现在大将军收复房子,真是救了百姓们的命了,小人这里谢过将军。"说着趴在地上要给廉颇叩头,廉颇急忙拦住。

那老者又指着城墙说:"房子既然夺回来,就再也不能让它失守了。所以这城墙一定要筑得坚固才好。我听孩子们说,大将军这次是学了周文王筑西歧城的法子,先用大锅把黄土蒸熟,再用米浆搅拌,筑出的城墙比石头还硬,千年不坏!这是好事,大将军为一方百姓做了好事喽。"

听那乡民说的有趣,廉颇忍不住哈哈大笑,也不把事说破,只说:"咱们赵国人好不容易收复房子,一定要在此地筑一座千年不倒的城池,不管秦人还是魏人,都别想再侵夺赵国的土地。"那老人又冲廉颇作了几个揖,乐呵呵地走了。廉颇的副将韩徐在旁笑道:"这些乡民也真糊涂,竟以为

咱们用大锅蒸土,用米浆灌城,也不想想,修一座城墙要蒸多少黄土,咱们到哪去弄这么些柴火,黄土又怎么蒸得熟?再说,这几年灾荒不断,人都没饭吃了,谁舍得把那么多米浆往土里灌?"

廉颇对韩徐笑道:"咱们这些战场上的人筑城,都用石灰水和泥,石灰这东西遇水发热,化为白浆,乡人无知,就把热腾腾的石灰浆当成米汤了;用滚热的石灰水和泥,那泥土里自然冒出气来,再用行军的铁锅运土上城,给乡民们看见,又以为咱们架锅煮土,这都是笑话。话说回来,以讹传讹也是好事,他们相信房子城筑得坚固,就能在此地安居乐业,有强敌来犯时,百姓们守城也守得踏实些。"

安排好了房子之事,廉颇率领七万大军向安阳进发。

安阳城中原有五万精兵,但秦军围困大梁之时,魏无忌调动黄河北岸的魏军回援,安阳兵马因此减至三万人。安阳前面还有一座伯阳城,早前被赵军夺取,后来归还魏军,可伯阳的城墙已被赵人摧毁,到现在也没恢复起来。在得知赵军攻克几县、房子两城的消息后,魏国在河北的统帅新垣衍已经估计到赵军下一步可能会攻取安阳,为了稳妥起见,新垣衍亲自赶到安阳,下令放弃了无法固守的伯阳废城,将周边军马尽数撤进安阳,仍然聚集五万大军,集中一切力量死守安阳。

廉颇这个人打仗一味求稳,房子城下耽误了时间,反而使安阳的城防得以加强,以至于安阳城更难攻打了。

得知安阳守军已经增至五万,蔺相如担心廉颇难以取胜,急忙上奏赵王请求增调兵马,于是赵王下令调集武安、武城兵马各一万,邯郸之兵一万赴安阳,统归廉颇调遣,又命武城郡守赵奢随军出征,做廉颇的副手。

廉颇出征时自将兵马五万,在几县接掌楼昌所部两万,如今又得援

兵三万，全算起来，手下已经有了十万大军。加之秋收已过，这一年赵国收成尚可，赵国人好歹有了饭吃，廉颇的底气更足了，立刻率领大军出赵长城，渡过洹水直取安阳，于十月初七开到安阳城下，从北、东、西三面围住安阳。

虽然赵国为克安阳集中了强大的兵力，可安阳大城毕竟不易攻打。这座大城方圆十里，城墙高有七丈，在城下又筑起石垒长郭作为防护，城墙上女墙环绕，箭楼林立，城中五万军马是河北魏军的主力，守将新垣衍也是一位能打硬仗的将军。赵军虽有十万之众，想攻取安阳只怕仍然旷日持久，而魏国一旦腾出手来，从河南调兵北上援助安阳，胜负就更难预料了。

赵国伐魏，主旨在击退魏国势力，保证邯郸的安全，若不能攻克安阳，这一战就达不到目的。廉颇用兵沉稳，面对坚城，实在不愿意让赵军多有伤亡，回到营中想了一夜，终于拿定主意，把赵奢、韩徐二人找来商议："安阳城池整固，兵马雄壮，强攻不易，不如挖掘地道破城。"

听了廉颇的主意韩徐立刻点头称是，赵奢却有异议："地道之法胜在奇袭，可安阳守将新垣衍是久经沙场的名将，这一计只怕瞒不过他……"

廉颇是个典型的赵人脾气，强硬孤倔，拿定了主意就是撞了南墙也不回头，不等赵奢说完就把手一摆："还未试过怎么知道不行？我打算在城北大营中一字排开掘出十五条地道，就算魏人防得了三五条，总不能将我的地道尽数破去吧？"

面对安阳这样的大城，地道破城的确是个减少伤亡的好办法，廉颇是军中主帅，赵奢在他面前也不便相争："只是魏军在城下筑有石垒，我军必须先清除壁垒迫近城池，地道发动时才有效力。亚卿只管挖掘地道，我率武城之兵先破城北壁垒。"

赵奢为人骁勇憨直，和廉颇很对脾气，见他站出来揽硬仗，廉颇忙说：

"有劳大夫了。"韩徐也说:"赵大夫只管向前,我带兵马自后接应。"

商定攻城策略之后,众人立刻动起手来。廉颇指挥三万人在赵军大营后挖土挑石开掘地道,赵奢率领一万武城锐卒攻打魏军设在北城下的石垒,韩徐领一万军士在赵营外架设床弩、砲车数百架,用矢石压制城上魏军,协助赵奢军攻打壁垒。

在赵武灵王称雄以前,赵国一直是个处在防御地位的弱国,所以赵军颇善守御之术,能造各种器械。赵人所用的床弩重七百斤,弩臂长六丈,一弩可发七矢,所发巨矢长丈余,粗如儿臂,射程远至九百余步。所谓砲车就是各国都有的抛石机,只是赵人所用的抛石车形制巨大,投臂长十余丈,梢头上又置一横木,一字排列五只巨大的铜盘,每个盘中放一枚五斤重的石球,上百军士一起扯动绳索拽起横杆,一次可以抛出五枚石球,飞至一百五十步外,雨点般落进魏军的石垒之内,打中石墙就是一个豁口,城内屋顶皆可洞穿,若击中人马非死即伤。韩徐所部就用这些砲车对准魏军壁垒用石弹抛打,自晨至午一刻不停,安阳城头的箭垛角楼多被损毁,兵士伤亡数百,整固的石垒也变得残缺不全,守城的魏卒不得不退到屯兵洞里躲避,石垒中的魏卒也退下了石墙,赵奢才率领部下健卒向石垒发起冲击。

自赵王继位以来,赵国还是第一次集中如此强大的军力展开攻伐,赵军锐气极盛,赵奢又是能个打硬仗的将军,身先士卒,亲自率兵向前猛冲。只听对面壁垒后传出一片吼声,无数魏卒从石垒上露出头来,弓矢雨点般射来,赵军顿时伤亡遍地,后面的人头顶长牌舍命而进,顷刻到了石垒之下,人群里递出几十根合抱粗的巨木,木桩左右装着几十根抓手横木,前端镶

着一只锐利的冲角，几十人肩扛盾牌手握横木，用木锤猛撞石墙，队伍后又有几十辆辒辒缓缓而来，这些攻城车辆都用巨木制成框架，车顶蒙着厚实的生牛皮防御弓箭礌石，车内有四十名兵士用人力推动车辆向前，车梁正中悬着一根粗大的铁锥，左右各有十个抓柄，二十名力大如牛的军士握住抓柄，推动铁锥向前猛撞，几下就能在石墙上撞出一个窟窿。

眼看赵军祭出如此攻城利器，石垒后的魏军更是箭如雨倾，又有军士将整锅的开水和滚油送到石墙顶上，往赵军密集处倾倒，烫得赵国士卒焦头烂额纷纷退避。顷刻间又有无数装满火油的陶坛从墙后掷出，砸在辒辒上立刻粉碎，火油四溅，墙后魏卒紧接着射出火矢，将辒辒逐一点燃，可赵国士卒勇悍非常，冒烟突火，不顾生死，仍然操纵冲车猛撞石墙。眼看石垒上的守军在赵军的攻势下逐渐动摇，守在城头的新垣衍急忙命令三千精兵打开北门从侧翼向赵军反扑。

此时赵军先锋一万余人已全部冲到石垒之下，赵奢也提了一条长戟，就立在石墙之下三十步外督战，眼见赵军攻势炽烈，魏军的城防已有所动摇，忽然身侧喊杀震天，大队魏军蜂拥而出，从侧面向赵军杀来。赵奢举起长戟向部下高叫："不要慌乱，分兵拒敌！"自己挺戟向前当先迎击魏军，还未登城的赵军都跟在赵奢身后上前迎战。一时间长垒下铁甲纷坛，矛戈并举，两支军马犬牙交错混战成一团。

乱军之中，赵奢奋力向前连杀数人，忽然一支铁矛拦腰刺来，正中左肋，立刻血流如注。部将们急忙上前护卫，赵奢已经杀红了眼，半步不肯后退，只管向前猛击，混战中迎面又射来一支羽箭，正中右胸，直透铠甲，好在甲叶坚厚，伤得不重，赵奢掷了长戟，抽出短剑一挥，斩断了箭管，左手掩住伤处，右手舞剑对士卒们大叫："赵人被魏国欺负了一百年，今天倒叫魏人尝尝赵人的厉害！"赵军被主将激励，一个个都发起狠来，不顾性

命地向前猛冲，不到一个时辰就将出城的魏军击溃，余部逐次登上石垒，和魏军混战在一起。

到这时，赵奢身上的两处伤口流血不止，实在有些支撑不住了，部将们好说歹劝，总算把他扶了回来。听说赵奢受伤，廉颇忙赶来探视，赵奢赤着上身让人裹伤，高声对廉颇道："石垒虽然未破，也有六七分了，亚卿再容我一夜工夫，天亮时必见分晓。"说罢从身边人手中接过一支矛，赤着膊又要上阵。

见赵奢如此英勇，廉颇心里感动，也知道他伤得不轻，哪能再让这位上大夫去阵前冒险，忙一把扯住，回头吩咐韩徐："你领一万人上前接应武城兵马，既然壁垒已被撼动，今夜不要停歇，连夜攻打，限明日一早突破外垒，直逼城垣。"韩徐领命而去，赵奢这才被人搀扶着回帐中休息去了。

这一夜，韩徐领着两万赵军一刻不停地猛攻壁垒，魏军屡次出城反扑都被赵军击退。到天明时已经攻克壁垒数百丈，长垒后的房舍帐篷全被赵人纵火焚烧，城北壁垒中的魏军眼看守不住了，纷纷退入城中，赵人随即将石墙推垮，这才缓缓退去。

至此，安阳的北城墙彻底暴露在赵军面前了。

清除一座外垒，并不能撼动整座安阳大城，赵军攻破壁垒也只是为挖掘地道清除障碍。所以赵军恶战一昼夜夺了石垒之后，攻城之势反而缓了下来。廉颇命韩徐率兵三万佯攻城池，自己亲自督兵三万昼夜开挖地道。

赵人开掘的地道每条相距十五至三十丈不等，在地下两丈深处，各高六尺，宽一丈，十五条地道齐头并进，每日掘进二十丈，整整挖了三十天，估计已经穿过城墙，只需再挖一两天就可以破开洞口，从地道向安阳发动奇袭，却不想就在这一天，赵军士卒们和往常一样在地下挖洞，一镢头下去，

前面忽然挖穿了，透进一片光亮来！不等赵人反应过来，无数长矛已经顺着挖开的洞口捅了进来。赵兵都缩在狭窄的地洞里，身后挤满了人，退不能退避无可避，前面的都被长矛捅死在洞口上，后面的人急忙想退，可前后拥堵，一时根本退不出去。眼睁睁看着魏人在地道口投下湿柴，浇上火油点燃，又用牛皮风箱一鼓，滚滚黑烟直向洞口灌了进来，地洞里的赵军惊呼惨号，不顾性命地往回乱钻，可越是着急洞里堵得越紧，结果十五条地道里的三千多伏兵只有不足一千人逃了出去，其他的都被活活熏死在地道里了。

原来赵军的"掘子"之术早在魏人算计之内。

魏国河北守将新垣衍是个能征惯战的将军，亲到安阳以后立刻布置城防，为防赵军地道破城，新垣衍下令在城墙内侧每隔五十丈挖掘一处井穴，深约两丈，井底放一只瓦缸，命军士伏在缸中日夜聆听动静，地下有掘土之声，魏人隔着百丈之远就能听到。赵军地道迫近城墙之时，魏人早已听到了动静，根据声响判断，知道赵军地道都在城北，也估算出这些地道的走向和进度，于是新垣衍下令沿着城墙内侧挖了一道壕沟，深约三丈，正好截断赵军地道的走向。赵人把地道挖到长壕之前，自然就挖穿了，守在壕沟里的魏军早有准备，立刻用长兵刃刺杀了当先的赵人，然后用准备好的湿柴点火烧烟灌进洞里，将地道里的赵兵活活熏死，接着用巨夯在地道顶上锤打，用不了一刻工夫，已将十五条地道的出口全数砸塌封死，赵人一个多月的苦功前功尽弃，反而赔上了两三千条人命。

想不到"掘子之术"败得如此惨烈，廉颇大怒，立刻集兵三万从城北猛攻安阳。这时赵奢的伤势也已无碍，不顾手下劝说亲自上阵，三万赵军奋勇登城，城上的魏军立刻箭矢如雨，礌石纷投。

安阳城中魏军多用砖礌和泥礌守城，砖礌是用石灰浆把青砖像砌墙一样整砌起来，形成一个三丈多长的砖垛子，外面再用黄泥包裹，泥礌则是把黄土混以芦苇草秸和成泥打成土坯，再砌成垛子，表面糊上黄泥，晒干之后放在城头。使用的时候，合数人之力搬起巨礌向城下投掷，既可摧折云梯，把攻城者打落，破碎的砖石泥块落到城下，被砸中的也会死伤。这些砖礌、泥礌就地取材，用之不尽，赵军每次攻城，魏人都以成千的礌石从城头打下，又有数不清的飞钩、叉竿、剡斧之类从城头飞掷下来，或钩或铲，袭击攻城的赵军，杀得赵人惨叫连连，坠落如雨。

眼看士卒伤亡日增，安阳大城岿然不动，廉颇心里着急，下令集中营中的砲车向城头抛石，想摧毁城头箭垛女城，不想守将新垣衍一声令下，安阳城头竟竖起一道巨大的罗网，顿时把整个城墙都护了起来！

原来赵军第一天攻城时，魏卒着实领教了砲车的厉害。新垣衍也是久经沙场的名将，早想到了应对之法，趁赵军闷头挖掘地道的空子，命百姓们搓了无数草绳，用了几十天工夫织起一张巨大无比的罗网，长有千丈，后面用木棍竹竿挑着，悬空支起护住城墙，飞掷过来的石头打在网上，顿时力道全失，都落到城下去了。

眼看围住安阳两个多月仍然不能破城，赵奢和韩徐都急了眼，廉颇倒还沉得住气，回到帐中翻来覆去想了一整夜，终于想到一条妙计，把赵奢、韩徐找来商量："安阳城防整固，强攻不是办法，我看还是再用地道之法攻城为好。"

赵奢忙说："此计已经用过，魏人也有了防备，只怕不妥。"

廉颇摇头笑道："大夫有所不知，这次的地道和上次不同。我想安阳一带田土肥沃，土质疏松，安阳的城墙内层是用熟泥夯打，外层用土坯砌就，厚七丈有余，分量一定极重，如果咱们从上次的地道中重新挖掘进去，

直到城墙底下，然后横向开掘，把十几条地道尽数挖通，做出一个几百丈宽、几丈深的大地穴来，用木梁撑住地穴，使其不致倒塌，梁柱上涂些火油，将人马撤出之后就点燃火油，把柱子烧毁，木柱一毁，整个地穴坍塌下来，岂不是连上面的城墙也一起拖垮了？"

廉颇提出来的是一个好大的工程，可面对坚城，除了这一招似乎也想不出别的办法来。当下三人计议停当，赵奢领兵继续佯攻，韩徐打起精神，又招集士卒从早前废弃了的地道挖掘进去，直到城墙之下，先把死在里面的赵人尸体拖出来，然后把地道拓宽，砍伐大树运进坑道里当作梁柱，上千人挤在狭窄的地道里，开始沿城墙走势往东、西两个方向挖掘，挖开一段，就用柱子顶起。就这么硬着头皮又挖了一个多月，坑道内不知塌方了多少次，损失了几百条人命，地穴终于越挖越深，越扩越大，最后在城墙底下挖出一个东西向长约三百五十丈，深约五丈的大洞来。又从下向上打了几十处风眼，引进空气，准备在地穴里放火了。

赵军在城外大挖地道，城里的魏人已有所觉察，可守将新垣衍棋差一招，没想到廉颇竟出了这么一个费心巴力的笨主意，只想着城里挖的一条横沟已经堵住了赵人入城之路，虽然城外每天都有声响，新垣衍却始终没能猜透赵人在干什么。直到地穴已成，围攻北城的赵军整队后撤，几万人马在百丈之外排开阵势，似有举动，新垣衍才觉得有些紧张起来。

这时掘洞的赵军已经从地穴里撤出，最后出来的人举火点着了支撑地穴的梁柱。

片刻工夫，只见风眼里冒出滚滚黑烟，越来越浓，几万赵军都屏息而待，城上的魏军虽然不明所以，却也被这紧张的气氛感染，都站在城头愣愣地往下看着，心里说不出来由地慌乱起来。可是等了几个时辰，仍然不见有什么变化，只是风眼里冒出的烟雾似乎逐渐散了。

到黄昏时分，风眼里已经不再冒烟，不久天完全黑了，往安阳城下看去，风眼里既不见烟雾也不见火光，一点动静都没有，不知是地穴中的梁柱全烧尽了，还是风眼打得不够多，火势自己熄灭了。

眼看攻城之策又没起作用，廉颇又羞又恼，气得站在阵前骂娘，赵奢、韩徐也不好劝他，正要解散兵马回营休息，忽听得地下"嗵"的一声巨响，似乎有什么巨大的东西倒塌下去，还没等众人醒过神来，地面上又是一声闷雷般的轰响，只见安阳北城墙正中央的地方忽然向下一沉，塌陷了有三四丈深，厚实的土墙硬是从中间撕裂成两半，西侧的半堵墙垣整个崩塌下来，露出了一个十几丈宽的豁口！

眼看安阳城墙倒了！城下的赵军欢声如雷，廉颇把手向前一指，成千上万的士卒向着城墙豁口蜂拥而上。新垣衍急忙令魏军堵塞缺口，可眼前事发生的太突然了，城头上的魏军已经乱了套，勇敢的人拼死向前，更多的人却四处乱钻乱跑，无法列成阵势。转眼工夫，赵军已经攀上城头，到处混战厮杀，鬼哭狼嚎，魏军步步退却。

眼看冲上来的赵军越来越多，城墙上的口子实在堵不住了，新垣衍知道安阳已经失守，干脆抛下士卒，带着残兵败将从城南撤出安阳，连夜逃往汲邑去了。

第二天，赵军彻底攻克安阳，廉颇命人飞马邯郸向赵王报捷。

二 内乱如麻

尔虞我诈

赵国攻克安阳大城，向南扩地两百余里，共占据大小城邑十余处，兼并百姓二十万人，魏国在黄河以北的势力被赵国全线击退，不但损失了土地人口，更失去了对赵、齐两国加以钳制的战略优势，对曾经称霸东方的魏国来说，这场惨败真是奇耻大辱。

到此时，魏国实在不能不应战了，太子魏圉立刻以魏王的名义召集群臣议事。

对赵国南犯的问题相国田文早已考虑到，而且胸有成竹："赵军虽精，然粮草不济，兵马不足，北面要对付胡人，西面又在整固关城防备秦军，南下之军不过十万，取安阳之后兵力已经用尽。魏国可从河南调兵十万，加上河北兵力当有二十万众，足以夺回安阳。"

听到"夺回安阳"四个字，太子魏王精神为之一振。田文接着又说："太子应该明白，对魏国而言，赵国只是肘腋之患，秦国才是心腹大敌，倘若秦军乘魏、赵交兵之时从河东郡进犯，咱们就可能吃大亏！所以魏军北进以前必须先加强西部的防御，以免秦军突破轵邑东进。这一次就要劳烦亚卿了。"

田文的顾虑很有道理，说到防备秦军东进，所有人都把眼光转向坐在上卿芒卯身边的亚卿晋鄙。

轵邑是魏国南阳郡的门户要塞，迎面与秦国占据的河东郡对峙。晋鄙忠勇干练，深得魏王信任。自从伊阙之战魏国名将公孙喜败亡后，晋鄙接替公孙喜执掌魏军精兵防御秦人，沉稳持重，最能坚守，使秦军屡次伐魏无机可乘。现在魏国即将与赵国开战，田文举荐晋鄙防备秦军，确是稳妥之计，魏王问晋鄙："晋卿以为如何？"

大事面前，晋鄙自然当仁不让，慨然道："太子信得过臣下，我明天就去轵邑，保证秦军无一兵一卒能入南阳郡。"

安排好应对秦国的策略，众人的心思又回到河北的战事上来。大夫苏代起身拱手："太子，赵人强悍能战，攻克安阳后士气正盛，需用一员猛将方能破敌。"

用猛将守河北，正是太子心中所愿，忙问："大夫想以何人为将？"

苏代在这时候跳出来，自然是要举荐暴鸢的，可他也知道做事不能操之过急，免得别人出言反对，应该先从好听的话儿说起："臣觉得新垣衍大夫就是猛将，只要给他足够的兵力，必能击退赵军，夺回安阳。只可惜河北兵马不足，又散在各处驻守，一时难以集中，臣以为可以从河南调一支兵马北上，助新垣大夫收复安阳。"

太子优柔寡断，这样的人总是喜欢念旧，新垣衍正是一位有资历的旧臣。现在新垣衍刚吃了败仗，苏代却说新垣衍有击败赵军的本事，其实是转着圈子取悦太子，再趁着太子高兴，举荐暴鸢提河南之兵北上增援，如此一来暴鸢手里就掌了兵权。哪想到，魏国的朝堂上尽是些机灵人儿，不

等苏代开口，坐在魏无忌下手的上卿芒卯已经笑着说："苏大夫言之有理，想收复安阳，应调河南兵马过河增援。眼下楚国新败，南边没有战事，就从阳夏、承匡、宁陵各调军马一万，再加上雍丘军马两万，共五万人马，趁赵军在安阳立足未稳，尽快北渡黄河收复失地。"

芒卯这话说得极有讲究。

上卿芒卯是魏国的名将权臣，深得魏王倚重，所以芒卯一直觊觎相国之位。偏偏魏王器重太子，故意把相位虚悬，好让太子执掌国政，芒卯离相国之位就差一步，却始终坐不上去。

到后来魏王病重不能理事，太子执了国政，偏偏时世作弄，为了发动五国伐齐，把相国之位交给了齐国来的田文。本以为田文是外来的客卿，在魏国站不住脚，想不到田文精乖油滑，能屈能伸，在相位上越坐越稳，甚而纠集朋党培植势力，眼看要在魏国扎下根来，芒卯当然不能容他。

这次田文和苏代一搭一唱，想借与赵国交战的机会让暴鸢掌握兵权，芒卯在旁边冷眼看着，心知肚明，抢在这个要紧的时候出手，就是要阻止太子重用暴鸢，顺便把自己的亲信安插到河北，扩充势力，排挤田文。所以他建议抽调的都是自己手下信得过的兵员将领，其中又以雍丘兵马为主，而雍丘的统兵大将正是芒卯的亲信段干崇。

芒卯嘴里没提段干崇的名字，但若依他的建议调动兵马，太子自然会以段干崇为将军。苏代忙拱手笑道："芒卿言之有理。只是楚人蛮勇暴烈，性喜侵夺，鄢郢之战败北后楚王迁都于陈，逼近大梁，显然对魏国不怀好意。我觉得南疆之兵不可轻动，以免被楚人所乘。不如就在大梁周边的黄邑、启封、中阳等地抽调兵马，此处靠近黄河，兵马北上的速度可以更快些。"

楚国迁都于陈威逼大梁，确实让太子有些担心，也觉得苏代的提议更稳妥，就势问道："苏大夫觉得何人可以统兵。"

太子有此一问，明显是支持苏代的提议，苏代心里窃喜，忙说："大梁城里现有一员名将，太子何不用他？"说着满脸带笑斜眼瞟向暴鸢。太子立刻会意，正在沉吟未决之际，坐在一旁的上大夫段干崇愣头愣脑地问了一句："苏大夫之意，是要用暴鸢为将吗？"

既然段干崇问出来了，苏代也就坦然言道："暴鸢大夫是韩国名将，早年曾与秦军百战，又有五国伐齐统率韩军的威名，对付一个廉颇应该绰绰有余吧。"

段干崇冷笑道："苏大夫，收复安阳大城是一场硬仗。暴鸢大夫在韩国领军多年，以善守闻名，可说到攻城略地，他未必强过新垣衍。"

段干崇说这样的话，明里是在贬低暴鸢，暗中却在显摆自己的战功。

魏国的战略要地分河北、河南、河东三地，河东有强秦，河北是赵、齐，都不容易对付，只有与楚国相邻的河南之地，因为楚王熊横安于享乐，政昏臣奸，楚国军马又不够精锐，所以芒卯与楚军作战从没吃过败仗，时常小有胜果，由此升为上卿，列武将之首。身为芒卯的亲信，段干崇自然也颇有战功，这些战功就是段干崇谋求河北领兵的本钱。

可惜段干崇是个武夫，说起话来不是那么稳妥，不经意间露出一个话柄。不等苏代回答，好半天没说话的相国田文已经插了进来："段干大夫言下之意，是要问新垣衍的罪吗？"

和晋鄙一样，新垣衍也是魏国的干城名将，极得军心，自驻守河北以来，齐国大军不能渡黄河，赵军兵马不能出武城。这次赵军夺取安阳大城，新垣衍有亏守土之责，但太子和重臣都知道河北之地离不开新垣衍，所以只用魏王名义下诏责备，并没有撤换新垣衍的打算。现在段干崇与苏代争执，无意间提起新垣衍，田文立刻抓住话柄质问过来，段干崇知道自己在太子

眼中的地位尚不及新垣衍，河北军中的威望更不能相提并论，一时语塞，忙偷看芒卯，只见芒卯两眼微闭，微微点头。

虽然魏国权臣们一个个慷慨激昂，都说要击败赵军夺回安阳，其实他们心里都很清楚，安阳刚被赵国攻取，对手锋芒正盛，此时想以武力夺回城池其实很难。田文、芒卯各自举荐自己的亲信到河北领军，目的都不在求胜，而是想借机掌握一路军权，增加朝堂上党争的筹码，所以田文、芒卯两大权臣作壁上观，只让手下的卒子出来争权。现在田文忽然亲自上阵，用"撤换新垣衍"质问段干崇，顿时把问题搞得复杂起来。

如果不谈战功，只论名望，段干崇既不如新垣衍，也无法与韩国名将暴鸢相比，若再争下去，以段干崇的资历实在不足以取代新垣衍，如果不争下去，则河北兵权就会归于暴鸢之手，这是芒卯不愿看到的。

事到如今，芒卯只好亲自出手，以上卿的身份接掌河北兵权了。

得了芒卯的暗示，段干崇立刻对太子说："安阳之战非比寻常，我军先前吃了败仗，不能再有闪失，新垣衍大夫虽然有勇有谋，毕竟是败军之将，锐气不足，臣以为太子应该派重臣到河北接掌兵权，妥为筹划。"

太子问段干崇："大夫举荐何人？"

"臣以为只有芒卿可当此任。"

段干崇话一出口，刚刚还争执不休的苏代立刻缩起头来不吱声了，相国田文也双目微闭养起神来。

大殿上静了片刻，坐在芒卯上首的公子魏无忌缓缓摇头："这样怕不妥当。赵军犯境虽然可恨，但魏国的大敌是秦国，不能和赵国纠缠太久。芒卿位高名重，若到河北为将，这一仗就必要分个胜负，只怕旷日持久，不好收场。"

确实，魏国虽然对赵国摆出强硬的态势，可众所周知，魏国真正的对手是秦国，与赵国同出三晋，有兄弟之情，一旦秦军西进，魏国还想仰仗赵国的强兵，所以不想和赵国撕破脸皮。上卿芒卯地位尊崇，非同小可，若派此人到河北领军，安阳之战就必须见个分晓，胜也罢败也罢，魏国和赵国必然由此交恶，对魏国实在得不偿失。

到这时芒卯才醒悟过来，原来自己早就落到对手布下的圈套里了。

田文和苏代都是玩弄权术的老手，知道暴鸢是外来人，与魏国上下并无渊源，想和段干崇争夺河北兵权，其实不易得手，所以一搭一唱，话里话外到处设下陷阱，故意要引芒卯自己跳出来。芒卯虽然老辣，毕竟打了半辈子仗，身上有一股武夫气，和这两个阴险的小人比起来还是急躁些，跳出来得未免太早，引得魏无忌说了话，芒卯一方顿时落在下风，田文这边倒省事了。

公子无忌是王孙公子，地位与众不同，为人正直无私，又有经世纬国的才干，魏国臣子都敬重他，奉承他，不愿意和魏无忌争执。可芒卯中了田文的计，说了冒失话，魏无忌出于国家利益的考虑插进话来，意思明显偏向田文。这种时候芒卯是不肯亲自说话的，自有段干崇为他打先锋，硬着头皮笑道："公子言之有理，只是安阳一战不能拖延，还需早做决断为好。"话是冲着魏无忌说的，眼睛却望着太子魏王。

在与赵国的战事上，太子的态度最为软弱，眼看若用芒卯为帅，这一仗只会越打越大，不用芒卯，又损了魏国上卿的体面，左右为难，只得说："今天先到这里，待我奏与大王之后再定吧。"

其实魏王病重不能视事，所谓"奏与大王"只是太子要和诸公子商量的意思，这时群臣自然不好再说什么，各自告退了。

拿定一个大主意

魏国即将与赵国交兵，相国田文和上卿芒卯却为了统军上将一事各执一词，太子左右为难下不了决心。这种时候魏国的臣子们一个个急着动起心思来了。

第二天朝会，对派何人率军北上一事太子仍然拿不定主意，只借公子无忌的嘴告知众臣：河北军马仍由新垣衍统率。

河北军马仍归新垣衍统调，实际上否决了由上卿芒卯接掌河北兵权的提议，虽然率军北援的将领究竟用暴鸢还是段干崇并没有定，可明眼人都看得出，田文这一方其实占了上风，暴鸢掌握兵权的机会大增。

朝会散了，众臣各自回府，中大夫须贾正要登车，却见段干崇笑眯眯地走了过来。须贾忙迎上去："段干大夫好。"段干崇也忙拱手笑道："须大夫好。早听说须大夫是个有主意的人，大王对你言听计从，我是个带兵的粗人，没什么见识，一直想多和大夫亲近，得些指教也好。"

段干崇是魏国的上大夫，爵位在须贾之上，又是上卿芒卯亲信的人，平时瞧不起须贾，不要说向他讨教，根本就不怎么来往。但近几年须贾得范雎这个有本事的门客之助，在魏国办了几件漂亮事，取悦了太子，在公子无忌面前也讨了彩，段干崇对他才稍微热络一些。现在段干崇忽然屈尊降贵跑来巴结，须贾已经隐约猜到缘故，却不点破，只含糊应道："段干大夫太客气了。"

段干崇是战场上的将领，性子粗鲁，不会奉承人，说了几句客气话就把话题一转："这次魏国伐赵之事，须大夫怎么看？"

须贾这个人最大的本事就是装糊涂，只说："赵国欺人太甚，这一仗不得不打。"

须贾说的是模棱两可的废话，段干崇却没工夫和他绕弯子，凑上前来把声音压低了些："薛公虽任魏相多年，毕竟是齐国人，他所举荐的暴鸢又是个韩国人，到魏国才一年时间，军中事务多不熟悉，何况暴鸢在韩国时也没什么战绩。芒卿是魏国老臣，身经百战，军中将领多是同僚，战场上自然如臂使指，在这些事上暴鸢怎能和上卿相比？"

段干崇说一句，须贾就点一下头，等段干崇说完，连忙凑趣道："段干大夫言之有理。"说到这里却又打住，不肯再往下说了。

段干崇知道须贾是个滑头，嘴里虽然答应要捧芒卯，真正做起事来却难说了，赶紧抢着把事敲定，笑道："我刚才也说了，咱们魏国的官倒叫这些齐人、韩人来做，像须大夫这样的能臣却多年不得升迁。大夫也知道，田文是齐国的佞臣，名声不佳，魏国的相位不会让此人长坐，早晚易手，那时候像大夫这样有胆识的臣子，自然也该有一步升迁。"

段干崇话里暗示只要须贾帮助芒卯赶走田文，芒卯做了魏国的相国之后必会给须贾一份好处。可这是以后的事，眼下须贾却不敢信，只好偷奸耍滑，脸上笑容可掬，冲段干崇连连拱手："多谢芒卿，多谢段干大夫，但有差遣，在下一定尽力。"

须贾答应支持芒卯对付田文，段干崇满意而去。须贾这才登车回府，刚在屋里坐定，下人来报，苏代到访。

苏代到魏国时间不长，可这个人比泥鳅还滑，上自太子圉、公子无忌、相国田文，下到大梁城里的大夫们，不管身份贵贱地位高低，只要抓个机会就去与人家结交，来大梁不过两年，已经混得满城都是朋友。须贾和苏

代也有几面之缘，忙把他请进府来，两人寒暄几句，苏代不经意地提到："不知赵军犯境之事须大夫怎么看？"

须贾当然知道苏代话里所指，可在这事上他不愿意表态，只含糊地说了句："赵人可恶。"别的却不肯多说了。

说起口舌之能，苏代可比段干崇强得太多了，立刻接住须贾的话头儿："大夫说的是，赵人可恶！魏国必当迎战。只是魏国西边有强秦虎视，情势危急，一时不能决战，只能陈兵河北与赵军对峙，见机而动，这个时候还当求稳为上。公子无忌提议河北方面仍以新垣衍将军统率全军，须大夫觉得这个主意怎么样？"

河北魏军仍由新垣衍统率，这个决定是新从宫里传出来的，也确是从魏无忌嘴里说出来的。苏代这个人太精明，明白魏无忌才是真正有势力的权臣，所以根本不提田文的意思，却用几句巧话儿把话头儿绕到了魏无忌身上。须贾知道苏代脚踩两条船，和公子无忌、相国田文都有深交，给他唬了两句，心里也有些吃不准，不知苏代究竟是替田文传话，还是在给公子无忌做说客，只能赔笑说："公子之言有理，新垣大夫有功于国，应该重用他。"

见须贾吐了口，苏代立刻追问："这么说须大夫也认为新垣衍大夫不可撤换？"

苏代这么问，是要把须贾的答复坐实。须贾并不畏惧田文，却不敢得罪魏无忌，话已说到这个地步，不得不顺着苏代的意思说道："国家大事求稳为上，公子的话有理，新垣大夫不能轻易撤换。"

须贾这么一说，等于暗示在此事上愿意附和田文，有这位中大夫做臂助，田文一方压倒芒卯就比较有把握了。

眼看达到目的，苏代也很高兴，又喝了些酒，和须贾说了些闲话，这

才告辞而去。

　　送走苏代，须贾一个人坐在屋里发起愁来。

　　田文、芒卯是魏国两大权臣，现在这两人各自结党互相争斗，都想拉须贾下水，这两家须贾哪一家也不敢得罪，可他一时软弱糊涂，竟同时把两家的事都应了下来，如果处理不好，也许会把两大权臣都得罪了，那就真是太糟了。

　　仔细想来，田文一派的主张与公子无忌暗合，支持田文就是迎合魏无忌，不如咬着牙支持田文到底。

　　可这么一来，在芒卯面前该如何交代……

　　须贾正在发愁的工夫，房门一开，门客范雎走了进来。

　　范雎是个有心计的人，平时注意留心政事，已经知道魏国即将对赵国用兵。刚才苏代过府来拜，范雎就猜想苏代是替田文做说客来了，等苏代一走立刻来见须贾。一见范雎，须贾像见了救星一样，忙说："你且坐下，我有事问你。"把芒卯、田文各自派人向自己传话的事告诉范雎，又急着问："先生觉得在这件事上我该支持芒卯，还是向着田文？"

　　范雎皱起眉头想了半天，缓缓地说："主公所问似不在症结。田文、芒卯皆一丘之貉，都是只谋私利不顾国家的小人，依我看这两个人都难成事，倒是上大夫范痤有胆有识，刚毅果决，有相国之才。可范痤与主公并无深交，秉性也与主公不和，此人若为相国，主公不会得到重用，前途堪忧……"

　　须贾要问的是眼下自己该奉承田文还是巴结芒卯，范雎却把话头儿引开，说到范痤身上去了，这话题未免扯得太远，以须贾的心胸实在想不了这么远，反而觉得范雎答非所问，有些急了："范先生只说眼下事吧，以

后的事以后再说。"

须贾双睛如豆,天生只有这么点儿本事,范雎跟了这个主子,就像穿上了一双不合脚的鞋,夹得两脚生疼,走不得路,可范雎命贱福薄,找不到好主子投靠,只有这么一双"小鞋"可穿,没办法,只好放下大眼界,先说眼下的事:"主公,党争自古有之,在这样的事上最难表态,若只在一时一事上做打算,难免态度游移忽左忽右,最终很可能把两边都得罪了。老子有言:'见小曰明,守柔曰强',就是说要见小而知大,心里拿定一个大主意,这样才能不急,不乱,不躁,不争,见风使舵,见隙插针,避祸取利,周旋于朋党之间,而立于不败之地。"

范雎随口几句话,说出一个天大的道理来,须贾赶紧追问:"什么才是大主意?"

范雎清了清喉咙:"朝廷重臣个个老谋深算,又有苏代之辈唇枪舌剑,主公地位不高,在这些人面前应该多听少说。可魏国真正的掌权人是太子,太子的主意一半又从公子无忌处得来,所以若遇田文和芒卯相争,主公应该先听芒卯说什么,再看公子无忌是何态度,如果公子的主意和芒卯相同,主公就可附议,若公子的主张与芒卯不同而与田文相同,主公就该装聋作哑不发一言。"

范雎这话说得有点绕,须贾想了半天才琢磨出个大概:"你的意思是说我该偏帮芒卯,不去附和田文?"

见须贾好不容易开了窍,范雎这里才松了口气,忙说:"主公说的极是,田文名声不佳,在魏国又无根基,早晚被逐,主公当然不能奉承此人。但芒卯也不是主公真正要追随的人,对这个人主公应该不即不离,不要与他太过亲近,平时也少走动。"

范雎这么一说须贾又听不懂了:"依先生之见我该亲近何人?"

须贾这一问，倒把话头儿引到范雎最早说的那个话题上去。

做官的人眼界一定要放长远，须贾天生没这个本事，范雎这个贫贱的舍人倒有这样的天赋。现在总算找到机会能对须贾说些有远见的话了，范雎不觉有些激动，忙拱手说道："魏国在强秦压制下实力越来越弱，国政也逐渐趋于保守，从长远来看，未来的掌权之人必是宗室贵戚，在这些人里，公子无忌最有才能，可他眼高于顶，有特立独行之癖，这样的人谁也巴结不上。范痤老辣刚愎，与主公的脾性不合，对这个人主公不必有什么指望。只有公子魏齐年纪轻，见识浅，又与主公私交最深，主公应该着意亲近魏齐，若有朝一日魏齐掌了相印，主公必得重用。"

范雎这个人虽然出身卑微，仕途也不顺遂，可他的智计心胸非比寻常，是七国之内难得的鬼才，几句话就把魏国这些权贵重臣的心肝都说透了。须贾却是个平庸之辈，实在弄不懂范雎话中之意："公子齐年轻，在大王面前的地位远不能和公子无忌相比，连范痤、芒卯也不如，就算他能做相国，怕也是二十年后的事情了……"

范雎摆摆手："孔夫子有云：'仁远乎哉？我欲仁，仁斯至矣。'意思是说只要抱定一个大主意，尽力追求，心中所求便能实现。所谓'事在人为'，最怕的是没有主意。只要心里拿定一个大主意，因势利导，趋利避害，天下无不可成之事。只要主公心里认定公子齐，平时多与公子交往，公子问计则与之计，公子用钱就给他钱，有利于公子的事就推而助之，不利于公子的就隐而讳之，一定可以成为公子最器重的心腹人，将来公子若得重用，主公也就成事了。"

范雎把话说到这个地步，须贾总算听明白了："安阳战事，公子无忌不愿意芒卯亲赴河北，看来公子似乎与田文的意见相近，这么说，这次我该一言不发才是……"拿定这个主意后,又把范雎刚才所教的话在心里转了十几个来回,一点点都吃透了,终于拿出一个"大主意"来,到这时,须贾心里总算踏实了。

其实孔子"仁远乎哉"一句,其中的"仁"是指"理想"而已。孔夫子以为不管理想有多远大,只要抱定恒心努力追求,理想必可实现。这本是一句至理名言,可范雎却把这"仁"字的本意抽出,换成了一套追逐功名利的邪恶心思,让他这么一歪解,哲人的微言大义竟变成了小人争名逐利的诡计权谋。

古圣先贤的微言大义,没有说错,只有解错。孔夫子本是一位大贤大哲,却被后世人弄得斯文扫地,他的名声,其实都毁在这些满心邪恶的小人手里了。

一拍两散

朝堂议政时芒卯一派落了下风,有远见的臣子都已料定派往河北的将领多半会是暴鸢了,可诏命却一直没发下来,太子也一连多日没有露面,连朝会都停了。臣下都觉得奇怪,纷纷打听,渐渐有消息从宫里传出来,原来魏王病势忽然恶化,吐血昏厥,太子连日在魏王榻前伺候,没时间再理国事。

又过了几天,王宫里传出一件惊天动地的大消息:魏王薨了。

魏王遫是个昏庸无能的君主，在位十九年间，魏国打了无数败仗，损失了一半国土，好在身后有一位孝顺的太子，不顾魏王在臣民百姓中的名声和天下诸侯心中的印象，硬是与群臣议定：先王明德有功，昭德有劳，圣问达道，声闻宣远，德业升闻，德礼不愆，智能察微，威仪恭明，进谥号曰"昭"，是为魏昭王。

七日后，魏昭王择吉下葬。

处置国丧已毕，群臣拥立太子魏围继位为王。魏围登基后立刻下诏，在原宋国故都睢阳附近以信陵大城为中心划地百里，封公子无忌为信陵君，赐采邑万户。

在魏国的重臣里，魏无忌是唯一名声、能力都无可挑剔的人物，处事不偏不倚，说话无人能驳。能够重用信陵君，也是魏王的明智之处，有此人在，就像在秤杆子上加了个秤砣，使魏国的政局得到一个有效的平衡。

此时的魏国虽不甚兴旺，然而政令尚稳，太子执国政多年，虽然没做成什么大事，倒也恭德俭礼，群臣宾服，已经打好了执政的根基，所以魏王之死对国家没产生什么影响，重臣各安其位，朝堂上也没有什么大的变动。

就这样，魏国上下忙乱了三个月，直到把手边的事处置已毕，反攻河北收复安阳的计划才又被正式提了起来。

这时的情况和先前已经有些不同了。

魏国刚刚经历国丧，收复安阳是新君继位后的第一战，自然被格外看重起来。早先群臣共议国事，明显分为两派，争得鸡飞狗跳，反倒难以决断，这次魏王有了主意，先不和权臣们商量，而是关起门来向自家人问计，打算先听听信陵君魏无忌、公子魏齐的主意。

二　内乱如麻

这天一早，公子魏齐派人来请中大夫须贾过府饮酒。

魏齐是须贾着意奉承的权贵，见魏齐请他，片刻不敢耽搁，急忙赶了过来，却见魏齐脸色沉重，愁眉不展，话也比平时少了，知道这位公子必是遇到难事了，脸上不动声色，心里暗暗揣测，隐约估计到魏齐的烦恼必与安阳战事有关。

须贾和魏齐相交已久，知道魏齐是个鲁莽爽直的人，与这样的人交谈，说话要直，进入主题要快，越是锋芒毕露抢得上风，越容易说服对方。于是不等魏齐把话说开，自己先饮了一爵酒，盯着魏齐的眼睛直端端地问："公子似有难言之隐，是不是为了伐赵之事发愁？"

魏齐一愣，忙问："大夫怎么知道我为此发愁？"

其实魏齐的心事很容易猜到，可世人大多有个毛病，以为自己的心事旁人必然不知，忽然被人猜中就会觉得又惊又佩，这样的人思路很容易被别人控制。

魏齐就是这么个人，现在他被须贾一言说中心事，满心的惊诧都写在脸上，须贾见了心中暗笑，先不说自己的主意，而是试探了一句："公子对安阳一战有什么看法？"

魏齐忙说："须大夫也知道，这一仗并不好打，赵军在安阳屯兵十万，若不下决心，难以取胜。可大王偏就下不了这个决心，只知道听从相国的主意，一味求稳，想使用新垣衍和暴鸢，可我觉得既然要打，就必须打一场大仗，不但收复安阳，还要夺回几县、伯阳，把赵人逐回降水北岸，在列国面前显显魏国的军威。"

魏齐这话未免说得太大了。

魏国毕竟是曾经的霸主，若论国力，仍然强过赵国，可单论军力，却又不及赵国。从战略态势来看，赵国北边的燕国、东边的齐国都已败落，

不能威胁赵国。可魏国西边有强秦，南边有强楚，都是张牙舞爪的虎狼，所以赵国敢于放心大胆侵夺魏国的土地，魏国却要防范秦、楚，不敢轻易抽调大军北上和赵国较量。如此看来，魏国收复安阳尚且不易，把赵军赶回降水北岸就更难了。

但权贵们想事情往往并不从国家利益出发，而是把自己的私利放在首位。须贾就是这么个人，现在他想的并不是魏国能否在安阳之战中获胜，而是在田文、芒卯两大权臣的争斗中自己应该站在什么位置，以便从中获得最大的利益。

好在须贾已经从门客范雎那里得到了一个大主意：但遇大事，一定偏帮芒卯。有这个大主意在心里，须贾就知道该怎么回答魏齐的问题了。故意先重重地叹了口气："唉！咱们魏国臣子吃闲饭混日子的多，愿意为国分忧的少！若都像公子这么有骨气，魏国哪会受制于赵人？"先把魏齐拍了两句，这才把话头儿一转："老子说过：'道可道，非常道。'又说：'常无，欲以观其妙，常有，欲以观其徼。'由此可知天道无常形，世事无常理，察其变化以定对策，才是上上之选。去年赵王夺取安阳时先王尚在，国内诸事安定，魏军反攻安阳，胜固欣然，不胜亦无关大局，所以太子力求稳妥，仍以新垣衍统率全军，只从河南抽调几万兵马，用暴鸢或段干崇为将，做新垣衍的副手，只是向列国表明魏国有收复安阳的决心，做样子给赵国人看。可现在先王已逝，大王初继位，如果大军北上却不能夺回安阳，大王颜面何存？秦、楚也会认为魏国的国力已衰，弄不好会对魏国用兵，所以今年对赵国用兵志在必胜，公子觉得是这个理吗？"

魏齐低头想了想，点头道："大夫说的对。"

对须贾而言，平时难得碰上像魏齐这样的贵人，脾气急躁，智谋短浅，能被须贾随意摆布。在这位公子面前，须贾话也说得沉稳了，事也办得老练了。轻轻咳了两声，捋了捋胡须，故意拉长了声调："赵国兵强马壮，魏国既然志在必得，就须集结重兵，筹备粮草，方方面面都要布置稳妥。新垣衍新败不久，难以成事，只有用芒卿为上将军才能激励军心，把这一仗打好。所以去年用兵当以暴鸢为将，今年却要用芒卯为上将军，这正应孟轲夫子之言：'此一时也，彼一时也。'"

须贾这个人无谋无勇，奸诈好利，简直一无是处，可他也有一项本事，平日谦恭和气，少言寡语，专门装出一副老成持重的样子来，正是孔夫子所说的"巧言令色足恭，匿怨而友其人"，这么一个标准的小人，多数人却看不透他，凡与须贾打交道的，就算不看重他的本事，至少还敬重须贾的品行，心存敬意，不敢看轻了他。

其实对须贾这样的小人，孔夫子早有一语戒之，叫做"众恶之，必察焉，众好之，必察焉"。意思是说对那些让所有人都痛恨的人要戒备，此类多是真小人；对那些让所有人都喜欢的人也一定要小心，此类往往是伪君子。

可惜，魏国的公子魏齐显然没读过孔夫子的《论语》，对伪君子毫无识别之能。现在须贾摆出一副厚道的嘴脸，又引用老子语录来说动魏齐，表面纯是为国献计，其实暗中在捧芒卯，贬田文。可魏齐年轻直率，没什么心机，人家说一句，他就信一句，低头把须贾的话又想了一遍，只觉得句句都是金玉良言，冲须贾拱手笑道："大夫果然有才学，承教了！"乐呵呵地进宫去了。

魏齐在须贾这里得了主意，立刻进宫去见魏王，正好信陵君也在，于是魏齐当着两位兄长的面把从须贾嘴里讨来的主意当成自己的见识，照猫画虎说了一遍，虽然那些典故未必记得全，可大意倒没有弄错。

须贾的主张果然颇合魏王的心意，魏无忌对赵国的骄横霸道十分痛恨，也早想给这个近邻一点厉害尝尝，于是魏王、信陵君、公子齐三人合计，决定以上卿芒卯为上将军，在河南征调十万以上的兵马，河北兵权也暂交芒卯执掌，凑成二十五万兵马大举伐赵，务必将赵军全线击退，不但要收复安阳大城，还准备分兵夺回几县，重新在伯阳筑城，将魏、赵边境恢复到魏昭王十八年以前的状态。

国事已定，为了慎重起见，魏王暂时不发诏命，只密令河南各县征集军粮供大军支用，河北守将新垣衍也在汲邑筑仓囤积粮食，为一场大仗做好准备。

很快，魏王准备任用芒卯收复安阳的消息不胫而走，传到了相国田文的耳朵里，田文忙连夜把苏代、暴鸢请到府里商量对策。

到这时暴鸢已经没了主意，只说："赵国兵强马壮不易对付，我看芒卯未必能夺回安阳，弄不好再吃个败仗，看他怎么收场。"

暴鸢说这些酸溜溜的牢骚话，说明他已经灰了心，田文却不是个不肯服输的人，冷冷地说："大王虽然想用芒卯，可诏命未下，大夫说这话未免太急了些。"

暴鸢重重地叹了口气："薛公，你我都是外来人，这种时候还有什么办法？"

暴鸢说的倒是实话，田文一党都是从列国投到魏国的臣子，论根基人脉确实不如芒卯一派。可正因为实力不及对手，田文更不肯吃这个亏，虎起脸来说："前贤有言：'既来之，则安之。'乡农鄙人为了一鸡一豕尚且要争，何况我辈身处庙堂，进则荣耀尊崇，退则为人鱼肉，不下决心去争，如何能够成事！"眼看暴鸢低头不语，显然是没主意了，就转身问苏代："苏大夫觉得是不是这个理？"

要说打仗的本事，苏代不能和暴鸢相比，可说到朝堂上这些尔虞我诈的花招儿，苏代却比暴鸢强了不少。进相府之前他就已经想出了对策，现在田文问到面前，苏代略一沉吟，反问道："薛公觉得安阳这一仗是不是一定要打？"

田文是个聪明人，被苏代一点，立刻醒悟过来："大夫言之有理，孙子有言：'兵者国之大事，死生之地，存亡之道，不可不察。'一定要慎重才好。"

其实田文眼里本就只有私利，没有什么国家大事。可权臣说起话来，处处都要挂着"国家大事"这块幌子。现在田文挂起"国家大事"这声幌子来，就是留个空子给苏代，让他把心里的话说出来。

在田文面前苏代也没什么可顾虑的："孙子以为决胜有五计，分为：道，天，地，将，法。魏国伐赵是要收复失地，道理十分明白，百姓自然归心，正是'民于上同意，可与之死，可与之生。'可惜天时不利，现在快入夏了，酷热难当。地利也不和，魏军南渡击北，力克坚城，军士必多伤亡。将领不堪用，芒卯久在楚国边境，从未与赵军交过手，难免轻敌而败。法令不严，河南之兵仓促召集，河北之兵久归新垣衍调动，与芒卯不和，南北二军难以协调。孙子所道'五计'之中有四计不合，此正应孙子之言：'未战而庙算胜者，得算多也；未战而庙算不胜者，得算少也。'我看河北一战实在毫无胜算。"

苏代其实不通军事，这些话乍一听似乎条条在理，其实全是没用的废话，田文也知道苏代说的是废话。可现在要紧的不是苏代的话有没有用，而是他话里透出的意思。

表面看来，苏代似乎认为安阳一战不易取胜，其实苏代分明是在告诉田文：既然河北方面的兵权无论如何到不了暴鸢手里，也绝不能让芒卯那

一党得了势。与其给对手落个实惠,不如干脆一拍两散,把这事搅黄,谁也别想从中捞到好处。

眼看芒卯一伙占了上风,田文实在不能从安阳之战得到什么好处了,既然如此,就照苏代的主意,干脆把事搅黄了也好。

当然,这个搅浑水的最佳人选非苏代莫属。于是田文拊掌赞道:"苏大夫有见识!身为魏国臣子,当然要替魏国尽忠,苏大夫就去劝劝大王吧。"

劝人,这是苏代的老本行,真正叫做当仁不让。哈哈一笑,冲田文拱拱手:"薛公放心,苏某自当尽力。"

从田文这里出来,苏代并未进宫,而是径直来到信陵君府上。

俗话说"宁跟明白人打一架,不跟糊涂人说句话",世事往往如此。在魏国办事,说服魏无忌有时比说服魏王更有效果。苏代刚到魏国的时候又是靠着奉承魏无忌才站住脚,现在对他而言,走信陵君的门路当然更方便些。

说起重用人才,魏无忌不像田文那样不问人品好坏,只要愿意卖命的一律收买过来;也不像平原君赵胜那样骄横跋扈,单凭一己好恶,爱之加膝,恶之堕渊,而是一心守着"公道"二字,但凡能替魏国做事的,一律真心实意加以善待,所以魏无忌的品性名声比田文、赵胜都好。

可有意思的是,那些游走列国的士人却更愿意投靠田文、赵胜这样的主子,反而不愿意到魏无忌这里来。因为战国时代游走列国的士人,多数是武夫、辩士,甚至是些在家乡犯了罪逃出来的凶徒,这些人要的是酒肉,是庇护,是升官发财,而不是什么人品,什么公道。

对苏代这个人,魏无忌不是不知道此人虚伪,只是觉得自己没有私心,不用私人,苏代的主张只要于国有利便好,至于人品方面的瑕疵,魏无忌

倒觉得世人孰能无过？苏代身上虽有些小毛病，却不必深究，所以对这个臭名远扬的小人十分客气，听说苏代来拜，忙把他请进府里设宴款待。

喝了几爵酒，说了些闲话，苏代故作神秘地压低声音问："听说大良造白起已经从郢都返回咸阳，君上知道这事吗？"

大良造白起攻克郢都之后，已带着从王城掳来的百万金钱和俘获的数千名楚国贵人返回咸阳邀功请赏，这一路上大张旗鼓大造声势，闹得天下皆知，魏无忌当然已经得到消息："这事我听说了。白起是个有野心的人，可他为人骄横贪狠，勇而无谋，只配在魏冉手下做个走狗，成不了大事。"

魏无忌对白起的评价一针见血。可苏代却不是来谈论白起的，前面的话只是个引子，立刻又跟上一句："我还听说白起回国不久，秦王又特意把在楚地作战的蜀郡太守张若、五大夫司马梗召回咸阳，不久前函谷关守将王龁也把兵马交给副将张唐，星夜驰回咸阳去了。"偷偷瞄了魏无忌一眼，见信陵君神色凝重起来，又把身子往前凑了凑，嘴巴几乎碰到魏无忌的耳朵上，再把声音压低了些："白起回咸阳述职倒也罢了，可张若、司马梗、王龁皆是统军之将，他们执掌的楚地、函谷几处军马加起来有数十万，这几个人忽然一起返回咸阳，会不会有什么大事？"

沉吟半晌，魏无忌缓缓摇头："楚国败后，秦王极有可能伐魏。但这次伐楚之役秦国用兵三十万，前后打了一年，虽然获得全胜，毕竟兵势已疲，总要缓一缓吧……"

在对秦国的问题上，魏无忌的态度略显保守，苏代忙接过话来："君上，秦人以军功立国，百姓闻战欲狂，关中、汉中粮食丰足，白起攻下郢都，又从楚地掠得稻米百万斛，金百万斤，而且秦军破楚之役，伤亡远比想象中的小，现在只要秦王想打仗，就能马上召集三四十万人马，咱们不能不防。"

苏代是个欺瞒诡辩的高手，一句话里总有七分是真的，掩盖着那三分虚伪险诈，旁人极难听出破绽来。但魏无忌是个刚硬的人，并不容易被人说动，只是把苏代的话放在心里反复掂量，和自己的主意比较，一时难以决断。

眼看光用"秦国"二字似乎不能说动信陵君，苏代赶紧又加上一把火："君上，这些年秦国年年伐魏，略地屠城兼并百姓，把魏国害苦了，所以咱们魏国人只想着提防秦国，却没人注意楚王的动作。郢都被秦人攻占之后，楚王熊横封闭黾塞一路东逃，最终却把新都安置在陈邑，还取了个名字叫'郢陈'，君上想想，楚人这是什么意思？他们分明要把陈城变成郢都，由此向外扩展疆土，矛头所指不就是咱们魏国吗？"

魏无忌是个精明的人，苏代说的这些他也想到了。可苏代是个辩论的高手，嘴皮子极快，根本不等魏无忌回答，只管自顾说下去："楚国是南蛮，一向不服中原王化，所以武王封建天下时只封他一个子爵之国，土地方圆七十里。可楚人性喜侵夺，自周朝初年就四处攻杀年年并地，到如今，天下土地楚国占了四分之一，这是一条吃人不吐骨的恶狼！现在楚国败在秦国手里，黾塞以西疆土尽失，依楚王的禀性，一定会在东方开疆拓土补回损失。陈邑正在大梁南边，有一条鸿沟与大梁相连，楚人只要划一条轻舟就可直入大梁，楚王把新都建在这里，则楚军攻魏不是今天就是明天！"

苏代之言并非危言耸听。

楚王迁都于陈，确有攻伐魏、齐之心。这一点魏无忌何尝没有想过？只是魏国早年强大之时，与楚国作战多是胜仗，魏人对楚人不像对秦人那么畏惧，加之楚王熊横是个昏庸无能的君主，在他治下，楚国多年没有作为，所以魏无忌对楚国的威胁自然想得少些。

现在来了个苏代，说了几句要紧的话，句句点在关节上，魏无忌不由

得站起身来走到地图前，先伸出一根手指，向西找到函谷关，再沿着黄河缓缓东移，把秦人东进的路线细细看了一遍，又低下头来在大梁以南找到楚国的新都陈邑，由此向东指向阳夏、启封、逢泽，顺着鸿沟一直进入了大梁，再向东看，魏国重镇雍丘、承匡、襄陵、宁陵、睢阳，无一不在楚人的眼皮底下。

魏国是真的衰落了，秦国，楚国，赵国，都把魏国当成了嘴边的肥肉。纵观天下形势，秦、楚这两个大国对魏国的威胁比赵国更大。

忽然间，信陵君魏无忌觉得鼻子发酸，眼眶湿热，心里说不出的惨痛消沉，一刹那把与赵国争强斗胜的心全都灰掉了。又在地图前呆立半晌，才有气无力地问："苏大夫的意思是停止攻赵，任凭赵国割占安阳大城？"

信陵君神情萧然，话也说得冷硬尖刻，苏代一时吃不准对方的意思，不敢随便接话，只说："我觉得应该加强南阳郡守军的兵力，多提防秦国……"

其实魏无忌说话生硬，只是因为心里难过，倒没有针对苏代的意思。半晌，重重地叹了口气："苏大夫想得周到，本君受教了。"再也没说别的。苏代也不敢多说什么，又陪着魏无忌说了几句闲话，告辞而去。

经过一整夜的深思，魏无忌终于下了停止伐赵的决心。第二天进宫与魏王商议此事。魏王打心眼里并不想和赵国这个强邻冲突，对魏无忌又最信任，被他一劝，很快就改了主意。

几天后，诏命终于发了出来：停止向河北调动兵马，原先准备北上的几万大军改调南阳郡，都归到亚卿晋鄙帐下去了。

围绕着收复安阳之事，魏国的两大权臣尔虞我诈，各出奇谋，到最后，

暴鸢也罢芒卯也罢，谁也未能得到军权。而魏国在遭到赵国的攻伐之后，由于权臣掣肘误事，整整浪费了一年工夫，竟然没有任何作为，眼睁睁看着赵国人兼并了魏国在河北的重镇安阳大城。

丢掉几座城池还算小事，可经此一事，魏王的软弱，魏国的无能，全被秦、楚、赵、齐看在眼里了。

一国之兴，贵在同心同德；一国之亡，多因内斗党争。如今魏国的权臣们为了权力角逐而疯狂，整个国家正陷入无休无止的内讧，亡国的阴影已经悄悄笼罩在这个曾经的中原霸主头上了。

三大梁圍城

两笔买卖，一场大战

苏代这个机灵鬼能探知秦国的名臣上将汇聚咸阳，也预感到秦国的动向或与魏国有关。可苏代却怎么也猜不到，此时秦国的朝堂上也正在上演着一场激烈的内斗，斗争的主角正是秦王和穰侯。

伐楚之役是秦王在位三十多年来最大的一场胜仗，此役获胜，标志着秦国在与东方六国的斗争中彻底掌握了战略主动权，而这场战役从头到尾都是穰侯魏冉亲手谋划，立下大功的两员名将白起、司马错以及参战的司马靳、司马梗、张若等人无一不是魏冉的亲信，经此一役，以魏冉为核心的贵戚重臣集团势力达到极顶，在魏冉面前，连秦王嬴则也显得黯然失色了。

既然拥有如此的荣耀和威势，魏冉觉得自己这么个了不起的大人物，实在应该大大地招摇一番，做个样子给天下人看看，于是在白起到咸阳之前，魏冉先与秦王商定，特为大良造设下了"郊迎"之礼。

郊迎之礼古已有之，周朝封建天下之始，诸侯常奉诏替天子与戎狄征战，每当诸侯军马立下大功还朝之时，周天子就会摆驾出王城迎接，以示尊重。后来天子衰微诸侯崛起，郊迎之礼也被诸侯们窃据，当成送给功臣的荣宠大礼，立了功勋的臣子若能得君王郊迎，皆视为无上荣耀。

自秦王继位以来，这郊迎之礼还从未用过，现在白起立下奇功，秦王特赐郊迎之典以为赏赐。七日前就先在咸阳城南门外修葺道路，路旁拉起红绳，允许城中百姓们沿路观看盛典。在城外十里处大路旁筑起一座高台，台下大张帷幄，设摆龙旗豹枪、伞盖盥盆、旌节氂麾全套仪仗，以备秦王郊迎之用。

到了大良造回朝之日，天刚放亮，中尉张唐亲领禁军万余人驰出咸阳南门，在大路两旁排开仪仗。巳时刚过，咸阳宫里钟鼓齐鸣，百官都在王宫前列队迎驾，秦王嬴则亲登王辇，在王公贵戚文武公卿拥护之下出城十里，步下王辇，在帷幄中高坐，穰侯魏冉亲率朝臣出城三十里，专门迎接大良造车驾。

听说秦王为自己特设郊迎之礼，大良造白起受宠若惊，急忙在军中挑选精锐轻骑五千人，皆戴纱帽，穿黑袄裤，披胸甲，佩利剑，挎硬弓，带箭百簇；士卒一万人，皆戴弁帽，穿长靴，披青铜铠甲，背劲弩，执长戟，修饰仪容；又精选战车一百乘，驷马同色，彩绘厢辕，擦毂修轮，整饬一新。白起头戴皮板帽，身披青铜鱼鳞甲，胸前背后缠饰花结，足蹬虎头靴，腰悬宝剑立于战车之上，率领军士向咸阳进发。

往前走了不远，已经看到路旁排列着屯兵锐卒，白起忙令车马缓行。片刻工夫，一百辆战车飞驰而来，到近处才看出，车上立的都是秦军中的大夫、官大夫之属，都在白起面前下车拜见，随即充作接引军士，驾驶革车在前引路，白起的战车紧随其后。

大夫充任士卒，在郊迎之礼中也极罕见。白起知道这一切都是魏冉刻

意而为，目的就是为他争荣夸耀，只觉心里火热，神采飞扬，昂昂然不可一世。

这时咸阳城里的百姓已经倾巢而出，大路两旁万头攒动，都冲着白起欢呼喝彩。前行不到十里，只见大路上旌旗整肃，仪仗分明，千百乘车驾拥塞道路，咸阳城中的公卿大夫或穿深衣或披甲胄，都在这里迎接大良造车驾，远远就冲着白起拱手行礼，人群中一乘安车徐徐而出，来到白起车前，驭手停了车驾，从车里扶出一位深衣博带须发苍白的贵人，正是穰侯魏冉。

见了魏冉，白起急忙跳下战车抢上前去行礼，魏冉微笑着还了礼，拉起白起的手慰问了几句，却不升车，而是与白起同登战车，执手并列纵马驱驰，公卿大夫的车仗都随在白起的车后，众星捧月般簇拥着白起往咸阳而来。

前行约有二十里，路边闪出一座七丈高台，高台下张起帷幄，魏冉和白起在帐幕之外下车，拜名进帐，群臣一起下车尾随而入，直入六重帷幄，宦者令康芮在此迎接，把众臣引进七重帷幄之内。只见秦王嬴则头戴九旒冕，身穿黑绵银龙纹深衣居中高坐，白起忙抢步上前向秦王叩拜，嬴则令宦者令上前搀扶，吩咐赐座，随即问起征战之事，白起把伐楚之役的情形大致说了，嬴则大喜，命撤去几案起身而前，亲赐御酒。白起诚惶诚恐，头顶金爵再三叩拜，这才饮了御酒，弓身禀手，两眼只看着秦王足下，随王一起登上高台，魏冉、芈戎、嬴悝、嬴芾等一班贵人追随左右，秦王特赐白起坐在身侧，其余重臣分别落座。白起军中的大夫、公乘、五大夫等人列于台下参拜秦王，宦者令代秦王宣诏嘉勉众将，遍赐御酒，众将跪拜饮酒，山呼万岁，各自在台下列坐饮宴。

随着台下一声号令，伐楚将士分为骑、车、步、射列队而前，阅兵已毕，又有六牛之车载来楚国重宝，披红挂彩的力士将取自郢都的楚国重器

献于王前，秦王在台上看了楚国重宝，命人陈于台下给群臣列观。将士们又将捉获的楚国王室贵人公卿大夫向秦王献俘，前后数千人赤身被缚从高台下缓缓走过，宦者令康芮亲捧册籍，在秦王身后高声唱出俘虏姓名爵禄，秦王一开始还听得津津有味，可眼看战俘多至无数，唱名不止，也厌倦了，只管和白起、魏冉等人说话。

直用了两个多时辰，献俘仪式才结束。秦王在众臣簇拥中走下高台，登上王辇返回咸阳，咸阳屯兵、白起部属和数十万咸阳百姓都在路边跪拜，面对王辇山呼万岁，声震云霄。

典礼过后，秦国君臣回到咸阳，又在王宫大殿上摆开盛宴，君臣尽欢之时，秦王当殿宣布：封大良造白起为武安君，赐采邑万户。

之后的一段日子，从秦国各地赶来的商人蜂拥而至，咸阳城里一下子变得热闹起来。

白起攻克郢都之后，从楚国夺取了大批粮食，另有数以百万计的黄金、绢帛、铜器、茶叶，还有十几万战俘和百姓也被掳入了秦国，依秦国法律，这些战俘和掳掠回来的百姓全都变成了秦人的奴隶，或被官府当成农奴役使，或被发卖到有爵位的人家为奴为婢，成千上万的楚人就在市场上被像牲口一样叫卖，从楚国夺来的粮食充入了国库，器具绢帛或被贵人瓜分，或经军士们的手流入街市，被秦国普通百姓低价买走，拿回自家享用去了。

秦国，就是一台血腥味十足的战争机器，整个国家的每一个百姓都靠着战争发财，指着战争暴富，一场大战的胜利，不知让多少秦人发了财，所有人都在痛饮楚人的鲜血，咸阳城乃至整个秦国都沉浸在喜悦之中。

就在一片狂欢之中，一辆战车从南边驰来，向秦王报告了一个坏消息：老将军司马错病故在黔中了。

三 大梁围城

司马错是秦国名将之中资历最老、名声最好的一位,正在大庆之时,这位老将军病逝楚中,倒没有煞风景,反而给这场十全十美的伐楚之役加上了一层厚重之感。

当年嬴则继位秦王时,咸阳城里有很多人不服,甚而发生过多次叛乱,在平定叛乱的过程中,宣太后和魏冉姐弟二人是内廷策划的谋主,司马错是专管杀人的刽子手,这三人之间有一层奇妙的交情。听说司马错病故,宣太后觉得有些伤感,于是把嬴则叫到凤阁殿说说话儿。

此时的宣太后已经年近七旬,不管相貌还是心态,都完完全全变成了一个老妇人,再也不像早年那样涂脂抹粉浓妆艳抹,只在脸上敷了一层粉,颊上略施了点胭脂,头上装的假髻子也拿掉了,露出一头雪一样的白发,看起来不再像个妖精,倒成了一位端庄清癯略显严厉的贵妇人,穿着一件朴素的红锦织鹤纹深衣倚榻而卧,已经伺候太后多年的面首魏丑夫跪在一旁给她捶着腿。

魏丑夫已经三十多岁,进宫也有十来年了,现在的他已经不像早年那么惧怕秦王,在嬴则面前仍旧神情坦然,嬴则也不像以前那么讨厌这个母亲身边的面首,因为这些年下来太后身边的人都发现,魏丑夫倒是个难得的老实人,从不仗着太后的势力在外惹事生非,嬴则也慢慢想开了,觉得母亲身边有这么个人陪伴,总比一个人在后宫寡居要强些。

见嬴则来了,太后这才坐直了身子,魏丑夫捧过一盏茶来,太后就着魏丑夫的手喝了一口,轻轻嘘了口气,问嬴则:"听说司马错病死在黔中了?"

"是,我已下诏把老将军的棺椁送回汉中采邑下葬。"嬴则知道太后一向器重司马错,特意又加上一句,"老将军有大功于国,特赐黄金十斤为他营造坟茔,赠车马十乘、衣甲佩剑作为陪葬礼器。"

听说司马错身后多有哀荣，太后满意地点点头："当年大王继位时，朝臣中多有不服气的，甚至有人起来谋反，咸阳戡乱，蜀郡平叛，诛灭公子辉、公子壮这些反贼，老将军都出了力，大王不能忘了这份人情啊。"

嬴则忙说："这些事寡人不会忘的。"

宣太后微微点头，半晌才懒洋洋地问："老将军有后人吗？"

"有两个儿子，长子司马梗随老将军攻打黔中，次子司马靳和大良造一起拔了鄢都，皆是功臣。"

"这么说老将军后继有人。"宣太后又是微微点头，"很好，很好。"

自从进了凤阁殿，嬴则就一心奉承太后，太后说一句，他就应一句，可话说到这里，嬴则心里一动，悄悄抬眼打量太后的神气。虽然太后神色从容，看不出什么异样，可嬴则是个聪明人，还是隐约嗅出了一丝气味来。

果然，宣太后唉声叹气，慢慢地说："咱们大秦国的将军有千百个，可能让我看重的没有几位，老将军是一个，你知道为什么吗？"

太后这问题没头没脑，根本无法回答，嬴则只好说："不知道。"

"老将军厚道。其实以他的战功资历，早该做到左更、中更了，可老将军一辈子不争这些，到老来还是个左庶长。"说到这里瞟了嬴则一眼，忽然重重地叹了口气，"前些时候因为一点小事，硬是把这左庶长的职位都给革去了，可老将军一句怨言也没有。后来咱们要伐楚，又用人家，老将军是招之即来，全家上阵替咱们拼死卖命，这样的臣子真是怎么赏都不过分，可咱们还真没赏过老将军什么。"说到这儿故意问嬴则，"大王觉得是不是？"

宣太后说起话儿来真是绝，先夸司马错的品性，又责备嬴则凉薄，最后又替司马错表功，一字一句都是真情实话，硬是让嬴则无话可驳，半天，

只能老老实实地说:"太后说的对。"

"你刚才说老将军有两个儿子,叫什么来着……"

宣太后当然没有老糊涂,她这叫揣着明白装糊涂,非逼着嬴则说出两人的姓名来。嬴则无奈,只得赔笑道:"长子叫司马梗,次子叫司马靳。"

"都立了功了?"

"是,都立了功。"

宣太后眯缝起眼来,嘴里长长地"哦"了一声:"哪个立的功大?"

司马错的两个儿子都不简单,司马靳有西陵破敌之功,司马梗有黔中血战之劳,要说谁立的功劳更大些,这还真不好讲。在太后面前嬴则也不必那么较真儿,笑着说:"司马梗是长子,他的功劳大些吧。"

宣太后又是"哦"了一声,懒洋洋地问:"大王打算怎么赏这个司马梗?"

到这时嬴则实在没话可回了,只好强笑道:"待我与众臣商议之后,定要重赏。"宣太后看了嬴则一眼,没再说下去,嬴则也急忙找个话题来搪塞,说了会儿闲话。

宣太后要升赏司马梗,背后当然是魏冉的意思。

宣太后这个人比谁都难缠,嬴则斗得过天下人,却偏偏斗不过自己的母亲。现在他被太后软硬兼施,逼得吐了口,答应重用司马梗,其实等于答应任命司马梗为左庶长。因为司马梗早已官至五大夫,再升一级,就是左庶长了。

商鞅变法时替秦国定下二十级军功爵位,粗分起来却只有士、大夫、卿、侯四等。五大夫是"大夫"之中最高的一级,而左庶长,却是一个"卿"位,虽然两个爵位只差了一级,可"大夫"和"卿"从意思上就是两回事了。

可嬴则也知道,魏冉在朝中弄权,主要依靠的就是白起、胡阳、司马

错三人手中的军权，现在司马错病逝，这"三足鼎"好容易去了一足，若是任命司马梗当了左庶长，不是等于把这"三足鼎"又补全了吗？

在秦国，嬴则手中的王权时时被贵戚的势力掣肘，很多时候，嬴则既争不过这帮贵戚，又离不开他们，真是进退两难。现在嬴则满心不愿意让司马梗做这个左庶长，却又拗不过太后和贵戚们，没办法，只好硬着头皮说道："太后说的在理，此事容我想一想吧。"又说了几句闲话，就从凤阁殿退了出来。

其实这件事并没什么可想的，嬴则用话敷衍太后，只是把事情拖延一下，看能不能有什么转机。

想不到嬴则的拖延居然真有了收获。

就在司马错去世的第三个月，从黔中郡传来了紧急军报：黔中郡的百姓大举起事，连夺十五城，一直把秦军赶到长江边上去了。

强悍的楚人受不了秦人的残酷虐杀，终于起事了。可惜此时郢都已经失守，楚王逃窜千里，楚地百姓群龙无首，面对虎狼般的秦军，这场起义最终还是难以维持的。

但楚地的叛乱却意外地给了嬴则一个整治政敌的借口，立刻把魏冉找来，气呼呼地说："老将军新丧，寡人痛悼未已，不想入楚大军竟然乱了阵脚！将帅疏失，被流贼连夺黔中十五城，进逼长江！伐楚之胜半在黔中，今黔中得而复失，蜀郡守张若其罪甚大！"

嬴则声色俱厉，口口声声要治蜀郡太守张若之罪。但明眼人都看得出，嬴则明里在说张若，暗中却要收拾司马梗，因为司马梗眼下正在黔中，其职司和张若差不多，秦王处分了张若，司马梗怎能不被牵连？

司马梗是魏冉加意提拔用来接替司马错之位的亲信，当然不能任由秦

王贬斥，早前他也想好了应对的法子，忙奏道："大王，此番张若等人在楚地失利，虽然有罪，但仔细想来毕竟事出有因。当年老将军率军入楚，是有意吸引楚国精锐大军西进，为武安君伐郢都做引子。其后老将军在楚地以二十万军马抗击楚国四十余万大军，战事艰难，直到武安君攻克郢都，楚人不能为战，匆忙退散，然其兵力尚存。楚地湖泽广大，山岳纵横，流散楚军隐于其间，我军兵少不能尽力剿除，以至于楚军重新啸聚，其战力非一般流贼鼠窃可比……"

魏冉的话还没说完，嬴则已经冷冷地问道："武安君曾对寡人说道：楚军如土鸡瓦犬一触即溃。现在穰侯却说楚军强悍善战，这就怪了。"

魏冉的亲信部将在黔中郡打了败仗，话柄落在秦王那里，自然任由人家去说，魏冉只能把头一低，不吭声了。

几句话压倒了魏冉，在嬴则看来这个胜利不比伐楚之役小，心里很是得意，一张脸却绷得比刚才更紧，语气也更严厉了："秦国以法制天下，公子犯法与民同罪！张若、司马梗损兵失地，其罪甚重，寡人已发诏命，招此二人回咸阳论罪。"不等魏冉开口，又补了一句："寡人也知道，这两人都是有功之臣，司马梗又是老将军的长子，老将军新丧，寡人不忍制裁其子，但张若身为蜀郡太守，代掌黔中兵马，却把仗打成这样，实在可恶！必要从重治罪。"

嬴则很聪明，知道司马梗是魏冉的心腹爱将，魏冉必然不顾一切出来力保司马梗，弄不好又成了僵局。加上又是司马错的长子，司马错人缘一向很好，现在老将军刚去世，自己就收拾司马错的儿子，别的朝臣看了也会心寒。嬴则的目的只是打击魏冉的气焰，遏制他的权势，干脆先说了几句漂亮话儿，悄没声地放过司马梗，把板子全打在张若的屁股上了。

蜀郡太守张若也是魏冉的亲信，秦王打了张若，就如同打了魏冉，连一个张若都保不下来，魏冉还怎么做秦国的相邦？

可魏冉也知道，自从商鞅变法以来，秦王手中就掌握了无上的权力，把孤家寡人的私心私欲用王法包装起来，恃法横行，无人能抗。现在秦王要用军法摆布张若，魏冉说什么也没有用，唯一的办法就是迅速策划另一场大战，迎合秦王那鲸吞天下的勃勃野心，同时也借这场大战掩护自己的亲信，保护自己的势力。

此时的大秦国已经拥有了剪灭列国一统天下的实力，魏冉心里早有了歼灭六国的规划，现在为了救急，魏冉决定把心里的主意提前拿出来和秦王商量。于是不再提张若和司马梗的事，双目微闭，把心气略沉了沉，这才缓缓说道："大王，伐楚之役大获全胜，正是臣民欢庆之时，此时处分将领未免操之过急。且齐、楚两强败后，秦国已经没有可匹敌的对手，该是大举东进收服三晋的时候了。臣请大王考虑对魏国用兵。"

魏冉忽然提起伐魏之事，嬴则的心思立刻随着他转了过来："穰侯觉得眼下是伐魏的时机吗？"

魏冉拱手奏道："臣以为正当其时。魏王遫刚死，新君继位，国内势必人心耸动，且新继位的魏王圉软弱无能，朝中又有田文、芒卯各自结为朋党，钩心斗角。而秦军大败楚蛮，并地千里，夺取钱粮军资无数，士气正盛，何不挟破楚之威集兵东进，一举击破魏军主力，逼迫魏王臣服于秦，打开东进的通道，联合韩、魏之兵南向伐楚，再以强兵击败赵国，回过头来兼并韩国，收服魏国，如此，秦国成就大事当在十年之内。"

身为秦国的执政重臣，魏冉所定的国策是先以秦国的强兵逐次击败齐、楚、魏、赵各国大军，待六国尽数衰落之后，就从韩国开始逐次兼并六国。依这样的国策，秦国伐齐，败楚两战两捷，也到了打击魏国的时候了。可

要说立刻对魏国用兵，嬴则却有不同看法："魏国居于中原，土地肥沃人口众多，兵员充足，魏人又善筑城，各处防务紧密，我军攻魏纵能夺得城池，却很难歼灭魏国大军，穰侯说的一举击破魏国，只怕不容易。"

对魏国这一战魏冉早就胸有成竹，微微一笑，起身走到地图前："自从攻克安邑，这些年秦军步步推进，直抵魏国的南阳郡，为阻止秦军东进，魏国在南阳郡的轵邑、河阳、温县、邢丘到处设防驻军，想从南阳郡杀进魏国腹地，确实难有进展。"说到这里忽然伸手指向南面："大王请看，黄河以南韩、魏两国接壤之处有一座大城，名叫华阳，出了华阳就是魏国的山氏、榆关，而大梁就在东边两百里处，若我军出华阳，就如同一柄利剑直刺入魏国的腰肋！魏王必然集结所有军马到榆关来迎战秦军。"

说到这里，魏冉捻须而笑，故意不说下去了。嬴则忙走到地图前细看，深思良久才问："华阳在韩国之东，函谷关在韩国之西，我军怎么才能到华阳？"

"自然是向韩国借道。"

见秦王沉吟不语，魏冉弓着腰赔起一副笑脸："秦韩两国早已结盟，如今大王挟破楚之威引军东指，宇内震撼，韩王焉能不惧？大王只要派一介之使到新郑，告知韩王：秦军击魏，借道于韩，若韩王不允，秦国大军弹指之间就可以灭了韩国！韩王岂敢不答应吗？"

兴兵破魏，威逼韩王，这都是嬴则喜欢干的事，不由得来了精神："穰侯觉得伐魏之役要用多少兵马？"

"我军若出华阳，魏王必然调集手头所有兵马出战，臣估计兵力当在二十万以上，秦军要占优势，出兵就当不少于三十万。"

"何人为上将军？"

"臣以为可命武安君为上将军，司马靳、司马梗为其附车。调关中之

兵五万，函谷之兵十万，汉中军马十万，再从蜀郡抽调五万兵力也就够了。"

半晌，嬴则点了点头，说了声："甚好。"沉吟片刻，忽然又说："穰侯也知道，左庶长之职出缺已久，到今天也没补上，眼看大军又要攻魏，总要有个能臣补上这个空缺才好，穰侯觉得有什么合适的人选吗？"

魏冉这个人精明得很，借着伐魏的机会，不动声色之间把司马梗、张若都调到战场上去了，这么一来，制裁这两个人当然无从提起。嬴则也不糊涂，早看出魏冉的计划暗藏私心，可秦王也有自己的打算，故意不说破，却在这个时候提出"左庶长"的空缺来，又故意问魏冉的意思，事情很清楚，就是让魏冉把左庶长的职缺吐出来，交给嬴则提拔的亲信将领，以此换取对司马梗、张若二人的宽待。

君王和权臣之间也常常会做些交易，以本逐利，讨价还价，和市井间的商人差不多。早前宣太后用司马错的名望和战功替司马梗买一个左庶长，嬴则口头答应，却没交货。现在魏冉向秦王讨价，以一场大战保全两个亲信将领，秦王又还了一个价，要用这两个将军的前程换一个左庶长的位子，魏冉略一沉吟，已看出这笔买卖做了是亏，不做，更亏。

好在王宫里损失的利益，还有可能从伐魏之战中捞回来，对魏冉来说，这算是放长线钓大鱼吧。

也就一眨眼的工夫，魏冉已经把这笔买卖的厚薄盈亏算透了，也决心和秦王做这笔交易，于是拱手笑道："大王说的对，左庶长之缺不宜久空，五大夫王龁有勇有谋屡立战功，足堪重任，臣以为王龁可为左庶长。"

听了这话，嬴则脸上有了一丝笑意，嘴里说："就依穰侯吧。伐魏之事甚急，且就兴兵之事拟个奏章，尽快来报。"魏冉领命告退。

白起不替穰侯出力

在秦王那里商定了击破魏国的大计，魏冉兴致勃勃，回到府中立刻把武安君白起请来，商量对魏国用兵的事。

听了魏冉出兵华阳攻打魏国的惊人计划，白起好半天没有说话。

魏冉办事一向沉稳，宁慢勿快，总是先和身边的亲信们反复商量，谋划妥当之后才施行起来。可这次魏冉因为伐楚大胜，有些得意忘形，又急于替司马梗、张若等人开脱，竟然不与身边人商量就把计划当着秦王的面和盘托出，而且得到了秦王的首肯，如此一来，就算魏冉想抽身退步都难了。

可白起是个用兵的奇才，说到战场上的事，他的脑子转得比闪电还快，只略一沉思，已经看出魏冉的计划中藏有一个天大的漏洞！

是啊，穰侯魏冉算定秦军借道华阳直扑大梁，魏王一定会慌了手脚，立刻调集大军到榆关、启封一线阻击秦军，如此秦军就有了歼灭魏军的机会。可白起却已经想到，如果魏王并不调动大军来与秦军决战，而是将附近兵马全部收缩到大梁城内，凭借坚城与秦军对峙，那么秦军不但得不到决战的机会，反而会被魏军一路吸引到大梁城下！

大梁城与函谷关千里之遥，三十万秦军孤军深入，面对坚城，粮秣不敷，补给困难，南有百万楚军虎视眈眈，北有赵国精兵随时可能南下参战，三面受敌，弄得不好，有可能酿成三十年来最大的一场败仗！

而魏冉在这时候把白起叫来，显然是想让他指挥伐魏之战……

孙子言道："先胜而求战则胜，先战而求胜则败。"

百战百胜的武安君白起并不是神仙，他能打胜仗，就是遵循孙武子之教，特别精于算计，每每先有胜算在手，才肯领兵出战。天下人都说白起善用奇兵，哪知道白起其实是个最谨慎的人，一生从不弄险。一向沉稳的魏冉平时也能做到"先胜而求战"，可一个人再精明，一辈子总有时运不济、让鬼迷了心窍的时候。这一次魏冉就太性急了，尚无十足胜算，先在秦王面前夸下海口，此正犯了"先战而求胜"的兵家大忌！

想到此处，白起急忙要说些话劝劝魏冉，又一想，眼前的事木已成舟，说了也没用。

可要是不说话，被推上战场的就是他白起！

伐魏之役这么不稳妥，这样的仗白起是绝不肯打的，即使是恩父魏冉，白起也不肯替他卖这样的命。因为白起很看重自己的地位，很珍惜自己的名声；也因为秦国军法残酷，一旦战败获罪，公子贵戚尚不可免，何况一个白起！

此战若败，一定是大败，白起或者不至送命，可一定会被夺爵罢职，断送前程，那时，被奉为军神的武安君该如何下台？

想到这里，白起觉得脊梁沟里阵阵发冷，斟酌再三，终于决定，宁可得罪穰侯，也不能自毁前程。于是抬起头来问魏冉："黔中郡的反叛尚未平定，不知穰侯如何安排？"

刚才白起听了伐魏之计忽然变颜变色，半天不说话，魏冉还以为他顾虑到什么事，现在才明白，原来武安君心细，在挂念楚国的战事，就笑着说："这倒不必担心，鸟无头不飞，蛇无头不行，楚人虽然起事，可郢都已破，楚王远遁，没人在后面支持，这场反叛也维持不了多久。我打算请华阳君去黔中郡走一趟，无非杀几十万人嘛，华阳君手腕硬得很，镇压一场反叛

不成问题。"

　　白起只觉得喉咙发干，低着头，大着胆子，说出话来嗓音都有些嘶哑了："伐楚之役前后夺取了楚国千里土地，兼并人口两百多万，可秦军还没在楚地站稳脚跟，现在黔中楚人造反，若处置不当，只怕各地楚人起来响应，引发一场大乱，华阳君虽然强悍，毕竟没到过楚地，不了解当地的情况，万一未胜之时先受挫折，大王怪罪下来也不好看，还是我去黔中走一趟，尽早平定叛乱为好。"

　　白起话里的意思，分明是不愿意替魏冉指挥军马伐魏！这一下大出魏冉意料之外，满脸错愕地看着白起："武安君想去楚地平叛？"

　　白起是魏冉亲手提拔起来的将领，两人虽是同僚，却亲如父子，可以说在秦国若没有魏冉，就不会有什么白起。以前魏冉但有驱使白起总是争为前趋，可现在白起立了功，成了名，封了武安君，才短短几个月工夫，魏冉就支使不动他了……

　　这时的魏冉心里又是惊愕又是愤怒，虎起脸来，两只恶狼一样的眼睛瞪着白起，倒要看此人是一时失言，还是真心不肯替自己捧这个场。

　　被魏冉如此逼视，白起觉得头皮发麻，浑身上下说不出的不自在，一声也不敢言语。

　　显然，武安君是铁了心不肯替穰侯打这一仗了。

　　魏冉是个武将出身，性情暴烈，如今年纪大了，性子更是老而弥辣，沉着脸硬邦邦地说："也好，武安君就去黔中郡吧，伐魏之战老夫亲自去打！君上事忙，我就不留你用饭了。"白起急忙起身告退，失魂落魄地逃回去了。

　　魏冉是天下第一大权臣，也是个倔强的人物，既然白起不愿意替他打这一仗，魏冉一怒之下也决定不再使用白起，干脆上奏秦王，决定亲自率

领三十万大军征伐魏国。嬴则也没想到魏冉竟要亲自上阵，不免也劝了他几句，魏冉却不听劝，执意要亲自带兵，秦王无奈，也就由他去了。

穰侯出征，非同小可，王廷上一半的臣子都抢着来替穰侯效力。最终决定以五大夫司马靳为前军主将，五大夫蒙武为左军主将，五大夫司马梗为右军主将，蜀郡太守张若为后军主将，魏冉自领中军，华阳君芈戎、客卿蒙骜为穰侯副将，左更胡阳亲率蕞城精锐三万担任全军先锋。

自嬴则继位以来，秦军不是没打过大仗，可战场上还从没见过如此华丽的阵容，整个秦国第一流的名臣上将都集中到魏冉的麾下，只有武安君白起一个人没来奉承魏冉，在这场大战即将开始之前灰溜溜地离开咸阳，到黔中郡平定叛乱去了。

秦国欲借道华阳伐魏，而这场大战的统帅竟是穰侯魏冉。得知这一消息，韩王咎大惊失色，赶紧召集君臣商议对策。

其实早在秦国使臣进入韩国都城之前，魏冉已经派人秘密拜会了韩国的相国陈筮，献上大笔贿赂，先说动了陈筮。陈筮又抢在廷议之前进宫，在韩王面前软硬兼施，劝说韩王臣服于秦，借道给秦军攻打魏国。

韩国是个积贫积弱的弹丸小国，韩王咎是个昏庸软弱的无能君王，早被秦国的淫威吓倒，已经暗中答应借道予秦。后面的廷议也只是走个过场。

虽然已经下决心出卖魏国，奉承秦王，可陈筮心里也知道身为三晋之一的韩国居然不顾兄弟之情助秦伐魏，实在是件丑事，不肯轻易开这个口。好在陈筮做相国也有几年，养出不少羽翼，难堪的时候自有亲信替他说话。于是当韩王把秦国的要求当廷说出来之后，大夫韩阳第一个奏道："大王，臣以为秦国势力越来越强，韩国实在无力与抗，与其坐视秦人夺我城池，并我疆土，不如移祸于魏，让秦国与魏国打一场大仗，使这两国同时削弱，

三 大梁围城

韩国才能有喘息之机。"

韩国虽小,毕竟还有忠臣勇将,韩阳话音刚落,亚卿靳黈已经厉声问道:"这话岂有此理!难道秦国击败魏国以后,就不再伐韩了吗?"

"秦国伐魏,未必一定获胜,不论胜败,韩国都能享几年太平……"

"胡说!秦国伐魏得胜,就从三面包围了韩国;若魏国击败秦国,也会因借道之故向韩国兴师问罪,无论怎么说,韩国都会吃一场大亏,哪里还有'太平'可享!"

靳黈是韩国的武将之首,脾气暴烈,言辞凌厉,韩阳一时语塞。

见韩阳不吭声了,韩王只得转向陈筮:"相国怎么看?"

眼看亲信用不上了,陈筮只好上前奏道:"臣以为大王不妨借道给魏冉,这样一来不会得罪穰侯,二来秦军大举伐魏,韩国可保无忧。"瞟了靳黈一眼,见这位亚卿满脸怒色,知道自己的话不能说得太软,否则惹怒了这班武臣,事也办不成,立刻换了个腔调:"大王想想,魏国向来是中原霸主之国,又是山东合纵的约长,可以号令百万之众,足与秦军匹敌。但魏国土地狭长,一半国土在西面,都城大梁却在东方,数十万精锐士卒也多在中原之地,所以秦国自西面伐魏,军马粮草调动灵便,反是魏王鞭长莫及,每每失守城池,却又无可奈何。这一次魏冉率大军出华阳攻魏,跨越韩国深入中原,正是舍其近,取其远,魏王正好以逸待劳,集结重兵与秦人决战,而赵、楚两国近几年都败在秦国手下,衔恨已久,魏军一动,赵、楚大军必然来援,集三国之力,在中原之地击败秦军又有何难?秦国一旦落败,魏军必向西收复失地,秦魏之战旷日持久,那时两国都想拉拢韩国,咱们的日子就好过些了。"

陈筮不愧是个相国,一张嘴巴果然能说,三言两语,把出卖魏国变成了出卖秦国。靳黈是个直率的人,被陈筮说得云山雾罩,一时竟答不上话来。

坐在一旁的上大夫冯亭却不糊涂，立刻追问："韩国借道予秦，使秦军出华阳攻魏，正是孙武子所说的：'攻其无备，出其不意。'魏军仓促应战，难免一场大败！魏国与韩国同出三晋，血脉相连，相国是希望秦国胜而魏国败吗？"

冯亭这话切中要害，可陈筮心里也早有主意，对冯亭笑道："大夫这话问得好。魏国和韩国本兄弟之邦，魏昭王时也曾屡次发兵助韩抗秦，我当然不希望魏国被秦国所败。可眼下韩国已是如此局面，正面抗秦不可能了，只有引秦军东向伐魏，若此战魏国获胜，秦军势力削弱，韩国就可摆脱秦人的控制，重新与山东各国订盟，此是上上之策。"咳嗽了几声清清嗓子，才又说："倘若魏国战败，秦王得了机会，必然去攻打魏国的南阳郡，以求撕开一个东进的口子，而赵、楚、齐、燕怎能看着魏国被秦人所破，山东门户洞开？那时必然另有一场决战，面对五国联军，秦人想再胜一仗，怕也没这么容易了。"

陈筮说的全是不实之言，冯亭忍不住心里冒火，提高了声音："相国这话不对！靳卿已经说过，韩国借道予秦，秦国若败，魏国必然伐韩！秦国胜了，秦军必然大举东进，第一个要灭的只怕不是魏国而是韩国！到那时韩国三面受敌，如何防守？魏、赵两国恨韩国背信无义，也必不肯来救，韩国岂不是要灭亡了吗！"

冯亭疾言厉色，陈筮却不急不恼，摆手笑道："不至于此吧。面对山东诸国合纵，秦人是打不了胜仗的。秦军败了，韩国正好摆脱秦国与魏结盟，天下人都知道韩国被秦人胁迫，是不得已而为，魏王又怎么会计较这些小事，而失去韩国这个盟友呢？"

陈筮这话等于公然承认韩国是一根墙头草了。身为相国，说出这么无耻的话来，也真难为陈筮。可他说的却是实话，钻洞骑墙，左右摇摆，正

是韩国的国策,像韩国这么个烂摊子,想在暴秦的眼皮底下生存下去,除了这套招术,又能如何?

眼前的局面很清楚,秦国挟破楚之威逼韩国就范,而韩王和陈筮不敢得罪魏冉,更不敢与秦国较量,早就决定嫁祸魏国了,今天的廷议只是做个样子,不管靳黈还是冯亭,都无法改变韩王的决定。

果然,陈筮已经不愿再让这两员武将搅局,冲坐在一旁的韩阳使个眼色,大夫韩阳忙高声道:"相国言之有理,就请大王决断吧。"一句话堵了众人的嘴,所有人都把目光转向韩王咎。

决断?决断什么?

出卖魏国是饮鸩止渴,这一点韩王咎心里清楚得很,可为了眼前能活得下去,他就得硬着头皮喝这碗毒酒,苦涩难忍,哪还说得出话来?叹了口气,一句话也没说,起身退进后宫去了。

榆关惨败

就在天下人都以为秦国伐楚之后要休养几年才能再战的时候,秦王忽然调集三十万精锐大军向魏国展开大举攻伐。最令人惊诧的是:此战竟以穰侯魏冉为统帅,华阳君芈戎为副将,左更胡阳亲为前驱,蒙骜、蒙武、司马梗、司马靳、张若这些秦国第一流的名将各领麾下精兵一起蜂拥入魏。

对秦国的进犯魏国是做了安排的,亚卿晋鄙早已到了南阳郡,集中精兵紧守轵邑,阻止秦军东进。然而谁也没有想到,韩王竟然受了魏冉的威逼利诱，答应借道予秦，让秦军穿越韩国从华阳而出，绕过轵邑要塞和黄河天险直击魏国腰肋！得知这一消息魏王顿时慌了手脚，连夜召集重臣入宫议事。

面对突然而至的强大秦军，魏国臣子们一时也都束手无策。

魏国强兵分在南阳、雍丘、河北三处，大梁周边也有十五万以上的兵力，偏偏与韩国相邻的山氏、长社、榆关一线兵少，眼前唯一的办法是从大梁抽调精兵到榆关一线阻击秦军，可秦军实力太强，魏国兵马仍不足与战，一旦失利，秦军冲过榆关往大梁而来，结果就不敢想了。

眼看众人都不敢开口，到底还是魏无忌起身奏道："大王，秦国三十万大军出华阳直击魏国腰肋，魏国虽有榆关、焦城、山氏、林中、马陵、长社、启封诸城邑，全部兵马加起来约有十万，可这十万大军却分在八处驻防，各处兵马都不足，只怕被秦军各个击破，只有集中兵力与秦军对峙才有胜算。"

魏无忌的主张出人意料，一时间所有臣子都不能想透他的主意，公子魏齐、田文、芒卯、须贾等人面面相觑，谁也不敢率先发言。好半天工夫，还是魏王问了一句："依信陵君之见，应在何处集中兵力为好？"

其实魏无忌也知道自己的主张十分大胆，眼看群臣垂首不语，好些人像魏王一样，根本没弄明白他的意思，只得对魏王拱手说道："既然是集兵决战，当然城池越大越好，离秦国越远越好。魏国最大的城池就是大梁，而大梁又在魏国的东南角上，正好离秦国最远，臣以为应该命华阳以西的所有军马全部回撤，集中于大梁城内，大概可以凑集三十万大军，大梁周边的百姓、粮食也全部撤进城里，坚壁清野凭城固守，占尽天时、地利、人和，当可大败秦军于大梁城下。"

信陵君的战法乍一听令人费解，大夫董庆问："君上所言天时、地利、

人和是何所指？"

"今年魏国正逢国丧，秦王在此时对魏国用兵，是想乘乱取利，可秦王和魏冉却看错了时势，眼下的魏国君明臣贤，上下一心，百姓乐业，国本稳固，根本无隙可乘。倒是秦国刚刚伐楚，大军未经休整，兵马粮草尚未补充，黔中楚民又揭竿而起反抗秦军，连夺十五城，魏冉却偏在此时伐魏，分明是与秦王内斗，像这样君臣离心，各怀鬼胎，钩心斗角，伐魏之谋如散沙掷铁壁，天时在我，秦人怎能不败？"

魏冉强行出兵伐魏，确是在与秦王斗法。魏无忌虽然不知秦国内情，却凭推断看出了秦人的破绽。但他的主意魏王却听不进去，淡淡地说："秦王、魏冉皆是虎狼，对此辈不可掉以轻心。"

魏王是个柔弱的人，可他毕竟是国君，魏无忌不得不顺着他的话头儿笑道："大王说的对，魏冉实在不容小觑。此人用兵善出奇谋，伐楚之役他用兵如神，二十万大军佯攻黔中，却用七万奇兵袭取郢都，敢于如此用兵，实在是大魄力。可此番秦军攻魏，三十万秦军却从华阳而出，这'华阳'二字就是魏冉的奇谋。只要我军收束兵马，不在华阳附近与秦军交战，反而吸引秦军进入魏国腹地，魏冉这唯一的奇谋自然就破了。"

魏无忌起身走到地图前，手指秦国的函谷关："秦人坐拥关中、汉中，沃野千里，仓廪充实，只要打开官仓，随时可以为三十万大军提供军粮。可秦人总不能把粮仓建在韩国的土地上吧？现在秦军穿越韩国而来，函谷关、武关离华阳都有数百里，粮草输送极为不便，又不能取食于韩，如此必难持久。大梁城里的粮食却足够城中百姓和三十万大军支用一年，这是地利。秦军号称虎狼，年年对外攻伐，斩首屠城虐害无数，不但魏国百姓对秦军恨之入骨，必与秦军死战，山东列国也都痛恨秦军，同情魏国，若秦人伐魏的战场远在西线，燕、赵、齐、楚未必来援，可秦军来攻大梁，

列国绝不能坐视不救，此正应孟轲夫子之言：'得道多助，失道寡助。寡助之至，亲戚畔之，多助之至，天下顺之。'只要我们在大梁城下拖住秦军，燕、赵大军必然南下救魏，合三国之力，破秦当在反掌之间，此是人和。"

信陵君的一番道理说得众臣暗暗点头。魏无忌忙对魏王躬身奏道："既然天时、地利、人和皆在于我，大王何不坚壁清野，放开大路，任由秦军一路东进直到大梁城下，然后集兵三十万于大梁，凭借坚城与之对抗，就算不能击败秦军，大梁也绝不会失守。秦军远道而来，后路不能扫清，粮食补给困难，南面受到楚国的威胁，赵国大军也随时会南下救援，如此多则半年，少则三月，秦军必然大败而走！臣请大王三思。"

魏无忌提出的是一个惊人的战法！让开大路，任凭秦军围攻大梁，这样的计划非有大魄力不敢轻易设想。相国田文、上卿芒卯都是有识之士，对信陵君的主张暗暗赞许，可这两人都知道魏王不喜欢冒险，未必肯听信陵君的话，所以都不开口。倒是上大夫范痤高声道："好主意！孙武子有言：'以近待远，以逸待劳，以饱待饥，此治力者也。'信陵君之计暗合兵法。我军凭坚城、集重兵、囤粮百万与秦军相持，正是以近待远，以逸待劳，以饱待饥，三者齐备，胜算必然在我！"

有范痤支持，魏无忌心里更有底了，一时间殿上所有臣子都瞪大两眼看着魏王，等他决断。

半响，魏王缓缓说道："魏国是大国，弃城不守，委国于敌，引虎狼之师围困王城，实在岂有此理。"

想不到魏王说出这么重的话来，范痤一下子愣住了。

眼看魏王似乎没听懂自己的意思，魏无忌赶忙说："大王，臣下之计并非弃城委国！只是放开迎面的几处城池，引秦军深入魏国纵深，乘机四面环攻，使敌军瓦解。那些要紧的城邑自然不会轻易弃守，大梁城高池深

坚如磐石，城中粮草堆积如山，支用一年没有问题，而秦军在城下绝对维持不了一年……"

不等魏无忌说完，魏王已经打断了他："寡人初继位，就被秦人围困都城，此是亡国之兆！信陵君还是另行谋划的好。"说完这话，看也不看魏无忌，转头问上卿芒卯："你有什么主意？"

魏无忌的主意初看似乎大胆，实则险中有稳，魏军战力不及秦军，凭城坚守当然比分兵拒敌更有把握。

可芒卯是个机灵人，了解魏王的秉性，知道他拒绝魏无忌的主意并非嘴上说的那样刚强，相反，倒是害怕秦人围困大梁，万一有失，弄个玉石俱焚的下场。加上魏王斥责信陵君的话十分严厉，在这种时候芒卯更不愿意做出头鸟惹魏王讨厌，想了一想，缓缓说道："臣以为信陵君的主张保守了些。在华阳和大梁之间还有十几座城邑，尤其榆关险塞依山临河，可以做大梁的屏障，大王当派一员上将统率精兵进至榆关迎战秦军，后续兵马粮草亦可源源而至，只要守住榆关，秦军就无力东进了。"

芒卯说魏无忌保守，其实他提出的这个主张才是真的保守。可这保守的主张却颇合魏王的心意，暗暗点头，又问田文："你看如何？"

田文忙说："芒卿言之有理。魏国单在黄河以南就有雄兵三十万，河北兵马尚可驰援，守住一座关隘应该没有问题。"

眼看田文、芒卯都支持这个保守的打法，魏王显然也是赞同的，魏无忌忙高声道："此计不妥！榆关虽然险峻，可城关狭小，又破败失修，最多容得三万兵马。秦军作战每以陷阵之士为先，不畏生死，就算用尸体去填也把榆关填平了！从榆关到大梁一马平川，再无险隘可守，榆关一失，秦军长驱直入，我军必然要折损兵马器械，最终还是要退回大梁和秦军决

战，而且白白挫折军威，失了锐气，不如放弃榆关，节约兵力……"

魏无忌在战略战术上的思考高人一筹，可他的眼睛只盯着战事，却没有去揣摩魏王的心思，更不知道那些胆怯的人为了保证自己的安全，会怎样固执己见。结果话没说完又被魏王打断："信陵君！难道秦军到了大梁城下，就不会挫折军威吗？那时国本动摇，还谈什么锐气！寡人心意已决，不必再争，即日向榆关增调兵马。"

魏王平时倒是个肯听劝的人，想不到重要关头竟变得不可理喻，魏无忌连挨了两顿斥责，再想插话也插不进去了，只好气呼呼地坐了下来。

见信陵君不再争吵，魏王立刻问田文："你看何人领兵为上？"

田文略一沉吟："上大夫段干崇勇谋兼备，可以任事。"

田文话音刚落，芒卯已经在旁边说道："大王，榆关是大梁的门户，此战关系全局。段干崇虽勇，毕竟年纪太轻，臣以为上大夫暴鸢是天下名将，只有他能当此重任。"

大敌当前的关键时刻，田文和芒卯还在互相陷害。

其实田文和芒卯都隐隐觉得秦军来势凶猛，一座榆关未必支持得住，魏无忌那个集中三十万军马固守大梁的主意反而高明些。可这两人却宁可奉承魏王，说些勇敢的话来撑门面，也不愿意面对现实。现在魏王在这二人的支持下压制了魏无忌，下了死守榆关的决心，到委派将领之时，芒卯要用田文的亲信暴鸢，田文却要用芒卯的亲信段干崇，也就是说这两人心里都清楚，眼下谁去榆关，谁就要倒霉。

小人，这就是小人。

这两张小人嘴脸魏无忌看得清清楚楚，可朝堂上偏就是小人得志！魏无忌怒火填胸却又发作不得，气得满脸通红，低头坐在一旁再也不吭声了。

三 大梁围城

虽然没用信陵君的主意，可魏王最信任的还是自己这个弟弟，眼看田文、芒卯争执不下，就想听听他的意思，却见魏无忌是这么一副样子，到了嘴边的话也就问不出来，于是转头问大夫须贾："你看当以何人为将？"

迎战秦军时该用何人为将，须贾心里根本没有主意。可他却从门客范雎那里得来一个准主意，就是：田文和芒卯若有争执，须贾就该支持芒卯，打压田文。

有这个大主意在心里，须贾也就用不着多想了，拱起手来奏道："大王，臣以为段干大夫虽然勇猛，却长年驻守魏楚边境，对秦人并不熟悉。暴鸢大夫早年是韩国名将，曾率领韩军参与五国伐齐，大破齐国数十万劲旅，名闻天下。且暴鸢大夫早年在韩国领军时多与秦军交锋，从未遭遇挫败，熟知秦人战法，论威名论本事，都胜段干大夫一等，以暴鸢领兵出榆关迎击秦军较为合适。"

须贾说话难得有这么直率的时候，话里话外奉承暴鸢，把个段干崇贬得一无是处，可坐在朝堂上的段干崇听了这话却心中窃喜，上卿芒卯也暗暗点头，相国田文的脸色却着实难看，上大夫暴鸢也满脸忧色，一旁的苏代有些坐不住了。

自从做了魏国大夫，苏代就私下和田文结党，遇上大事他当然要顾及田文的利益，于是推开几案趋前奏道："大王，暴鸢大夫初到魏国，和将领士卒互不相识，对魏军的战法也不熟悉，只怕一时难以服众，还是段干大夫熟悉军情，臣以为由段干崇领军为上。"

在魏国的朝堂上，田文、芒卯两派势均力敌，相持不下，魏王一下子没了主意，不得不又问范痤："范大夫怎么看？"

范痤本来是支持魏无忌，想集中魏军固守大梁的，可眼看大局已定，固守大梁的话不必再提，范痤心里虽然不痛快，毕竟要以国事为先。略想

101

了想，到底还是百战名将更可靠些，于是奏道："臣觉得还是用暴鸢大夫比较妥当。"

范痤是个有谋略的能臣，又是王室宗亲，平时与田文、芒卯都无瓜葛，他的主意最为公平。眼下魏王急着调兵到榆关迎战秦军，用段干崇还是暴鸢倒无所谓，既然信陵君不说话，范痤、芒卯、须贾都一起举荐暴鸢，魏王也觉得暴鸢曾是韩国第一名将，用他和秦人交战果然更妥当些，就不再问魏无忌的意见，直接对暴鸢说道："既如此，就有劳大夫替寡人去镇守榆关吧。"回身吩咐："传诏命：上大夫暴鸢率精兵七万至榆关驻守，所需粮秣先由大梁调拨。"说完看了信陵君一眼，见他还是冷着一张脸低头不语，好像在和谁赌气似的，也就不再理他了。

还是范痤圆滑些，知道魏无忌脾气太硬，和魏王争闹起来不好看，既然魏王已下决心在榆关迎敌，也只好依着他了，现在要紧的是给魏无忌找个台阶下。就在一旁凑趣道："秦国三十万大军东进，这一仗怕是要旷日持久，臣以为大王应调新垣衍大夫手下的河北兵马南渡黄河到大梁聚齐，若榆关方面战事吃紧，就以大军驰援。另外三十万人马所需粮秣数量庞大，单靠河南各县怕是难以应付，也要从河北办一批粮草过来，此事关系重大，旁的臣子怕是办不妥，可否请信陵君渡河亲自督办军马粮草？"

范痤话里的意思是让魏无忌暂时离开大梁，以免和魏王越闹越僵。这倒正合魏王之意，转头问魏无忌："你的意思呢？"

魏无忌虽然和魏王争执起来，心里毕竟对兄长十分敬爱，现在国事已定，争闹也没用，对朝堂上那帮小人倒是眼不见为净，躲开也好。心里叹了口气，脸上硬挤出一丝笑容来："臣明天一早就动身。"

第二天一早，灰心丧气的魏无忌带了几乘车马北上汲邑去会晤河北守将新垣衍，商议调兵运粮的事了，与此同时，上大夫暴鸢奉命调集魏军

三 大梁围城

七万，准备西进榆关，阻击秦军。

榆关原本属于郑国，坐北面南，依山临水，是从南蛮之地进出中原的战略要冲。因其位置重要，楚国势力北上进入中原之时，楚王调集重兵从郑国手里夺取了榆关，把这座关城变为楚军进出中原的门户。后来一代霸主魏惠王把战略中心从西边的安邑移到东边的大梁，着意经营中原之地，要与楚国争夺疆土，视榆关险塞为眼中钉，与楚军屡次恶战，终于在周烈王元年大破楚军，夺取榆关。现在已经到了周赧王四十一年，榆关归属魏国整整一百年了。

在夺取榆关后的早些年里，魏国屡次对外征伐，扩地用兵，在中原腹地占据了大片土地，楚国被向南击退数百里，西面的韩国远不是魏国的对手，魏国对这个弱国也没有加意防范。在这一百年间，魏国的战略重心逐渐向东推移，处在魏国西南角上那个曾经是兵家必争之地的榆关，对魏国来说已不再是扼守南北要道的雄关险塞，倒成了一处可有可无的山中小城，逐渐被大梁城里的权臣们淡忘了。

现在的榆关驻军不过三千，城关早已失修。直到秦国大军冲出华阳大举东犯，魏王才想起这座关城来，急忙命令周边的兵马往榆关聚焦，好歹凑集了一万军马，入城之后第一件事就是修补城墙，囤积箭矢，准备迎敌。同时，暴鸢在大梁以最快速度集结了七万兵马，昼夜急行增援榆关。

就在暴鸢的七万大军正向西疾进，榆关城里的守军手忙脚乱抢修城墙的时候，左更胡阳统率秦军先锋已经到了榆关城下。

左更胡阳是魏冉手中的"三足鼎"之一，和白起、司马错一样，也是一员从未打过败仗的猛将。此人性格刚毅，不像白起那样精于奇兵突袭，

而是尚操练，精阵法，治军极严，能打恶仗，擅克坚城，由他统率的蕞城兵马是拱卫都城咸阳的精锐之师，战力在秦军中首屈一指。而且胡阳为人沉稳踏实，不欺瞒上司，不凌虐下属，不敛积财物，在军中的名声比白起好得多。

这次伐魏之役魏冉本想用白起领兵，想不到白起领了秦王之命到黔中郡去了，魏冉不得不亲自上阵。穰侯位高名大，在战场上是绝对输不起的，胡阳知道魏冉的难处，于是自告奋勇担任大军先锋，率领三万蕞城精兵冲在最前头，其意自然是要替魏冉壮声势，争体面。进入魏境之后，胡阳乘魏军不备在十日内连克山氏、林中两座城池，又乘魏军收缩兵力之机迅速夺取焦城，大军直奔榆关而来。

榆关建在牛头崖上，西面只有一条狭窄的山道直通崖底，地势险要，可惜这一带几十年没有战事，城关年久失修，墙垣颓坏箭垛不全，魏国军马接到大梁的诏命之后才向榆关集结，进城之后什么也顾不得，急忙一刻不停地抢修关城，却不知夜色之中，秦军已悄无声息地摸到了牛头崖下。

胡阳算计很精，已经料到魏国极有可能向榆关大举增兵，如果从大梁来的援兵进了榆关，这一战就难打了，取了焦城之后没有片刻耽搁，立刻命部将冯章率兵一万先行，自己领两万大军跟进，准备偷袭榆关。赶到牛头崖下正是寅时，伸手不见五指，四周寂静无声，冯章派哨探悄悄沿山路摸上牛头崖，不久探子回报：魏军正在榆关修筑城垣，整条上山的道路无人把守。

七雄之中，秦军是出了名的迅速，魏军却是出了名的迟缓，榆关守将根本没想到秦军已至关下，只顾修整城防，竟卖了一个空子给秦人。得知消息冯章大喜过望，立刻命令部属衔枚登山对榆关发动夜袭。

随着一声令下，刚刚赶了上百里路的秦军顾不上休息，每人喝了半壶

酒提神，立刻端起矛戈排开阵势向崖顶的关城摸了过去。冯章在黑暗中等待前队的消息，片刻工夫，崖顶忽然射出一支响箭，顿时金鼓齐鸣，杀声四起。

摸上崖顶的秦军到底还是被魏卒发现了。黑夜之中魏卒摸不清对手虚实，不敢反击，只能凭借城垣用弓弩射杀秦人，而攻上榆关的秦军人数有限，带的器械又少，虽然仗着突袭之利直抵关城，却也一时冲不上去。

天色微明，胡阳的人马到了榆关，远远看到关城上烟火四起，听得喊杀震天，冯章飞跑过来："左更，我军已登上崖顶，直抵关城。"

胡阳的一张黑脸毫无表情，只简单地说了句："甚好。"就带着一群将领直到山下，仰面望去，只见无数秦军正沿着羊肠般的山道向上攀登，数百丈外闪出一座关城，隐约可以看到秦兵缘梯攻城，魏卒在城墙上往来应战，胡阳看了片刻，回头问冯章："前队尚未登城？"

"山道太窄，攻城的兵士不足，一时尚未得手。"

胡阳点点头："榆关甚险，能突到关下已是前军的运气。"又吩咐冯章："在山顶留三千人，余下分为五百人一队轮流攻城，多带云梯器械，切不可后退，不然就前功尽弃了。我估计猛攻一昼夜，到明天天亮时应该能拿下榆关，你看如何？"

先锋军虽然精锐，毕竟只有三万多人，想用一昼夜攻克榆关，对他们来说并不容易。可胡阳的话软中带硬，冯章不敢不应，只能硬着头皮说："我军已占优势，只要攻势不减，应该可以破城。"话音未落，忽然听得关城上传来一阵欢呼声。胡阳皱着眉头问："怎么回事。"

司马靳忙命人去打探，片刻回报："魏军在城上呼叫，说是援军到了！"

一听这话，冯章顿时变了脸色，胡阳也暗暗吃了一惊。

榆关是秦人东进大梁的门户，地位重要，来援的魏军一定不少，倘若大军进入榆关之后立刻发起反击，秦军就陷入被动了。此时秦军已有上万兵力投入战场，一旦魏军得到增援开城反扑，山上的人马想撤退都来不及了。冯章忙说："左更，魏军援兵大至，局面不利于我，是不是把登山的兵马撤下来，先择地扎营，等穰侯的大军赶到再攻榆关？"

趁魏国援军还未进关，先把登山的秦军撤下来，这倒是个稳妥的主意，可如此一来，秦军趁夜奔袭抢先登山的优势就彻底丧失了，榆关防务一旦整固，秦军再来攻打，也要多付出上万条性命。这种时候退一步容易，进一步却要担战败的风险，可若拼命死战的话，秦军也还有打胜仗的机会。

"什么是先锋？遇敌先战，遇城先登，这才是先锋，怯战退兵，不是秦人的打法。孙武子有言：'置之亡地而后存，投之死地然后生！'榆关之战敌众我寡，敌凭高而我就低，稍有胆怯必被魏军所败！"胡阳指着崖顶的城墙回头对冯章吼道，"魏军虽众，却远道而来，立足未稳；榆关虽险，我军却已兵临城下，你去传我的令：前锋既已登城，后队务必继进，无论如何要攻入榆关！先登者晋爵三级，谁敢后退半步，全队皆斩，家人连坐！"

胡阳下了破关的决心，冯章也不再说别的，立刻催令驭手驾车向前疾驰，立在车上冲着蹲在路边歇脚的军士们高叫："这二十年咱秦人占了魏国一百座城池，从没败过一阵！三岁孩子都知道，想立首功，最便宜的法子就是砍魏国人的脑袋！榆关城里十万首级等着你们去砍，每个秦人能摊上三颗人头！三颗人头换什么？那可是五十亩好田，一百五十石的年俸！讨老婆生孩子，享一辈子的福！都给咱冲上去，天黑以前杀进榆关，砍魏国人的脑袋，把一辈子的荣华富贵挣出来！"

秦人本就凶猛异常，再被冯章的狂话一催，顿时齐声嚎叫，追随着冯章奋不顾身往城下猛扑。左更胡阳的战车也从后队赶了上来，胡阳从车右

三 大梁围城

力士手中抢过一杆戟来，跳下战车，举着长戟随同潮水般的秦军步卒一起向崖顶冲去，边走边冲身边的士卒吼叫："进力向前！先登者赏，后退者杀！"军中的不更、大夫、官大夫们忙举起将旗追随在胡阳身边。

眼见左更大人亲自冲阵，秦军士卒更是不顾一切向前冲杀，榆关的城墙下万头攒动，云梯被摧毁一架，立刻又竖起一架，死者纷纷坠地，生者登城不懈，前面的士卒还没爬上城头，后面的秦卒已经缘梯而上，头踵相接，成了"蚁附"之势，混战中，成群秦军登上城头，冲进魏军卒伍之中奋力劈砍，喊杀之声惊天动地。

这时暴鸢大军的先锋已经从东门开进榆关，却见狭窄的关城里魏卒秦兵混战成一团，城墙顶上，成群穿黑衣的秦人像决堤的洪水一样汹涌而入，把魏军冲得步步退却。

此时守城的魏军已乱了阵脚，而刚刚赶到的生力军却被自己人挡住去路，无法立刻上前和秦军交战，眼看攻进榆关的秦人越来越多，魏卒不断后退，狭窄的城门全被披着重甲的魏卒塞成了一个铁疙瘩！新到的人马挤不进关城，后面的人听到城里杀声震天，急着进城增援，拼命向前推挤，前后拥塞，乱作一团，几万魏军竟自己把自己堵死在榆关城下！

这时候暴鸢的战车已经到了山下，却见山道上挤满了魏军，前面的不能进城，后面的还在登山，局面已经乱得不可收拾！暴鸢打了一辈子仗，还没见过这样糟糕的局面，情急之下只得下令："所有人下山，只命先锋一万人进城防守！"

暴鸢的命令本是想让魏军从山上撤退下来，重新整队，可他却不知道此时秦军已占据了大半座关城，正把守城魏军打得步步退却，山上的魏卒进不能进退不能退，只听得城里杀声震天，看见满身是血的魏卒从城里逃

出来，也不知道前面的情况如何，忽然又接到"下山"的命令，这些人也不知道哪个是先锋，哪个是后队，混乱之下，所有人一起扭头往山下溃退，可山路又窄又陡，山顶的人往下一拥，下面的魏卒顿时成了滚地葫芦，跌倒的人被万众踩踏，惨叫哀嚎声震山谷。

这么一来魏军更加混乱，所有人都失去了斗志，只顾退却，山下的魏军也被这股人潮冲乱了大阵，所有人都不明白到底发生了什么事，只知道大势已去，逃命要紧。

忽然间，刚刚开到榆关城下的七万魏军不等将令，掉头向东溃逃而去。暴鸢急得发了疯，抽出剑来亲自拦截溃兵，连连砍杀几人，下令重整队列。可暴鸢本不是魏国的将军，军士们根本不认得他，手下的部将对他也不畏服，平时还能遵命而行，大乱之时谁还听他的命令？只管各自领兵退却，暴鸢根本禁止不住。

好容易等来的援军未进城关，却忽然退了！榆关城里还在和秦人死战的士卒们一下子傻了眼，哪里还有战心？秦军在胡阳的死逼之下本就已经杀红了眼，眼看榆关守军忽然溃散，这些人转眼工夫就杀散了城墙站的魏卒，打开西门，城外的三万秦军一拥而入，挺着长矛提着利剑，从西向东一路砍杀过来，不到一个时辰已经杀尽了守城的魏卒，从东门冲杀出来，只见山道上的魏卒还没撤尽，山路上死者伤者躺了一地，远处山下是一片黑压压的人群，正拼命向东溃逃。

这时候已经用不着将军下令了，刚刚夺占榆关的秦人齐声呐喊，顺着山道追杀下去。

启封斗阵

早前魏无忌就认为榆关难以固守,一旦被突破,秦军必然长驱大进,魏国要吃一场大败仗,现在榆关果然失守,魏国大军全线败退,眼看就要被秦军一鼓全歼,局面遭得不能再遭,魏王这才想起信陵君来,可偏偏魏无忌已经渡河北上调兵去了,殿上众臣全是白吃饭的货色,大眼瞪着小眼,根本拿不出一个主意,魏王急得几乎掉下泪来,只好带着哭腔问范痤:"现在怎么办?"

在这要紧的时候,范痤倒比别人沉稳些,知道魏国大臣们各怀私心,谁也指望不上,这个时候只有自己亲自上阵了,于是慨然奏道:"大王,暴鸢之军虽被秦军击溃,但秦军主力尚在榆关以西,斩关东进的兵马不会太多,大王应该立刻调一支精兵到启封布防,接应榆关军马撤回大梁,如果秦军先锋赶到,就在当地打一个阻击战,迟滞秦军的攻势。只是这一仗恐怕不好打,还是由臣……"正要自荐,上卿芒卯抢着上前奏道:"范大夫所言甚是,请大王给臣三万精兵,出城接应榆关兵马!"

芒卯这个人有时候倒也出人意料。

在魏国臣子中,芒卯倒是个能打仗的人物。早年他追随魏王遫与楚军、齐军多次交锋,打了不少胜仗,能做到魏国上卿,位居群臣之首,一半靠着机灵谄媚,一半也是凭着战功。现在芒卯和田文在魏王面前争宠,私下互相陷害,田文的亲信暴鸢又刚刚打了败仗,危急时刻芒卯挺身而出迎救被击溃的魏军,在魏王面前自然压倒了田文。

另外芒卯也知道,上大夫范痤头脑清晰,舌头厉害,既是谋国之臣,

又是出色的辩士，却从来没带过兵，让范痤率军去阻击秦军，简直等于送死。与其让这位国戚送死，不如自己去走一趟，只要把这一仗顶下来，范痤就等于欠了他芒卯一个天大的人情。至于战场上的情况，倒真像范痤说的：秦国大军还没过榆关，追杀过来的不过是先锋军，芒卯手里有三万精兵，还不至于吃什么亏。

这笔账算下来利多害少，值得下本钱，所以芒卯毫不犹豫地站了出来。这一下真是雪中送炭，魏王大喜，忙说："芒卿果然忠直！寡人就拨给你三万武卒，以上大夫段干崇为副将即日西进。"范痤也对芒卯深深作了个揖，连说："有劳芒卿，多谢了！"

战场之事如同救火，一刻也耽误不得。接了魏王诏命后，芒卯立刻在大梁城里召集了三万武卒，命上大夫段干崇随行，出了大梁迅速西进。

军马出大梁不过几十里，已经隐约听到消息，秦军攻克榆关之后不顾一切向东疾进，山氏、马陵、长社等城邑的守军望风披靡，弃城而逃，暴鸢部下的魏军更是全军溃散，前后近十万魏军被秦军赶得狼奔豕突，溃不成军。芒卯明白情况比想象中还要糟糕，也不敢贸然前进，过了启封，就选定一处低缓的山岗扎下人马，等着接应从西边退回来的败兵。

这天夜里，开始有败退的魏军逃到军前，芒卯向败兵询问前线战况，这些人什么也说不清楚。随着夜深，逃回来的魏卒越来越多，芒卯感觉到秦军也快到了，就让段干崇带着人马在山岗前严阵以待。

随着天光放亮，远处传来一片惊叫哭喊之声，只见魏国败兵漫山遍野而来，所有人都已丧魂落魄，丢盔弃甲，连头也不敢回，只顾着向东面飞逃，段干崇恶狠狠地传令："在山前列阵截住这些人，哪个再敢乱跑，全都给我砍了！"一万魏武卒立刻沿着官道两翼展开，到处阻截败兵，从榆关逃

出来的魏军见了自己人，也稳住了神，不再乱跑。段干崇叫了几个人到面前，问他们："秦军在何处？"

"秦军前锋距此不到十里了。"

"有多少人？"

"总有十几万吧。"

听说秦军有十几万，段干崇半信半疑，心里有点发慌。芒卯知道败兵说的话不可信，急忙拦住话头儿不让他们再说："可知道暴鸢大夫在何处？"

"暴鸢将军战死了……"

其实暴鸢并未阵亡，只是眼看兵败如山倒，知道在魏国的前程已经断送，就扔下军马自己先逃了。经此一败，这位曾经的韩国名将威风扫地，名声尽毁，从此隐姓埋名，再也不敢出来混事了。

对芒卯来说，暴鸢活着也没用，真死了更省事。于是摆手让败兵走开，自己立在战车上仔细查看眼前形势，估算秦军虚实，半晌拿出一个主意，回头吩咐段干崇："你率两万武卒沿山坡列成方圆阵，我率一万人隐在山后，砍些木柴在林后烧烟，把驾车的马匹解下，马尾拖着树枝往来奔跑，造成疑兵，使秦人误以为林中埋伏了大军，希望能阻止他们东进，只要拖过今晚就好。"

"可否收留败军为我所用？"

芒卯摇摇头："这些人已经失去斗志，用不上了，任其自去吧。"

段干崇答应一声，却没有走，犹豫片刻，凑到芒卯耳边低声问："听说秦军有十多万，若是疑兵之计唬不住他们，硬攻上来怎么办？"

既然上了战场，只有置之死地而后生了，芒卯硬邦邦地说："可在阵前多布弓弩，长矛继后，战车居中，在车阵内留五千生力军，若秦军透阵而入，就以劲卒向前反击，不能击退秦军就死在这儿，让秦人给你收尸！"

芒卯发了脾气，段干崇再也不敢多问，急忙布置去了。

魏国败兵尚未退尽，秦军先锋已经赶了上来，只见千余名斥候轻兵都脱了铠甲，赤膊提戈砍杀魏卒，就地割取首级，且杀且进。又有十几辆战车在魏军中横冲直撞，车上的秦卒箭射矛刺，沿路袭杀魏人，一直追到段干崇的阵前还未止步。

眼看秦人如此张狂，段干崇大怒，下令强弩一齐掩射，阻住秦军攻势，又调军士三千人、战车十余辆向秦军反扑，顿时摧毁了五六辆战车，秦人的斥候才匆忙退去，却听得远处鼓角如雷，接着烟尘四起遮天蔽日，一支望不到边际的大军开了上来。

这时秦军的先锋胡阳已经率领三万多人到了启封，胡阳命战车驰上一处山岗，自己立在车上远观敌阵，见两万魏军列成一个外方内圆的阵势，队形排列异常紧密，所有魏卒都披着重甲，挺着长兵，一半人手中配有弩机，从这装备看得出，正是天下闻名的魏武卒。

武卒是魏军中最精锐的兵马，总数不过五万，现在两万武卒当路列阵，胡阳也知道遇上劲敌了。冷眼观敌虚实，片刻工夫已经拿定了主意，转身对冯章说："敌军以方阵迎战，我军当以锋矢之阵破敌，士卒们锐气正盛，可以全军进战，不必留下后援。"

胡阳的秉性严厉凶狠，秦军将领对这位将军多有些怯意。现在胡阳下令全军进袭，冯章心里却有顾虑："我看树林后烟尘滚滚，会不会是魏国大军开上来了？"

胡阳铁板一样的脸上毫无表情，冷冷地说："魏国大军行动迟缓，没能进驻榆关，战败之后急退数百里，我军连下七城，没打一场硬仗，可知他们对这一仗准备不足。魏国疆土一马平川，榆关失守后，他们只剩一座

三　大梁围城

大梁城可以固守，怎么会调动大军在这平原旷野上和咱们决战？分明是疑兵之计，且以战车冲阵，步卒继进，先破了他的阵势再说！"

在魏冉手下的"三足鼎"中，胡阳是个专打恶仗的将军，冷面铁心，宁死不退，何况他已看破魏军的诡计，更是下了决心。在这样一位猛将麾下，冯章也变得凶猛异常，立刻以两千骑兵为前导，五千精锐步卒紧随其后，列成锋矢阵的"锋芒"，其后步卒以千人为一阵，持长兵的格斗之士在前，弩手在后，列成数十个密集的方阵，冯章的战车随中军而进，胡阳的战车列于大阵之后，随着一声令下，三万秦军齐声呐喊，密集的军阵向魏军迎面压了过来。待进到魏军面前九百步内，阵后射出一支鸣镝响箭，两千骑兵一起催动战马向魏军阵前猛扑过来。

想不到芒卯的疑兵计丝毫没起作用，几万秦军像洪水卷地冲了上来，段干崇心里着实有些慌乱，眼看秦军以骑兵冲阵，立刻下令放箭，一时箭如飞蝗，冲在最前面的秦军轻骑兵纷纷被射倒。

然而骑兵出阵本意就是要扰敌魏军，见魏人放箭，秦人立刻分成两队左右横掠，引得魏军弩手追着飞驰的战马放箭，却不防随后的步卒已进至三百步内，当先的五千人齐声呐喊，左手举着盾牌，右手端着矛戈飞一般猛冲上来。

战国七雄之中唯秦国最善用弩，六国虽然也有强弩，可在集中使用弩机的技巧上均不如秦军。魏军所布的方圆阵本来很适合防御，却被轻骑扰动，未能有效地使用弓弩阻击秦军，转眼工夫五千秦卒已冲到面前，横起盾牌向前猛撞，硬在魏军阵前撕开一个缺口，顺手抛了盾牌，挺着长戈和魏武卒面对面地格斗起来。

秦人的军阵排列绵密，前队在敌阵上撕开了口子，后面的大队立刻

向突破口蜂拥而来。戴双梁板帽披鱼鳞铜甲的二五百主驾着战车亲自前驱，一个个秦军的千人队呐喊着依次冲击魏军大阵，如海潮般一浪高过一浪，眼看着魏军阵前的缺口渐渐扩大，秦军的锋芒一步步突入阵中。好在魏武卒是魏军的精华，这些精选的士卒体格强壮，技击精熟，一对一地较量时丝毫不弱于秦军，两万人布成的方阵勉强抵得住三万秦人的冲击，两支劲旅时进时退，都只在百步内苦苦缠斗，战场上血肉横飞，杀声震地。

在秦国名将之中，胡阳以尚操练、精阵法著称，现在他以锋矢阵克制方圆阵，恰当其时，眼看秦军向魏人阵中步步推进，似已有了胜算，不想魏军阵后忽然传来隆隆的战鼓声，大群武卒蜂拥而出，直向秦军两翼包抄过来。

讲到阵法，芒卯的本事丝毫不逊于胡阳。

魏国精兵的根脉出自一代名将吴起。而吴起用兵从来最善布阵。阴晋之战，五万魏卒破秦军五十万，靠的就是精纯的阵法。到战国中期，各国军队越练越精，战争规模越来越大，燕赵有精骑，齐军有铁车，秦人用强弩折冲，以死士陷阵，面对这些凶悍的打法，魏军的阵法显得有些过时了，但芒卯多年在楚国边境作战，面对凶猛暴躁军容不整的楚军，魏军的铁阵一向颇见效用，所以芒卯作战特别精于布阵。

眼前魏秦两军兵力相当，双方都是第一流的劲旅健卒，交战所在又是一处狭窄的战场，有此三条，魏武卒平时苦练的阵法在这一战正好用得上。

秦军发起攻势之后，芒卯急忙登高掠阵，两军战到此时，他已看出秦魏两军兵力相当，而秦人全军尽出，没有后援，前锋又推进较深，已陷入

魏军方阵之内，正是魏军转守为攻的机会，立刻命令自己手中的一万武卒冲出树林，五千向左，五千向右，往魏军大阵的两翼快速集结。

魏武卒都是久经操演的精兵，一看芒卯变阵，战场上的部将立刻会意，在方阵两侧的魏卒立刻追随生力军向前推进，原来死板的方阵变成了一个中间厚实紧密、两翼向前横掩的偃月阵，由原来的一味死守变成了攻守兼备。就在秦军中路向魏军纵深猛扑的同时，魏军两翼也向秦军侧翼包抄过来。

魏军应变迅速，变阵奇巧，倒让胡阳吃了一惊，急忙竖起旌旗，改变鼓点，下令秦军变阵策应。在中路的冯章看到阵后旌旗变换，立刻明白胡阳的意图，下令秦军后队停止冲击，三千人向左，三千人向右，迅速展开队形迎击魏军。

顷刻间，秦军的锋矢大阵散了开来，六千人齐刷刷地掉过头来，分向左右迎敌，整个军阵有如黄鹤展翅，张开的双翅正好迎击芒卯的生力军。

秦军变阵确实巧妙，可鹤翼阵的威力却不及锋矢阵。中路的兵力一分散，进攻的势头就减弱了。段干崇这里已被冲阵的秦军撕开一个口子，正在吃紧，忽见秦军两翼伸展，立刻明白了对手的意图，知道机会来了，急忙下令囤于战车之后的五千劲卒越阵前出，不顾一切地向秦军反扑，好不容易揳入魏军阵内的秦军又被逐渐击退。

芒卯胡阳各使神通，都想以阵法取胜，蕞城精兵和魏武卒旗鼓相当，奋力死斗，两支军马此来彼往整整恶战了半天，各自有几千士卒战死沙场，魏军终于不能围困秦军，秦人也无法从中路突破魏军的铁阵。

这场血腥的消耗战一直拼到未时，再强悍的士卒战到此刻也已筋疲力尽，狭窄的战场上死伤枕藉，两个来往推磨的军阵之间更是积尸成丘，堆起足有半人多高，军士们都被地上的死尸绊住了脚，想冲也冲不上去。

仗打到这个程度，再战已经无益，秦军阵后鸣响铜铎，两群杀红了眼的战士挺起染血的长矛恶狠狠地盯着对方，却是秦军向西，魏军向东，各自缓缓退出了战场。

魏武卒向来以铠甲坚固、长戈大戟著称，这些装备在战场上虽然有利，却远比轻装格斗的秦兵消耗体力，一场恶仗打下来，兵士们已经疲惫至极，可武卒们都知道对手绝非等闲，一点也不敢怠慢，好歹吃了些干粮，就各自立砦掘壕修筑营垒，以防对手偷袭。

段干崇陪着芒卯在营中巡视，眼看武卒伤亡惨重，剩下的也折了锐气，段干崇心里有点慌了："大人，战场情势不利于我，在这荒郊野外扎营也挡不住大军的冲击，咱们先撤回启封城里吧。"

芒卯头也没回，硬邦邦地斥了一句："胡说！"

"秦国大军也许明早就到……"

芒卯冷笑道："你以为秦军明早就到，秦人却以为魏军说来便来，这叫麻秆打狼——两头害怕。孙武子有言：'不可胜在己，可胜在敌。'魏武卒勇猛能战，背后又有大梁城为依托，正是'不可胜'之军，我们怕什么？"说了几句壮胆的硬话，先稳住了手下，这才悄悄换了个腔调，"此番与秦国决战，战场应在大梁，不必在此处和秦人缠斗。所谓'善守者藏于九地之下，'要想全身而退，还需用计……"自己又皱着眉头想了一回，"传令：不在此地扎营，全军返回白天的战场！"

芒卯忽然下令进军，魏军部将们以为他要趁夜向秦军发起反扑，不由得都精神一振。芒卯心里却有自己的打算，回身吩咐段干崇："我先带一万精锐之士向前移营，其余的人留在此地，天黑以后，你把手下每千人分作一队，一队接一队向大营进发，务必在三更时分全军进至大营。"

芒卯的命令十分古怪，段干崇一时摸不着头脑，还想再问，芒卯却已飞步走开了，段干崇只得依计而行。

天黑以前，芒卯的大军回到白天的旧战场上，就在山林边扎下大营。

知道魏军又回来了，胡阳心里有些不踏实。

正像芒卯估计的那样，秦军和魏军正是麻秆打狼——两头害怕。

与魏军一场恶战，蕞城精兵战死了三千多人，这样的伤亡就算左更大人也承受不起。胡阳不知道魏军的伤亡情况，只知道自己这支人马深入魏国境内，与魏冉的大军相隔近百里，孤立无援，魏国几十万人马就在大梁，说到就到。白天一场恶仗没能打垮对手，现在魏军去而复返，不能不让胡阳生出疑心，于是派出多路斥候查探敌情，只见魏军营中灯火通明，军士们忙着就地掘灶烧水煮饭，高声喧哗，热热闹闹。

二更刚过，黑暗中传来人喊马嘶，一队队军马从东方而来，进入魏军大营，不大工夫，魏营中炊烟四起，刚入营的军士们蹲在地上吃起饭来。

听说魏军不断增兵，胡阳的眉头皱成了一个大疙瘩。

打了半辈子仗，胡阳知道何时应当拼死搏杀，何时却该求稳为上。现在他手下的蕞城兵经过榆关、启封几场恶战之后，已经成了疲残之师，魏冉的大军尚远，若魏军果然大举增兵，必会在第二天一早发起逆袭，形势对秦军极其不利。

当此逆境只有稳守为上，胡阳急忙下令全军后撤二十里，以一处土岗为依托筑起营寨，挖掘深壕，多布弩机，全军转入守势，且看魏军下一步怎么打，同时派一行战车向魏冉告急，催促大军赶到启封支援先锋。

这一夜，两万多秦军没一个人敢入睡，所有将士弓上弦剑出鞘，在伸手不见五指的黑暗里瞪大眼睛，等着魏军从暗夜中杀出，向他们发起冲击。

可整整守了一夜,毫无动静。直到天光大亮,雾霭散尽,四野寂静平安无事,胡阳这才觉得不对路,又命人出营哨探,却见山林边只剩一座空营。

芒卯成功吓退秦人之后,四更时分弃了营盘,率领部下撤回大梁去了。

血战梁城

榆关之战魏军大败,被秦人割了三万五千颗首级,在启封城外又战死几千武卒,焦城、林中、山氏、榆关、中阳、马陵、长社、启封八座城邑先后被秦军夺占,最终正如魏无忌所说,魏军到底还是退入大梁城内固守,只是白白牺牲了四万个魏国人的性命,折损了魏军的锐气。

可是在榆关迎战秦军毕竟是魏王的主意,臣子们谁也不敢稍有怨言,于是相国田文及时出面,盛赞榆关之战对后面的战事大有裨益,认为多亏打了这一仗,才给大梁方面赢得了半个月的时间,让魏无忌从黄河北岸的汲邑、荡阴等地调回六万军马,使得大梁城里的魏军兵力超过了三十万,与围城的秦军势均力敌。大梁城里的军马百姓也日夜拼命,利用这十几天时间整固了大梁的城防,现在的大梁城才真正固若金汤,可以死守了。

有田文在魏王面前捧场,臣子们哪个敢不奉承?榆关大败被掩盖起来,为了鼓励士气,同时也还芒卯一个人情,上大夫范痤亲自上表,把启封之战被捧成了一场了不起的胜仗,将秦军伤亡夸大十倍,硬说芒卯在启封歼灭秦军四万多人!魏王立刻下诏,赐给芒卯采邑千户,又以牛酒犒劳士卒,芒卯急忙谢恩。相国田文不甘冷落,也抓住机会上表称颂魏王仁德,相国的贺表一递上去，引得魏国臣子纷纷上表祝贺，只有信陵君一人没上贺表，冷眼看着群臣争宠的嘴脸，心里又鄙视又厌恶。

不管信陵君心里怎么想，毕竟大敌当前，不是闹脾气的时候。

这时秦军先锋已经夺取启封，距大梁不足百里，魏冉麾下大军也全数开进榆关，正向大梁而来。于是魏王下诏，大梁全城宵禁，城中十五岁以上男子悉数征调守城，以市价收民间之粮入官仓，工匠赶制箭矢礌石刀车一应守城器械。信陵君魏无忌坐镇夷门，兼巡四城防务；上卿芒卯坐镇城南高门，兼提城中各处兵马；命上大夫董庆负责北城防御；上大夫史厌负责西城防御；上大夫范痤负责东城防御；上大夫段干崇领精兵五万在四城巡防，以备应急；相国田文掌管大军所用粮草器械。

接到诏命后，魏无忌立刻叫家人把被褥搬到夷门的箭楼里，自己披了铠甲上城巡视，白天与士卒同食，晚上在城头就寝，以此鼓励士气。

眼下的魏国风雨飘摇，王廷上又党争不断，乌烟瘴气，百姓们虽然是些闷着头过日子的糊涂虫，其实心里也多少明白些事理，知道这个国家一半靠信陵君撑着，现在信陵君每天领着军卒在城头巡察，指挥若定，大梁城里的百姓们觉得有了底气，榆关之败后散乱的人心也渐渐安定下来了。

五天以后得到消息，魏冉大军已到启封，估计秦军一两天内就会进至大梁。

虽然不惧秦军，可强敌将至，魏无忌还是觉得心情沉重。这天仍像往常一样在城门巡视，走到夷门，却见相国田文站在垛口前和三个穿布衣的人说话。

自从榆关惨败，暴鸢不知去向，田文的势力大受挫折，可田文是个精明人，知道示弱藏拙的道理，手里管着粮草军需，丝毫不与芒卯为难，反

而亲力亲为特别卖劲，手里的事忙完了，每天还要抽空到城墙上走走，对军士们嘘寒问暖，总之大梁城上城下到处有田文的影子，人人都看见这位薛公在奔波劳碌，为国分忧。

见魏无忌来了，田文忙笑着迎过来，指着身边几个人说："君上，这几位都是从齐国来的墨者，知道暴秦围攻大梁，特来协助守城。"

听了"墨者"二字，魏无忌浑身一震，忙把眼前的三人仔细打量了一遍，见几位墨者沉稳干练英气勃发，果然都是一副豪侠气概，却偏偏没有他认识的人，顿时有些灰心，可又不能不顾礼数，拱手笑道："孟子说'得道多助，失道寡助'，墨家是天下正道，能来大梁协助城防，可见魏国多助，暴秦寡助，此战必能大获全胜。"

当先一名墨者忙说："除强扶弱为天下止战，是墨者分内事，只可惜墨家式微，未必帮得上什么忙，尽力而已。"

魏无忌当然感激墨者助力，可心里总有些杂念，忽然灵机一动："请问这次一共来了多少位墨者，哪一位是首领？"

旁边一个瘦高个子的墨者答道："自从巨子不知下落，墨家比以前更衰微了，这次来大梁的只有十多人，分在四城防守。"指着两个同伴说："我们三人都是首领。"

"你们都是齐国人？"

"对。"

墨者的回答一句句都叫魏无忌失望，强打精神又和墨者说了几句话，离开夷门往西城而来，这里也和别处一样挤满了军卒百姓，人人都忙着挑土砌石，魏无忌在一处箭垛旁停下脚步看着别人忙碌，也不知是走累了还是怎么得，只觉头脑中混混沌沌的，站在那里发起呆来，就连有人走到身边也没注意。却听那人轻轻问道："公子在想什么？"

听这声音十分耳熟,魏无忌抬头看去,眼前站着个瘦小的年轻人,长发挽在头顶,用一个朴素的竹冠束起,穿一身半旧的黑布袄裤,腰间插着一柄短剑,身上斜背着一张杉木弓,圆圆的脸儿,眉眼儿带着一丝羞涩的笑意,正是已经离开大梁四年的石玉。

那些刻意寻找却寻不见,不经意间一转头,又迎面遇上的,就是缘分了。现在魏无忌迎面遇上四年来朝思暮想的人,心里高兴得想跳起来,脸上神态却呆愣愣的,张口结舌说不出话,好像变成一个傻子。半天只憋出一句:"什么时候回来的?"

"自从秦人开始集结兵马,墨者得了消息就分头赶到大梁,进城有两个月了吧。"

"既然到了大梁,怎么也不告诉我一声?"

眼下的信陵君心里比火还热,可嘴却笨得像个橛把子,一点儿也说不到点子上。这句莽话问出来,倒弄得石玉无话可答。

当年石玉离开大梁,半是伤心,半是负气,可情感上的事大半身不由己,人虽到了天涯海角,一颗心却还留在如茵馆里。为了避开这些无聊的心事,四年里石玉到处奔波,时而在齐时而在楚,一心想联络墨家弟子,认真做几件大事,可事实却正如鲁仲连所说,墨家不但日渐衰落,而且正在瓦解,有些墨者对世道失去了信心,不肯再出来做事,还有些仗着学来的本事,竟拉帮结伙成了盗贼。

勇于敢则杀,勇于不敢则活。墨家的思想太激进了,想以一股精神力量来救世道,却忘了世道人心有自己的走向,不是一个人或一群人的意志可以改变的。最终世道没有扭转,墨者的心术却渐渐被世道污染,人心一坏,墨家也就散了。石玉在江湖间奔波四载,什么人也联络不上,什么事也没

有做成，只落得一腔怒气，一肚子委屈。

越是孤立无助，石玉就越怀念当年在如茵馆里的日子，在心里惦记那个像夫子一样迂腐拘谨，又像孩子一样热烈偏激的傻子。

秦国即将伐魏的消息传来时，石玉正在齐国，一听说此事，立刻召集了所有能找到的墨者星夜赶赴大梁。她自己更比所有人到得都早，这一半因为她是墨者，虽然明知行不通，还是要做这抑强扶弱的傻事；另一半却是因为她的心事太重，已经放不下了。

其实进城的两个月里，石玉每天都想来见魏无忌，可毕竟分别已有四年之久，想到重逢时的尴尬羞涩，心里就慌乱得很，结果就这么一天天拖了下来。到今天在城上不期而遇，石玉心乱如麻无法理清，情急之下干脆顺嘴说道："公子已经封了信陵君，位极人臣，我们这些寻常百姓哪敢在君上面前走动？"

魏无忌口不择言，石玉的回答更是糟糕透顶。听她胡言乱语，魏无忌忍不住笑了起来。石玉也说不清是羞是喜，只觉胸口鹿撞，脸上热得发烫，虽然腰悬利剑手挽强弓，可在信陵君面前却面色如醉，娇羞扭捏，哪还有半分墨家豪侠的气概。

石玉虽是女孩儿家，可性情直爽，心里有什么便是什么，从没在魏无忌面前掩饰过，真正拘泥羞怯的倒是魏无忌，早前就因为他这份拘泥，把一件好事拖成了坏事。可人的性格最难改变，魏无忌这一辈子永远是大事有主见，小事犯糊涂，公事有主见，私事犯糊涂。到现在，他还是谨守先贤之训，所谓"非礼勿言，非礼勿行"，一句多余的话也不敢讲。石玉也把话说完了，一时间两个人面面相对，都愣在那里，不知该说什么好了。

正在这里，大夫史厌飞跑过来："君上，秦兵到了！"魏无忌这才回过神来，忙随史厌赶到箭垛旁，只见数不尽的秦兵好像一片黑色的潮水，漫天盖地往大梁城下席卷而来。

周赧王四十年，也就是魏王圉继位的第二年仲春，穰侯魏冉亲率三十万大军进至大梁城下，采用围三缺一之计，从西、南、北三面围住大梁城，只在城东留出一个空当，任凭魏国军民从这里出逃。

围三缺一的战术有三个好处：一来任百姓们逃离被围城池，可显出诸侯的"仁义"；二来有路可逃，自然泄了城中军民做困兽之斗的勇气；三来也可以更好地集中兵马用于正面攻坚。所以围三缺一就成了春秋战国诸侯攻城之时常用的策略。

在秦国大军包围大梁城的第五天，穰侯魏冉到了大梁城下，看着眼前这座魏国王城，魏冉忽然之间觉得后悔了。

大梁城原来叫仪邑，只是楚国的一座小城，魏国称霸之时出兵击败楚军，夺取了仪邑，魏国的最后一代霸主魏惠王一心经营东方，把都城从安邑迁到仪邑，改称大梁。其后魏惠王招集天下人工巧匠，倾尽举国之力，花了整整十年时间筑起这座大梁城。

自建成之日起，大梁就是天下最大的城池之一，城墙方圆四十余里，城内有人口三十余万，规模之大堪比秦之咸阳，齐之临淄，楚之郢都，赵、燕、韩三国的王城与之相比则远远不及了。

大梁城下是一条十丈宽的护城河，引鸿沟之水，深至两丈有余。城墙高约九丈，共设城门十二座，以城北夷门、城南高门为最大。每座城门前修有一座长三十丈宽十五丈的坚固瓮城，瓮城入口处皆设千斤铁匣，秦军若想攻打城门，必须先穿过瓮城，然而这瓮城本就是取个"瓮中捉鳖"的意头，秦军真要冲入瓮城，魏军可以放下铁匣，把秦人困在狭小空间之内，

居高临下三面环攻,"入瓮"的秦军别说攻破城门,就算想退也退不出去。

大梁城防还有一个厉害之处,就是城墙上每隔百丈就伸出一座十丈宽的墩台,这些墩台前尖中阔,俗称为"马面",比城墙低了几尺,用黄土夯打而成,外面砌以麻石,坚固异常,专门用来清除城墙下的死角,若秦军逼近城墙,墩台上的魏军就可以从侧后用弩箭袭杀秦军。在两座城门之间的城墙上又加筑了几十道女儿墙,这是主城墙上附设的石垒,高约四丈,皆用整块条石砌成,依着城墙的走势或凸或凹,突出的地方遍布箭垛,魏军可在箭垛后向三面放箭,阻止秦军逼近城垣,凹进之处则将敌人诱进狭窄之处,使爬城的秦军陷入两侧高墙的弓弩攒射之下。

城河、马面、瓮城、女墙互相交织,看似庞杂,实际上井然有序,互相策应,攻一点则周边齐至,破一处却无关大局,再加上城中集结的整整三十二万大军,把一座大梁城守得固若金汤,滴水不漏。

这样一座城池,根本就不是人力可以攻克的,只看了大梁城墙一眼,魏冉就已经对这一仗灰了心。

可三十万大军已到城下,不得不战……

胡阳看出了魏冉的难处,走上来说:"穰侯,魏国军马避我兵威不敢来战,大梁虽然坚固,毕竟是座孤城,只要步步进战,先铲除墩台,破其瓮城,再攻城池也不甚难,就让我的蕞城兵马打这个头阵吧。"

胡阳刚勇无畏,对魏冉又忠诚,魏冉最信得过他。可大梁实难一鼓而下,蕞城兵马一直为秦军前驱,连番恶战未得休息,再用这支队伍攻城未免驱之过急。魏冉一时沉吟未决。客卿蒙骜看出魏冉的心思,在一旁高声笑道:"自出华阳以来,所有战功都被左更大人得了,我手下部将寸功未立,都在营里抱怨,左更也让些功劳给别人吧。"

蒙骜一句话引得众将都哄笑起来。胡阳知道蒙骜是想为自己分劳,忙

三 大梁围城

拱手笑道:"且看蒙将军的本事了。"蒙骜随即叫过儿子蒙武,吩咐:"你领汉中兵先登,摧毁夷门外左右墩台,我率关内兵继进,乘隙夺取瓮城。"五大夫蒙武领命而去。

转眼工夫,秦军大营里号角鸣响,鼓声如雷,人喊马嘶,几万铁甲劲卒扛着千架云梯,推着无数楼车、冲车、石砲盘弩,直冲大梁城北而来。夷门前顿时鬼哭狼嚎,天翻地覆。

这时的魏无忌正在西城墙上坐镇。

大梁的城防南北坚固异常,东西稍显薄弱,所以众人都料定秦军必然先从西城攻打,想不到秦军放开西城不理,却集中兵力去攻打最险固的夷门。石玉从小跟随父亲学习攻防之术,眼看秦军攻城不依常理,百思不解,问魏无忌:"大梁十二座城门,秦军为什么偏偏攻打最坚固的夷门?难道这支虎狼之师真有攻破大梁的信心吗?"

魏无忌略一深思,随即答道:"你这话问得好,正因为秦人没有攻克大梁的信心,魏冉才逼着士卒们强攻夷门。"见石玉没有听懂,又说:"这一仗秦魏两军各有利弊,大梁有天下最坚固的防御体系,秦军靠的是兵力强大,士气旺盛。可坚固的城池不会被削弱,军队的士气却会迅速丧失,要想维持士气,魏冉就必须做出样子来,让秦人以为攻城总有进展,如此,秦人才能在旷日持久的苦战之中始终保持高昂的士气。现在魏冉攻夷门就是想挑最硬的核桃砸,在夷门下搞出点动静来,这样,后面至少一个月里秦军都能保持士气。"

听了魏无忌的话,石玉恍然大悟,点头道:"原来如此。"

在石玉面前魏无忌的话也多了起来:"孙武子曰:'上兵伐谋,其次伐交,其次伐兵,其下攻城,攻城之法为不得已。'魏冉这次进犯魏国,本来就立意不高，称不上'伐谋'，只能算是'伐兵'，现在却已变成了'攻城'，在大梁城下已经输了先手，我军只要'不动如山'，且看魏冉如何收场！"

信陵君本是个沉稳孤傲的人，现在却眉飞色舞高谈阔论，炫耀自己的学问本事，看起来倒像个轻佻浮夸的年轻后生，石玉不觉有些好笑。不等她回答，在一旁的田文把双手一拍高声道："君上言之有理，既然秦人想在夷门那边搞出点响动来，咱们就去接他的招术，看看魏冉到底有啥本事！"

魏无忌这些话本是说给石玉一个人听的，忽然被田文这个马屁一拍，顿时扫了兴，一脸悻悻，田文不知道信陵君的心事，也是丈二和尚摸不着头脑，不知自己说错了什么。一行人沿着城上的马道往城北而来，远远就听到夷门外杀声震天。上大夫段干崇飞步迎了上来，魏无忌忙问："你怎么在这里？"

"听说秦人攻城甚急，我率本部兵马在夷门内驻守，若城防有什么意外，就领兵出城向秦军反击。"段干崇把魏无忌和田文迎进箭楼，守夷门的大夫董庆也在这里，魏无忌问他："城下情况如何？"

"秦军集中了上万人猛攻夷门左侧墩台，另有一万多人围攻瓮城，势头极为猛恶，墩台上的士卒已经伤亡过半了。"董庆弓着腰小心地问，"是否增派兵马到墩台增援？"

"当然要增兵，就算一座墩台也不能失守！"魏无忌起身往城墙边走去，段干崇忙伸手拦住："君上小心。"

魏无忌一把推开段干崇，径直走到箭垛前向城下望去，只见无数黑衣黑甲的秦人翻翻滚滚，好像一片黑色的海潮向着大梁城头漫卷而来，离夷门最近的一座墩台从上到下爬满了秦兵，简直连石墙都遮没了。守在墩台

三　大梁围城

上的魏军拼命死战，周边城墙和临近墩台上的魏军也用弓弩巨石向这里投打，成片的秦卒从城墙上跌落下去，后来的却仍然抢攻不止。段干崇在旁说道："君上，看来秦人是想集中力量抢下这一座墩台。"

魏冉的伐魏计划也许不够高明，可这次随他出征的都是名臣大将，个个用兵如神。现在秦军的战法正应孙子"上兵伐谋"之说，打的不是战术，而是态势。虽然夺取一座墩台对大梁城防并不构成威胁，对秦军却是个极大的鼓舞。

要说战场上真刀真枪的较量，魏无忌比不得秦军中任何一员上将，可战场上的诡道和政事上的谋略其实异曲同工，在这上头魏无忌却实实在在是个天才，只略一琢磨，已经看透了秦人的虚实。

"大梁这一仗要打很久，想知道谁能坚持到最后，就要看谁能占住先手。"魏无忌回头命令守夷门的大夫董庆，"调三千人到那墩台上去，战死一个就顶上去两个，战死一百就顶上去两百！绝不让秦人破了墩台。"见相国田文站在一旁，就对他说，"请相国大人亲去督战，后退者立斩！"回身冲段干崇叫道，"你带一万武卒打开夷门出城反扑！务必将秦军击退，一定要保住墩台不失。"

为了保住一座墩台，魏无忌竟同时动用了上万精锐，在别人看来这么做未免太不划算。田文滑头得很，知道魏无忌脾气刚硬，干脆也不劝他，段干崇却凑上来低声说："君上，这一仗不在朝夕之间。大梁城外有上百座墩台，秦军夺取一两座也不能怎样，我觉得还是节约兵力为上……"

话还没说完，魏无忌厉声打断了他："二十年间秦军夺我河西河东百座城池，掳劫人口数以百万，魏人受尽奇耻大辱而不能报！现在秦人已经杀到大梁城下！我们绝不能再受这个气，一步也不能退，寸土不可失守！

就算死一万人也值得！本君早有决死之心，难道大夫不愿意为国而死吗！"

魏无忌的几句话斥得段干崇热血如沸，再没别的话说，冲魏无忌拱拱手，立刻到城下布置兵马去了。

魏无忌站在城头看去，片刻工夫，只见成群披着重甲的魏军出现在墩台上，挺着兵刃向秦军反扑，同时，不远处城墙边一阵大乱，成群的魏武卒从夷门冲杀出来，长戈大戟向前突刺，正在攻城的秦军纷纷退却。

也许段干崇的话有道理，动用上万条性命去守一座无关紧要的墩台是得不偿失了，可魏无忌心里很清楚，秦军围攻的是大梁，是魏国的王城，整个魏国都没有退路，只有死战到底，击败强敌，魏国的老百姓才有活路。

现在信陵君强令部将出战，用数万将士的血肉去争夺一个墩台，就是要让城里的三十万大军和几十万百姓都明白：面对秦军，魏国人不怕死，不惜命！只要有这股气势在，魏国人就不会输掉这一仗。

很快，魏军的反击开始奏效了。

不管魏冉还是蒙骜都根本没想到魏军会以如此强大的兵力向城外反扑，面对上万魏卒的勇猛冲杀，攻夷门的秦军竟有些乱了阵脚。眼看夷门外情况不好，蒙武也顾不得再攻墩台，亲自领兵一万来接应父亲，好歹稳住阵势，可秦军苦战之余忽遭反击，锐气毕竟不足，仍然逐次被魏军从城下击退了。

此时的魏无忌还立在城头观战，眼看秦军渐渐后撤，这才松了一口气。可所有人的注意力都放在城下，却没注意到，一座高大的楼车正从侧后缓缓逼近城墙。

虽然夷门外的秦军退却了，可周边的城墙和墩台左近，大队秦军仍在拼命攻城，不断有吕公车逼近城垣，车上箭楼中的秦国弩兵老远就看到

三　大梁围城

一大群将官健卒聚在城垛旁，上百人举着盾牌在一位衣甲鲜明的贵人身边四面遮护，立刻猜到一定是魏国的国戚重臣到城上督战来了，顿时就有一辆吕公车往这边推了过来，眼看楼车距城墙已不足两百步远，城上的贵人却毫无察觉，随着楼车上的秦军百将一声令下，车上的活板门忽然打开，二十余名弩手同时端起手擘弩，弓弦响处，几十支羽箭向城头攒射过来，魏无忌身边的卫士顿时被射倒十余人，剩下的一阵混乱，竟把信陵君暴露在秦弩之下！

顷刻间，秦人已经张弦布矢，几张弩机同时瞄准魏无忌，利箭闪电般射了出来。

魏无忌这个人，处置国家大事有勇有谋，可真到了战场上，面对弓矢刀枪，却是个手无缚鸡之力的呆子，分明看到秦人瞄准他射弩，却不知道躲闪，傻乎乎地站着不动。

好在石玉手疾眼快，挽着一面长牌冲上来，可面对精准犀利的秦弩，一面盾牌根本不够遮护，眼看情势危急，石玉也顾不得客气，脚下一钩横肩一撞，魏无忌咕咚一声重重摔倒在地，也就这一瞬间，石玉身上已经中箭，尖叫一声重重摔倒在魏无忌身上。

在魏国人心目中信陵君的威望非比寻常，见秦人袭击了信陵君，城头的魏卒急忙抢上前来围成一团护住魏无忌，上千人一起向那辆楼车放箭，吕公车里的秦兵大半被射成了刺猬，侥幸没死的急忙放下护板退了回去。

到这时魏无忌才清醒过来，在众人簇拥下慌慌张张退进箭楼，石玉也被人扶了进来，魏无忌赶过来检视伤处，只见一支利射穿了石玉的右臂，血淋淋的箭头从衣衫下露了出来。魏无忌长到这么大还是头回见到这样的伤势，这一下真给吓得魂飞魄散，不知如何是好。

身为墨家弟子，石玉倒是经过些阵仗的，虽然疼得满脸是汗，却强笑着说："君上不必担心，只要看到箭镞就没有大碍。"

秦人用的箭镞用青铜铸成，呈三棱形，体型不大，也没有魏、赵各国箭镞上吓人的倒钩。其实这种三棱箭镞飞得远，入肉深，比那些看起来凶恶的狼牙箭镞更有威力，一旦射入身体多半难以取出，如此则伤者必死。但这一箭只是在右臂上射了个对穿，倒不要紧。

这时郎中已经赶过来，看了伤势，立刻取过铜剪剪去箭镞，握住箭管轻轻抽了出来，石玉咬紧牙关，眼看着郎中拔出箭管，用药酒洗了伤处，敷药包扎起来，一声也没有哼过。倒是魏无忌在一旁急得满头是汗，直到郎中包好了伤口，这才松了口气。

见魏无忌慌成这样，石玉又是感动又觉得好笑："君上还有大事要办，我这里没事了，你且去吧。"魏无忌嘴里答应了一声，身子却没动。石玉又柔声说道，"现在正打仗，外面成千上万的士卒战死，君上只在这里对着我一个人，叫别人看了怎么想？你是做大事的人，别把心思用在这种小事上。"

在魏无忌心里，石玉的伤才是大事，外面的那场大战倒是小事。可他也知道石玉的话有道理，又对郎中啰啰嗦嗦叮嘱了好多话，让他加意看顾石玉，这才走出箭楼，相国田文迎面过来，离得老远就高声说："君上，夷门外的秦军已经退了，墩台也守住了！"

果然，夷门外的秦军已经退去了，围攻各处城墙、墩台的秦军也正缓缓后退。从城墙上往下看去，只见城下尸横遍地，秦兵魏卒互相枕藉，城河里也漂了一层尸体。只这一仗，秦军战死数千之众，魏军阵亡也超过了两千人。

这时守城的董庆和出城反扑的段干崇都回到城上，击退了秦军，大家

兴致都挺高，魏无忌上前逐一慰问，段干崇抹了一把脸上的汗水粗声大嗓地吼道："秦军到底退了，今晚好歹能喘口气了。"

段干崇这话倒提醒了魏无忌，站在城头把几里之外的秦军大营打量了半天，回过头来问段干崇："你说今天这一战是魏卒疲惫，还是秦兵劳苦？"

段干崇一时没弄懂信陵君话里的意思，犹豫不答，魏无忌冷笑道："秦人从函谷关行军千里到大梁城下，饭没吃水没喝就来攻打城池，又被段干大夫杀得伤亡遍野，这些人才是真正疲惫不堪，急着睡个好觉。可我偏不让他们睡觉。"吩咐大夫董庆："你去军中挑选两万名勇士，今夜子时用绳索缒下城去，分东西两路袭击秦军营寨，多备引火之物，突入秦营就四处放火扰乱敌阵，战至寅时从夷门撤回城里。"

"依秦人的脾性，只怕会全力反扑……"

"不怕，我另有安排。"魏无忌吩咐史厌，"魏冉最怕的不是大梁守军，而是从黄河北岸过来的援兵。你现在就带两千骑兵从东城出去，绕个大圈子挈入秦营背后，约在子时冲击秦军北路大营，不必冲营，只在周围袭扰，高声呼啸，多用火箭，把声势造得越大越好。"又转向段干崇，"传我的令，今夜子时听到城外有厮杀之声，各城守军务必一起举火呐喊，布成疑兵，使秦军不敢轻动。"众将一起领命而去。

围攻大梁的第一战，秦军倾力而为，打了半天，竟连一座小小的墩台也没攻下来，魏冉统兵多年，还是第一次遇到如此顽强的对手，心情烦闷无法入睡，索性披衣起来对着地图琢磨攻城之法，直到二更已尽还是不得要领，没办法，熄了烛火重新躺下，正在迷迷糊糊似睡非睡，忽听大营外传来一片惊天动地的喊杀声，隔着帐幕只见火光乱闪。

魏冉打了半辈子仗，什么惊险的事都遇到过，凭经验大概猜得出这是

魏军摸出城来袭扰秦营，虽然声势猛烈，可秦军训练有素，弓弩强劲，倒不惧夜袭。所以躺在床上动也没动，只等着部将来报告战况。

略等了片刻，猛地，大梁城方向传来一阵隆隆的战鼓声，接着，暗夜之中火光通明，喊杀之声如山呼海啸！魏冉一骨碌爬起身来，顾不得披衣，两步走出营帐，迎面只见五大夫蒙武飞跑过来："穰侯，魏人出城劫我营寨！尚不知动用了多少兵力。"

不等魏冉问话，秦军大营的背后也传来一片呐喊声，魏冉快步登上碉楼，只见暗夜中无数火光逼近营盘，忽然四散，很快散而复聚，黑暗中听得见人喊马嘶，凭着战场上的经验魏冉已经猜到，这是一支轻骑兵正从秦军背后冲营。

——难道是赵军到了！

这么一想，魏冉也有些慌了手脚，满脸都是惊惶之色，可只片刻工夫，他已经强迫自己镇定下来，先抛下大营背后的战事不管，两眼只管望着大梁方向，耳朵仔细倾听，半晌冷笑一声："不必惊慌，城上火把虽多，却并不移动，喊声虽响，可厮杀之声却只在营前一隅，这是魏人用疑兵之计惊扰我军，出城的魏军却并不多。"吩咐蒙武，"你马上去查问从北面偷营的骑兵是魏军还是赵军，大约有多少兵力。"蒙武上了战车飞驰而去。

其实魏冉对大梁城里的魏军出城反击并不畏惧，他害怕的倒是北面那支突然而至的兵马。因为从大梁往北就是黄河，倘若是赵军偷偷渡过黄河忽然掩杀过来，情况就太不妙了。

好在片刻工夫蒙武已经回来，告知魏冉：从北面偷营的是一支魏军轻骑，只有两三千人。听了这话，魏冉才算放下心来。

虽然敌情没有想象中那么危急，可大军在外诸事谨慎，不怕一万只怕万一。魏冉下令击鼓召集众将。不大工夫，芈戎、胡阳、蒙骜、司马梗、

司马靳、张若等人都赶到了，魏冉立刻分派将令，命胡阳、司马梗、司马靳各领一支精兵到北营驻守，蒙武、张若各率一军迎战从城里杀出的魏军，魏冉自己披了衣服和芈戎、蒙骜一起坐在帷幄中等候战报。只听得大梁城下喊杀震天，出城的魏军攻势很猛，北营那边的声势却要小得多。

不多久，胡阳、蒙武各自送来战报，果然，南边有两万魏军从大梁城中杀出，来劫秦军的营寨，北边却是一支几千人的轻骑兵，不知从何处而来，只是在营外来回掠阵，不停放箭，却并未大举来攻。

魏冉身经百战，头脑清楚得很，略一琢磨，说了句："这些骑兵不是从北边过来的，否则他们进攻的时间不会如此凑巧。估计只是大梁城里出来骚扰的轻兵，想假扮赵军乱我耳目，不必理他。"

要论勇气智谋，信陵君不比穰侯差，但说到战场上攻杀战守的经验，和老辣沉稳的穰侯相比，年轻气盛的信陵君就差得远了。

现在魏冉已识破了信陵君的计谋，心也定下来了。于是调整部署，调一万弩手到城下支援蒙武、张若，命这二人稳守营盘，不必急于反击，又加派五千骑兵到北营助胡阳冲阵，其余各部秦军秉烛枕戈，无令不准出营。

经这一番安排，秦军彻底稳下来了。

四更时分，胡阳派人来报：从北面来袭的魏军轻骑遭到五千秦国骑兵的反击，在营外吃了个败仗，伤亡七八百人，余下的都逃散了。从夷门杀出来的魏军却整整和秦军缠斗了一夜，但秦军在魏冉的布置下固守不动，大营内外无懈可击，魏军蛮冲硬撞不能得手，反而造成了不小的伤亡，赶在天亮之前也全部退回城里去了。

整整一夜，穰侯魏冉披衣而坐，目不交睫，直到天光放亮，魏军全部退尽，芈戎、蒙骜各自回营休息，魏冉仍坐在大帐里发呆。

这时司马梗走了进来,见魏冉还在这里坐着,脸上又是疲惫又是郁闷,走上来劝道:"穰侯不必忧虑,昨晚这场夜袭,魏国人没占到丝毫便宜。都说魏国没有人才,看来不假。"

魏冉摇了摇头:"魏国还是有能人的。昨天那仗打的不是输赢,而是气势,咱们,输了气势了。"

是啊,现在秦军围攻大梁才一天一夜,白天以锐卒攻城不能得寸土,晚上又被魏军的夜袭搅了个人仰马翻,魏国人用他们的勇气和胆量告诉穰侯,眼前这座大梁城,秦军是无论如何也攻不下来的。

秦军在大梁城下输了气势了。

四 不敗而敗

四　不觀而觀

魏王抱薪救火

　　转眼工夫，魏冉大军围困大梁已经快四个月了，刚开始秦人攻势凶猛，两军日日鏖战，硬拼了一个多月，魏军战死万余，秦军伤亡倍之，大梁城依旧岿然不动，秦军的攻势逐渐懈怠了。大梁城里的魏国人倒长了精神，很多人觉得照现在这个打法，再坚持个一年半载也无所谓。

　　士气这东西就是此消彼长，魏军的气势长一分，秦军的气势就弱一分，眼看秦人攻城的节奏越来越慢，倒是魏军时常趁夜出城反击，虽然秦军防备很严，魏军的偷袭多半不能得手，可魏军时时反扑，秦军昼夜不安，士卒越发疲惫，士气愈加低落。

　　眼看战场形势对秦军越来越不利，魏冉只好硬着头皮请求秦王增派一支生力军，提振秦人的士气。秦王对穰侯倒也关照，专门从咸阳调了一万屯兵，从栎阳调兵三万，又筹集了一批粮食，命中尉张唐亲率四万兵马到大梁助战，只是诏命中有了些责备之意，催促魏冉加紧攻城。

　　阵前来了生力军，又得粮草助力，秦军又有了斗志，攻势逐渐由缓转急，可从咸阳来的屯军仗着自己是秦王扈从，根本不听魏冉调动，魏冉也不敢用屯兵攻城，生怕这些人死伤太多，自己在秦王面前不好交代。结果新到的秦军对攻城几乎没什么帮助，反而与早前的军马不和，因为扎营、取水之类小事争闹起来，添了好多乱子，还得魏冉出来管这些闲事。

此时已到盛夏，天气酷热难当，秦军连营数十里，多数士卒整日在太阳底下烤着，暑气难耐，水土不服，成千的秦兵腹泻中暑，躺在帐篷里爬不起来，每天都有人病死，秦人的斗志愈弱了。

常言说得好：强弩之末不能穿鲁缟，在信陵君看来，秦军在大梁城下的气数快要尽了。

秦军攻城的头两个月信陵君日夜操劳，着实辛苦，现在城外虽然仍在恶战，秦人却渐渐没了后劲，魏无忌的心也定了下来，这天领着士卒在城上巡视了一天，未见什么异样，黄昏时分回到夷门的箭楼里，众将都出去了，房里一个人也没有，魏无忌胡乱吃了些东西坐下歇息，觉得精神不济，靠在墙角不知不觉地睡了过去。

正在朦胧之际，忽然觉得胸前一动，魏无忌睁开眼来，却见石玉手里拿着件袍子正往他身上盖，见魏无忌醒了，石玉有些不好意思，红着脸说："把你吵醒了？"

一个人昏睡，哪有和佳人谈笑来得快乐，魏无忌坐起身来笑道："我并没睡，你的伤怎么样了？"伸手查看石玉臂上的伤处，可稍一触碰又急忙把手缩了回来。石玉知道这个人老实胆怯，心里觉得好笑，一时不知说什么好，随口说道："看你刚才睡得像个孩子，这是不是老子说的'专气致柔如婴儿'呀？"

听石玉随口乱扯，魏无忌笑了起来："老子的原话是'专气致柔，能如婴儿乎？'这说的倒真是我。其实我心里烦躁得很，虽然收敛声气好

似睡了，其实根本睡不实。"

魏无忌说的倒是真话，别人只看到信陵君万人拥卫，雄视虎步，颐指气使，哪知道魏国四百万子民、上千名贵人里就数这位信陵君最操心劳神。只有石玉知道魏无忌的心事，柔声劝道："最艰难的时刻已经过去，君上也该歇歇了，别累坏了身子。"

魏无忌摇了摇头："心不得歇，身子歇着也没用。"扭头看见碗盏还扔在一旁，这才想起天色已晚，问石玉："晚饭吃了吗？"

石玉并未用饭，这时肚子已经很饿了，可是谈兴正浓，不愿意就走，撒谎说："已经吃过了。"心里想着再说些话替信陵君解忧，抬头四下张望，一眼瞥见短案上放着架瑶琴，捧了过来，笑着说："很久没听君上抚琴了，现在左右无事，可否奏上一曲？"

魏无忌点点头，凝神调息，弹奏起来。

自从石玉离开大梁以后，魏无忌已经四载未碰过瑶琴，指法都有些生疏了。好在石玉不通音律，所求的只是听这个人奏一首曲子罢了。坐在信陵君身侧，品味着那抑扬沉静的乐声，一阵清风掠过，烛火无声地熄了，室中只有月华如水，檐垩细致的暗影像舟楫在月影中浮动，只觉心神澄澈，灵台清明，似已物我两忘。

铮然一声，万籁俱寂，石玉还陶醉在琴音之中，魏无忌心里也说不出的平静舒畅，两人相对而坐，都眼含微笑不发一语。

正在此时，却听箭楼外有人两手一拍高声赞道："好一曲《流水》！"接着相国田文大步走了进来。

田文来得不是时候，他这一声称赞更是唐突得很。

魏无忌用一首《流水》假作《文王操》骗了石玉好几年，今天意外被

人说破，心虚脸热很不自在；石玉一直被蒙在鼓里，这时才知道内情，顿时想起当年魏无忌说的伯牙、子期故事，知道这曲《流水》其实颇有深意，心里又是喜欢又是好笑，脸上却做出一副酸溜溜的样子，白眼瞪着信陵君。

到这时田文也看出面前这两人似嗔似喜的做作来，却不明所以，也愣住了。

见相国到来，石玉知道这些贵人要议论大事，急忙避开了。魏无忌这才问田文："相国有事吗？"

田文满脸忧色："我听人说今夜大王在宫里单独召见芒卿，这事君上知道吗？"

魏无忌没日没夜在城头执守，宫里的事当然不知情，再说魏王召见臣子也轮不到信陵君过问，只顺口回答："秦军在夷门下屡屡受挫，这几天逐渐将精兵调向南面，似乎想在高门那里打主意，大王召见芒卿，大概是商议守城的事吧。"

田文连连摆手："不是这个事。"凑近前来把嘴直凑到魏无忌耳边，压低了声音："我听到风声，芒卯进宫是想劝大王与秦人媾和。"

一句话倒把魏无忌说愣了："秦军深入魏境，我军必须以破敌为要，否则便是败局了。现在战事方酣，胜负未分，正该下定决心死战到底，此时媾和岂不成了'城下之盟'？芒卿真是岂有此理！"

田文把手在案上一拍，摆出义愤填膺的模样："君上说的对！仗打到这个地步，咱们再咬咬牙秦人就败了，此时媾和等于示弱于敌，前敌的将士们要是听到消息，锐气一泄，后果不堪设想！"说到这里又把声音放低了些："我来的时候芒卿还在宫里，我想大王最信任君上，这件事也只有君上才说得上话……"说完眼巴巴地看着魏无忌，等着他拿主意。

眼看事情急迫,魏无忌站起身来:"请相国在城头坐镇,我这就进宫去见大王。"

其实相国田文在魏无忌面前说的一半是假话:因为芒卯并非主动入宫,是魏王把他召进宫里去了。

在大梁城里,真正想与秦人媾和的并不是芒卯,而是魏王。

大梁城下这一战打到今天,所有人都看得出,秦军已经无技可施,魏国逐渐占了上风。只有坐在深宫里的魏王圉每天听着城外的厮杀呐喊,想着几十万秦军近在咫尺,随时可能破城而入,心慌意乱,胆虚气弱,白昼昏昏如在梦里,到了晚上却彻夜难眠,简直要愁出病来了,只想尽快与秦国议和,哪怕割让些国土城池,只要能买来一个平安就好。

这样的主意魏王不敢对信陵君说,也不愿意和田文这个外人商量,故意等到天黑之后把上卿芒卯找来问计。可田文是个最会收买人的家伙,在魏国做了这些年的相国,早就在宫里安插了耳目,很快知道了芒卯进宫的事。

自从暴鸢败于榆关,田文折了羽翼,在魏国的势力大损,本就惶恐不安,现在魏王只与芒卯商量国事,故意疏远田文,更让他感到恐惧。好在田文已经知道魏王和芒卯商量的内容,就顺水推舟把这事悄悄告诉了信陵君,希望信陵君出面阻止魏王媾和,只要这件事成了,芒卯在王廷中的威信就受了挫折,而田文则借机搭上信陵君这条线,此消彼长,田文在魏国的势力就重新稳固了。

田文的心机深不可测,可信陵君脑子里只想着国家利益,对田文的鬼心思根本没有提防,立刻就上了人家的圈套,气呼呼地闯进宫来。魏王和芒卯正在殿上议事,听说信陵君来了,也没办法,只好让他进来。

眼看殿上只有魏王和芒卯二人，魏无忌已经把田文说的话信了一半，再看这两人的神色都有些不自然，不由得把另一半也信了，对魏王行礼落座之后，立刻问芒卯："芒卿进宫为了何事？"

魏无忌到来之前，芒卯已经和魏王商量了个大概，现在魏无忌问起，芒卯只得硬着头皮笑道："君上来得正好，刚才臣和大王商议国事，都觉得大梁这一战打得太久。军民伤亡重大，粮草耗费无数，实在不该再打下去了，不如派一介使臣出城与魏冉面议，若能罢兵休战，对两国都有益处。"

魏无忌盯着芒卯问道："罢兵休战，总要讲个条件吧？"

芒卯忙说："此战秦军未胜，我军未败，若要议和，秦人就必须把先前占据的八座城邑全部归还魏国。"说到这里自己也觉得有些心虚，缓了口气："为表我王诚意，也可以在南阳郡割让几座城邑给秦人，只是所割让之地必须要比秦人归还的土地少些……"

芒卯说的是骗小孩子的话，魏无忌冷笑一声："说来说去，芒卿还是要把魏国的土地割让给秦国？"

魏无忌言辞犀利，丝毫不给芒卯留面子。芒卯也有些恼了，当即反问："秦军威逼大梁，魏国孤立无援，不议和又能怎样？"

魏无忌厉声道："芒卿这话不对！秦军虽然围住大梁，却撼动不了城池。魏国也绝非孤立无援，赵国兵马随时会南下救援大梁，只要我们坚持得住，秦军必败无疑！"

魏无忌语气如此厉害，芒卯想不争论也不行了。何况背后又有魏王支持，就壮起胆子高声质问："君上说赵国会南下救魏？可是仗已经打了四个月，赵国大军在何处？想来君上也知道，赵国君臣奸诈得很，未必肯出兵救援大梁，就算真的肯来，也必要拖延时日，等魏、秦两国斗个两败俱伤才会出手。魏国的实力已经大不如前，真要和秦人死

拼一场，损失十万八万的兵马，以后秦、楚、赵再来伐魏，咱们拿什么跟他们斗？"

芒卯的话表面听来似有道理，其实不值一驳。魏无忌掰起手指头算道："芒卿，秦人围城已有四个月，魏军总计损失不足一万人，秦军的伤亡却倍于我军，若说损失十万人，照现在的打法还得三年，难道秦军有本事围攻大梁三年吗？"见芒卯语塞，魏无忌也知道今天要说服的人其实是魏王，于是回身拱手奏道："想必大王也知道，当年魏惠王称霸之时，曾经出兵十万大败赵军，攻陷邯郸，占据数载，可赵国却不肯割地于魏，而邯郸最终仍归赵国所有。齐宣王也曾伐破燕国，杀相国子之，夺占蓟城，燕国同样不肯割地于齐，蓟城最终归于燕国。赵、燕两国何以保全国土？就在于不肯割地屈服，而是忍辱负重，军民同心，最终击败强敌恢复河山，仍然是个强国。反观宋国、中山这两个小国，每当遭到强国入侵就割地求和，结果宋国亡于齐，中山亡于赵，这亡国的教训大王还不吸取吗？"

信陵君慷慨激昂侃侃而谈，魏王却高高在上一言不发。魏无忌把心气略沉了沉，话头儿也更稳了些："这些小国不足论，且说七雄之中的韩国，当年在夏山被秦人所败，韩王就割地求和，哪知割让的土地还未全部交给秦人，秦国大军又开始攻打韩国，到今天韩国已被彻底打垮，韩王咎到咸阳侍奉秦王，韩国变成了秦国的附庸，亡国已成定局，谁还救得了他们？由此可见，秦国实是贪得无厌，就像一条喂不饱的饿狼，给它得越多，它索取得越多！现在秦军虽然围困大梁，其实无力灭亡魏国，只是想从大王手中割取土地，大王今天割一座小城，秦人明天就来索一县之地！大王若割让一县之地，明天秦人就会来割占大梁！所以大王千万不要纵容秦人，就让他们在大梁城下耗着吧。"

信陵君说的都是实话，可魏王却一句也听不进去，只说："大梁是王城所在，秦军围困日久，会撼动魏国的国本，这一战不宜久拖，久则不利。"

"大梁城里粮草足用，军民一心，局势未见丝毫不稳，更不必提'撼动国本'，大王过虑了。"

见这些说辞对付不了信陵君，魏王又换了一副腔调："几十万秦军深入魏境，每日劫掠屠害，百姓多有死伤，寡人心里实在不忍……"

不等魏王把话说完，魏无忌已经高声奏道："大王关爱百姓，实是生民之福。可秦人性如虎狼，对魏国侵夺不止，今年咱们割地事秦，明年秦军必然又来，那时百姓们又要再遭荼毒。臣以为只有打一场胜仗，让秦人知道魏国人的厉害，以后不敢再来犯境，百姓从此安居乐业，这才是真正使百姓得利的好办法。"

信陵君话说得越来越硬，魏王心里不快，冷冷地说："怎能保证此战必胜？"

魏王这话问得好没道理，信陵君昂然答道："臣不敢担保必胜，但可以担保此战不败。"

"难道只因为信陵君一人要战，魏国就要伤亡军民，耗尽国力吗？"

魏王的话越说越不客气，信陵君也不由得冲动起来："大王这话臣不敢苟同。魏国受暴秦迫害已久，每个人心里都痛恨秦军，现在大梁城里军民百姓人人要战，个个奋勇，怎能说只是臣一人要战？大王不妨出宫去看看……"

魏无忌话音未落，魏王在上面冷笑一声："信陵君是责怪寡人居于深宫，不知民情吗？"

魏无忌一心商量国事，魏王却不在大处着眼，居然在话里找碴，玩这些小心眼儿的孩子把戏！魏无忌心头冒火，脱口问道："臣实在不明白，大王为什么非要割地才肯罢休？"

魏王虽然懦弱，却也听不得这样刺耳的言语，沉下脸来斥道："这是什么话！"

魏王语气严厉，可在魏无忌看来，这样也比软弱求和要好些，推开几案挺身而前，高声说："暴秦是天下公敌，魏国绝不能在秦国面前示弱！臣请大王将大梁城防交给臣来办，自今日起臣不再回府，日夜在城头巡视，莫说大梁失守，就算秦人攻克大梁城下的一座墩台，也请大王治臣之罪！"

其实这四个月以来魏无忌每天都在城上执守，从来没有回过府第，而秦军虽有三十万众，却也从未攻克过城外哪怕一座墩台。现在魏无忌向魏王请这样的令，是把防守城池的责任全担在自己身上，同时也让魏王放心。

若换了别人，听信陵君把话说到这个地步，好歹也会咬一咬牙，把城池再守上一段日子，可魏王是个敏感的人，自秦军围城以来，四个月中他寝食俱废，精神上已经承受不住，只希望赶紧结束这场战争，又有芒卯等人在底下支持他，已经打定了割地求和的主意，硬是听不进信陵君的话，疾言厉色地说："社稷安危非比寻常，岂能意气用事！倘若破城，你一人抵得全城数十万军民的性命吗？"

魏王表面声色俱厉，其实内中全是怯懦的主意，魏无忌脾气刚烈，最看不得这份胆怯，眼看兄长这么不成器，他那急躁的脾气一发而不可收，瞪起眼来吼道："魏国的每一寸国土都是先辈流血拼命挣回来的，大王应该把这些国土看成宗庙社稷，用性命去守护！现在大王初继位，立刻割地侍奉暴秦，岂不愧对历代先王，愧对魏国百姓！大王这话且不必对臣下说，只问一问先王在天之灵答应不答应！"

此话一出，魏王圐霍地立起身来，一旁的芒卯也吓得面色如土，战战兢兢。

魏无忌这话确实说过头了。

魏王毕竟是一国之君，绝不能容忍臣下用这样的言语质问他，就算信陵君也不行！魏无忌何尝不知道尊卑礼数？可一时激怒把话说了出来，想收也收不回去，吓得脸色惨白，急忙拜伏于地。

魏王狠狠地看了他几眼，袍袖一拂，转身进内殿去了。

信陵君劝谏魏王，到最后又成了一场争吵，结果并未劝动魏王，反倒自己躲进府里好些日子不敢露面。好在魏王是个温和的人，虽然恼怒异常，到底念着手足之情，没再追究此事，也没再提割地求和的事。

可从这天起，魏王打算"割地求和"的风声却在大梁城里传开了。听了这个消息，百姓们多有怨言，守城将士心里也有些灰了。

魏军正与秦军恶战，稍有不慎就是玉石俱焚的下场，此时折了军威，失了锐气，这还得了？范痤忙向魏王进言，请他发下决战到底的诏命，破除谣言，鼓舞军心。同时芒卯也屡次进宫来劝魏王尽快和秦人媾和，以免夜长梦多出现纰漏。魏国臣子们分成了两派，各有各的道理，魏王被搅得头昏脑涨，既不愿战又不敢和，一时不知如何是好。

魏王越是犹豫，战局越是危急。魏无忌又在府里躲着，不能上城督战，分守四城的各军将领顿时懈怠下来，接连不断的夜袭也停了。秦军得了喘息之机，又在大梁城下蠢蠢欲动。这个时候，魏国的相国田文倒成了举足轻重的人物，他的意见足可以改变朝中力量平衡，左右魏王的决定。

几天后的一个下午，大夫苏代进宫求见魏王。

苏代这个人在魏国的地位很有意思，初到魏国时他受到魏无忌的庇护，其后又悄没声儿地投靠了相国田文，是个左右逢源的角色。现在魏无忌和

四　不败而败

芒卯两人意见相左，闹得正僵，苏代却站了出来，暗中实在颇有深意。

魏国朝堂上的势力分成三派，其中信陵君一派较为超脱，而田文、芒卯两派互相倾轧，苏代这个人一向都是田文的亲信，这个魏王心里当然有数。现在苏代求见，他也猜到此人是为何而来，满心不想搭理苏代。可苏代毕竟是魏国的大夫，如此重大国事不让他说话，也不妥，于是魏王拿定主意，随便听苏代说上几句，把他打发走算了。

片刻工夫，苏代笑吟吟地走了进来，行了礼，魏王问：" 苏大夫有何事？"

苏代笑道：" 自秦军攻魏以来，大王日日操劳国事，难免心浮气躁。臣记得老子有言：'躁胜寒，静胜热，清静为天下正。'就想来陪大王下几盘'六博'散散心，免得过于劳累伤了身体。"

苏代并不谈国事，却要和魏王下棋，这倒让人意外。

其实苏代这样说只是个套子，他今天确是为劝阻魏王割地求和而来。可苏代知道自己不是魏国重臣，在魏王面前并不得宠，想凭一张嘴说服魏王比别人更难，所以绕了个圈子，先用六博之戏哄住魏王，寻找机会再下说辞。

六博棋是后世象棋的始祖，下棋之时两人对坐，每人手中有六颗棋子，分别是一枭、一卢、一雉、一犊、二塞，其中以"枭"为首，级级相管，"塞"为最小，所用的棋盘是长方形，上面绘有十二条"棋道"，外有四边四角共八道，四边为阳，四角为阴，暗合八卦之数，内有东西南北四道，暗合四象之度，中间画出一个方块，里面放着两条"鱼"，一黑一白，暗合两仪之数，从内向外看，则是太极生两仪，两仪生四象，四象生八卦，看似简单，实则奥妙无穷。下棋者每次出三子，左右两角各一枚，中间一枚，所出子的级别高低由棋手决定，以猜拳定出走子先后，每次只可前行一步，或平或直，棋子相遇时大者击小，被击者"拘"于盘中，由棋手取回，重

新从边角处开棋,棋盘边放有六根筹子,是将细竹管剖开再涂以金粉而成,其中三根为"平筹",另三根筹首各用金丝弯成一个小钩,下棋人将自己的棋子沿棋道走进中心的方块内,即得一根平筹,再入一子,就取有金钩的筹子钓取一"鱼",第三子入,再得平筹,第四子入,再钓一"鱼",就算胜利了。

六博之戏与围棋合称"博弈",在春秋战国极为盛行。因为暗合太极之理,棋道纵横,进退有法,虽然棋子不多,但在盘道之内互相击打,一子被"拘"一子又出,反反复复激烈异常,既讲兵势又重算计,下棋之人博到酣处,往往大呼小叫手舞足蹈,如醉如痴。

魏王圉平时极爱六博之术,而苏代更是个算计人的好手,棋下得极精,只是在魏王面前要巴结讨好,不敢赢他,表面尽力为之,暗中却有留手,整整玩了一个下午,只胜出一盘,其余都故意输给魏王了。

这场六博下得热闹,魏王觉得意犹未尽,眼看该用晚膳,就留苏代在宫中一起用膳,苏代道了谢,陪着魏王用饭。喝了几杯酒,这才找了个空子问:"听说信陵君病了,大王知道这事吗?"

魏无忌当然没有病,只是和兄长吵了嘴,一气之下回府躲了起来,这个魏王当然知道,也就不置可否,嘴里含糊地答应了一声。苏代略沉了沉,又说:"现在秦军围攻大梁,局面这么紧张,偏偏信陵君又病了,臣听说之后担心得很,急忙去探视,却没见到君上的面,心里忧急,大王知道确切的情况吧?"

苏代问个不停,魏王有点烦了,只说:"他没什么病。"

苏代悄悄打量魏王的神色,小心地赔起一个笑脸儿:"信陵君这个人办事有主见,可脾气太暴躁,朝堂上多有臣子看不惯,碍于情面也不好说,在大梁城里也就只有大王可以责备他几句了。"先用话稳住魏王,又把话

锋一转："臣觉得信陵君是个能臣，大敌当前，小事上不必计较，大王要教训他，待秦军退去之后也不迟。"

苏代话里话外分明是在替信陵君向魏王求情。魏王虽然柔弱些，毕竟重情谊，对魏无忌又向来器重，虽然争执起来难免发火，事后却并不放在心上，听苏代这么说，也就郑重答道："信陵君秉性忠直，并无私心，寡人与他计较什么？苏大夫不必再提此事了。"

听了这话，苏代心里踏实了，又低头喝了几爵酒，重新找了个话头儿："秦军围攻大梁多时，一开始攻城甚急，现在却缓下来了。显然是锐气已失。今天一早臣走上城墙，只见大梁城外尸横遍野，秦军伤亡数以万计，魏军倒没有多少损失。"故意缓了缓，引起魏王的注意，才又高声笑道，"都说秦军英勇，魏冉多谋，依臣看来也不过如此！"

苏代是个高明的辩士，舌灿莲花，几句话能使人笑，几句话又能使人哭，现在他说了几句讨巧的话儿，魏王的情绪果然振作了些，这才小心翼翼地问："大王觉得这一仗是打得长些好，还是短些好？"

苏代用的这一招叫做"明知故问"，话里布下一个套子，只等对方来钻，而魏王想也没想，立刻就钻进套子里去了："战祸一起，生灵涂炭，这一仗自然越早打完越好。"

苏代忙笑道："大王说的对，大梁一战既是要救魏国百姓，也是为山东六国百姓保全性命，这一仗自然是越早打完越好。可此战秦国精锐倾巢而出，穰侯魏冉亲自上阵，目的显然是想消灭魏军主力，臣觉得不与魏军决战一场，秦军是不肯退的。"说完这话低头喝酒，不吭声了。

苏代故意把个话题丢在这里，就是要让魏王为难。

果然，魏王被苏代的话困住，既不能接"与秦军决战"的话头儿，更

无法提起割地求和的话，一时不知怎么回答。

　　苏代知道在魏王面前没好么大的面子，所以不敢追得太急，只看魏王眉头微皱，这里已经换了话题："臣听过一个笑话：有个楚国人住在山脚下，有一次山上失火，百姓们都折了树枝竹梢绑成扫把去扑打山火，这楚人就问：'你们怎么不用水救火，只用扫把扑打？'别人告诉他：'用水救火是一法，用扫把扑打也是一法，火势不大，几桶水便救灭了，可火势太大，水救不急，就只有扑打。'这楚人就记在心里，回家之后伐了大堆薪柴，做了很多的柴火捆子放着，准备将来救火用。不想过了些日子他家房子真的着火了，这人一急，就抱起柴火捆子扔进火里，想不到火势丝毫不减，反而越烧越猛，这人也不多想，只是记着别人说的话，就把柴火捆子一个接一个往火里扔，直到所有柴捆都扔完了，大火才熄灭，可他家的房子早就烧得一点也不剩了。"

　　苏代的故事讲得好，魏王被逗得哈哈大笑。苏代却没有笑，咳嗽了几声，正色说道："其实小火用水救，大火用扫把扑打，并没有错，只是这个楚人用的办法不对头。秦国是天下祸根，贪得无厌，对魏国的攻伐无穷无尽，就像大火要烧毁大王的屋子一样。可秦人伐魏图的是什么？不就是魏国的土地城池吗！现在秦军虽然围困大梁，其实并不能撼动城池，反而损兵折将，粮草不济，眼看将有一场大败，这是魏冉自取其祸！大王只要冷眼旁观就行了。可臣却听说大王准备向秦国割地求和，这不就像那个'楚人'一样，把柴火捆子扔进了火里，不但救不得'火'，反而越发纵容了秦人的贪欲吗？"

　　苏代忽然把话题转到国事上来，魏王一下子愣住了。苏代看出这是个机会，忙推开几案膝行而前，对魏王拱手奏道："大王刚才说希望这一仗早点打完，可魏国割地求和，秦人得了好处，明年必然又来，年复一年没

有了局！魏国成了兵连祸结之势，这还得了？"略缓口气，又提高声音说道："臣也知道割地求和不是大王的本意，是那些不肖的臣子在背后怂恿大王，可臣子只是个臣子，魏国的土地城池与他们何干？这些人如此作为，倒是在拿魏国的土地去讨秦人的好儿！秦国一威胁，臣子一劝说，大王就急忙割地求和，那秦国一定会年年来威胁，臣子们也会年年请求割地，大王手里究竟有多少土地可割？这不正应了'抱薪救火'的故事，柴火捆子扔出去越多，火烧得越猛，直到柴捆烧尽，房屋烧光，火才会灭。可是土地城池割完以后，天下还有'魏国'吗？大王又该到何处安身？"

苏代这番话说得极有力道，魏王竟没有一个字驳他，半天才慢慢地说："寡人已经与臣下商定此事，现在也不好收回成命了。"

堂堂一国之君竟软弱至此，当着臣子说出这么一句话来，真让苏代觉得意外，忙说："大王是魏国的国君，说话行事只在乎魏国利益，只要觉得自己的主张错了，就算已经发出的诏命也可以收回，何况割地求和之事尚未办妥，大王从此不再提它就是了，这有何难？"说到这里又半开玩笑地说了魏王一句，"大王与臣做'六博'之戏，难道忘了，六博之中以'枭'棋最重，棋手最看重的也是'枭'棋，有利时便出'枭'去打对方的棋子，不利时就把'枭'收起来了，大王下棋的时候精明得很，难道治国的时候反而没有下棋的本事吗？"

苏代的语气实在有点无礼，可魏王天生一副好脾气，并没有发火，自己又一想，苏代之言句句在理，魏国的国土与王权息息相关，随便割让土地，自己心里也舍不得。就点头说道："苏大夫言之有理，待寡人再想想吧。"

眼看魏王被自己说服，苏代心里高兴，且把国事丢在一边，找些别的话奉承魏王。陪着魏王用过晚膳回府，当夜就把消息告知田文，第二天又亲自到信陵君府上，把劝说魏王的经过告诉了魏无忌。

从这以后，魏王果然不再提割地求和之事。知道魏王被苏代劝动，魏无忌的"病"也就好了，重回朝堂后上奏的第一件事，就是请求魏王升苏代为上大夫，相国田文也从旁附议，魏王当即下诏，任苏代为魏国的上大夫，加赐采邑五百户。

三人成虎，苏代去职

苏代以一个抱薪救火的典故说动魏王，仍旧下决心死守大梁，不与秦人媾和，不但解了燃眉之急，又缓和了魏王和信陵君的关系，实在立了一场大功，苏代自己也因功受赏，升了上大夫。眼看这个从外国来的说客几年时间就爬到如此高位，混得红极一时炙手可热，魏国臣子们多有嫉恨，尤其上卿芒卯心里很不痛快。

而对魏王来说，媾和之事已经不再提了，可秦军仍然死死围困大梁，若赵国不出兵救援，这一仗还是会无限期地拖延下去。于是魏王在正观殿上召集群臣，商议派使臣到邯郸，请赵王发兵救魏。

说到派使臣去邯郸，魏国臣子们的眼睛立刻齐刷刷地望向苏代，不等别人开口，芒卯已经指着苏代高声笑道："天下第一辩才就在这里，苏大夫不去邯郸，旁人哪个敢去？"

芒卯举荐苏代，未必安着什么好心，可苏代这个家伙确实以辩才闻名天下，芒卯这么说又没有错。

其实苏代也知道自己这个上大夫的爵禄不是白来的，魏王在此时升赏他，就是要让他替魏国卖力，眼前这个差事推辞不得，干脆当仁不让，对魏王拜了一拜，朗声奏道："下臣本是草芥之辈，蒙我王恩宠，得冠服，列朝堂，臣感大王之恩，日夜思报。这次出使邯郸，正可报我王厚恩于万一，臣敢不效命？只是临行前臣还有一句话要说：赵王奸诈好利，身边又有平原君这些人进谗言，只怕不愿意发兵救魏，臣到邯郸以后必须上下疏通打点，想办法催促赵国尽早出兵，但依臣估计，想说动赵王怎么也要两个月时间，臣请大王一面严守大梁城防，不给秦人可乘之机，同时在宫里高坐静心等候，不要急于催促下臣，更不能因为赵军迟迟不至而治下臣之罪。若大王答应臣之所请，臣今天就可以赴赵，倘若大王不能办到，那臣宁愿解职告退，也不敢到邯郸去。"

王廷内斗古已有之。昔日魏国臣子庞葱出使赵国，临行前怕遭政敌暗算，专门来见魏王，说："若有人告诉大王集市上出了猛虎，大王信吗？"魏王说："不信。"庞葱又问："若有第二个人来告诉大王集市上出了猛虎又如何？"魏王说："寡人半信半疑。"庞葱再问："此时又有第三人来说集市上有虎呢？"魏王说："如此，寡人就相信了。"庞葱就进言道："集市离大王如此之近，可是三个人在大王耳边造谣说集市有虎，大王就信了。臣去出使，离大王何止千里，而在背后给臣造谣的何止三人，大王会不会信呢？"

果然，庞葱刚一出国门，政敌就在背后拆他的台，最终庞葱被政敌所害，从此留下一个"三人成虎"的谶语。

古人的教训，后人不可忘。

苏代这个家伙果然精乖，早就防着芒卯等人在背后使坏，所以先同魏王讨价还价，把丑话都说在了前面，信陵君、田文听了都掩口而笑。但苏代的请求也很在理，信陵君决定帮他说一句话，于是止住笑郑重其事地说：

"苏大夫想得太细了，只要你忠于大王，真心替魏国办事，大王自然不会怪你。"

信陵君在王廷上极有威信，魏王也知道臣子中没有比苏代更适合出使赵国的人选，又有信陵君出来替苏代打圆场，这个面子还是要给的，于是点头道："寡人既命苏大夫出使，自然信得过你，只要大夫尽力做事便好。"苏代急忙上前拜谢，当天就领了诏命符节北上邯郸去了。

说起赵、魏两国的关系，实在是纠结得很。

魏国虽然屡次被秦国击败，毕竟是早年的中原霸主，积累下雄厚的国力，占据黄河两岸的千里沃野，粮秣充足，百姓富庶，人口众多，整体实力强于赵国。赵国虽然君明臣贤兵精将勇，怎奈偏居北地国力穷困，有称霸的野心，却没有称霸的实力。加之强秦为患，魏国独当劲敌，成为山东脊梁，赵国一方面嫉恨魏国的国力，总想找机会削弱魏国；另一方面却又不得不以魏国为屏障抵御来自强秦的威胁，所以太平时节赵国总想袭扰魏国，侵占魏国疆土，耗损对方的实力；每次秦国大举攻魏之时，赵国又必须出兵援救——不是真心想救，而是唇亡齿寒，不救不行。

自从秦魏在大梁交兵以来，赵国君臣一直密切注意着战场上的动向。早前魏国在榆关吃了败仗，秦军前锋长驱直入，赵王大惊，急忙调集武城、邯郸附近十万精兵做好了南下救援的准备。想不到魏国战败之后并没乱了阵脚，反而越守越稳，大梁之战陷入胶着，远在邯郸的赵王探知这一情况心中暗喜，与平原君赵胜、上卿蔺相如商议，都觉得既然魏国无险，赵国不妨从旁观望，起码半年之内不必南下。

于是赵国君臣都在章台上高坐，隔着一条黄河观望大梁之战，正是坐山观虎斗，隔江看翻船，快活得很。

正在赵国君臣幸灾乐祸的时候，魏国使臣苏代到了邯郸，立刻求见赵王。

苏代这个人不管名声多臭，可他实实在在是个六国闻名的高士，手里又握着魏王亲赐的符节诏命，是一位堂堂正正的使节；不管赵国君臣心里多瞧不起苏代，礼数上却不敢丝毫有亏，赵王立刻召集群臣在以贵宾之礼接见苏代。

几年前苏代在赵国钻门路，求官职，却不得重用，形象好不猥琐，今天他已是大国重臣，是六国约长派来的钦使，气宇轩昂，与早年大不相同。一见赵王，苏代急忙趋前叩拜，朗声说道："大王安好！我王命下臣来见大王，有国事相商。自今年初春以来，秦人犯我边境，围攻大梁，魏国独抗强秦，依托梁城与三十万秦军苦战数月，伤亡累累。下臣窃以为大梁之战并非魏国一家之事，而是山东诸国的危难全由魏国一国承担了，长此下去魏国恐怕难以支持，倘若败于秦军之手，订城下之盟，割让国土，秦军必然穿越魏国长驱直入，赵、楚、燕、齐怎能自安？所以臣领我王之命到邯郸拜见大王，请求赵国发兵救魏，以全三晋之谊，尽唇齿之责。"说完拜伏于地，等着赵王回话。

苏代真不愧是六国第一辩士，一番话说得不卑不亢，有理有据，软中带硬，实在不易推托。可赵王这里早已打定了主意，故意摆出一副苦相，缓缓说道："苏大夫，秦军围困大梁，寡人心中实在不安，早与群臣商议准备出兵救魏，可惜臣下多有异议，认为赵国连年遭灾，旱涝无时，瘟疫横行，百姓啼饥号寒困苦不堪，此时调集大军救魏实在力所不逮。希望魏王能体谅赵国的苦处，多担待些吧。"

赵王在这里诉苦装穷，其实所说的话不堪一驳。苏代肚里暗暗冷笑，

嘴里却说:"大王说的是实情。臣也知道赵国前年遭了水灾,日子艰难,但去年收成尚可,国力军力皆已恢复,还曾经打了几场恶仗,想不到今年又遭了灾吗?这个臣却不知道了。"

苏代这话表面说得糊涂,其实却是在暗讽赵王。因为去年灾情刚过,民力未复,赵国就发动十万大军连夺魏国的几县、房子、安阳诸城,那时的赵王一心吞并疆土,倒不怕百姓困苦,今年赵国并未遭灾,日子比去年好过得多,赵王却说这谎话,苏代不是傻子,哪肯信他的话?

苏代话里的意思赵王当然听得出,可正如俗话所说,装睡的人,无论如何也唤他不醒。现在赵王厚起脸皮不理苏代的讥讽,只管一味在这里装糊涂,愁眉苦脸地说:"唉,魏王明白寡人的难处就好。"

赵王扮傻装痴,词不达意,苏代也没心思跟他纠缠下去,干脆梗起脖子问道:"我王请问大王,赵国到底能否出兵救魏?若能出兵,就请告知下臣一个时限,若不能出兵,也请直言,使我王知之。那时我王自有办法与秦王割地定盟,化解兵戈,就不必赵国费事了。"

苏代这话说得挺不客气,暗中实有责备赵王之意,而且用"割地定盟"相威胁,其意是告诫赵王,魏国虽然向赵国借兵,却不是来哀求赵王施舍的,赵国的兵马出也得出,不出也得出!倘若这次赵国真不救魏,魏国就会像韩国一样去归附秦国,反过头来和秦国一起伐赵,那时赵王可不要后悔!

苏代这话一半是恫吓,一半却也是实情,战国七雄尔虞我诈,见利忘义,魏国倒戈相向,联秦伐赵,绝不是不可能。

苏代把话说得这么硬气,赵王也不好意思再装糊涂了,坐直身子正色道:"苏大夫不要急,暴秦是天下公敌,寡人乃仁义之君,岂能坐视魏国危亡而不救?只是赵国穷困,粮草不敷,要缓一缓,等备齐粮草才能出兵。"

"赵国若用粮草,可与魏国商量……"

苏代话还没说完，坐在赵王身侧的平原君插进话来："苏大夫，我王已答应出兵救魏，只是大梁之战非比寻常，赵国动用的兵员当有二三十万，所需粮食也要百万斛，岂能全部由魏国供给？总要给赵国一些时间筹措粮食吧？"

赵国君臣一个比一个奸诈，虽然答应出兵，可话说得十分含糊，苏代哪肯让这几条狐狸就这么滑过去，赶忙揪住尾巴不放，笑着问平原君："君上觉得筹措粮食需要多久？"

"明年秋收以后，应该差不多了。"

平原君这话说得好不气人。

现在正是盛夏，平原君却说粮食要到明年秋收后才能筹措，一拖就是一年！难道为了等待赵国援兵，魏国就要把这一仗打到明年秋天去吗？

若换旁人，此时大概已经恼了，苏代却是个有主意的家伙，知道平原君说这话是故意激他，偏就不恼，笑着说："君上说的好，明年秋天粮秣充足，军士健壮，战马正肥，赵军渡黄河南下，一举荡平秦军，正是时候！既如此，就请大王修书一封交给下臣，回梁城献与魏王，让天下人知道赵国的诚意，我王也好早做准备。"说完伸出两只手来，脸上似笑非笑地看着赵王，等他回话。

平原君说赵国第二年秋天发兵救魏，其实是一句耍无赖的话，此话并不出自赵王之口，赵王也不能认这个账，否则岂不惹天下人笑骂？苏代明知道赵国君臣在这里耍赖，干脆假戏真演，就让赵王写信给魏王，看他怎么收这个场。

果然，苏代这句话结结实实地问住了赵王，平原君也发现自己信口胡扯，让苏代抓住了话柄，一时不知如何回答。好在蔺相如精明，在旁笑道：

"苏先生误会平原君之意了，君上是说明年秋天粮草才能全部备妥，但赵军南下之时自有魏国接应，未必要等粮食全部办妥才进兵。"

听蔺相如这一解释，苏代顿时恍然大悟，高声道："原来如此！不是蔺卿提醒，下臣真是犯糊涂了！"胡乱说了句场面话，却不再理蔺相如，仍然咬住赵王不放，只问："大王可否就赵军救魏之事修书与我王？下臣得了书信就可以回大梁复命了。"

苏代伸着手跟赵王要字据，可赵王为了在这件事上取得更大的主动权，绝对不肯把字据交到魏国人手里，这一下又被苏代问住了。平原君忙说："救魏之事非同小可，必须商议之后才能定论。苏大夫再等几日如何？"

苏代立刻问："敢问大王，臣需要等几日？"

苏代这个人真像一只落在肥肉上的苍蝇，嗡嗡乱飞，死叮不放，搞得赵王毫无办法，平原君在旁忍着笑连说："不忙不忙。"蔺相如也笑着说："总要商议个三五日才能定下来，我王国事繁忙，今天就到这里，贵使先到驿馆休息吧。"宦者令缪贤也从赵王身后出来躬身送客，苏代只好告退出来。

费了好大力气总算把苏代这个滑头打发走了，臣子们也散了，大殿上只剩赵王和平原君、蔺相如三人。赵胜看着蔺相如笑道："好难缠的家伙！我看此人明天必然又来纠缠。"

蔺相如笑着说："这好办，只要大王不再召见他，难道苏代能闯进王宫里去？咱们就这么硬拖他两三个月，等救魏的时机成熟了再说。"

平原君哈哈大笑："巧得很，我也是这个打算。"说到这里却把话锋一转，对赵王说："大王，魏冉已是上了钩的鱼，可这条鱼力气太大，眼下咱们还治不住他，只能等秦军在大梁城下拖垮了才好动手。可魏冉狡诈多谋，臣担心他随时会脱钩而去。"

四　不败而败

平原君这话出人意料，赵王淡淡地问道："秦军攻城甚急，如何脱钩而去？"

平原君忙说："魏冉真正害怕的不是魏军，而是赵军，邯郸方面稍有动作，魏冉必会有所警觉。现在魏王派使臣到邯郸来，咱们虽然拖着不理，可魏冉一旦知晓此事，心里必然戒惧。臣以为得想个办法稳住魏冉才好。"

平原君显然已经有了主意，只是此人天性喜欢炫耀，总要让人问他，才肯把主意说出来。赵王对平原君这个毛病最反感，鼻子里轻轻哼了一声，脸色多少有些不好看。好在蔺相如识趣，忙替赵王问："君上有什么好主意吗？"

平原君笑道："魏冉害怕赵军南下，咱们且不南下，反而到齐国去打上一仗，魏冉看到赵军东进，也就可以放下心来，跟魏国慢慢纠缠下去了。"

平原君的主意倒也别有新意，蔺相如忙问："君上认为该向何处用兵？"

赵胜起身走到地图前："大王请看，齐赵边境最大的城池就是高唐城，这座大城位于黄河、漯水之间，号称齐国'五都'之一，是个富庶之地。早前赵军夺取麦丘，已经从西、北两个方向对高唐大城形成合围之势，我军只要分兵两路，一路出灵丘直插漯水，切断高唐城与齐国的联系；另一路渡黄河直抵城下，先取平原城，再集兵夺占高唐。"

自从破国以后，齐国再也没有恢复实力，被列国戏称为"罢国"，周边的大国小国谁都敢欺负他，尤其强横的赵国更把齐国当成个软柿子，有事没事就来捏鼓几下，在强大的赵军面前，齐国也确实没有还手之力。现在平原君献的计策明着夺取齐国疆土，暗里又给秦国下套，一举数得。赵王暗暗点头："此战当出兵多少，以何人为将？"

平原君忙说："列人是赵国东面的要塞，专门针对齐国，伐齐主力也

应该从列人调取。列人郡守燕周有勇有谋，堪当大用。至于兵马，臣以为在高唐方面用兵越多，大梁城下的魏冉就越放心，所以东进之兵越多越好，但列人城里的兵马并不多……"

平原君话还没说完，赵王皱着眉头插上一句："魏国的事要紧，精锐兵马不可轻动。"

赵胜忙说："大王说的对，大梁才是要紧处，精锐兵马不可东进。臣大概算了算，列人有兵马三万，咱们就把这三万人都用上。另外，早前大灾之年赵国补征新兵十万人，这些新兵都在巨鹿、观津一带屯垦操练，到现在已经操练了两年，可以上战场了，这次正好命新军悉数东进，这样就有十三万大军，巨鹿、沙丘、观津等地也有部分兵员可以抽调，当可凑齐十五万人。"说到这里略停了停，看了赵王一眼，见赵王神色间有些犹豫，知道他还顾虑救援大梁的事，忙又说："十五万大军攻齐，只是给魏冉吃一颗定心丸。除了这十五万人，赵国在邯郸、武城、武安一线仍有军马十五万，分由廉颇、乐乘、赵奢、贾偃统率，皆是精兵强将，只要时势有利，这十五万大军随时可以南下救援大梁。光狼、石城一线也有韩徐帐下五万精兵可以调动。"

平原君的主意面面俱到，果然高明得很，赵王双目微闭又把这事前后想了几遍，再问蔺相如："你看如何？"蔺相如忙说："君上的主意好，臣愿附议。"

计议已定，赵王坐直了身子："既然如此，就依计行事吧。"平原君和蔺相如躬身领命。平原君又笑着说："对齐国用兵的事还要悄悄准备，别引得苏代那只苍蝇又来搅闹，嗡嗡地惹人讨厌。"

一句话说得众人都笑了起来。缪贤在赵王身后给平原君凑趣道："老奴明天就到宫门前守着，绝不让这只苍蝇飞进宫里来。"

果然从这天起，苏代每天都到王宫前来求见赵王，宦者令缪贤听了平原君和蔺相如的安排，总找各种借口推搪。苏代知道这一定是平原君的主意，既然进不了宫，就每天下午跑到平原君府里拜访，平原君倒也客气，苏代来了就请他进府，摆上酒肉好生款待。苏代也识趣，在平原君面前并不多谈政事，只管天南海北地闲扯，或者说笑打趣，总之绝不惹人讨厌，隔三岔五才问一问赵国何时救魏，反复提点着，不让平原君松懈下来。

就这么又拖了十天左右，忽然传来消息，赵国大军出列人、巨鹿攻进齐国，合围高唐城。苏代大吃一惊，急忙又来找平原君查问，门上的人却一口咬定平原君不在府里，死活不让苏代进门了。

赵国大军忽然攻齐，实在令天下人感到意外。消息传来，围攻大梁的秦军知道后顾无忧，士气为之一振，攻势又逐渐转强，大梁城里的魏国人惊恐不安，上卿芒卯急忙进宫来见魏王，张口就问："大王知道赵军伐齐的事吗？"

这样的大事魏王当然知道了，心情已经坏到极点，依着他柔弱的性子，早就有意与魏冉订个城下之盟，好退去秦军。现在听芒卯问起这事来，魏王还以为芒卯也是来劝他割地求和的，忙说："寡人已经知道了，芒卿觉得眼下该怎么办？"

其实芒卯已经猜到赵国不肯出兵只是要坐山观虎斗，故意拖延时间，消耗秦、魏两国的实力。可他这次来见魏王却有另一个目的，故意不提这些，反而瞪起两眼急火火地问魏王："先前大梁城里都认为赵军必然救魏，臣与大王也都是这样想的。本以为使臣一到邯郸，赵军顷刻而至，却想不到赵军不但不肯来援，反而去攻打高唐，似有纵容秦国之意！赵王这么做实在有悖常理。"

芒卯说这些自有他的心计在里面,可魏王已经乱了方寸,一心只想赶紧向秦国求和。在他听来,芒卯说的全是题外话,实在让人提不起精神,随口问:"怎么有悖常理?"

"大王想想,魏国正当中原,阻住秦国东进的大路,列国称魏国是'山东之脊',魏国若被秦国所败,就如同山东六国皆败于秦。尤其赵国与魏国同出三晋,唇齿相依,一旦魏国失利,赵国立刻会被秦军三面包围,这正是唇亡齿寒的道理!有了这些因头,莫说苏代这个专逞口舌之能的辩士,就算大王只派一个四尺顽童到赵国求援,赵王也必发倾国之兵来救,难道苏代的辩才竟连一个孩子都不如吗?这些且不说,苏代赴赵之前,赵国虽不救魏,却也没有异动,可苏代刚到赵国,赵王立刻分兵攻齐,纵容秦人伐魏,出了这样的怪事,难道大王不生疑吗?"

说到这里,芒卯算是把话挑明了。

其实芒卯今天来见魏王,只为一件事,就是借着赵国攻齐的机会搞掉苏代,进一步削弱田文的势力,所以他的话句句指向苏代。可魏王一心只想着割地求和的事,并没在苏代身上动过脑筋,现在芒卯一说,倒让他觉得新奇:"芒卯以为苏大夫没替魏国尽力?"

到这时魏王的脑子还没被引到正题上,但也有三分入彀了。芒卯急忙提高了声音:"大王顾虑得对!苏代这个人不忠不信,名声很坏,早年他替燕王效力,潜入齐国做大夫,行反间计,竟害得齐王国破身死!自从离燕以后,苏代并没来投魏国,却在楚国住了几年,也不知他在郢都与何人交往,做了什么事?之后忽然又离开楚国,北上大梁来投靠大王,这难道不可疑吗?此番大王命苏代入赵求援,不但得不到援兵,反而引出天大的怪事来,臣有个猜想:苏代会不会是奉了楚王之命来败坏魏国社稷,好给

楚王一个伐魏的机会？若是如此，大王就真是养虎遗患了！"

芒卯这番话十分惊人，魏王听得毛骨悚然，也没往深处想想，一拍桌案厉声喝道："这个恶贼好大胆，竟敢陷害寡人！即刻派人去邯郸捉拿苏代，寡人要让这条喂不熟的狗化为烂泥！"

眼见魏王信了自己的话，大发脾气，芒卯心中暗喜，可他也知道自己的话里有漏洞，苏代本身没什么错，他那条舌头又厉害，真要把此人捉回大梁，两下对质，只怕芒卯的谎话就被拆穿了。眼下芒卯只想逐走苏代，断田文的膀臂，至于杀不杀苏代倒不要紧，忙劝道："大王息怒，眼下魏国正与秦国交战，到邯郸去拿苏代未免惹人注目，于国事不利。"

魏王秉性柔弱，虽然发了脾气，可被芒卯一劝，顿时又把性子收了起来："也好，此事暂不声张，等苏代回到大梁，寡人当殿治他的罪。"

一听这话，芒卯有点慌了。

苏代身后有田文的支持，信陵君对他也有好感，想在朝堂上公开罢黜此人并不容易，只能在背后暗算他。芒卯赶紧故作神秘地压低了声音："大王，苏代为人十分奸滑，这两年在大梁城里到处活动，上至卿相大夫，下至官吏士人，多有和他结交的。如果大王把苏代的奸谋揭发出来，那些与苏代有交情的臣子一定不能自安，疑神疑鬼，眼下秦军围城甚急，大梁城里应该上下一心共抗强敌，人心不能散呀。"

芒卯这话听着似乎有理，却故意带出"卿相"二字，暗里咬了田文一口。魏王也知道苏代平时和田文私交最深，同时也是信陵君府的座上客，真要当众揭出他的"阴谋"，不但田文下不了台，信陵君脸上也不好看。无论如何，信陵君的脸面是要顾及的，就气呼呼地问："芒卿觉得该怎么办？"

"臣以为可以派使者到邯郸，以'有负君恩，不能尽职'为由罢了苏

代的官爵，使此人无颜再回大梁，免得他行奸使诈为患作恶。至于如何制裁他倒是次要的，等秦军退后，大王再找机会收拾他也不难。"

魏王略想了想，点点头："也好，就这么办。"又皱着眉头问："眼下魏国危急，实在需要赵国的援兵，既然罢了苏代，芒卿以为寡人该派何人到邯郸去搬救兵？"

魏王一心只在"救兵"两个字上打转，芒卯却知道赵国君臣一个比一个滑头，都在等着看两虎相争的好戏，绝不会立刻发兵，此时不管是谁到了邯郸也说服不了赵王。可他心里这些想法却不敢在魏王面前露出来，假装想了半天才吞吞吐吐地说："臣也不知苏代在赵王面前进了什么谗言，如果立刻再派使臣到邯郸，只怕不会有好效果。眼下秦军虽然围城，攻势也不算太猛，再坚守一段时间应该没有问题，臣觉得不妨等一两个月，待这件事过了，再命重臣到邯郸去借兵吧。"

此时的魏王其实已经没了主意，全听芒卯摆布了："也好，先派人到邯郸传诏，罢了苏代之职，免得此人在赵王面前捣鬼。"说到这里，又有气无力地加上一句："守城的事还要靠芒卿了。"

不动声色间收拾了苏代，断了田文的一条臂膀，芒卯心里暗暗得意，眼看魏王满心怯弱之意，知道魏王现在比任何时候都急于割地求和。于是压低声音问："大王觉得大梁之战最终该如何了局？"

半晌，魏王叹息一声，缓缓说道："寡人以为终究还是要媾和……"

其实从秦军攻入魏国的第一天起，魏王心里就只有一个主意：向秦人求和。只是魏国还有魏无忌这样强项果敢的能臣，有苏代这种舌如利斧的辩士，魏王的主意一次次被人劝阻，始终无法实行下去。现在大梁城里的主心骨是信陵君，而信陵君又是第一个反对割地求和的，有信陵君在，大

梁之战就会无休无止地打下去，一直打到秦人败退为止。

问题是魏王已经打够了。这几个月他被围在城里，整天听着厮杀声，鼻子里闻着血腥气，提心吊胆日夜难眠，再也不愿意受这个罪了……

其实芒卯是个武臣出身，若问本心，他也想把这一仗打到底。可政敌田文已经抢在前头，和信陵君站在一起，成了个坚定的主战派。而魏王最近屡次单独召见芒卯，就是希望芒卯以上卿的身份支持议和。此时芒卯若也坚持主战，就等于得罪了魏王，却不能讨好信陵君。

信陵君坚持到底的主意虽好，可惜田文已经先站到那条船上去了，芒卯要是也挤上去，就等于排在了田文后头，没什么意思。对一个政客来说，道理对错并不重要，利益大小才是关键，正所谓"宁做鸡头，不做凤尾"，现在的芒卯只能一心奉承魏王取悦魏王，力主议和，从中渔利。

毕竟这魏国是魏王的，不是信陵君的。取宠于魏王，比什么都强。

拿定主意后，芒卯再不迟疑，立刻拱起手来高声道："大王想与秦人媾和，本意是为百姓们着想，臣以为这是最好的办法。大王一心爱护子民，下臣深为感动。"说完推开几案向魏王拜了几拜。

眼看有了芒卯的支持，魏王心里痛快多了，可脸色却还是阴沉沉的。芒卯当然知道魏王顾虑什么，立刻膝行而前，一直爬到魏王身边，把嘴凑到魏王的耳朵根上："大王是担心信陵君不肯媾和？这事倒也好办，大王何不派信陵君赴邯郸向赵国求援？"

魏王对信陵君极为倚重，尤其大战之时，更是一刻也离不开信陵君。听了芒卯这话不禁一愣："芒卿不是说赵王听了苏代的谗言，一时难以劝动吗？"

芒卯嘿嘿一笑："此一时也彼一时也。信陵君谋略过人，能言善辩，

名闻列国，且又与赵国平原君交情莫逆，这样的人物岂是苏代之辈能比的？"又把嘴凑到魏王的耳边："再说，信陵君一去，大王再想做什么事也容易些了。"

魏王把芒卯的主意又在脑子里想了一遍，缓缓点头。

赵军倾巢南下

从芒卯那里得了主意，魏王立刻暗中派人拿诏命到邯郸，以"有负王命"之罪革了苏代的职，当场收取诏命符节，却也没有拘押苏代，只把他一个人扔在了邯郸城里。

想不到"三人成虎"的谶语居然成真，苏代实在是气恨交加。可此时的他已经回不了大梁，满肚子委屈没处辩理。赵国君臣早先就对他避而不见，现在苏代已经不是使臣，平原君这些人更不拿他当一回事。没了诏命符节，赵国的传馆也不许他住，第二天就把苏代赶到大街上去了，随从们连个招呼也没打，自顾赶着马车回了魏国，只剩下苏代一个人站在街上，辩告无门，求助无路，被困在了邯郸城里。

苏代这辈子摇唇鼓舌到处骗人，不知陷害过多少人，这还是头一次被别人陷害，只这一害就害得他陷于绝境。眼看流落街头，衣食不能周全，再挨上几天，怕是要讨饭了，苏代忽然灵机一动，想起早前平原君曾送给他一座小小的庄院。

早前苏代一心做官，根本不把这份产业放在眼里，也没有着意经营过，在楚国、魏国混了这么多年，当年的产业是不是早被人家收回去了？那几间房子也不知被谁住着，或者早已塌毁了？苏代一点也不知道，眼前实在没有去处，只能碰碰运气。到堵山脚下一看，田亩还记在他的名下，几间房子久无人住，门窗都糟坏了，屋顶也漏了，好歹没塌。早前庄子里有个庄头儿管着租子，眼下这人也还在，忽听说主人回来了，急忙来见，把这几年的田租账目送过来。

堵山脚下地薄，打不下多少粮食，一年卖不出几个钱，庄头儿隐约知道苏代是个周游列国的说客，这些年主人常年不归，又无音信，也不知是不是死在外头了，庄头儿就自作主张把这钱挪用掉了，现在手里有账无钱，很不好意思。苏代倒宽厚，一点儿也不计较，反而好言安慰。庄头儿又感又愧，当天就给苏代送来几只鸡，一筐鸡蛋，半扇猪肉，一车粮食，又找人帮着修整房屋，好歹把苏代安顿下来。

隔了一天，庄头儿又和佃户们共凑了一坛酒，都来拜见主人。苏代叫人把鸡杀了，猪肉都炖上，焖了几大锅黄米饭，和庄户们热热闹闹吃了一顿，这些庄稼人见苏代平易随和，也都愿意亲近他，苏代本在绝路上，现在有了退步，心里的闷气也出了一半，自此就在堵山脚下的庄院里住下了。

罢黜苏代这件事魏王事先未与臣下商量，直到使臣拿着诏命符节回到大梁，才把信陵君招进宫里，将苏代之事对信陵君说了。

听说魏王罢了苏代，信陵君微感意外，本想替苏代说几句话，可再一想，又把嘴闭上了。

以魏无忌的聪明，当然算定赵国必然救魏，只不过时间或迟或早罢了。却想不到赵军忽然攻打高唐，就算只是缓兵之计，毕竟赵国做了个"不肯救魏"的样子给天下人看，等于纵容了秦人，却削弱了魏军的士气。魏无

忌毕竟年轻，脾气又急躁些，心里对赵王、平原君很是恼火，也暗自责怪苏代无能。现在魏王罢了苏代，信陵君虽觉得魏王未免太急了些，可又一想，罢都罢了，自己再说也无益，干脆不说什么了。

见信陵君对罢黜苏代并无异议，魏王心里也踏实些，嘴里叹息一声："苏代辜负寡人还在其次，可赵国如此行事，真让寡人寒心。寡人想派一位能臣到邯郸去斥责赵王，你觉得何人能担些任？"

魏王说的其实是再派人向赵国求援的意思，所谓"斥责赵王"不过是说起来好听罢了。信陵君当然明白魏王的言下之意是让他亲自去邯郸，可现在赵军正在齐国作战，自己到了邯郸对赵王说什么？总不能大吵一架，把事情弄僵了吧……

眼看信陵君犹疑不决，魏王倒没能理解他心里的难处，反以为信陵君一力主战，不愿意向赵国求援，于是劝道："仗打成这样，总要有个了局。赵军不来，魏人必然多有死伤，咱们还要多为百姓设想。"

眼看魏王把话说到这里，魏无忌答应也不是，拒绝也不妥，只好说："臣回去想一想吧。"退出正观殿，回到府中一个人闷闷地发呆，却听下人来报：上大夫范痤过府来拜。魏无忌忙亲自出迎，把范痤接进府来。

范痤是个乐天知命的人，一张圆滚滚的胖脸永远眉开眼笑，好像天生不知道愁似的。和魏无忌见了礼坐下，笑着说："几个月没到府里来叨扰了，听说君上这些日子天天在城上执守，操劳得很！"上下打量了魏无忌几眼，收起笑容，装出一脸夸张的担忧神色："我看君上气色实在不好，是不是累病了？"自己又咂巴着嘴摇头叹气："还是人的身子要紧，有了好身体，万事不愁，君上仗着年轻不知保养，这样可不行……"

见范痤这么关心自己，魏无忌倒也感激，可看他的神气又觉得太过夸张，一时不明其意，只说："多谢大夫，我没什么事。"

168

范痤又瞄了魏无忌两眼，重重地叹了口气："唉，君上还在这里逞强！可我看你实在是病了，病得不轻！"

听范痤再三再四说自己"病了"，魏无忌这才留了心，仔细一想，忽然有几分明白了对方话里的意思。

其实范痤早已知道魏王想叫信陵君出使邯郸，也知道眼前还不到催促赵国出兵的时机，所以魏无忌并不想立刻就去，他这次来就是要给魏无忌想个点子，把这事先压下来，等时机有利了，再去邯郸也不迟。

而范痤给魏无忌出的主意就是装病。

眼看信陵君已经明白了自己的意思，范痤也不多说，又慰问了两句就告辞而去。魏无忌略想了想，眼前似乎也只有装病一条办法可行，第二天就上了奏表，只说自己染了风寒，辞朝几日。

听说信陵君"病了"，魏王仔细想想，倒也明白他的苦衷。

信陵君于魏王半是臣僚半是手足，且又是个有主意有本事的人，魏王不好过分催促他，于是派宦者令到府上探望，只嘱咐信陵君安心养病，却不提出使赵国的事。魏国臣子们虽然拉帮结派弄权党争，可信陵君却是个超然物外的人，并不参与这些内斗，且威信又高，这些人不敢和他为难，自然没有一个人出来说闲话。

既然无人催促，魏无忌就在家里踏踏实实地养了两个月的"病"，直到北边传来消息，赵国大军已经攻克了齐国的高唐、昌城、平原诸处城邑，魏王才亲自到信陵君府上来"探病"，魏无忌也知道大梁之战已经打了半年，不能再拖，赵国实在到了该出兵的时候了，于是不再装病，重新上朝，立刻领了魏王的诏命，只带了几十个随从，驾了几乘轻车秘密离开大梁，到邯郸向赵王借兵去了。

信陵君离开大梁之后，芒卯又在魏王面前献计，认为只赵国出兵仍然不够，不妨也派人到燕国去借兵。于是魏王命上大夫范痤为使臣，即日出发到燕国去了。

信陵君魏无忌的身份名望与苏代真有天渊之别，听说信陵君渡河北上，平原君赵胜早早就派人到两国边境守候。信陵君的车驾刚进赵国，平原君这里已经得了消息，立刻在府里挑了四十名出色的门客，备下轺车二十辆，又把自己平时乘坐的安车重新彩画收拾齐整，坐上马车驰出邯郸城五十余里，直到滏河岸边来迎。

平原君一行到滏河时天色尚早，信陵君的车驾还没有到，平原君就命家宰李同在渡口张望，自己坐在车里等着。不多时，远远看到对岸来了一批车马，李同急忙报知平原君，赵胜立刻下了安车走到渡口上，眼巴巴看着一条渡船从南岸划过来，离岸还有几十丈，赵胜已对着船上的人连连招手，渡船刚一靠岸，立刻一溜小跑迎上来，一把拉住魏无忌的手，嘴里絮絮叨叨地说着："兄弟总算到了，可想死我了！你姐姐在家已经念叨了一百遍！"不由分说拉着魏无忌上了自己的马车一路驰回邯郸。这一路上嘘寒问暖，热络得像块火炭，把魏无忌闹得手足无措，只能听任平原君摆布。

平原君的夫人是魏无忌的姐姐，分别多年，真是一心惦念这个弟弟，早就在府里等着，姐弟相见，忍不住都哭了一场，随即摆上家宴，平原君在旁陪着吃了饭，好容易有了空子，这才把魏无忌拉到一旁，详细询问大梁的战事。

平原君说的话办的事哪个是真哪个是假，信陵君心里全都有数，听姐夫问起战场上的事，立刻笑着说："都说魏冉足智多谋，秦军英勇善战，我看名过其实。现在秦军围城半年，已折兵十万，连一座墩台也拿不下来，

照这样再打一年也没什么了不起。"说了几句大话，又反问平原君："听说赵军攻打齐国的高唐、昌城，不知这一仗打得如何？"

其实大梁一战秦军总共损折两万多人，魏军战死万余人，如果算上在榆关、启封折损的兵力，整场大战魏军已战死五万，秦人前后损失才三万有余，魏军的伤亡还是大于秦人，这些平原君心里有数，但信陵君的谎话也不好戳穿。听魏无忌问起攻齐之役，仰起头来嘿嘿笑道："这一仗好打！齐国人嘛，你也知道，就那么回事儿……"

和赵国的精兵强将相比，齐军确实不堪一击，平原君说的虽是大话，也不算吹牛皮。魏无忌就顺着赵胜的话头儿笑着说："天下原本有两霸，东边是齐，西边是秦，现在东边这一霸垮台了，可西边的强秦越来越猖狂，早前秦人攻破光狼、石城，赵国是吃了亏的，去年秦人又破楚国，现在又来伐魏，俨然成了天下公敌，可惜山东六国表面虽然合纵抗秦，其实徒有虚名，不能真正团结一心，照这么下去，只怕会被秦人各个击破。"说完斜眼瞟向赵胜，等他答话。

想不到赵胜这次爽快得很，立刻接过话来："山东六国合纵几十年，一直不能成事，只因列国各怀私心，都想保持实力，让别人去送死，皆是不义之国！魏国这些年独当强秦，大小百战，已成'山东之脊'，赵国以仁义立国，岂能坐视暴秦威逼三晋而不救？兄弟不必急，我明天就进宫去见大王，请求发兵援救魏国！"

虽然知道赵国一定会发兵救魏，可赵胜把话说得这么慷慨激昂痛快淋漓，还是出乎魏无忌意料之外。正想替姐夫喝一声彩，想不到赵胜说完几句大话，忽然又加上一句："只是赵国这次出兵，粮草兵马应该囤于武城，还是囤于安阳？"

赵国君臣一个比一个精明，做事总想名利双收。这次赵军援救大梁，一是要得扶危救难的仁义之名，二是要得大破秦军的威名。至于利，则是要把从魏国手里夺取的安阳大城以及周边两百多里土地永远并入赵国。

现在平原君毫不客气地把话摆在了桌面上，只看信陵君是否答应了。

安阳被赵国夺取已经快两年了，糟糕的是，赵军夺取安阳之时，魏国因为内斗党争，权臣们互相算计，闹得国事无主，整整一年没对此做出任何反应，有这一年工夫，赵人早就在安阳站稳了脚跟。再加上秦军围困大梁已有半年之久，魏军虽然成功地守住了大梁，可毕竟被秦军拦腰痛击，连取八城，斩首数万，实力大损，急需赵国强兵解围，如果赵军不来，大梁一战拖延下去，魏国实在有些受不了。

事已至此，魏国只有割让安阳，以换取赵国出兵了。

面对亲姐夫的公然讹诈，魏无忌心里悄悄地叹了口气，脸上摆出一丝略显僵硬的笑容，话音里也带上了几分苦涩："赵国出兵救难，实是仁义之举。为了方便军马南下，粮草囤在安阳当然比武城更方便些。"

有信陵君这句话，赵国救魏的大事就定了。

第二天上午，赵王宫中大开中门，排列仪仗，以君侯之礼迎接信陵君，随即在彰德殿大会群臣，摆国宴为信陵君洗尘。

这时的赵王已经知道魏无忌答应割让安阳的事，当然不再提及此事，只在大殿上怒斥秦王不仁，秦国无义，吞并诸侯，虐害百姓，平原君当殿上奏，请求赵王发兵救魏，赵王立刻允准。

在此之前赵王早就和平原君、蔺相如等人议定了出兵的方案，于是当殿发下诏命：即日调集精兵二十五万，分为东西两军同时向南进发。西路军十万由武安郡守乐乘统率，上大夫贾偃领精锐骑兵两万为先锋，从荥

口渡过黄河，出北宅夺取衍氏，南下直取榆关，切断秦军的退路。东路军十五万由亚卿廉颇统率，上大夫赵奢领五万精兵为先锋，从卷邑渡过黄河南下，在阳武再次渡河直奔大梁。另外魏将新垣衍集结河北魏军十万随廉颇大军南下，一共二十五万兵马来解大梁之围。

大王诏命一下，好似雷霆震动，整个赵国人人振奋，举国备战。

又过了两天，从北边传来一个好消息：魏国上大夫范痤成功说服了燕王，派兵五万南下救援大梁。

燕国愿意发兵救魏，主要是想巴结赵国，给赵王凑趣儿。同时魏国毕竟是合纵的从约长，燕王多少也要给魏王几分面子。可燕国离魏国太远，燕王虽然答应发兵，其实兵马尚未调集，只是做个样子讨好赵、魏两国罢了。

可不管怎么说，这一战有燕国参与，对赵国和魏国都是个不小的激励。魏、赵、燕三国大军兵力达到四十万众，加上大梁城里的兵马，整整七十万大军！即将对魏冉所部三十四万秦军两路包抄，内外夹攻。

大梁城下这场大战赵国已经足足准备了半年，赵军精锐尽出，粮草充足，士气如虹。一得王命，廉颇、乐乘立刻分路调集军马，贾偃所部骑兵率先南下，七日后已在荥口渡过黄河，两万精骑如狂风卷地直击北宅，两天之后，赵军先锋在北宅城外与秦国劲旅爆发了激战。

然而谁也没有想到，就在信陵君离开大梁这段日子里，大梁城里发生了一件惊人的大事：秦、魏两国已经媾和！

就在赵国东路大军渡河的同时，魏冉麾下的三十万秦军已从大梁撤围而去，赵国大军竟在大梁城下扑了个空。

须贾田文争着卖国

芒卯劝魏王派信陵君去邯郸，范痤去蓟城，并不全是为了搬取救兵，更是要找个空子，让魏王有机会和秦人议和。

魏王这番软弱的心思，不论信陵君还是范痤都没有看透。结果是魏无忌、范痤二人相继离开大梁，魏国一心主战的只剩下相国田文。可田文在魏国混事，上面靠巴结信陵君，下面靠苏代、暴鸢等人帮衬。现在暴鸢已败，苏代又罢，信陵君也到邯郸去了，已经折尽羽翼的田文顿时孤掌难鸣，不是上卿芒卯的对手。田文倒是个能屈能伸的角色，见时机不妙，也就把头一缩不再吭声。

这么一来，大梁城里再也没人阻止魏王与秦人媾和了。

这天中大夫须贾从宫里出来，立刻把门客范雎找来问计。

原来芒卯顺着魏王的意思已经把媾和之事准备得差不多了，只缺一个在穰侯和魏王之间牵线的说客，把魏国的臣子们算了一遍，觉得中大夫须贾还算有些口才，人也稳重可靠，就趁着朝会的空子把须贾叫过来，将媾和的意图对他说了，又问须贾的意思。

大梁之战，信陵君要战，魏王要和，两边势力都很强，须贾夹在中间，哪边也不敢得罪，在芒卯面前也不敢轻易表态，只说回去想想。一回府立刻把范雎找来问："今天在宫里遇到芒卿，说大王有媾和的意图，问我怎么看，我一时不知怎么回话，先生帮着出个主意吧。"

须贾只说魏王打算求和，却不说他自己怎么想，范雎对须贾太了解了，

知道这个人自私怯懦，恐怕比魏王、芒卯之辈更希望尽快与秦媾和，心里对须贾很有些瞧不起，故意逼他说句丢脸的话，就追问了一句："主公对此事如何看？"

须贾一向器重范雎，在这个门客面前也就不必隐瞒什么："秦军围城半年有余，城中粮食已经消耗了一半，可赵国那边全无动静，秦军也没有退兵之意，长此下去也不是办法，若能献地求和，对魏国也是好事。"

须贾果然也是要献地求和的，范雎心里暗暗摇头。

对大梁之战，范雎的想法倒和信陵君相似，认为这一仗打到现在，魏国既没折损多少兵马，也未失守几座城池，三十万大军集中在大梁城里，粮草充足，固若金汤，在态势上占着上风。城外的秦军虽然嚣张，其实伤亡惨重，补给困难，掰着手指头也算得出来，他们大概已经吃不饱饭了，再这么拖两三个月，就算赵国援军不来，秦军也会败退。

若依范雎，当然是打定一个死守城池的主意，根本不理秦军，只管拖下去就是了。可范雎也知道魏王生性软弱，魏国的权臣们也都是这路货色，只有信陵君魏无忌是个有骨气的豪杰，偏偏此人又去了邯郸，大梁城里这帮权臣失了主心骨，就更没有勇气和秦人斗下去了，割地求和在所难免，只看将来如何割地，怎样求和。

范雎毕竟是个魏国人，在这块土地长大，凡事当然要替魏国的利益着想。可范雎出身贫贱，天性阴冷，是个唯利是图的人，最看重的还是他自己的利益，而范雎的利益又和须贾绑在一起。所以范雎既想保护魏国的利益不受损失，更想让主子须贾捞到实在的好处，这就需要好好动一番脑筋了。

琢磨了好半天，范雎终于开口了："主公，眼前的情况最好是不与秦

国讲和，若非讲和不可，也尽量不要割地……"

在须贾听来，范雎说的全是废话，一时焦躁起来，瞪着眼厉声问："不割地怎能与秦人讲和？"

面对这么一个主子，范雎只能深深地叹一口气："就算要割地，也一定要少割……"说到这里，也知道凭须贾这点儿脑子听不懂他话里的意思，只好换了个说法："现在芒卯一心要割地求和，大王被芒卿裹胁，也只得割地求和，可大王的意思自然是少割地为上，主公应该迎合大王的心思，提出只割温县一座城池给秦国，这么一来大王必能接受主公的提议，芒卯也不会因为政见不同嫉恨主公，就算将来信陵君回到大梁，知道主公说服大王只割让一座城池给秦人，也会认为主公是个能臣，维护了国家利益，至少不会因此而怪罪你。如此一来，主公既得大王欢心，又取信于信陵君，芒卯也说不出什么来，是个皆大欢喜的办法。"

上下邀功，左右取宠，这是须贾梦寐以求的事，急忙问："我该怎么和大王说？"

范雎摇了摇头："说服大王不难，但要说服穰侯就难些了。"

一听这话，须贾勃然变色："说服穰侯？这是何意！"

其实芒卯拉拢须贾，本就是想让须贾出城去见穰侯，替魏王牵线，可须贾一则胆怯二则愚钝，一直没弄明白芒卯的意图。范雎却知道一副重担已压在须贾肩上，去也得去，不去也得去。

天下事有危险必有机遇，危险越大，机遇也越大。须贾若能替魏王办成这件大事，立刻就会成为魏王驾下的宠臣，在范雎看来，能够得宠，就算担些风险也值得。

现在范雎只能尽量多说功劳，少提危险，鼓动须贾去做这件事。立这个功："主公想想，秦人最贪婪，这次穰侯魏冉亲率三十万大军攻魏，

却只夺得一城,他怎肯罢休?魏国要想与秦媾和,就必须派使臣亲自去见魏冉,陈说厉害,劝魏冉退兵。这是一份大功劳,主公不取,难道让给别人吗?"

范雎说的是一条妙计,可这计谋未免大胆了些,在须贾听来,这哪是什么"大功",分明是让他去送死!又惊又怒又是狐疑,瞪起两眼看着范雎。范雎只好一字一句地解说起来:"主公可以算算,可大梁之围已有半年,消耗粮食超过百万,却毫无进展,以当前局势看,再围一年也难取胜,秦国再富,也架不住魏冉这样折腾!现在大梁之战已成死局,魏冉困窘已极,正想找个台阶撤兵回国,主公此时出城去说动魏冉退兵,正是'顺流放舟',顷刻千里,何乐不为?"抬头看了须贾一眼,见他还是瞪着两眼发呆,显然还不明白,只得又把话往深里说:"主公想一想,穰侯魏冉是秦国相邦,这次为什么亲提大军来攻打魏国?外面早有传言,魏冉与秦王不和,常有龃龉,魏冉亲自伐魏,怕是在和秦王赌气,可仗打成这个样子,他回国之后怎么交代?现在秦军已疲,魏军士气尚在,赵国大军也随时可能赶来参战,魏冉在大梁城下拖得越久担的风险就越大,万一打了败仗,他还要不要身家性命?所以说,魏国最好不与秦军讲和,就算讲和,也最好不割地,非割不可,也要少割……"

范雎的话还没说完,须贾已经抢着问:"依先生的主意,我这次出城去见魏冉,真的没有危险?"

须贾真是个彻头彻尾的小人,头脑中丝毫没有国家大义,只知道打自己的小算盘,范雎真不知该拿这个人怎么办,硬把一口闷气吞进肚里,半天才说:"主公放心,绝无危险。"

其实做大事没有"绝无危险"这一说,但富贵险中求的道理须贾也懂。

他缠着范雎问东问西,只是讨个准话儿,好给自己壮胆罢了。

从范雎那里讨得一个主意,须贾关起门来又结结实实地琢磨了一整夜,到天亮的时候总算下定了决心,硬着头皮进宫来见魏王,把范雎那套"议和最好不割地,非割不可,也要少割"的话添油加醋对魏王说了一遍。

媾和而不割地,在魏王想来似乎不可能,但"少割地"却很合魏王的心意,于是写下密诏,命须贾秘密到秦营与穰侯议和。

为了显示自己的勤谨老成,须贾接到诏命之后连家都没回,只带了一个随从赶一辆车出东门,绕了个圈子悄悄潜入秦军大营。

此时的穰侯魏冉正在营中养病。

这几个月秦军猛攻梁城,天天损兵折将,却徒劳无功,远在咸阳的秦王也有些坐不住了,每隔十日就下诏询问战况,魏冉无话可回,焦头烂额,加之天气又热,每天着急上火的,不想竟患了风火牙疼,右半边脸都肿了起来,疼得如同刀割一样,实在没有良药可治,急得躺在床上骂了郎中骂将士,吓得众人不敢近他的身。

正在无法可想的时候,忽然听说从大梁来了一个中大夫,拿着魏王诏命商量媾和,魏冉又惊又喜,可再一想,仗打成现在这个样子,态势对秦军越来越不利,魏王偏在此时派人来和谈,未必是真心,弄不好还有什么诡计。细一琢磨,决定暂不通知任何人,先把须贾请到自己帐中面谈,弄清情况再做定夺。

片刻工夫须贾被人带了进来,同魏冉见了礼。此时魏冉牙疼如割,虽然强忍着不露出来,可脸色着实难看,倚着几案斜身夷坐,摊着两条腿,根本不理须贾。须贾倒是好脾气,客客气气地捧过魏王诏书,魏冉接过来

四 不败亦败

随便瞟了两眼，顺手掷在案上，仰着脸问："魏王命你来有何事？"

须贾也知道魏冉装出这副傲慢的样子是想唬他，对魏冉的无礼视而不见，不急不怒，自顾在下位坐了，这才对魏冉拱手笑道："我奉王命来见穰侯，只是来讲一个典故。"

"什么典故？"

须贾振一振袍袖，捋了捋须髯，故意摆出一副给学生讲课的夫子气来，拉着长音慢慢地说："穰侯是谋国之臣，熟知史典，可知当年周成王伐灭管、蔡，命康叔领殷商余众，临行前，成王作《康诰》一篇赐与康叔，其中有言：'惟命不于常，汝念哉。'意思是说：'幸运的事偶尔会发生，可是老天爷不会让一个人永远这么幸运，做大事的人一定要记住这个道理。'这是古代圣王之言，记于《周书》之中，穰侯饱学之人，想来一定读过吧？"

须贾引经据典貌似迂腐，其实他在魏冉面前用"成王劝诫康叔"之典，暗中有贬损魏冉之意，说的话里更夹着一丝威胁的味道。

魏冉何等老辣，岂能被须贾之流唬住，冷笑一声："老夫平生做事凭智凭勇，却不靠什么运气！须大夫这话是何意？不妨直言。"

魏冉是秦国第一权臣，性情刚烈，不怒自威，现在魏冉并未动气，可言语之间仍有一股凛然之威。

到秦军大营来劝说魏冉，本就是一件冒险的事，若不是范雎在背后推他，须贾其实没有这样的胆量。可既然来了，就必须将生死置之度外。

眼看魏冉的气势咄咄逼人，须贾也知道这时候不能稍有示弱，只要一句话说的不合适，被魏冉压住就难以翻身，脖梗子里全是冷汗，嘴上却毫不示弱："穰侯此番伐魏，率兵三十余万，又有华阳君、左更相助，秦国精锐尽出，猛将何止千员，如此军力足可并地灭国。但穰侯也该明白，一个渔夫驾轻舟劳作一天，获鱼十斤已算幸事，如果渔人三百，驾舟五十，

昼出夜归，仅获鱼十斤，则为大损！穰侯倾尽秦国之力伐魏，前后已有半年之久，实无所获。且穰侯也知道，榆关之战击败暴鸢，其实侥幸得很，启封城下逐退芒卯，虽说是胜仗，秦军损失也不小，这两场胜仗都是穰侯的运气，可穰侯得榆关、启封之后立刻进兵大梁，这就是不识进退，把'幸运'当成'必然'了。穰侯自己想想，老天爷给了你一个机会，两个机会，还会再有第三个机会，让你在大梁城下白捡一个便宜吗？"

须贾这话说的在理。

榆关之战是魏军行动迟缓，秦军先锋抢占了先手，这场胜仗一半仗着胡阳勇猛，秦人彪悍，却也有机缘巧合在里头。启封之战，秦、魏两军精锐死拼一场，各自付出惨重的代价，谁也没能占到便宜，其后芒卯虚张声势连夜撤兵，秦人只占了一座空城。而大梁一役从开始的血战打成现在的胶着，秦军伤亡远在魏军之上，再也占不到什么便宜了。

古人常讲时、运、命三数，其中但凡不可着力处就是"命"，所谓乐天知命而已。然而吉凶祸福皆是"运"，春秋更替便是"时"，时运相交，便是人生际遇。

魏冉身居贵戚，辅弼大国，此是其时；攻无不取，算无不中，此是其运，有"时运"在手，自然风生水起无所不能。可这次伐魏，魏冉与秦王内争，急于兴兵，先丧其"时"，进入魏国之后虽然打了两个胜仗，却只是小胜，不足以言功，其后兵围大梁半年，再无任何进展，运气至此，已经用尽。

时运如阴阳，轮转不休，否极泰来，盛极则衰。现在魏冉困于梁城，天时越发不利，秦王责备日甚，魏冉心知自己的"时运"正在逆转，倘若此战不利，后果不敢设想，早就灰心丧气。现在他考虑的只是怎么体面地退兵，保住自己的荣耀权柄，别被这场烫手的战争搞得垮了台。

四 不败而败

见魏冉低头不语，似乎有了怯意，须贾心里更有底了，忙说："魏国是大国，文侯、惠王都曾称霸，就算今非昔比，也还坐拥千里之地，兵马足有五六十万。此番我王为拒秦兵，征百县之兵尽集大梁，足有三十余万，能战之将何止千员！大梁城高十丈，墙垣坚逾铁石，魏王坐镇城中，领三十万众以拒秦兵，莫说穰侯，就算商汤、周武复生又如何？秦国就算尽发倾国之兵，也攻不下大梁！"

兵法有云："能而示之不能，用而示之不用"，舌辩之术其实和兵法一样，也是"诡道"罢了。现在须贾大肆吹嘘魏国的实力，正是"不能而示之能"，魏冉却没被他的大话唬住，反而从须贾的强硬态度里看出一丝示弱的迹象。于是将计就计，来一个"能而示之不能"，故意低下头来一声不吭，任由须贾说去。

须贾这辈子难得有这么个机会，居然可以指手画脚高谈阔论，压得穰侯魏冉无话可回，不由得兴奋起来，更把声音提高了些："穰侯千万不要忘了，天下大国绝不止秦、魏两家，魏国是合纵的从约长，南与楚国定盟在先，北与赵国互为唇齿，这两国都是国大人多，兵精器利！穰侯或许以为楚、赵两国尚未发兵？其实两国军马早已暗中调动，楚国大军已在陈地会齐，赵国大军也到了邯郸，先锋已至黄河北岸，三十万秦军深入魏国腹地，与魏、楚、赵三国百万大军会战，不知有多少胜算？"

其实赵、楚两国并未答应援救魏国，须贾完全是瞪着眼胡吹，可他无意之间倒说破了赵国的真实动向。魏冉最担心的也正是赵国精兵南下救魏，现在秦军已现疲态，如果被赵、魏两国大军合击，后果不堪设想。

但魏冉也知道，楚国新败之后兵势尚弱，赵王是个奸诈的货色，不见兔子不撒鹰，秦、魏两国胜负未分，这两国都不会轻易出兵救魏。况且依常理而言，如果赵、楚两国大军真的来救魏国，大梁城里就不会派出这么

181

一个须贾大夫跑到自己面前来吹牛,所以须贾之来,只能说明至少现在魏国还得不到任何援兵,而魏王心中已怯。

可话说回来,魏王是否胆怯先不论,秦军疲惫不堪却是真的。现在魏冉对攻克大梁已经绝望,正想着体面地退兵,于是装个糊涂,并不拆穿须贾的谎言,反而愁眉苦脸地叹了口气,半天才慢吞吞地说道:"须大夫这话就错了,赵国与秦国有渑池之盟,绝不会发一兵一卒来救大梁。至于楚国嘛,刚被秦人歼灭四十万众,早已溃不成军,须大夫觉得他们还敢与秦国为敌吗?"

和须贾的纵发高论相反,魏冉这几句话说得有气无力,加之脸色灰暗,眼神瑟缩,看似底气不足,须贾立刻认定魏冉已被自己吓倒了,这一下更是得意,话也说得越发骄狂:"穰侯以为楚、赵大军不会来?好!我与穰侯打一个赌如何?"

魏冉把头一摇,淡淡地说:"不必了,老夫生平好酒,却不好赌。昨天我已上奏大王,调巴、蜀两郡兵马十万到大梁助攻,必要攻克大梁才罢。另派武安君白起率巫郡、黔中之兵十万攻楚,左庶长王龁领陇西兵十万伐赵,且看楚、赵两国如何来救大梁。"

魏冉在秦国主政,到这年整整四十年了。这四十年间,秦国攻无不取战无不胜,成就了统一天下的大势,一半都是魏冉的功劳,这样的人物岂是一个须贾对付得了?现在魏冉设了个套子,先引逗须贾说出大话,让他收不了场,然后随口放出一句狠话,顿时唬得须贾目瞪口呆。魏冉正眼也不看他,击了两下掌唤进从人,吩咐:"领须大夫去歇息。召左更来见我,准备明早攻城。"

魏冉话里的意思是要扣押须贾,且秦军也迫于赵、楚大军来援的压力,

即将加紧攻城，这么一来须贾的使命不但完全失败，甚至可能有性命之忧，即使不被魏冉杀害，回到大梁也无法向魏王解释。大惊失色，忙拱起手来高声道："在下还有话对穰侯说。"

魏冉根本不理须贾，只是摆了摆手，示意随从把须贾领下去。眼看事情要坏，须贾不顾一切抢到魏冉面前连连打拱作揖，急慌慌地说："国事为大，穰侯千万不可急躁，且听我把话说完。"

虽然知道须贾是个草包，魏冉却没想到自己只说了一句话，就把这个魏国大夫彻底打倒了，心里暗暗好笑，故意装出一副不耐烦的样子问："须大夫还有何事？"

"秦军攻大梁已半年有余，以前不能破城，现在就有破城的把握吗？如此下去，秦魏两国拼个两败俱伤，有什么好处？"

须贾慌了神，魏冉也就达到了目的，挥手命从人退下，这才问："按着大夫之意，老夫应当如何？"

到这时须贾才稍稍松了口气，却再也不敢像刚才那么强硬了，凑到魏冉身边，赔起一张笑脸说道："秦军攻魏，对两国来说都很艰难。我王眼看生灵涂炭，心中不忍，希望能与秦国和解，双方各自罢兵。"

听须贾说出"各自罢兵"四个字，魏冉心中大喜，脸上却装出一副恼怒的神情，阴沉着脸说："须大夫这话有趣！秦国夺了魏国半壁江山，已经围住大梁，岂肯退兵！"

其实须贾也听出魏冉色厉内荏，可刚才两人用言语较力，须贾已经输了，知道硬碰硬斗不过这个凶狠刁钻的老东西，也就不敢硬来，笑着说："秦军虽然英勇，可久战力疲，一旦楚、赵大军赶来，局面更加不堪。现在我王有意罢兵和解，王廷上却有信陵君等重臣一意要与秦人决战，正是战和两难未曾决断之时，穰侯何不趁机要求魏国稍许割让一些土地给秦国，

就此退兵回国,这样大梁之围可解,我王心为之宽;秦军割地战胜而返,穰侯在秦王面前也有面子。"

须贾这话无意中道出了魏冉的心事,可正因为说破了心思,魏冉倒不好接话,只得低头不语,任须贾说去。

须贾偷看魏冉脸色,见他面色阴晴不定,也不知在打什么主意,赶忙又说:"诚如穰侯所言,秦国是天下第一强国,赵国早与秦王有约,楚国新败,也畏惧秦人,可魏国正当中原之地,是山东六国之心腹,一旦被秦伐灭,山东六国南北隔绝,韩、赵两国朝不保夕,楚国也被秦人三面包围,不能自安,所以赵、楚必须救魏。若穰侯抢在赵、楚大军赶到大梁之前抢先与我王定约,割地退兵,赵王、楚王见魏国与秦定盟,必定恼火,背弃魏王争相侍奉秦国,这么一来六国合纵之约就瓦解了,对秦国大有好处。"

虽然早知道须贾是个无耻小人,可魏冉也没想到须贾竟会无耻到这种地步,身为魏国大夫,竟然当着死敌的面说出割地求和、瓦解合纵的话来!这么一个卑鄙恶心的家伙,连魏冉这个秦国人看了都觉得讨厌,不由得皱起了眉头。

须贾却不知魏冉的心思,还以为他已被自己说动,忙把头直拱到魏冉胸前,脸上的媚笑又增了十分:"穰侯是秦国重臣,手掌兵权,可这次伐魏无功而返,在秦王面前怎么交代?万一打了败仗,情况只会更糟,不如答应我王割地休战,全师而退,这样才能保住权柄,有权柄在手,穰侯还怕什么?再说,穰侯的封地远在陶邑,若与魏国死战,将来魏国难免发兵攻陶,夺穰侯的采邑,可秦国若能与魏国定盟,以后秦人出入陶邑皆可经过魏境,这对穰侯十分有利!在下一心为穰侯的利益着想,还请穰侯听我一言。"

听了这话，魏冉一声不吭，起身在帐篷里踱起步来。

眼看魏冉渐渐动心，须贾心里又是忐忑又是期待，眼巴巴地等着魏冉答复。

沉思半晌，魏冉缓缓说道："须大夫之言似也在理，就请在我营里住一夜，待老夫再思。"吩咐手下："挑一处安静所在给大夫住下，取酒肉好生款待。"

魏冉话里有七分应承，却有三分疑虑，须贾知道这事成了一多半，也不再催逼，拱手退去了。

须贾哪里知道，他代魏王来求和，其实真正急着求和的倒是魏冉。

大梁城就像一只铁铸的鱼钩，而魏冉正是那上钩的大鱼。虽然魏国无力把这条"大鱼"拖上岸宰杀，可秦军在大梁城下劳而无功，损耗日甚，鱼线越收越紧，魏冉痛入骨髓，已经再也拖延不起了。然而魏国不肯屈服，他这个当今天下最大的权臣就走不脱！偏在此时来了个须贾，替魏王向秦人求和，魏冉乐不可支，早在须贾入营之时就已经决定尽快与魏国和谈，割地退兵，刚才说那些虚话，只是引须贾入彀罢了。

现在须贾已经上了套儿，把卑鄙的话儿说到极处，魏冉觉得可以答应魏国讲和了，但魏国主动求和，秦国不能失了身份，总要再拖几天才好办正事。打发走了须贾，心里宽慰了些，觉得牙也没有那么疼了，熄了灯火躺下，可脑子里要算计的事太多，只觉心乱如麻，牙疼隐隐，好半天不能入眠。正在发愁，却听帐外传来一阵急促的脚步声，接着帐口有人低声唤道："穰侯歇了吗？"听声音像是胡阳。魏冉急忙翻身坐起："左更请进。"

帐帘一掀，胡阳飞步走了进来，烛影里只见魏冉披衣坐着，一脸诧异，胡阳也顾不得客套，凑近前低声说："刚有派往邯郸的细作来报，说信陵

君魏无忌已到邯郸！"

魏无忌是魏国的执政重臣，此人到了邯郸，实在非同小可！

早在进军魏国之前，魏冉已经料到赵国早晚会出兵救魏，可那时他一心想速战速决，在大梁以西歼灭魏军主力就班师回国，却想不到魏军尽数回撤，竟把秦人吸引到大梁城下，使魏冉陷入空前的苦战。合围大梁以后，魏冉也做了两手准备，一边攻城，一边派大量细作北上侦察赵国动向，打算一旦发现赵军南下，秦军就分兵迎战，先破赵军，再回过头来威逼魏王。想不到赵王极沉得住气，整整半年没有动作，甚至虚晃一枪去攻打齐国。也是魏冉太托大了，竟对赵国放松了警惕。现在秦军已被拖得疲惫不堪，连魏冉都生了退意，魏无忌却忽然出现在邯郸，这是赵国即将出兵的前兆！

秦军已疲，粮草不敷，若赵国精锐大军此时渡河而来，大梁魏军势必倾巢反扑，在秦军侧翼的阳武、卷邑、安城、酸枣各城魏军再群起牵制，大梁城下的秦军真就大势不妙了……

想到这里，魏冉结结实实出了一身冷汗，可随即又想起：既然赵国大军即将南下，为什么魏王却在这个时候派人来求和？这不是自相矛盾了吗？

见魏冉脸色沉重低头不语，胡阳又在他耳边低声说："穰侯，信陵君北上邯郸，只怕赵军即将南下救魏，若赵人来大梁咱倒不惧，就怕他们过了黄河以后直取华阳，断咱们的退路。穰侯觉得是从速撤军，还是再等等？"

胡阳是魏冉手下"三足鼎"之一，天下名将，勇略过人，一眼就看出赵军直取华阳断秦军退路的危险。在这要紧关头魏冉也想听听他的主意："左更看这事如何应对？"

胡阳的眉毛拧成一个疙瘩："眼前局势不妙，可咱们远道而来，围城

数月，实在不能轻易退兵。我想先率麾下三万兵马单独北上，攻取北宅，逼近黄河渡口，就近监视黄河北岸的动静，如果赵军暂不南下，穰侯就继续围困大梁，最好能逼着魏王订个城下之盟；若赵军果然大举南下，我即率军出北宅，先挡他们一阵——至少拖延十日吧，穰侯就可率领大军回撤，不致有什么重大损失。"

北宅是魏国一处重要关城，在大梁西北，临近黄河渡口，东边尚有多座城池在魏军控制之下，背后的中阳则被秦军攻取。若赵国大军渡过黄河，魏、赵两军必然联手向西南方向猛插，力图切断秦军退回函谷关的大路，在魏国境内歼灭秦军主力，而北宅正是赵军西进的必经之地，有胡阳的三万蕞城精兵守在北宅，赵军想断秦人退路就没那么容易了。

胡阳是个忠勇的人，他的主意等于在拿自己的性命掩护魏冉。听了这话魏冉也有些感动，忙替胡阳宽心："左更还不知道吗？今夜魏王已派大夫须贾到我营中求和，只是我尚未应承，现在看来，不答应和谈也不行了……"

魏王的做法实在怪异，胡阳听了也是一愣："魏王求和？这是何意！"

"你怎么看？"

胡阳是个刚勇的人，这样的人往往大事有主意，钩心斗角的奸滑精细之处却考虑不到，琢磨了半天也猜不透魏王的心思，半晌才说："难道魏王不知道赵国即将出兵？又或者他信不过赵王，不愿意借赵国之力解大梁之围？"说完这话自己也觉得不是路，又摇头道："这也说不过去……着实让人费解。无论如何，能与魏国和解对咱们有利，我看穰侯就来个顺水推舟，答应魏王的要求，尽快订一个城下之盟，我仍然率军去攻北宅，既防备赵军，又震慑魏王。"说完转身就走，到了帐口忽然转回身来，自己又想了想："此番伐魏眼看要无功而返，秦军一撤，前面夺取的城池只怕

要被魏国人夺回，咱们不是等于白来一场了吗？"

胡阳这话说得没头没脑，魏冉听不明白："左更的意思呢？"

胡阳把嘴凑到魏冉耳边低声说："我刚想到一个主意：秦军退走之后，魏军一定会收取榆关，但榆关之外还有蔡阳、长社、卷邑三城，穰侯不妨把这三座城池送给韩国，如果韩王肯接受这三城，韩魏两国就结了仇，如此则对秦国有利。"

胡阳的这个主意十分歹毒，颇合魏冉心思，立刻点头笑道："这个主意好！"

见穰侯采纳了自己的建议，胡阳也很高兴，转身出去了。

大敌当前，左更胡阳不敢有片刻耽搁，当夜就调集本部军马，天亮时，帐下的三万精兵已经聚齐，胡阳立刻率军北上，对魏国的北宅发起攻击。与此同时魏冉又把须贾找来，告诉他，秦国答应与魏王定盟。

凭一张利嘴说动了穰侯，帮魏国办成了一件天大的国事，须贾扬扬得意，好像打了胜仗的将军凯旋回城。听说事情办得顺利，魏王也很高兴，当廷夸奖须贾的本事，随即命相国田文和中大夫须贾一起筹办与秦国的会盟事宜。

第二天一早，相国田文亲自出城与魏冉相会，哪想和谈刚开，忽然传来消息，秦国左更胡阳率军攻取北宅！

听了这个消息田文又惊又怒，赶紧来见魏冉，劈头就问："穰侯，两国既已和解，为何秦军又攻北宅，难道秦人没有媾和的诚意吗？"

秦军攻北宅，远可提防赵军南下，近可给魏王施压，逼他从速割地求和，现在田文果然惊慌起来，魏冉心里暗喜，嘴上却冷冷地说："薛公说哪里话？如今和议未开，秦、魏两军尚在交锋，攻取一座城池有什么大惊小怪？

以秦军之力，不要说北宅，就算攻克卷邑、修鱼也不难。若想早日罢兵，还需薛公鼎力相助，早订盟约为好。"

魏冉又想故技重施，用吓唬须贾的招术来吓田文，可田文不是须贾，哪会被魏冉吓住，冷笑着说："穰侯在说笑话吗？北宅一座小城，何劳左更亲自出马？我看秦军此时拿下北宅，是怕赵国大军南下，断你们的退路吧？"

田文好厉害！这话把魏冉吓得浑身一颤，急忙压住心中恐慌强作镇定，硬挤出一丝笑容来，只是急乱之下，这张笑脸摆得实在不怎么好看。田文一眼就看破了虚实，故意仰起脸来拉着长声淡淡地说："两国修睦之时，穰侯却派兵取了北宅，这是穰侯不守信用。我且禀报大王，发卷邑之兵收复北宅才好……"说完这句威胁的话，故意冷眼旁观，且看魏冉怎么给自己圆场。

田文说要调卷邑的魏军反攻北宅，这分明是魏国大军全面反扑的开始！言下之意，魏国与秦国的合谈只怕也要告吹，只这一句话，简直要把魏冉逼上绝路！只觉得胸口一阵刺痛，脖子里全是冷汗，双手紧紧握着拳头，拼命让自己冷静下来……

顷刻之间，魏冉头脑中念头急闪，忽然又想到了早先那个疑问：为什么信陵君到了邯郸，赵国即将发兵，魏王偏在这个时候向秦国求和？而派来求和的又恰好是这个田文？

田文，这个臭名昭著的奸贼，神憎鬼厌的佞臣，早前他和信陵君站在一起，把自己装扮成一个强硬的主战派，可到关键时候田文忽然跳了出来，和芒卯、须贾争着出卖魏国利益，原来是害怕魏无忌搬来赵军打败秦人，独领一场盖世奇功，由此获得魏王重赏，顺手取代了田文的相国之位！

是啊，若秦军真的败于大梁，所有功劳尽归魏无忌一人；可魏秦两国罢兵议和，就等于所有人都没了功劳。所有人都没有功劳，这才能各司其职，相安无事……

忽然间，魏冉恍然大悟，彻底看透了田文的心肝五脏！顿时大大地松了口气，抬头看着田文那张丑脸，忍不住嘿嘿地笑了起来。

这一下倒把田文弄糊涂了："穰侯笑什么？"

魏冉收起笑容，换上一副朋友之间推心置腹的温和表情，语气也和缓下来："薛公是个明白人，我就不说多余的话了。薛公到魏国拜相有十年了吧？听说在大梁城里颇搜集了一班党羽，韩将暴鸢、燕国旧臣苏代都被薛公网罗，可榆关之败，暴鸢生死不知，又听说苏代离开大梁，似乎也失了宠，薛公身边嘛，哎呀，好不冷清……"

天下有两种小人，一是贼鬼，二是枭雄。田文这个人介于两者之间，有贼鬼的心思，也有枭雄的本事，而魏冉却实在是个枭雄，所以田文的鬼心机瞒不过魏冉的眼睛。现在魏冉几句话点破了田文的私心，田文脸上不由得变颜变色。

看着田文的鬼脸儿，魏冉就知道自己没有猜错，心里更踏实了，脸上的笑容也更亲切了："魏国的相位只有一个，信陵君魏无忌是个人杰，又是魏王的弟弟，这个人大可以做个相国，可薛公若失去相位，在魏国如何存身？此番信陵君赴邯郸必能说动赵王，眼看赵国大军将要南下，那时秦军只能退回函谷关，一场大功劳全部归于信陵君一人，而薛公羽翼尽失，又背负着榆关战败的责任，只怕做不得相国啦，不如到秦国来，我在大王面前替薛公说说，封你一个上卿吧。"

魏冉笑容可掬，嘴里说的却是讥讽之言。田文知道自己的心思已被魏

冉看破，再瞒着也没意思，干脆也笑道："多谢穰侯美意，其实在魏国做相国，还不如秦国的上卿尊贵。可穰侯此番率三十万大军攻魏，损兵数万一无所获，依秦国酷法，只怕是要获罪的。哎呀呀，穰侯若是罢了相，夺了爵，还怎么替田某在秦王面前进言呢？"

魏冉、田文互相贬损，各自都看破了对方的诡谲心机。

暗夜沉沉，烛火星星，映着两个卑鄙小人阴森森的笑脸，既可怖又恶心。

到此时，魏国的相国与秦国的相邦已经成了同谋，所谓心照不宣。于是两个权臣就在魏冉的军帐里坐了下来，你一言我一语，只用了半个晚上的工夫已经商量妥当：魏国割让温县给秦国，秦国大军在盟书签订后三日内从大梁撤围。

第二天一早田文回到城里，把和魏冉共同起草的盟书给魏王看了。见秦人答应从大梁城下撤围而去，条件仅仅是割占魏国的一座城池，魏王圉大喜，立刻诏准田文之请。

过午之后，田文带着魏王的诏命又到魏冉营中，两人密谋一番，迅速谈妥了盟约的所有内容，再将盟书承给魏王过目，魏王当即应允，于是田文就在秦军大营中与魏冉订立了城下之盟。

三日后，依照盟书的约定，秦国大军拔营起寨开始从大梁城下撤围。

此时赵国大军已悉数到了黄河岸边，西路军贾偃所部两万轻骑最先渡河，却在北宅与胡阳的兵马遭遇，两军一场恶战，赵军兵少，不能攻克北宅。

听说赵国骑兵出现在北宅，魏冉大惊，急忙调兵增援胡阳，同时命令各军速退！此时赵军主力尚未渡河，大梁城里的三十万魏军又因魏王已与秦人媾和，早没了出战的士气，竟没有一路兵马出来牵制秦人，眼睁睁看着三十万秦军逐次退入华阳。

胡阳的兵马是最后撤走的。

到蕞城兵撤退的时候,贾偃所训赵军在兵力上始终没占到优势。赵国骑兵虽勇,毕竟兵力太少,又不知秦军虚实,见敌军弃城而走也不敢尽力追击。

这时赵国西路军已有七成人从荥口渡过黄河,东路军也有数万人渡河开到了阳武,这才得到消息,三十万秦军已全部退去,赵国精兵没仗可打了。

平原君公报私仇

大梁城下出了这样的变化,原本准备直插大梁的赵国大军进退两难,廉颇只得命军马暂时驻扎在魏国的阳武。正在不知所措,秦国中大夫王稽已经气势汹汹地到了邯郸。

秦国这位中大夫王稽倒是赵王的熟人,四年前为了促成渑池之会,他一连往邯郸跑过几趟,只不过那时的王稽是来促成两国交好,所以满脸笑容,亲切可喜,今天的王稽却是奉秦王之命向赵王问罪来了,脸色也就没有平时那么好看。上殿向赵王行礼之后立刻高声问道:"下臣奉秦王诏命而来,只问大王一句话:当年渑池之盟,两国君王所立盟誓如今还算不算数?"

王稽神情凶狠言语无礼,可赵国君臣已经在战场上得了实实在在的便宜,根本不把秦王放在眼里,气势汹汹的秦国使臣在他们眼里不过是一只上蹿下跳的猴子,今天众臣齐集王廷,就是要看这个猴子。平原君第一个笑道:"渑池会盟,两国君王向天盟誓,坎牲加书,又有韩王为证人,自然是算数的,贵使问这话实在让人意外,不知是何所指?"

平原君说这话是给王稽下套子,变着法儿让他丢脸,王稽却不知是计,立刻钻进了套子里,顺着平原君的话头儿说:"既然大王遵守盟誓,为何又做出背盟之举?"

一听这话,坐在平原君身边的上卿蔺相如沉下脸来厉声质问:"贵使之言好没道理!赵王仁德厚爱,天下知闻,此番举义师破大梁之围,解困救难,扶助魏国君臣百姓,七国之内无不盛赞我王仁义,哪有什么背盟之举?贵使务必当廷说个明白,否则我王决不答应!"

赵国出兵救魏,明明是背弃了与秦国的誓约,蔺相如却理直气壮质问王稽,甚而用恶言吓他,王稽不甘示弱,立刻反唇相讥:"蔺卿可记得盟书中的条款?"

渑池会所订的盟书是蔺相如和魏冉亲手拟就,哪会不记得。可蔺相如一心要把秦国使臣当猴儿耍弄,故意不答对方所问,却反问王稽:"贵使以为赵国违反了盟书之上哪条哪款?不妨当廷讲明。"

渑池之盟的大致内容王稽当然知道,可盟书中的文字条款他却没有见过,不知细节。现在蔺相如让他当廷讲明,王稽顿时语塞,半天才红着脸对赵王说:"下臣并未看过盟书,但盟书中有秦赵两国交好的条款吧?"

今天的赵王是来看戏的,一句话也不想多说,蔺相如在旁冷笑道:"盟书第一款写明:'秦赵两国永誓交好。'如今秦赵两国交好如初,贵使竟以为赵国不守此誓,真是岂有此理!请说出一个道理来!"

其实王稽是在质问赵国为何出兵助魏,可他没看过盟书,说起话来有些词不达意,蔺相如对盟书内容却了如指掌,故意歪曲王稽的意思,又疾言厉色地质问他,王稽无言以对,急得满头大汗。看着他这副窘态,赵国

君臣全都掩口而笑，更有廉颇、贾偃这些武将在一旁帮腔，都质问王稽："秦王到底是什么意思！一定要解释清楚！"

王稽窘困难当，羞急之下，忽然头脑中灵光一闪，隐约想了起来："盟书之中有一款写道：'秦之所欲为，赵必助之；赵之所欲为，秦必助之。'可有此款？"

蔺相如点点头："这一款是有的。"

"既有此款，现在秦国欲伐魏，赵国应该发兵助秦才对，为何反而调遣重兵助魏抗秦，请问这是什么道理！"

一听这话，蔺相如哈哈大笑："贵使这话问得有趣！'秦之所欲为，赵必助之；赵之所欲为，秦必助之'确是赵、秦两国之盟，其意不过是两国平等，有事则互助。但人世间总还有一个'道义'吧？孟轲夫子有言：'得道多助，失道寡助。'秦国无故兴师伐魏，正是失道寡助，赵国救魏，行的是正道大义！贵使只说'秦所欲为赵必助之'，以此质问赵国，是知小利而忘大义，我倒要请问贵使：你所说的是自己的想法，还是秦王的意思？"

蔺相如用"道义"二字来问王稽，句句在理，王稽被驳得无话可回，只好咬着牙硬扛下去："蔺卿不必和我谈道义，只说赵国是否背弃盟誓！"

王稽话里露了破绽，蔺相如立刻揪住话柄，笑着问："贵使不谈道义，却让我等惊讶。不知这'不谈道义'是贵使的习惯，还是秦王的秉性？"王稽还没回话，廉颇在旁高声大嗓地说："不用问，这必是秦王的秉性了！"一听这话，殿上赵国臣子们哄堂大笑。

到这时王稽已经恼羞成怒，马上就要当殿发作，蔺相如却偏不给他发作的机会，紧接着说："贵使以渑池之盟质问赵国，我却觉得秦王其实遵守了当年的盟誓，可惜贵使不解秦王之意，反而在此吵闹，只怕回国后要被秦王痛责，贵使三思。"

蔺相如一句没头没脑的话把王稽说糊涂了,脑袋一晕,怒气也发不出来,忙问:"此话怎讲?"

蔺相如手捻胡须微笑道:"贵使只记得'秦所欲为赵必助之',却忘了'赵所欲为秦必助之'吗?秦国伐魏是不义之战,赵国兴师助魏符合天下道义,此时正该'赵所欲为秦必助之'才是,而秦王见赵国兵到,立刻撤军而回,正是助赵救魏,遵守了盟约,所以我王并不责备秦王,反而备下礼品,打算派遣使臣往咸阳答谢秦王助赵之情,不想赵使未发,贵使先至,所言多不合情理,我等实在不解其意,难道贵使竟不是秦王派来的吗?"

蔺相如公然调侃秦王,言辞辛辣诙谐,赵国臣子们又是齐声哄笑,连一向阴沉的赵王也笑个不住,忙以袍袖掩口,以免过于失态。王稽一张脸憋得通红,偏偏答不出话来。看着他这副窝囊相,赵国人的笑声更是一浪高过一浪,王稽再也撑不住,冲赵王胡乱拱了拱手,起身飞逃下殿去了。

赵军虽然在魏国没捞着仗打,毕竟吓退了三十万秦军,在列国面前争得一个大大的面子,现在赵国君臣又一顿围攻赶走了王稽,也算是一场小小的胜仗,石城、光狼战败的恶气总算出了,赵王心里痛快得很。

平原君看出赵王高兴,就笑着说:"都说秦人是虎狼,臣觉得也不过如此,此番我王先败秦军于大梁,再败秦使于王廷,一日两胜,真有霸主气象,当年武灵王在时,赵国也没有这样的国威。大王干脆给臣一道诏命,到大梁去见魏王,命他把从约长之位交给赵国来做吧!"

赵胜一句话说得众臣哄堂大笑。赵王听了心里也暗暗得意,可他是个阴鸷沉稳的人,不喜欢平原君这种张狂的气焰,悄悄皱了皱眉。蔺相如心细,看出赵王的心思,可众人正在快活之时,也不好驳平原君的面子,略想了想,对平原君说:"君上说的对,眼下正该有个人到大梁去见魏王,一则商议

善后，二则在魏王面前把安阳城割与赵国的事讲定。"

平原君乐而忘形，胡言乱语，却被蔺相如几句话引到了正事上，既使赵王满意，又不伤平原君的体面，话说得极为得体。平原君是个聪明人，立刻收拾起无聊的话头儿，正色道："臣也是这个意思。安阳城周围有土地两百余里，其地归属十分要紧，须与魏王讲定，以免日后又有反复。这件事还是臣去办吧。"

平原君去魏国商定割地之事，赵王倒也放心，点头说道："有劳了。"忍不住又加了一句："魏国与赵国同出三晋，又是姻亲，与他国不同，办理国事务必妥帖，不可莽撞。"

平原君这个人天不怕地不怕，只怕赵王一个人，在兄长面前不敢造次，只好收拾起骄狂气焰，老老实实领命而去。

平原君渡河南下之时，魏王也正在宫里坐着发愁，因为此时的赵国大军不但帮不了魏国人的忙，反而成了魏王的一块心病。

这次赵王决心在大梁城下打一场大仗，渡河南下的赵军足有二十万人，现在没仗可打，这些人马都驻扎在魏国的土地上，每天的粮草供应就是一笔惊人的数目。且赵国贫穷，赵人粗鲁，到了魏国自然不守军法，偷抢劫掠无事不为，魏国百姓怨声载道，可地方官却不敢约束赵人。最让魏王担心的是，这么一支大军驻在阳武，倘若有什么异动，刚经历一场大战的魏国该如何应付？

魏王正在为自己强大的盟友担惊受怕的时候，平原君赵胜到了大梁。

此时的平原君俨然是魏国的大救星，魏王对这个君上丝毫不敢怠慢，当天就在正观殿设宴，平原君与魏王对坐，文武百官在阶下相陪，饮宴间，魏王先是称赞赵王仁德，感谢赵军救难之义，接着问起战事已平，赵军何

四 不败而败

时渡河北归。

在这件事上平原君倒也爽快，丝毫没有难为赵王，当殿答应驻扎阳武的赵军两个月内全数撤回河北。魏王脸上刚有几分喜色，不想平原君随即提起了魏国割让安阳之事。

此时安阳大城被赵军占据快两年了，以魏国眼下的实力，想夺回城池已经无望，况且信陵君到邯郸求救之时曾答应把安阳割让给赵国，此事魏王也知道了，于是当殿首肯，把安阳大城正式割让给赵国，以报答赵国救魏之情。

赵胜这次到大梁专为收取安阳而来，现在事情迎刃而解，赵胜也很高兴，辞了魏王出来，在传馆里休息了一天，就发下帖子，请相国田文、上卿芒卯到传馆相会。

平原君的面子比天还大，田文、芒卯都想暗中巴结他，当然依时赴约，赵胜这里早已摆下宴席相候，亲自把两位权臣迎进屋来。落座之后，赵胜先冲田文笑道："自邯郸与薛公一别，已经过了十一年，这些年薛公周游列国，兴兵伐齐，破韩聂于济水，杀齐王于莒城，又坐领魏国相印十年，权倾天下，名满山东，赵胜僻居邯郸，遥想薛公风采，如燕雀羡鸾凤。今日有幸得逢，还请薛公多多指点。"说着拱手一揖。

平原君这些话全是讥讽田文的意思，且说得非常直白，辛辣已极，丝毫不留情面，田文听得心里冒火，脸上青一阵红一阵。可眼下赵国势力正强，就连魏王也被赵胜的气势压住了，何况田文只是个混饭吃的臣子，心里再恼恨，嘴上却不敢得罪平原君，急忙避席还拜，笑着说："君上取笑了，田文有何德行？倒是君上这些年辅佐赵王，攻必克战必胜，赵国的国力如日中天，比当年武灵王在时更加强盛，田文当请君上指教才是。"

赵胜端起爵来喝了口酒，借着酒劲高声笑道："薛公这话说的好！赵国已经今非昔比，他日更有一番局面！你在魏国做相国其实屈才了，不如到赵国来，我与薛公一起做番事业，你看可好？"也不等田文回答，已经哈哈大笑起来。田文知道赵胜这是拿他取乐，却不敢发作，只能觍着脸赔笑。坐在一旁的芒卯对赵胜这副狂相也十分瞧不惯，可眼下的赵国人谁也得罪不起，只得嘿嘿地干笑了两声。

看着田文这副缩头缩脑的丑样子，赵胜心里说不出的痛快。

十一年前田文和赵胜在邯郸初次见面，那时的田文还是齐国的孟尝君，是堂堂霸主之国的第一大贵人，平原君赵胜却只是个贫弱小国的君侯，拼命巴结田文，田文的门客当街杀了赵国百姓，平原君也不敢过问。时至今日，弱小的赵国已经一跃而成东方霸主，不可一世的孟尝君却沦落成了寄人篱下的走狗，今天终于轮到赵胜趾高气扬，把昔日的孟尝君任意讥笑数落，痛快淋漓，正是俗话说的"三十年河东，三十年河西"，时运兴替，世事无常，谁能想得到呢？

到这时赵胜的酒也喝痛快了，话也说痛快了，觉得差不多了，这才把田文扔在一边，转头问芒卯："此番秦人围困大梁半年之久，始终不能取胜，可赵国大军南下救魏之时，魏王却突然与秦国媾和，白白割让一座温县给秦人，使得魏冉全身而退，此事本君实在不解，芒卿能解释一下吗？"

魏国和秦国议和，都是芒卯背后挑唆魏王的结果，现在赵胜忽然热辣辣地问出这句话来，芒卯一时不知如何回答。眼看赵胜不再难为自己，田文心里略松快了些，在一旁拈须微笑，也不帮着芒卯说话。

好半天，芒卯红着脸说："大梁一战旷日持久，秦人占我国土，杀我百姓，大王与秦人议和，实是不忍看到生灵涂炭，并无他意。"

平原君用力点了点头，嘴里"哦"了一声，又看了芒卯两眼，故意拉

长了声音说:"原来如此。"回头对田文笑道:"本君今天有几句话想和芒卿说,薛公先请回,来日我亲到府上拜访。"

话说到此处,赵胜似乎一心要找芒卯的麻烦,田文暗暗高兴,于是告辞而去。赵胜把田文一直送出传馆才回来,又入了座,笑吟吟地看着芒卯。

眼看赵胜如此霸道,简直把魏国两大权臣当成下人般支使,芒卯不由得心里冒火,暗想这里毕竟是大梁,平原君再跋扈又能怎样?大不了和他争吵一顿,于是沉下脸来等着赵胜说话。却想不到赵胜笑嘻嘻地问道:"我在邯郸的时候隐约听人说起,魏国上到大王、信陵君、芒卿,下到各位大夫,都是一心抗秦的,只有相国一人主和。这次信陵君到邯郸去搬兵,又是田文一人把持政局,蛊惑大王,亲自出城与魏冉密谋,订了这丧权辱国的城下之盟,是这样吗?"

听了这句话,芒卯先是一愣,继而恍然大悟,原来赵胜亲到大梁,竟是要对付田文!

其实来魏国之前赵胜并没想起来要收拾田文,他也是到了大梁见了田文之后,才起了这个念头。

赵胜这个人有胆有识,是个了不起的干才,可他身上带着一股天生的匪性,骄横刚愎,心胸狭隘,容易记仇。早年田文在邯郸做下杀人的勾当,伤了赵胜的面子,所以赵胜对田文嫉恨极深。另一方面,赵胜也知道魏国臣子大多暴躁短视,像田文这样谋略深长的角色并不多,如能逐走此人,对魏国的实力也是个削弱。

当然,田文是魏国的相国,平原君是赵国的权臣,直接在魏王面前说田文的坏话不会有什么效果,可赵胜知道田文和芒卯暗中争权,想暗算田文,只要在芒卯这里点一把火就行:"魏国本是强国,兵精将勇,又是山

东六国的从约长,得燕、赵、楚、齐支持,这一仗无论如何不会败的,却想不到……"一句话没有说完,只管摇头叹气,半晌又拉着长声说道:"左丘明有言:'非我族类,其心必异。'这个道理天下皆同,所谓'不防其事,需防其人',芒卿觉得是不是这个理儿?"

说到这里,赵胜已经把陷害田文的计谋全盘说给了芒卯,芒卯自然心领神会,也不多言,只含糊应了声:"受教了。"又说了几句闲话就告辞而去。

收拾了仇人,赵胜心里痛快,一个人坐在屋里喝酒,却见门客公孙龙揣着手儿慢悠悠地走进来。

在赵胜门下,公孙龙的地位与众不同,赵胜对他丝毫不敢怠慢,忙起身问:"先生有事吗?"

公孙龙在赵胜身边坐下,笑着说:"刚才主公和芒卯说的话,小人在门外碰巧听到了一些,君上的意思是要除去田文,借机削弱魏国的实力吗?"

赵胜要除田文只是一时性起,并没有深远的考虑。听公孙龙问出这话,还以为公孙龙嫌他气量狭小,公报私仇,要责备他,此时正在兴头上,懒得听这些唠叨话,就把手一摆淡淡地说:"田文这贼令人生厌,不除不快。"

赵胜这话倒让公孙龙诧异,略想了想才拱手笑道:"主公不必瞒我。当年主公与小人初见面时曾谈起'破齐楚、弱韩魏'的国策。如今齐、楚已破,魏国虽然吃了些败仗,却还不够衰弱,赵国的当务之急就是让魏国尽快衰落下去。从前魏国王廷有田文、芒卯两派党争,闹得乌烟瘴气,可大梁这一战打到最后,芒卯和田文都要与秦人媾和,嘿嘿,这两个家伙难得意见一致,可他们不争闹了,魏国怎能衰弱?况且秦人伐魏无功,又与魏国议

和定盟，秦军再犯魏境只怕要等上几年了，魏国不打仗，又怎么会衰落呢？所以主公借芒卯的力量驱逐田文。田文一去，魏国相位虚悬，内斗必然又起，那时主公就可因势利导，借机挑起魏国和秦国的战争，内有党争，外有攻伐，魏国必乱。"

战国时代号称百家争鸣，其中以道、墨、儒、法四家为尊，称为"显学"，又有名家、纵横家两派，专以阴谋诡计、摇唇鼓舌为能事，被列为"杂学"。但名家和纵横家又不同，纵横之辈多是无耻小人，其门下皆周游各国，哪里站得住脚，就在哪里混事，见利忘义，诡谈欺人，尽是些祸乱天下之辈，时人蔑称其为"狐鼠"；名家同样以阴谋诡计擅长，可他们为人处世却不像纵横之辈那样全无立场，能够一心为自己的主子谋利，专门陷害他人，无所不用其极。所以"名家"的声誉比纵横之辈要好一些。

公孙龙所学便是"名家"一派，这个人一辈子专以诡计见长，以舌辩为能事，惯会颠倒黑白，但公孙龙是个赵国人，就只为赵国出力，大半辈子只替赵胜一个人效命，且不贪财，不求名，在赵胜身边始终就做个门客。

现在公孙龙这几句话诡道极深，令得赵胜大吃一惊！回头一想，又觉得句句在理，忙问："先生想用什么计策挑起魏国与秦国的战争？"

公孙龙并不回答，却反问了一句："主公以为田文罢相之后，魏国的相国该由谁接任？"

"自然是信陵君。"

赵胜说的倒是句实话。

信陵君魏无忌年纪虽轻，本事极大，名声又好，提起此人，没人能挑他一个短处，让信陵君担任相国正是众望所归，就连赵胜也是这么想的。

何况信陵君又是赵胜的妻弟，两人私交极深，于公于私，赵胜都认定魏无忌是相国的不二人选。

听赵胜说想以信陵君为相国，公孙龙连连摇头："信陵君是人中麒麟，若他是赵国人，拜为相国自然是好的，可信陵君偏偏是魏国人！小人斗胆问一句：若魏国的相国是一头'麒麟'，于赵国有什么好处？"见赵胜被问住了，公孙龙微微一笑："主公也不必担心，魏国不是赵国，大梁城里君昏臣奸上下弄权，信陵君想做相国？除非他自己出来争，可小人料定信陵君必不肯争，所以他就做不成相国。"

公孙龙的思路别开生面，赵胜忙问："先生觉得谁会做这个相国？"

"或是芒卯，或是范痤。"公孙龙摆摆手，"这倒不要紧。对主公而言，'弱魏'才是关键，要想削弱魏国的实力，必得让魏王和秦国打上一仗。而能鼓动魏王和秦国打仗的应当是芒卯，所以在相位这件事上主公不妨暗中支持芒卯，见机而动，挑起一场战事来。"

公孙龙把话越说越深，赵胜的思路倒能跟得上他，只是有一点想不明白："魏王一向胆怯，就算有人挑唆，他也未必肯与秦人交战吧？"

"伐秦，魏王或许不敢，可伐韩，魏王总该有这个胆量吧？"公孙龙喝了一碗酒润润喉咙，慢条斯理地说道，"秦军围攻大梁，是从韩国借道而出，咱们就设计让魏国去伐韩国，报今日之仇。只要魏国伐韩，韩国必向秦国求援，那时秦、魏两国不就打起来了吗？"见赵胜低头细想，，公孙龙又说，"饭要一口一口吃，事要一件一件做，君上不必急，且看魏国如何摆布田文，其他的事慢慢再说吧。"

"可我不日就要回邯郸了……"

公孙龙笑着说："这好办，君上走时把小人留在大梁，只说病了，托付给芒卯。小人自会找机会让魏国打这一仗。只是小人在大梁与芒卯周旋,若有所需,还望君上尽力助我。"

赵胜忙说:"先生为赵国尽力,自然是要钱有钱,有兵有兵,一切不在话下。"

公孙龙嘿嘿一笑:"多谢君上。"

相国做了替罪羊

就在赵胜与公孙龙密谋之时,魏国的上卿芒卯已经进宫去见魏王了。

在魏国的王廷上,芒卯和田文早就势成水火,都恨不得立刻收拾掉对方。在赵胜这里得了个好主意,芒卯哪还按捺得住,立刻跑进宫来。这一路上他已经把话想好,进宫之时故意装出一副气冲冲的样子,魏王看出芒卯神气不对,就问:"芒卿为何事烦恼?"

"臣与平原君见了一面,刚从传馆回来。"芒卯说到这里故意重重地叹了口气,引得魏王问他:"平原君说什么了?"

芒卯把手在桌上一拍,提高了声音:"赵胜这人骄狂得很,竟当着臣的面数落大王,说大王畏惧秦人,不敢力抗强敌,弄得魏国不败而败。臣听了这话愤怒至极!当即和平原君争吵起来,只问他:'魏军英勇天下知闻,比你赵国人又如何?若是秦国大军围困邯郸,赵人能支撑多久?'赵胜被臣问住了,这才不敢乱说。"

芒卯这篇谎话扯得有趣,魏王却都信以为真,心里恼恨平原君的狂妄。

203

可魏王也知道大梁一战魏国出了丑，难免被天下人耻笑，心里正不痛快，脸色也就不好看。

芒卯看出魏王的心事，就在一旁低声道："平原君是外人，他说什么臣倒不在乎。可臣担心的是，信陵君就要从邯郸回来了，信陵君脾气急，若知道魏国与秦国议和的事，只怕要吵闹。"

这次和秦国的大战全靠信陵君魏无忌筹划指挥，前面一直打得很好，可信陵君刚去邯郸，魏王就把事情全搞砸了，依信陵君的火暴脾气，争闹一场是难免的。就算魏无忌一声不吭，魏王自己也实在没脸见信陵君了。

现在被芒卯一说，魏王更觉得尴尬，低头不语。芒卯见着机会，急忙压低了声音："平原君这些人不知实情，误会了大王。其实与秦国媾和一事，从头到尾都是薛公一手经办的，大王也是被薛公蒙在鼓里，受骗了！"

半晌，魏王缓缓说道："薛公与秦人议和，是受寡人之命……"

魏王是个怯弱无用的人，在这时候居然说出一句老实话来，芒卯赶紧用话堵他的嘴："臣不这么看！大王命薛公与秦人会商，并非真心议和，只是拖延时间罢了。可薛公与魏冉会面之后，密谈三日就订下了割地退兵的盟约，秦兵刚退，赵军就到，天下事哪有这样的巧合？"见魏王没有说话，芒卯推开几案直爬到魏王面前，"大王，田文是个出了名的佞臣，当年食齐国俸禄，却发动五国伐齐，如今做魏国臣子，却割魏地以媚秦人！两国和议，三日而定，天下间哪有这样的怪事！臣以为当年秦王两次请田文到咸阳任相邦，田文与秦人早有私交，这次田文分明是为私利而昧公心，出卖魏国利益，公然欺骗大王，如此逆臣贼子，大王不可不治！"

芒卯的话句句狠毒，其实说穿了只是一句：魏王不想在信陵君和天下人面前丢脸，就必须找个人替他受过，而相国田文正是一头最合适的替罪羊。

沉吟半天，魏王摇着头叹了口气："相国居魏十载，治国颇有建树，想不到在大事上却犯了糊涂……"

一听这话，芒卯知道魏王总算下了罢黜田文的决心，心中暗喜，嘴上却说："大王宅心仁厚，真是臣子之福。"偷看着魏王的脸色，又悄悄加上一句："可田文毕竟做了多年相国，若将此人拘拿审问，未免有损国体，还是让他自己走掉得好。"

其实魏王也想到了这个问题。如果公然抓捕田文，将来一审，田文当然会说议和是奉了君王之命，难免让魏王脸上无光："可是薛公肯走吗？"

魏王已经不再称田文为相国，而改称"薛公"，可见大事已定。芒卯早就有了主意，低声道："臣有一计，可使田文不辞王驾，自行离开大梁，那时天下人更看透田文背主行奸、勾结秦人的伎俩，将来有人问起，一切都可以算在田文头上，与旁人无干了。"

此时的魏王只求推卸责任，哪还管臣子的死活："你说说吧。"

"田文背主事秦，必然心虚，大王只要派兵围住他的府第，却不严加盘查，留个空子出来，田文一定找机会出逃，这么一来事情就成了。"

魏王又犹豫半天，点点头："也只好如此了。"

魏王圉一声令下，天黑前，五百禁军蜂拥而出，立刻包围了相府。

听说此事，田文大惊失色，脚不沾地飞跑出来，果见府门外尽是持戈的士卒，带兵的正是上大夫史厌，忙上前问："大夫这是何意？"

田文做相国的时候，魏国臣子们对他恭敬得很，可今天这位薛公已是虎落平阳，史厌对他也没了往日的客气，鼻孔朝天冷冷地说："大王有令：薛公怯敌徇私，有负王恩，亏于职守，自即日起闭门思过，无诏不得出府。"

史厌这话说得十分厉害，田文也知道"怯敌徇私"四字所指。可与秦

国媾和毕竟是魏王的主意，田文只是奉命与魏冉密谈，现在魏王把所有责任推到他一个人身上，田文当然觉得不公平，赔起一张笑脸对史厌说："大夫所言骇人听闻，想必是大王听了谗言，误会了田文。这样吧，我现在就进宫去见大王，把这件事说个明白。"回头吩咐家宰冯谖："备车，我进宫去见大王。"

田文这个人一辈子都是权贵重臣，养出一副自高自大的脾气来，现在他已经失了势，却还在摆相国的架子。史厌冷笑道："薛公没听明白吗？大王命你闭门思过，无诏不得出府，薛公备车马，要到哪里去？"

史厌这话说得很不客气，田文也有些恼了："大夫怎么如此无礼！好歹我还是魏国的相国……"

从芒卯手里接令之时，史厌已经知道田文的相国之位坐不稳了。见这个丑东西还在这里耍威风，也毫不客气地反唇相讥道："薛公是不是魏国的相国，全在大王一句话，史某不过是个办差的小吏，只尊王命，别的一律不管。"说完转身就走。田文哪肯罢休，还要追上去问他，旁边的禁军拥上前阻拦，有几个鲁莽些的还把田文推了两下，田文身边的门客忙上来护主，两边顿时推搡吵骂起来。田文知道现在不是争闹的时候，忙喝住门客，关了大门，坐在屋里发起愣来。

冯谖跟进门来，眼巴巴地看着田文，半天说了一句："魏王这是要翻脸了，小人觉得主公该早做打算。"

田文只管闷头坐着，一声也没吭。

眼看主子犹豫不决，冯谖倒猜不透他的心思，还以为田文没把眼前的事看清楚，就急急忙忙地说："咱们这些人在魏王眼里都是'外人'，不如魏国权臣那般得宠，现在魏王误判国事，急着与秦人媾和，在天下人面前丢了好大的面子，忽然派兵围困相府，这是听了芒卯的谗言，要把一个

卖国的污名加在主公头上！此时千钧一发，主公应该立刻回薛城避祸，否则刀斧加身，悔之晚矣！"

魏王要翻脸，这个田文也看出来了。

天下君王都长了一副蛇蝎心肠，视人命如蝼蚁，尤其诿过他人之时往往心计最狠，手段最毒。现在魏王制裁田文是要替自己遮丑，这种时候魏王的心比铁石还硬，绝不会给田文留下任何余地，田文若再不离开魏国，必然要遭杀身之祸！可田文在魏国做相国快十年了，若离此地，到哪里再去找一个相国来做？

田文这种人，把权柄看得比自己的命还重。冯谖毕竟追随主子多年，三想两想，终于明白了田文的顾虑。可在冯谖看来，活命才是最要紧的，急忙把嘴凑到田文耳边低声劝道："主公还看不出来吗？这一年来暴鸢、苏代相继失势，都是芒卯这贼在背后弄鬼，今天这事，也必是芒卯在陷害主公，这个相位已经坐不住了。只要主公安全离开大梁，天下还有赵、楚、秦三国可去，尤其赵国，以前为了与秦结盟，把相国之印给了穰侯魏冉，现在两国已经撕破了脸，这相印当然要收回来，以主公的名声本事，到邯郸做个相国有何难？"

冯谖这话真说到田文心坎里去了，又想了想，魏国实在待不住了，不走也得走，至于到赵国去做相国，事在人为，未必毫无办法。

正在此时，一个门客飞跑进来，"主公！府门外又来了数百禁军，看样子好像要冲进府来！"田文吓了一跳，急忙出屋登上梯子向外看去，果然围着相府的兵马大增，不少士卒手里拿着弓弩，肩上扛着木梯，看样子好像马上就要攻进来了。

见了这个阵势，田文两条腿都软了，撅着屁股一点点从梯子上蹭下来，

堆在地上站都站不起来了。冯谖在旁低声道："主公，事情紧急，再不当机立断，给这些人冲进来，咱们就真走不脱了！"

田文哪里知道，新到的禁军都是芒卯差遣来的。此时的芒卯和田文一样心急。

原来芒卯从平原君那里听来消息：信陵君魏无忌已经出了邯郸。

信陵君和田文私交不错，等信陵君回到大梁，驱逐田文就没这么顺当了，芒卯心里一急，又调了五百人来，都聚在相府门外鼓噪，故意吓唬田文。

这时的田文真是乱了方寸，再不敢耽搁下去，在冯谖的服侍下换了一身布衣，从早先挖好的秘道潜出府去，在几个心腹死士的簇拥下飞一般逃出大梁，回薛邑去了。

五华阳之战

三井田さん

捧杀信陵君

等信陵君魏无忌回到大梁，已经是周赧王四十一年十一月了。秦军退去已有四个月，早前被秦人夺占的九座城池被魏军收复了六座，但榆关以外的卷邑、蔡阳、长社三城，魏冉却在秦军撤退之时以感谢韩王的名义把这三座城池送给了韩国。韩王咎眼看有便宜可占，也没多想，立刻派兵马占据了这三座原属魏国的城池。这时的魏军经过一场大战，无力与韩国相争，只能默认了韩国对蔡阳、长社、卷邑三城的控制。

这么一来，韩国与魏国之间结下了一个疙瘩。

不管怎么说，魏国的仗暂时打完了，老百姓又过上了太平日子，魏王是个聪明的君主，懂得亡羊补牢的道理，专门拨出一笔钱来，征发几万民夫开始重修榆关要塞，魏国的一切看起来井井有条，大梁城里歌舞升平，以往时更甚。

至于魏国在与强敌苦苦对峙半年之后，眼看即将获胜，却忽然割地向秦人求和，弄了个不败而败，这件匪夷所思的怪事全都计在了相国田文一个人身上。先是魏王召集群臣，由上卿芒卯当殿讲述田文如何通敌卖国，再由官府发布告示晓谕全国：相国田文本是秦国派来的奸细，关键时刻才露出真实面目，勾结秦军出卖魏国的利益。幸亏魏王英明，洞悉田文的奸谋，要制裁他，却被这条老狐狸听到风声，弃官出逃……几个月工夫，此事已传得尽人皆知，上到魏王下到百姓众口一词，不由得信陵君不信。

秦军退了，魏人当然高兴；田文是魏国的公敌，魏人当然恨他。

对战国时代的老百姓来说，不打仗，有饭吃，有衣穿，有件事能让他高兴，有个人能让他痛骂，也就知足了。于是魏国人都不再提起早前那一场大战，连信陵君也未对割让温县之事略置一词，所有人都过自己的安生日子去了。

这天黄昏，上大夫须贾从宫里回来，立即把门客范雎找来问话。

范雎是须贾的心腹，每有大事，须贾必与范雎商量，借着须贾的嘴，范雎对魏国的朝政甚是熟悉。见须贾愁容满面，已经隐约猜到出了什么事，不等须贾开口，先就笑问道："信陵君回大梁已有五日，大王召见主公，大概是商量任命信陵君为相国的事，主公也是为此事发愁吧？"

须贾算计的正是这件事，想不到范雎一个门客竟能一语中的，倒让他错愕："你怎么知道？"

须贾的心事并不难猜，但范雎的心思绝不能让须贾猜着，莫测高深地一笑，故意不答，只说："早年主公对小人提过此事，那时小人劝主公拿定一个'大主意'，静观其变，如今田文已罢，相位虚悬，变数来了。可是依着大王的心思，一定是要把相位交给信陵君吧？若信陵君做了相国，上下拥戴，百官悦服，这个职位恐怕二三十年也不会有变动，可惜了主公这样的本领，在魏国只怕难有建树了。"

五 华阳之战

范雎的话一句句都说进须贾心坎儿里去了，忍不住叹了口气："先生猜得没错，大王昨日召见了范痤，今天上午见了芒卯，下午又来问我，问的都是同一件事，话里话外是要用信陵君的意思，我在大王面前也不敢说别的话……"说到这儿，想起相国之位必然归了信陵君，这是个能把一碗水端平的公道人，有此人在，魏国朝堂上必然是选贤任能，范痤、晋鄙、董庆等人当获重用，像自己这样的，以后怕是说不上话了，忍不住又连着叹了几口气。

须贾是个庸碌的人，范雎却精明无比，早把这些争权逐利的事算得一清二楚。可范雎想事情刁钻得很，知道自己献的计谋再好，如果白送上去，在主子眼里也值不了几个钱，倒不如先闭上嘴，让主子急得走投无路，这时自己忽然说出一句话来，顿时拨云见日，醍醐灌顶，才能在主子面前领个功劳。现在须贾垂头丧气，范雎这里也咬着牙皱着眉，装出一脸的郑重其事，心里明明有计，嘴上就是不说，故意拿捏须贾，让他着急。

就这么闷了足有小半个时辰，眼瞅着范雎还是一声不出，似乎实在没主意可想了，须贾不由得泄了气，嘴里埋怨道："早知如此，前几年就该尽力与信陵君结交才是，都是听了先生的话，把心思全用在公子齐身上……"说到这里，脸色已经有些不大好看了。

那些没本事的人着起急来，第一件事就是诿过他人，须贾就是这么个人，心里没了主意就顺嘴乱咬，把责任往门客身上推。范雎等的就是这个时机，知道须贾急了，从几案上端过酒碗来微微抿了一口，淡淡地笑道："主公的意思是不想让信陵君做相国？不让他做就是了，这事容易得很。小人想的倒是别的事。"

范雎这话真把须贾惊呆了。

信陵君是魏国第一人！才干、威望、品行、权势处处无可挑剔，七国之内再找不出这么一个人来，说句大话，若今天魏王死了，只怕魏国臣民都要公推信陵君做个魏王！现在魏王有意封信陵君为相国，谁能出来阻止？谁又敢出来阻止？可范雎却把话说得这么轻巧，似乎随便说一句话就能摆布信陵君，须贾实在猜不透他的意思，心里本就焦急，这一下反而发起火来，厉声道："我问的是大事，先生不要说笑话！"

须贾的蠢样范雎见识得不少了，甚至都懒得在心里笑话他了："小人哪敢在主公面前说笑话？主公想想，天下只有一个人可以阻止信陵君做相国，那就是信陵君自己，主公只要去见信陵君，对他说一句话，信陵君就一定不肯做这个相国了。"

范雎这个哑谜就像扔出来一块香喷喷的肉骨头，须贾一下就跳了起来："什么话？"

"主公只要诚心实意对信陵君说一句：'请君上效周公故事'……保管信陵君死也不做这个相国。"

听了这话，须贾心里一动，皱着眉头琢磨起来了。

当年周武王克商纣，得天下，可武王在位两年就去世了。那时天下尚未坐稳，武王的弟弟周公旦辅佐周成王继位，而武王的另两个兄弟管叔鲜、蔡叔度勾结纣王之子武庚作乱，周公旦内弭父兄，外抚诸侯，讨伐管、蔡，歼灭武庚，收服殷商遗民，开疆拓土，制礼作乐，稳固了周朝天下，最后把一个铁桶江山还政于成王，得了一个仁义之名，后世都把他当作圣人崇拜。范雎所说的就是此事。

当然，范雎让须贾到信陵君面前说周公的故事，自有一番诡计在里头。须贾虽然庸碌，毕竟是混迹朝堂的大夫，这层意思他还是想得透的。立刻把自己该说的话一字一句在心里堆砌起来，越琢磨越觉得范雎的点子高明，

五　华阳之战

这一计实在可行。终于笑道："有先生在身边，须贾还怕不成大事吗？"

范雎等的正是这句话。忙赔笑说道："小人不过燕雀，主公才是鲲鹏。只是小人觉得主公有名望，有本事，先后服侍两代魏王，至今才做到一个上大夫。可田文、苏代等人到魏国时间不长，却一个个混得风声水起，究其原因，无非上有贵人扶持，下有羽翼赞襄，如今主公已得公子魏齐赏识，将来不怕没人扶持，可惜身边缺少羽翼，在这上头还要多动心思。"说完话，觍起一张脸来眼巴巴地瞅着须贾。

到这时候范雎才把自己真正的意思说出来了。他是想借着魏国大战之后旧臣被逐职位出缺的机会，求主子举荐出来做官。

那些投奔贵人做走狗的舍人门客全都是同一个心思，想借主人的势力给自己谋条出路，也能做一个官，日后过上锦衣玉食的生活。战国七雄之中贵人数以万计，给他们做走狗的何止百万？像范雎这么出色的并不多，可以说，没有范雎，须贾得不到这个上大夫的位子，更不要说日后的升迁了，这一点范雎明白，须贾心里也有数。所以范雎觉得自己有功，该得到主子的赏赐了。

可对这个范雎，须贾却有自己的想法，至少目前他还不想让此人离开自己，随口说了句："先生说的在理，让我想想吧。"轻描淡写地滑了过去。

从范雎那里讨得一个主意，须贾知道魏王任命信陵君为相国的事已与几位权臣商议过，正是将泄未泄之时，一旦诏命下达，信陵君接任，再说什么都晚了。所以片刻也不敢耽搁，连晚饭都没吃，立刻坐上马车赶到信陵君府里。

信陵君正在用饭，见须贾来了，忙撤了残席重摆酒宴陪须贾饮酒。酒

过三巡，须贾放下爵叹了口气："想当年惠王在时，魏国何其强盛？想不到只经历襄王、昭王两代魏国就日渐衰落了，大王继位这四年，年年恶战，已被敌国割去数百里疆土，长此下去怎么得了？老臣虽是平庸之辈，好歹也伺候过两代大王，眼看魏国的国势不张，心里难过呀。"

魏无忌忙劝道："须大夫，今天的魏国虽不能与惠王时相比，可也不至于太糟，这次与秦国苦战数月，并无败绩，可见国力尚存，他日当有可为，大夫不必过于伤感。"

须贾又一连饮了几爵酒，摆出满面愁容，嘴里连声叹气，过了好半天，突然问道："周朝至今有七百年了吧？"

魏无忌不知须贾为何有此一问，自己略算了算："已不止七百年了。"

须贾点了点头："周朝初建时天下不安，管、蔡、武庚群起作乱，又有东夷、淮夷、徐、奄、蒲姑等十七国先后叛乱，眼看成周天下已如累卵，却有一位圣人应时而起，辅王平叛，制乐作礼，终于成就周朝社稷，此人便是周公旦，不知君上对周公如何看呢？"

魏无忌一生尊崇的是老子、孔子，而孔子最敬的正是周公，现在听须贾说起周公的伟业，魏无忌立刻赞叹一声："周公是古往今来第一大圣人。"

须贾把双手一拍，高声道："君上说的好！周公救济天下，圣德无人可及，为何有此功绩？一则因为周公品性高洁，二则他是武王手足，血脉天生，故尔亲成王，尊社稷，绝无异心。在下以为今天的魏国周边虎狼环伺，局面与七百年前的周朝相似，正需要一位周公这样的人出来主持大局，方可振兴社稷。孔夫子说：'当仁不让于师。'君上不出来做个相国，整顿江山更待何人？"

须贾这番话说得厉害，竟把魏无忌和周公这个大圣人相提并论！表面

五　华阳之战

听来是颂扬之词，其实却给魏无忌下了个套子。

俗话说"捧得越高，摔得越重"，魏无忌这个人表面豁达，内心拘谨，从根子上是个"非礼勿言，非礼勿行"的人，忽然一下被捧到"圣人"的高处，脚下顿时没了根，心神也全乱了。吓得站起身来双手连摇："大夫不要说了！无忌是个后生晚辈，且生性疏狂不能服众，岂敢与圣贤相比？"

须贾今天来的目的本就是要"捧杀"信陵君，现在信陵君果然慌了，须贾心里暗笑，脸上却是一副刚毅愤懑的神气，高声说道："君上虽无圣贤之名，却有圣贤的才智。"也不管魏无忌如何矢口否认，只管说下去："咱们且不说'圣贤'，只说'血脉'二字吧。周公死心塌地效命成王，皆因承继了文王的血脉，君上身体里流着的也是先王骨血，天下还有谁比君上更忠于大王？周朝问鼎天下之后，分封管、蔡、成、霍、鲁、卫、毛、聃、郜、雍、曹、滕、毕、原、酆、郇、文、邘、晋、应、韩、凡、蒋、邢、茅、胙诸国，皆姬姓亲戚，屏藩王室，才保住八百年江山。春秋时，各诸侯国多以王孙执国政，皆享国久长。只有晋侯一家不知自重，远公族，亲大夫，立下三军六卿，权柄尽归外姓，终于三家分晋，晋静公被韩、赵杀于屯留，这样的教训不可忘！如今魏国势衰，又有田文这样的奸贼祸国殃民，虽然大王逐了田文，可这样的奸贼世上多有，久后难保不出妖异，又来祸害魏国！若再不由王孙执国政，江山社稷必被乱臣贼子所窃！君上不可不三思啊。"说到这里，已经忍不住落下泪来。

须贾这番话说得言辞恳切，声泪俱下，真把一个老臣护主的忠心表露无疑。魏无忌大为感动，拉着须贾的手说："先生真是魏国的忠臣！可当今七雄并起，战乱无常，各国都以举贤任能为要，所谓'一言兴邦，一言丧邦。'纵观七雄，魏国因吴起而兴，韩国用申不害而强，燕国因乐毅而盛，

秦国得商鞅而成霸道,可知王孙之辈没有士人之能,以王孙执政,不如笼络有本事的士人。"

"士人虽有本事,可他们与王室不是一条心……"

"孔夫子说'君使臣以礼,臣事君以忠'。士人与王室是不是一条心,要看王室对士人是否有真心了。"

一听这话,须贾急得拍着桌子吼了起来:"君上这话不对!大王对田文如何?田文对大王却又如何?君上年轻,哪知道那些豺狼的心肝!孔子虽是大贤,可他一个做学问的人,说的话难免迂腐,君上不可尽信!"

须贾今天说的话句句都是圈套,可惜魏无忌毫无防人之心,一头钻进别人布下的套子里去。眼看须贾急成这样,魏无忌也不好把话说得太硬,只得笑道:"大夫的意思我都明白。且容无忌想一想吧。"

信陵君答应想一想,须贾也就不好多说了,可是情绪激动,仍然呜呜地哭个不停。魏无忌虽觉得须贾所说的"王孙执政"不合时宜,可对这位老臣的忠心却万分感动,亲自把须贾送出府外,扶着他上了马车,这才转身回府。

直到马车转到大街上,已经看不到信陵君的府门了,须贾才抬起衣袖把脸上的鼻涕眼泪擦了一把,眼看信陵君吃了今天这顿捧杀,怕是一辈子也不肯出来做相国了。越想越觉得有趣,忍不住嘿嘿地笑了两声。

第二天,魏无忌上奏魏王,坚辞相国一职。魏王觉得可惜,又专门命范痤来劝他,可信陵君主意已定,谁也劝不动,到后来干脆躲在府里装病,总之无论如何不肯做相国。

五　华阳之战

魏无忌开门纳士

就这么过了一个多月，已到了十二月中旬，离春节不远，大梁城里连着下了几场雪，天寒地冻。好在这段时间魏国无事，信陵君自见过须贾之后，性格比以往更显孤僻，整天关着门在府里饮酒弹琴，也不与别人来往，觉得"独乐乐"比"众乐乐"更有意思，乐得清闲自在。

这天午后下人来报：有位墨者到访。魏无忌立刻猜到来的必是石玉，急忙把她请了进来。见石玉穿一件半旧的黑布棉袍，戴着风帽，神色略显憔悴，脸颊和双手冻得通红，忙取过榻上的狐裘给她披着，拉她坐在炭炉边烤火，又命下人去烫酒，看着石玉喝了一碗热酒，这才问："自我从邯郸回来，几个月没见了，早前我也去找过你，可仗一打完墨者们就散了，满城都找不到你……"

魏无忌话里虽然带着点埋怨的意思，那份渴望相见的心意倒是明白的。

其实这些日子石玉心里也矛盾得很，一时想见魏无忌，一时又想着早前被逼立了那样的誓，此生不可能再嫁人了，与信陵君见了面又能怎样？这一想就灰了心，一连几个月都有意避开了。直到从别的墨者处听说魏无忌不知为什么缘故，坚决不肯做魏国的相国，以至魏国相位虚悬，内斗又起。石玉对政事懂得不多，可对信陵君的事却极为关切，为此事专门去了一趟临淄，从鲁仲连那里求了个主意来，虽然不能让魏无忌做相国，但只要这件事办得成，对魏国也是件大好事。

现在石玉就依鲁仲连所教，直截了当地问魏无忌："听说大王有意命君上出任相国，可君上却不肯，有这事吗？"

魏无忌点点头:"有这事,你也知道,我是个散淡的人,本就无心相国之位。"

魏无忌这个人秉性是儒,心思是道,动不动就爱标榜自己散淡、无心。石玉也知道他会这么说,就笑道:"你不在乎这个相国之位,可魏国有很多人想这个位子想得要发疯,君上德高望重,只有你做了相国,别人才不敢觊觎。"

石玉说到了事情的症结处,可魏无忌中了别人的计,心思都想偏了,哪看得到这些,只认定王孙任相国会堵塞士人进身之路,于国不利,自己学着周公执政魏国,更会惹天下人耻笑,别别扭扭地说:"什么德高望重?我这个人天生的暴躁偏执多思多虑,正是'俗人昭昭,我独昏昏,俗人察察,我独闷闷',这么个糊涂人还做什么相国?"

魏无忌说的都是牢骚话。

其实信陵君何尝不想放开手脚在魏国做一番事业,可官场之上人人钩心斗角,多少好主意都被那些庸碌奸诈的人弄坏了,到最后只剩下失意伤感,气急败坏,只觉得天下人都不懂他的心事。以信陵君高傲的秉性,心里再苦也不肯对旁人说,唯独石玉一人可以任他倾诉,偏这唯一的知音又像天上的月亮,时隐时现,可望不可即,真所谓曲高和寡,无所弹奏。好不容易见了面,正好把心里的苦处都诉一诉。

石玉生于草莽,见识有限,魏无忌说的话她大半听不懂。可今天她是来劝人的,又不能不多费些脑筋,琢磨了半天才说:"你说的'昭昭昏昏'我不太懂,可我觉得你比多数人明白事理。"

魏无忌又是轻轻摇头:"明白事理即是'昏昏',人云亦云才是'昭昭',天下的事都是这个道理。所以老子说'我独异于人,而贵食母',意思是说那些与众不同而被世人排斥的人,往往是因为他们手中掌握了大道理。"

五　华阳之战

　　魏无忌这一解释，石玉就听懂一大半了，笑着说："这么说你的心和老子是一样的。其实我觉得老子说的也是一句反话，他这意思明明是说：只要自己心里明白就好，世人怎么看你，根本就不要紧。"

　　女孩子未必见识深，可她们的心思倒是灵秀得很，石玉这一解，不但把老子的心解透，连魏无忌的心事也解透了，不由得笑了出来："你说的对。老子所说的'贵食母'其实是古代圣王传下的四句话，叫做'人心惟危，道心惟微，惟精惟一，允执厥中。'意思是说人心天生就有很多坏念头，而很多时候什么是对什么是错又迷茫难测，非得立下一个精一的大主意，才能在这恶浊的世道中守住心神，做个好人。就因为这'惟精惟一'太艰难，世上才俗人多，明白人少。"

　　魏无忌说了这一大堆话，石玉又听不太懂了，好在她只想给魏无忌解闷，自己懂不懂并不在乎，就抓住魏无忌的话头儿问他："什么才是'精一'之道？"

　　"我看《道德经》，觉得老子所言'精一'之道是'无为无所不为'一句。老子说的'无为'是说闲事不为，乱事不为，不该为者皆不为，若能如此，一个人就有更多的时间和精力可以做自己最想做的那件事，且必有成，这就是'无不为'了。《道德经》里又说'圣人无为而治'，'圣人无常心，以百姓心为心'，让君王们懂得'知雄守雌'，简单来说，就是君王大夫们不要动什么歪主意，凡天下大事必与百姓商量，百姓们要如何就如何，事起于百姓，行事之道问于百姓，事成之后，功劳也归于百姓，按老子的话说，这叫：'功成事遂，百姓皆谓：我自然。'若真有一天君王贵人们放下自己的私心私欲，全都'以百姓心为心'，做成了事也不居功，只是退到一旁，把功劳让给百姓，任百姓们说一声：'这些事都是我们自己做

成的。'这就成了老子所说的'上德不德，是以有德'，也就是孔子说的'一日克己复礼，天下归仁'了。"

魏无忌这些话说得比刚才浅显些，石玉大半听懂了，笑着说："我平时总听人说《道德经》深奥难懂，怎么被你一解，变得这么浅显了？"

魏无忌冷笑道："老子的话本来就很浅显，正因为浅显，它的道理才大。就因为老子之言说得太明白，也太强硬，君王们听了就害怕，可《道德经》早已传于世上，又不能抹去，他们就找来一帮没人性的读书人，故意对经中内容胡解歪解，弄成一团糟，把世人搞糊涂了，免得世人都懂了大道理，拿《道德经》里的话来质问国君。"

听魏无忌这么一说，连石玉也担心起来，皱着眉头问："有什么办法能让后世人不上这个当呢？"

石玉这话倒问得有趣，魏无忌摇头苦笑："你见过圈里的肥猪吗？每天吃饱了污秽就在烂泥里打滚，何等快活。你告诉它：'将来人家要杀了你们吃肉。'它肯信吗？世人就像肥猪一样，最喜欢受骗，只有那些肯受骗的人才福寿双全，活得比谁都惬意。凡是不肯受骗的，一个个死无葬身之地！自古至今就是这么个道理。天下就是个泥坑，人人都在里面打滚，咱们这些人能做到洁身自爱已经不容易了，哪还顾得了别人。"

这一下子石玉全明白了："原来泥坑里的肥猪自以为'昭昭'，反骂那些洁身自爱的人是'昏昏'，猪言猪语，徒惹人笑。老子这话说得真好玩！"

一句话说得两个人都笑了。

魏无忌性情偏激，说话难免刻薄，这也是他平日苦闷孤僻的原因。但只要石玉在身边，魏无忌心里就有了无尽的快活。

眼看魏无忌越说越有精神，烦闷之意尽解，石玉也很高兴，就顺着魏

无忌的话头儿问他:"听你这么说,老子的理想和孔子一样,都是想救天下百姓,君上的理想又是什么?"

石玉这话看似说笑,魏无忌也就笑着答道:"我没有先贤那么大的本事,只想救魏国一国的百姓罢了。"

魏无忌说想救魏国百姓,石玉忙接住他的话头儿:"我听说孔子为了要救天下人,提出一个'有教无类'的话来,一生教导弟子三千人,达者七十二,又听说还有个孔门十哲,都是了不起的人物。君上说自己想救魏国人,可你为什么不肯学孔子,却只是关起门来弹琴作诗,相国也不肯做,门客也不肯纳,弄得魏国人才凋零,被秦国、赵国欺负,百姓受了这么多的苦。请问君上,如果当年孔子也像你这样,只知道'洁身自好',其余诸事不管,他能成为救天下人的大圣贤吗?"

想不到石玉的话里居然大有深意,魏无忌愣了半天才说:"孔子是圣贤,我可不敢以圣贤自居。"

石玉却不肯放过魏无忌,笑嘻嘻地说:"你虽不敢称圣贤,可你却是魏国的信陵君。总能算'半个'圣贤吧?"

是啊,魏无忌生下来就是王公贵戚,以他的地位,果然算得"半个圣贤"。现在魏国周边强邻虎视,国内人才凋零,情况越来越糟,身为一人之下万人之上的信陵君,魏无忌不养士人,其实是件怪事。

魏无忌不做相国,石玉拿他没有办法,就想劝他开门纳士,多替魏国选些贤才,自己身边也多些人扶助,对魏国总是有好处的。像这些话,别人早对信陵君说过,可魏无忌总不肯听,现在同样的话从石玉嘴里说出来,魏无忌却深为触动,低头不语,石玉也不扰他,只在一旁静静地坐着。

好半天,魏无忌终于抬起头来:"就算我肯养士,又该到何处去找人才呢?"

听魏无忌愿意招纳门客，石玉大喜，忙说："天下有本事的士人多得很，何况魏国地处中原，四面八方的士人都要从大梁经过，只要你对人家稍微客气些，还怕找不到人才吗？"

这句话魏无忌就不爱听了，皱着眉头说："我对士人一向都很客气……"

魏无忌这个人总是聪明一世糊涂一时，听他说这傻话，石玉哧地一笑："君上不知道吗？大梁城里的士人都说信陵君冷峻孤傲，特立独行，打不成交道，对你的抱怨可多了！"

这话魏无忌实在无法相信："怎么会！"

石玉笑道："这些事你自己去街市里打听一下就知道了。"随即把话头儿一转："君上若真想养士，就必须先做到礼贤下士，你若能做到，我这里就有一个有本事的人，可以举荐给你。"

"是谁？"

石玉抬手向外一指："在夷门内的陋巷里住着一位侯嬴先生，是个文武全才的人物，大梁城里很多人都知道他的名字，你要能访得此人，再想招纳士人就容易了。"说到这里又补上一句："侯嬴这个人傲慢得很，能不能为你所用，还要看君上的本事了。"

给石玉用话一激，魏无忌忍不住站起身来："好，我现在就去访侯嬴先生。"

见魏无忌这副急火火的样子，石玉忍不住又笑了出来："现在天都黑了，还是明天再去吧。"

这时魏无忌才抬头往外看，果然天已黄昏，到了用晚饭的时候了，这才又坐下来，自己也觉得有些好笑。问石玉："今天就在府里用晚饭吧？"

石玉笑着说："也好，趁着酒饭没备齐，君上不妨再弹一曲《文王操》给我听。"一句话说得魏无忌哈哈大笑，石玉也笑了。

五　华阳之战

既然下定决心开门纳士，魏无忌也就不再犹豫，当晚就招来下人，把自己在大梁城里的房子点算了一下，从中先拨出两套完好精致的先布置起来，准备给门客居住。魏无忌自己一大早照例入宫议事，中午回府吃过午饭，就命驭手驾了一乘轻车，到城北夷门内的陋巷里来访侯赢。

夷门里这一带住的都是穷苦人，街道狭窄，门户丛杂，魏无忌的马车走到巷口就进不去了，信陵君只好下了车，踩着满地烂泥深一脚浅一脚地往里走，脚下豕犬乱窜，气味熏人，两边千门百户，也不知侯赢住在何处，向路人打听，一个个瞠目不知，或是答非所问，在巷子时转了一个多时辰，只觉昏天黑地，已记不起自己从何而来，心都有些灰了。

好在魏无忌是个聪明人，知道动里当有一静，静里当有一动，急躁不能成事，清静为天下正，既然越走越乱，也就不再乱走，看路边有个小酒馆，进去坐下，叫了一碗热酒慢慢喝了几口，觉得身上暖和了，这才和店主打听侯赢先生，店主果然认得，把魏无忌领到门口伸手指点道路，魏无忌越听越糊涂，干脆从袖里取出几个钱塞在店主手里，那人得了钱，立刻一溜小跑把魏无忌带到了侯赢家门外。

夷门内本来已经是陋巷，侯赢的居所更是惨不忍睹，一间土房墙壁高不及额，半是茅草盖顶，另一边只搭了些树枝子，竟是半露天的，有门无户，只在当门处摆了个破瓦缸，缸边立着两个芦苇捆子，好歹把房门遮上，信陵君站在外头，想叩门也无从叩起，只得隔着门冒唤一声："请问是侯赢先生府上吗？"

好半天，有个人从屋里走了出来，年近六旬，身材魁伟，紫黑脸膛，须发斑白，头上别着根荆条，身穿一件旧袄，看着魏无忌问："你找谁？"

魏无忌虽然年轻，毕竟阅人多矣，看着眼前的人觉得不凡，上前行了一礼，客客气气地说："在下魏无忌特来拜访侯赢先生，敢问足下是何人？"

那人目光灼灼看了魏无忌几眼,淡淡地说:"原来是信陵君。在下便是侯嬴,君上有事请说。"

眼见侯嬴态度倨傲,言语无礼,竟不让客人进屋,魏无忌心里微感不悦,拱手笑道:"先生的住处不好找,我已经走了一个时辰,脚都冻麻了,可否进屋暖和一下?"说着自顾走了进来。只见屋里比外边的平地低了两尺,黑洞洞的,器物酒食一应皆无,靠墙处堆着个土台子,扔着一床破烂的棉被,连个坐处也没有,只好站着,转身对侯嬴笑道:"无忌久闻先生大名,今日一见,果然矍铄非凡……"话没说完,侯嬴已经冷笑道:"小人在大梁住了五十年,君上若久闻小人之名,为何今天才来?"

魏无忌说的本是一句客套话,不想侯嬴不识抬举,竟迎面损了他一句,真有些下不来台,可再一想,既然纳士,小事不可计较,干脆笑道:"先生责备的是,无忌孤陋寡闻,昨日才听人说起先生的名字,今日特来访贤。"

侯嬴又是一声冷笑,把破被子推了个窝儿自顾坐下:"大梁城里的人都知道信陵君为人孤傲,小人脾气也暴躁,又没本事,不配伺候贵人,君上请回吧。"

除石玉之外,这是第二次有人当面说信陵君"孤傲",若在以前,魏无忌哪肯承认?可被石玉数落之后,再听侯嬴说他,自己一想,也觉得不无道理,于是在侯嬴面前越发谦恭起来,也不顾肮脏,在侯嬴对面的土台子上坐了,笑着说:"诚如先生所言,无忌平日性情孤僻,闭门索居,冷落了魏国的高贤,现在已经知错,这次来,是专门为国选才,还望侯嬴先生赐几分薄面,出来为国家效力,无忌感激不尽。"说完拱手而拜。

信陵君把话说到这个地步,已经很难得了。侯嬴也不好再难为他,故意仰起脸来:"侯嬴落魄至此,能在君上府里找个吃饭的地方也好,只是住处要妥当,饮食要周到,平时进出当有车马,不知君上能办到吗?"

五 华阳之战

侯嬴故意说这些狂话是想难为信陵君，可魏无忌聪明得很，察言观色，已经明白侯嬴说的是虚话，当即笑道："先生所需本君自当尽力，若有不周之处，先生可以来责备我。"

魏无忌把话说到这里，侯嬴再没什么可说了，这才起身和信陵君见礼。两人一起出了陋巷，魏无忌扶着侯嬴登车，自己才上了车，马车沿街往君府驶去。走到一处路口上，侯嬴突然叫驭手停车，指着街边的一个小酒馆对信陵君说："请君上在此稍等，我去会个朋友，片刻就来。"

眼前分明是个酒肆，侯嬴又说去会朋友，却故意不请魏无忌一起进去，真是无礼到了极点。可魏无忌一心要对侯嬴礼贤下士，毫不介意，与侯嬴一同下车，笑着说："我在这里等着，先生请便。"侯嬴冲魏无忌拱拱手，转身进酒肆去了。魏无忌抄着两只手儿立在马车旁，本以为侯嬴片刻就回，想不到此人一进酒肆，就此没了动静。

这时已到了深冬，天气阴冷得很，魏无忌乘坐安车而来，身上的衣服并不厚实，冻得两脚又麻又疼，风刮在脸上好像刀割一样，眼看几步之外就是酒肆，客人进进出出，帘幕一掀，热腾腾的酒气扑面而来，心想与其在这里干等，不如进酒馆坐坐，暖和一下手脚，也可以和侯嬴的朋友见上一面，想到此处不由得往前挪动了两步，再一想又不妥，侯嬴让他在这里等，必有缘故，自己冒冒失失走进去，只怕会惹人不快，又退回车前，左手揽着辔头，看着街上来来往往的行人发愣。

这一下又不知等了多久，却还不见侯嬴出来，魏无忌冻得没办法，只好把两手揣进袖筒里，缩起身子双脚来回倒踏取暖，路上的行人见这么个穿锦袍的贵人立在酒肆外头，冻得缩头缩脑的，也觉得有趣，几个没事的闲汉就在街边笑嘻嘻地看他。魏无忌一肚子的气又不能发作，只能站直身

227

子，把手从袖筒里抽出来，直挺挺地背手而立，故意昂着头不理这些人。偏偏不巧，迎面一个穿黑棉袍的胖子走过来，上上下下打量他，魏无忌赶紧侧过头去，免得给人认出来，不想这人已经叫了起来："果然是信陵君！君上怎么在此处？"说着跑上前来，也不管地上肮脏，跪下就给魏无忌叩头，嘴里叫着："大梁南市乘田吏淳于庸拜见君上！"

淳于庸这一声喊叫把半条街的百姓都惊动了，所有人都往这边看过来。淳于庸从地上爬起来，指着魏无忌高声说："信陵君在此，你们还不上前见礼！"

自魏昭王薨后，魏国的国事全担在信陵君一人肩上，这次大梁围城能安然解围，从布局到守城再到搬取救兵，从头到尾都是信陵君一人操持，城里的几十万条人命全是信陵君救下来的，大梁百姓们都把信陵君当成活神仙看待，多少人在家摆了香案，为信陵君立了牌位供奉。现在忽然当街听人叫出"信陵君"三个字，满街百姓们又惊又喜魂儿都飞了！一大群人"呼隆隆"地拥上来，都趴在地上给魏无忌叩头，魏无忌忙伸手去搀，可脚下这么多人哪里搀得过来，后面的百姓更是直着脖子乱叫："信陵君！信陵君在这里！"惹得更多人赶过来看热闹，整条大街都给堵得严严实实。

这时，惹事的淳于庸从地上爬了起来，大着嗓门问魏无忌："君上在这酒肆门前做什么？"魏无忌随口答道："我在这里等一位高士。"可眼前人声嘈杂，淳于庸的耳朵又不好使，听不清楚，把手拢在耳朵上"啊？啊？"地叫，魏无忌没办法，只好扯着嗓子回答他："我在此会见一位高士！"

说来也巧，魏无忌话音刚落，门帘一掀，侯嬴和一个矮胖子肩并肩地走了出来，人群里有认识他的立刻高叫道："君上访的贤士原来是夷门里的侯嬴先生！"

五　华阳之战

又有人认识那个矮胖子，高声叫道："这不是前面巷口杀猪卖肉的朱亥吗？他也算高士？"众人顿时笑成一团。

听人家笑话他，朱亥也不说话，左右扫了一眼，见酒肆门前立着根石头雕的拴马桩，有一人多高，底座半埋在土里，走上前双手抱住石桩略摇了摇，忽然身子往下一蹲，嘴里"嘿"的一声闷吼，竟将拴马桩整个从土里拔了起来，接着双臂一挺，将这几百斤的大家伙举过头顶，腾腾地在人群里走了一圈，直到那个笑话他的闲人面前，当着这人的面忽然左手一松，右臂使劲，竟靠一条臂膀将拴马桩高高举起，接着往下一坐身，把石桩担在肩上，从右肩换到左肩，再从左肩换到右肩，风车般耍了几个圈子，回到酒肆门前，双臂运力，"扑通"一声又把拴马桩立在土坑里，拍拍手，笑盈盈地回到信陵君面前。

朱亥的神力真把众人都惊呆了，站得近的闲汉都跑上去摆弄那根拴马桩，可五六条汉子才能勉强撼动石桩，却连抬也抬不起来。

人群中忽然有人把手一拍，高高地叫了声"好"！顿时引得满街的人欢呼喝彩，声震半城。

这时朱亥已经上了马车，坐在驭手位子上，接过鞭子替信陵君赶车，侯嬴扶着信陵君上车，自己也上车立在魏无忌身边，对百姓们高声说："大家或许认得我，我是住在夷门里的侯嬴，有认得我的吗？"

侯嬴其实是位墨者，但百姓们并不知道他的身份，只知道这是个有谋略有勇力又能济困扶危的好汉，大梁城中半城的人都认得他，当时就有人在下面高叫："我们认得侯嬴先生！"

侯嬴冲人群拱拱手，高声道："乡亲们也知道，侯嬴文不能治经典，武不能统千人，不过是个草莽之辈，算不得高士，可君上对我如此礼遇，为什么？因为魏国这些年屡遭强秦欺凌，百姓死伤无数，侯嬴这个人本事

不大，心地还算正直，看不得暴秦祸害天下，愿意追随信陵君抵抗强秦，拿一条命向魏国效忠，替天下老百姓找条活路！咱们魏国是中原大国，人口几百万，像我这样的人多得很！信陵君是当世豪杰，文韬武略，救国济民，又能礼贤下士，开门纳客，这是咱们的机会！凡有本事愿意为国效力的士人，都请到信陵君府上来，咱们一起为君上分忧，替魏国卖命！"

侯嬴这番话一说出来，百姓们全都哄然叫好。朱亥在前赶车，侯嬴和信陵君并肩而立，几千百姓跟在车子后面，一直把魏无忌送回信陵君府才慢慢散了。

在这乱哄哄的人群里，魏无忌当然没有发现街角边站着个人，正是一身男装的石玉，混在人群里，嘴角噙着一丝笑意，把整件事从头到尾都看在眼里，直看着魏无忌和侯嬴都进了府门，才悄没声地走开了。

大人何不伐韩

信陵君魏无忌身为王孙不肯弄权，坚辞相国之位，却又为国访贤，开门纳士，魏国百姓知道此事，无不赞叹信陵君高洁无私，有本事的士人争相归附，很快就聚集了两三千人，其规模与薛公田文、平原君赵胜相仿佛。魏无忌也没想到竟有如此多的人来投靠他，早先准备的房舍根本不足，衣食、器具、车马什么都不够用，亏得有侯嬴这些人尽心尽力替他张罗，虽然手忙脚乱，好歹还是应付过来了。

大梁城里的人都在关注信陵君的时候，那位早前称病寄住在芒卯家里

五 华阳之战

的公孙龙忽然来拜见芒卯,一见面就打躬作揖,笑眯眯地说:"小人在府里叨扰多时,心中不安,今天知道大人有喜事,特来道贺。"

公孙龙的一句话把芒卯说糊涂了:"我有什么喜事?"

"听说信陵君已经辞谢了相国一职,想来在魏国能担当此职的仅芒卿一人,大人指日就要高升,小人穷酸,送不起贺礼,就先来道个喜吧。"

公孙龙这话说得很讨巧,芒卯听了却不以为然:"先生说笑了,魏国多有能臣,信陵君不做相国,自有别人做,轮不到我。"

公孙龙一屁股在芒卯对面坐下,直截了当地问:"大人是说范痤大夫?"

公孙龙问得直,芒卯倒不好回答了,只是嗓子眼儿里哼了一声。公孙龙当即笑道:"大人未免多虑了。范痤大夫虽是魏王宗亲,却没立过什么功劳,芒卿镇守魏楚边境十年,战功赫赫,这次大梁破围,芒卯又有守城之功,范痤大夫怎么能比?"

公孙龙这些奉承话虽好,可惜都是虚的,芒卯并不爱听,冷冷地说了句:"你懂得什么。"

眼看碰了个钉子,公孙龙毫不在乎,仍然笑嘻嘻地说:"大人说的是,小人只是平原君手下一个长随,哪里懂得国家大事?刚才那些话其实是我家君上以前说过的,小人不过听在耳朵里罢了。平原君还说,魏国能做相国的只有两人,一是信陵君,那是我家君上的妻弟,他做相国,平原君没有二话;另一位便是芒卿。要是给第三个人做了相国,我家君上就不答应。"

一听这话,芒卯悚然而惊。

早前芒卯并不知道公孙龙这个人的分量,可现在公孙龙分明是在替平原君传话,且话说得十分明白,平原君有意推举芒卯为相,芒卯立刻来了精神,对公孙龙的态度也大不一样了,笑着问:"平原君果然说过这些话?"

231

"自然说过。我家君上认为赵魏两国唇齿相依,魏强则赵强,魏弱则赵弱。魏国在六国以西,独当强秦,只有芒卿这样的名臣上将得到重用,才能真正强大起来,所以平原君有意帮芒卿做上相国之位,只要芒卿有求,我家君上无不尽力。"

到这时芒卯终于被公孙龙哄得高兴起来。可再一想又摇了摇头:"这个相位并不易坐。"

公孙龙忙说:"芒卿本是功臣宿将,只要再立一场大功,魏国还有谁可与大人比肩?"

公孙龙话里的意思芒卯倒是听出来了,可该怎么办,却没有头绪:"立功?眼下大战刚歇,魏国正在休养生息,到哪里去立功?"

"大人何不伐韩?"

见芒卯一脸愕然,公孙龙提高了嗓门儿:"韩国归附秦国已有多年,这次秦军围攻大梁,又是从韩国的华阳借道而出,可见韩王丝毫不念三晋之情。大人何不向魏王请下一支大军攻取华阳,既给韩王一点教训,又替魏国开拓疆土,有了取华阳之功,相国之位自然非卿莫属了。"

公孙龙的主意乍听起来极有道理,芒卯不由得沉吟起来。好半天,微微摇头:"秦韩两国有盟约,魏国伐韩,只怕引得秦人对魏国用兵。"

"秦韩有盟约,难道魏、楚、齐、燕各国就没有盟约吗?大人不要忘了,魏国是山东六国的从约长!何况这次秦国攻魏,赵国起二十余万大军救魏,赵魏结盟其意已明。若魏国伐韩,赵国一定发兵助战,倒让秦国看看山东诸国的声势,以后不敢轻易进犯魏境!"

公孙龙这些话说得慷慨激昂,芒卯却知道人嘴两张皮,不敢全信:"若魏军攻华阳,赵国真会出兵助魏?"

"平原君临走前对小人说过:魏国若要伐韩,赵国自当发兵助魏。而

五　华阳之战

且上次赵国大军南下救魏，其后虽然陆续回撤，现在也还有六七万人留驻在黄河南岸，都归上大夫贾偃统率，只要大人用得到，这支赵军可以归大人调遣。"见芒卯眯着眼睛不吱声，显然并不信他，公孙龙凑近前去压低声音，"小人是什么东西？敢有一句妄言，不怕粉身碎骨吗？"

确如公孙龙所说，赵国在魏境内还驻扎着七万人马，这支精兵若归芒卯所用，真是一支强大的力量。而且用兵遣将这样的大事，公孙龙这种小角色没有平原君的指示，绝对不敢胡说八道，除非他发了疯。

于是芒卯把公孙龙的话信了七成，且把这个计划放在脑子里，又仔细想了半天，仍然摇头："魏国伐韩毕竟是冒险，只怕信陵君不会答应。"

公孙龙已料到芒卯有些顾虑，嘿嘿一笑："如果大人发兵之时信陵君正好不在大梁，这事就好办了。"

公孙龙说话神出鬼没，真让人难以置信，芒卯急忙问："难道先生有办法让信陵君离开大梁？"

早前公孙龙和平原君有过约定，叫做"要钱有钱，要兵有兵"，所以在钱财兵马这些事上公孙龙敢大包大揽。可平原君能不能摆布信陵君，公孙龙就不敢打包票了，只说："大人这是笑话我，公孙龙不过田埂蝼蚁，水底蜉蝣，哪敢安排信陵君的行止？不过办法是人想出来的，大人给我时间想一想，总有办法。"从芒卯那里出来，立刻写了一封信，把自己说动芒卯的事一五一十报知平原君赵胜。

得了公孙龙的密信，赵胜大喜，关起门来动了一番脑筋，已经想好办法，立刻进宫来见赵王，张口就说："臣想到一计，可破秦魏两国之盟。"

秦、魏两国各怀异心，互相提防，所以秦魏之盟本来就是假的，赵王对此倒不怎么在意。可秦国和魏国整整一年相安无事，倒让赵王觉得西边

儿未免太安静了些,也正想找个因头让魏国和秦国再斗起来。听平原君说有计,忙问:"你有什么办法?"

"秦国围攻大梁半年,无功而返,兵马粮草多有损耗,以至于一年不能东进,魏国势弱,也不敢对别国用兵,两国这样对耗下去,简直是在耽误赵国的时间。所以臣设法说服了魏国上卿芒卯,让他劝魏王袭取韩国的华阳,一旦魏韩交兵,秦国必然与魏国交恶,以后两国之间就有仗打了。可是臣担心信陵君会阻止魏军攻打华阳,想先设一计,把信陵君请到邯郸来,那时魏王伐韩,就没人能阻止了。"

平原君既然入宫献计,当然已经有了主意,赵王淡淡地问他:"你有什么好办法?"

平原君眉飞色舞高声奏道:"公子丹年纪已长,素有仁德,深得大王宠爱,臣属无不宾服,大王何不择一吉日立公子丹为太子,遍请各国贵人来邯郸观礼。以魏国和赵国的交情,魏王必命信陵君赴邯郸观礼,信陵君一走,芒卯就可以劝说魏王举兵伐韩了。"

公子赵丹是赵王的长子,极得赵王宠爱,早前赵王赴渑池之会,命公子丹坐镇邯郸,虽无太子之名,已有太子之实。现在平原君提出立赵丹为太子,一来了却赵王的心事,二来又调信陵君北上,或可引发魏、韩之间的大战,离间秦、魏,一举数得,果然是个好办法。赵王当即点头答应。

十日后,赵王发下诏书,决定立公子丹为赵国太子,定于周赧王四十二年四月初一在邯郸成礼,同时遍邀魏、韩、燕、秦、齐、楚、鲁、卫各国公卿贵人往邯郸观礼。

此时的赵国君明臣贤,兵精将勇,败齐魏,挫秦师,扬威天下,各国君王都不敢不给赵王面子。尤其魏国与赵国的关系非比寻常,对此事更加看重,魏王得知消息后,立刻命信陵君带国礼亲往邯郸。

五　华阳之战

信陵君前脚刚走，上卿芒卯就进了王宫。

自从大梁城下击退秦军，魏国的态势比以前安稳了许多，且这一年风调雨顺，庄稼收成不错，老百姓丰衣足食，内外无事，魏王在宫里着实过了一段舒心日子，每日饮酒嬉游无所事事，精神好多了，人也胖了，平时也懒得动了。见芒卯来议国事，魏王实在提不起兴趣，只说："信陵君到邯郸观礼，很快就回来了，芒卿有什么事等信陵君回来再商议吧。"

面对这么个不做事的大王，臣子们想办成一件事还得多费些心思。

芒卯熟知魏王的秉性，知道在这个人面前说什么都无用，最好的办法就是吓唬他。于是拱手奏道："大王，臣听说一件大事：自魏冉从大梁败退以后，秦王嬴则十分恼怒，已经发下诏命，在全国调集兵马，准备明年秋天再征魏国！现在秦国已暗中集结兵力三十余万，囤积粮草不计其数，臣听说秦军打算兵分两路，一路经阳城、雍氏、岸门、长社从南面迂回，另一路仍出华阳直取榆关，两路大军在大梁城下会齐！我军若不早做部署，一旦秦军动起手来，大梁危矣！"

芒卯是个打惯了仗的将军，他在魏王面前说的虽是一套瞎话，可这一套说法又不是凭空瞎扯。因为秦国前一年进攻大梁时准备得有些仓促，三十万大军全部出华阳，穿越榆关而来，其实耽误了不少时间，以至胡阳所部先锋军过分前出，魏冉大军无法跟进，没能在启封歼灭芒卯，反而自己损失不小。如果秦人再一次穿越韩国来攻大梁，分兵两路而进果然是个上策。所以芒卯这话虚中有实，任何人也不能说他是一派胡言欺瞒魏王。

听了芒卯的话，魏王顿时紧张起来，走到地图前细看，脸上全是忧色。芒卯在一旁弓身侍立，故意不发一言。好半天，魏王回头来问："芒卿以为秦人的攻势当如何应对？"

芒卯咂了咂嘴，抬起右手使劲搔着头皮："魏国地势一马平川，几乎无险可守，秦军勇猛善战，兵力又多，如果分兵两路而来，我军若分路迎战，难保必胜，一路有失就满盘皆输了。若再集兵大梁与秦人对峙，又怕没有上次那样的侥幸。"眉毛皱成了两团疙瘩，咬着牙叹了口气："哎呀，这一仗实在不好打！除非……"说到这里却故意停住，不往下说了。

魏王忙说："芒卿有话不妨直言。"

"大王，臣只想到一个办法，就是抢在秦人攻魏之前先集结一支精兵西进，攻克华阳，如此既可堵塞秦人东进的通道，又给韩王咎一个教训。只要秦军不能出华阳，就无法来攻大梁，若从南阳郡西进，则关山重重，又有亚卿晋鄙的精兵布防，进可以攻退可以守，主动权在我，就不惧秦军了。"

"攻打华阳？"魏王又把地图仔细看了半天，"华阳是韩国重镇，城高池深，未必容易得手。万一惊动秦军来援，我军在华阳城下反而被动。"

魏王对用兵之道也并非全无看法，所说颇有道理，芒卯却早想好了应付之策，笑着说："大王所见极是。可话说回来，华阳离魏国近，离秦国远，魏国攻打华阳，秦人得到消息也要在二十天以后了，就算他们立刻从函谷关出兵，到华阳也还要二十天，加上廷议商讨，诏书往来，怎么也要两个月。只要大王给臣一支精兵，三十日内必能攻克华阳，大军战胜即还，秦人又能如何。"

魏王低头想了想，觉得芒卯的算计倒也精准："攻华阳需要多少兵马？"

"大梁城内现有三十万兵马，臣请调一半兵马去攻华阳。"说到这里，芒卯眼珠一转，忙又加上一句，"另外，臣觉得攻打华阳是与秦人对阵，并非魏国一国之事，大王可以修书一封送到邯郸，请赵国发兵助魏。"

五　华阳之战

"赵王肯发兵吗？"

此时的芒卯明明已从公孙龙那里得到了"赵国发兵助魏"的保证，却一个字也不对魏王提起，反而高声大嗓地说道："大王怎么忘了？魏国是山东诸国的从约长，诏命一出，六国齐动！赵国敢不遵大王之命吗？"

说真的，自从得了从约长之位后，魏王还真没组织过一次合纵，尤其调动赵国兵马，他更是毫无信心。但芒卯把话说得理直气壮，魏王也觉得不妨试试："好吧，我今天就将诏命送到邯郸，请赵王发兵共伐华阳。芒卿可以先在大梁城里安排人马，倘若赵国兵至，你就即刻进兵，若赵军不来，寡人再做设想。"

有魏王这句话，攻打华阳已成定局，芒卯急忙领命而去。

魏王当天就写了一封信，派使臣飞递邯郸，请赵国发兵共取华阳。十五日后，赵王回书一封，答应派出尚留在魏国境内的赵军协助魏国攻取华阳，赵将贾偃及所辖军马七万皆听魏国调遣。

见赵王给了自己这么大的面子，魏王大喜，立刻命上卿芒卯为上将军，上大夫段干崇、吕厌、赵将贾偃为副将，集合魏、赵联军二十三万攻打华阳。

穰侯欺诈秦王

在毫无先兆的情况下，魏赵联军二十三万忽然对韩国重镇华阳发起猛攻，统率全军的是魏国上卿芒卯，二十多万大军尽是两国精锐，其中包括魏国的全部五万名武卒，以及赵国两万所向披靡的精锐骑兵。面对这样一支强大的军队,不但华阳城无力防守,就连距华阳不足百里的韩国王城新郑也岌岌可危。韩王咎吓得心胆俱裂,不敢发一兵一卒去救华阳,而是将新郑周围百姓全部撤进城里,征集所有十五岁以上男子从军,准备在魏军破了华阳来攻新郑时死守都城。

同时,韩王咎派相国陈筮星夜兼程到秦国去搬救兵。

陈筮还没到咸阳,穰侯魏冉已得知魏国伐韩的消息了。

此时的魏冉在秦国的处境十分尴尬。三十万大军攻打魏国,用时半年,折兵数万,却只割回来一座小小的温县,真是把脸都丢尽了。所幸秦军在魏国的斩首数比自身损失略多些,又好歹割了一块地方,魏冉厚着脸皮向朝廷报捷,秦王看在太后的面子上也不好难为自己的舅舅,反而加赐魏冉采邑千户,又因为夺取榆关之功,将左更胡阳升任中更,其他将领则未得升赏。

秦王虽然赏给穰侯一个面子,可这一仗打成什么样,天下人都看见了。咸阳城里嫉恨魏冉的人其实不少,以前魏冉功大名重,没人敢说他的坏话,这次逮住了机会,这帮人一个个冒出头来,冷嘲热讽幸灾乐祸,搞得魏冉灰头土脸很没意思。

正在这个难堪的时候,韩相陈筮到了咸阳,告知穰侯:魏、赵两国二十余万大军已经开始攻打华阳。

华阳是秦军两次伐魏的门户,现在魏国大举向韩国报复,这在情理上倒也说得过去。可让魏冉大喜欲狂的是,以前动用几十万大军远征千里,在魏国土地上折腾了半年多,都没办法把魏军主力引出来决战,可这次魏军竟把二十万大军派到了韩国的大门口,而且精锐尽出,五万魏武卒全部上了战场,秦人只要穿越韩国,就能一口吞掉魏国三成以上的军队,这一

五　华阳之战

战若能获胜，魏国就彻底被打垮了！

得到这个消息后，魏冉一刻也没耽搁，马上把芈戎、白起二人招到府里密商对策。

面对这么一个完全不合常理的战局，白起和芈戎也觉得匪夷所思，芈戎率先问道："华阳虽是个七万人口的大城，可对魏国来说并没有多大意义，魏王何故调集重兵去攻华阳？再说头一年秦军两次伐魏，扫荡半个魏国，斩首也有六七万，魏人根本不敢应战，现在秦军刚退，余威犹存，魏军忽然全军尽出，实在不合常理，这里会不会有什么诡计？"

若说魏国伐韩没有诡计，他们的战法实在违反常理，若说有计，却又想不透是什么计谋。芈戎的话谁也无法回答，白起只好另换了个话头儿："听说赵国也命上大夫贾偃率七万军马援助魏国……"

芈戎接口道："这就更怪了，华阳与赵国毫不相干，赵人为什么出兵助魏？就算魏国占了华阳，对赵王有什么好处？"

芈戎这一问，无意间却是问到了要害之处。魏冉紧锁浓眉沉吟良久，这才缓缓说道："魏国攻华阳无利可图，赵国助战更加无利可图，或许这'无利可图'就是出兵的原因？"

魏冉这话说得古怪，芈戎听不懂，白起却隐约有些明白了："穰侯的意思是说，这是有人想故意挑起战事，暗中倾陷魏王？"

魏冉心里也有这个想法，可白起一问，他自己又犹豫了："话不敢这样讲……但我知道魏王昏庸软弱，王廷中又有党争，这一次统率魏军的又恰恰是上卿芒卯，会不会是此人想在魏王面前邀功争宠，这才不顾后果，发兵来夺华阳？"

芈戎在旁满腹狐疑地问："如此倒还说得过去，可赵国……"

"魏国或是内斗争宠，赵人则可能是火上浇油……"虽然做出了这样

一个精准的推断，可这个结论连魏冉自己也实在不敢相信，抬起手来用力搓着额头，半晌还是说了一句，"话不敢这样讲，否则就大意了，在这事上不可大意……"

眼看魏冉搅尽脑汁，白起也愁眉深锁，倒是华阳君芈戎胆气壮，朗声笑道："穰侯，武安君，想不透的事干脆不去想了！只看战场上的态势吧。现在魏国大军已经开始攻打华阳，赵军也过了黄河，这是两釜炖熟了的肥肉，咱们怎么把这两釜肥肉全吃下肚去才是最要紧的。"

芈戎一句话倒给魏冉和白起打开了思路。

说到谋兵布阵战场厮杀就是白起的拿手戏了，立刻说道："华阳君这话有理，咱们秦人最实际，既然见了肉，就一定要吃到肚子里才罢！只是这一战魏、赵两军一共动用了二十三万精兵，咱们出兵的人数一定要超过这个数才行。我是这么算的：函谷关有十万人马，武关也有五万精兵，蕞城可以调兵五万，这二十万人不但顷刻就能召集，且都是善战的精锐，可以做伐魏的主力。另外从汉中调兵五万，南郡调兵五万，咸阳左近调兵五万，这十五万大军调集起来或许要晚十天左右，可以做后备队。"说到这里略微犹豫了一下，魏冉立刻看了出来，微笑着问："武安君是担心前后两军相差十日，接应不及，会让魏军溜回大梁？"

魏冉的猜测一点不差，白起点点头："魏国人最滑头，这次虽然来攻华阳，暗中一定提防秦军，一旦见到秦军参战，他们肯定会跑。魏军二十万，咱们也是二十万，恐怕牵制不住，要是给他们缩回大梁，再想抓个战机就难了。"

白起谋划战事，真是百无一失，可魏冉脑子里考虑的还不只是战场上的事，当下缓缓点头："这么说秦军不能立刻救援华阳，一定得拖几天才行……武安君估计华阳城里的韩军能坚守多久？"

五　华阳之战

对华阳的情况白起倒很了解："华阳在韩国都城新郑以南五十里处，是座大城，以冶铁铸剑闻名，韩国军马的器械铠甲多出自华阳。华阳城池方圆七里，城墙高约五丈，外面有城河防护，还算坚固，城中有兵马三万，都是精锐之士，善使强弓劲弩，最能守城，加上临时招募的百姓能有六七万。"双眼微闭合计了一会儿："我估计华阳城至少能坚守一个月。"

这一次轮到魏冉算秦军的账了："函谷关、蕞城两处兵马随时可以调动，这是十五万。武关之兵大约要晚两天，咸阳之兵要晚四到五天，这又是十万。汉中的五万兵召集起来又要晚十天，南郡之兵更晚些，且不算它……加上诏命下达，公文往返，调齐三十万大军一共需要十七天工夫。"回头又问白起："从函谷关赶到华阳，需要多少时间？"

"两地相隔七百里，函谷之兵六天可到，蕞城、武关之兵八天到，咸阳之兵十天到，汉中之兵十四天到。"

魏冉掰着手指头又把这笔账仔细算了算："这么说调兵需要十七天，主力赶到华阳需要八天，一共只在二十五天内，正好赶得上。只是赵军的情况难料……"

"赵军刚渡黄河，离战场尚远，而且此战对赵国没什么好处，赵军的行动一定迟缓，咱们可以多派细作逐日打探赵军动向，若赵军到了华阳，再算计如何消灭赵军，若赵军未到华阳，咱们就先击破魏军，等腾出手来，再北上消灭赵军。"

白起把战场上的事算计得滴水不漏，魏冉缓缓点头："甚好，甚好。"又犹豫了一会儿才抬起头来："我这里有个想法，同二位商量一下：这次华阳之战靠的是奇、快、险、狠，一条做不到就难获全胜，为了不惊动魏军，我想在调兵之时暂且瞒着大王，不知两位怎么看？"

魏冉这话真把芈戎和白起吓了一跳。

秦国是个冷冰冰的军国,历代秦王都把军队看成自己的命根子。商鞅变法以来更是定下铁一样的律条:凡动用秦军超过五十人的,必须持秦王虎符才能调动兵马。现在魏冉准备调集三十多万大军攻魏,这是整个大秦国一半以上的兵力!而魏冉竟想在调兵之时瞒着秦王,这可是族诛之罪呀!

见芈戎、白起都变了脸色,魏冉赶紧解释道:"两位且听我说,咱们是做臣子的,如此大事怎么敢欺瞒君王?只是因为此番战事与往日不同,魏军如同惊弓之鸟,稍有风吹草动就会退兵,为了获得全胜,我想在发布调兵之令时且不与大王商量,也不告知韩国来使,等兵马齐备即将出战时再报与大王,领了大王的诏命之后,军马就出函谷关,这样才能达到奇袭之效。"把芈戎和白起都看了一眼,又问:"两位觉得如何?"

魏冉的解释听着似乎有理,其实仍有欺君之嫌,但到这时候,芈戎和白起都已经明白了魏冉的意思。

秦国原本并非强国,是孝公用商鞅之法,国力才逐渐增强,至秦惠文王时达到高峰,可其后继位的秦武王是个不成器的货色,执政数年,秦国反而走了下坡路。到秦王嬴则继位之时,秦国虽然强盛,却还没有成势,齐、楚、魏、赵都是强国,又有合纵之约,压得秦国抬不起头来,那时候秦国君臣同心同德,嬴则对魏冉、芈戎这些旧臣子言听计从。可这几年齐国已被打垮,楚国又被秦军击破,眼看山东六国没有一个是秦人的对手,统一天下当在十年之内了,嬴则对以魏冉为首的一班旧臣却越来越不信任,有事无事就挫折旧臣,提拔新人,这些旧臣已经感到巨大的压力,心中惶恐不安。

魏冉是秦国第一权臣,所受的打压最多,对秦王的怨气也大,这次他

五　华阳之战

借着伐魏的机会私下调动大军，就是想在秦王面前显一显自己的实力，好让秦王知道旧臣们并不好惹，能够收敛一些，不要逼人太甚。

可魏冉的做法实在很大胆，也很冒险。现在魏冉把自己的主意说了出来，等着芈戎和白起表态，平时话多的白起偏在这时候低头不语。倒是芈戎略一琢磨就高声道："穰侯是为了国家利益，大王应该能体谅。我看就按穰侯的意思，调兵之事暂不告知大王。"说完这些强硬的话，忽然有些后怕，压低声音问魏冉："大王那里姑且瞒住，可在太后面前总得通个风吧？"

太后是芈戎和魏冉的姐姐，魏冉从不敢在她面前弄鬼，何况在这件事上魏冉还需要宣太后的支持，当然不敢瞒她，忙说："自然要报知太后。"

有太后撑腰，芈戎的心里踏实了些，连连点头："那就好，那就好。"

芈戎已经表了态，可白起还是没吭声。见武安君在关键时刻又不爽快，魏冉心里有点不乐意，也不再理他，只对芈戎说："太后那里就由你去说吧。"芈戎忙起身出来，白起也跟着告辞而去，直到最后，也没在这件事上表态。

在府里悄悄商定对策后，魏冉就在咸阳城里耍起了手腕儿。一方面悄悄派人去联络胡阳、司马梗、司马靳这几个亲信，把伐魏的计划告诉他们，让这些人先行准备，同时把韩相陈筮请到府里，告诉他：秦国不打算救援华阳。

听说秦国不肯救韩，陈筮吓得脸色焦黄，再三对魏冉打拱作揖，连声哀求："穰侯，韩国侍奉秦国已有多年，对秦国所求无不从命。上次秦国伐魏，韩国不但放开大路让秦军通行，还为秦国提供了十万斛粮食，实在是尽了心的！这次魏国攻打华阳，也是因为秦军出华阳伐魏的关系。华阳是新郑的门户，此城一失，新郑难保，到那时韩国如何立国？"

对陈筮的哀求魏冉根本无动于衷，只淡淡地说："相国说的不无道理，可你也要为秦国想想。五年前秦国伐楚，用兵百万，转战三载，纵横千里，兵员粮草损失无数；继而伐魏，几十万军马围攻大梁又是半年之久，两场大仗打下来，把秦国的家底子都掏空了，这才刚刚休息了一年，国力还没恢复，军士疲惫粮草不济，华阳离秦国又远，魏赵联军兵力又太强，出兵少了难以取胜，出兵太多，秦国的国力难支呀。"

见魏冉用这些话敷衍自己，陈筮也不想多说废话："既然穰侯为难，我明天进宫去见秦王就是了。"冲魏冉一拱手起身要走，魏冉也不挽留，只在一旁冷笑道："相国也不想想，秦国的事都由秦王做主，哪轮到我这个老朽说话？我今天说的就是大王的意思。"

魏冉是个老辣的角色，只说了一句话，气冲冲的陈筮又乖乖坐了下来："韩国的局势危急，还请穰侯无论如何想个办法。"

魏冉摇头道："我若有办法，不用相国来求，早就去办了。这次实在是没有办法。"

对付魏冉这种人，软语恳求并不是好主意，陈筮干脆沉下脸来："这么说韩国与秦国结盟是错了，既然秦军不能救华阳，我就回报韩王，干脆把华阳割给魏国，借这机会与魏、赵两国定盟就是了。"

听陈筮放出这样的狠话，魏冉无奈，只得笑道："相国何必说这些气话？我替相国出个主意吧：大王事母至孝，你何不进宫去求太后？如果太后答应救援韩国，大王还能不答应吗？"

魏冉给陈筮指的倒像是一条明路，陈筮不敢耽搁，第二天一早就捧了几双上好的玉璧到凤阁殿来拜见宣太后。

宣太后早年曾在秦国摄政二十年，虽然已经归政秦王，可这位老太太

无疑是仅次于秦王的第二号人物,平时她躲在后宫似乎不问政事,可不管大事小情,只要宣太后发话,秦王无不听从。现在陈筮来钻这个门子,倒也对路。

此时的宣太后已年过七旬,虽然没什么大毛病,身体毕竟不像早先那么健壮了,在宫里走动得比以前少了,早晚都要进些补药,曾经养在后宫的六七个面首,如今也只留下魏丑夫一人。一来年龄大了,应付不了这许多男人;二来心气也变了,光靠身子就想取悦老太太不容易了。

男人嘛,心都是粗的,只有这个魏丑夫与众不同,知情识趣,问冷问暖,把老太太伺候得舒服,一颗心也就放在这一个男宠身上了。

陈筮进凤阁殿的时候宣太后正和魏丑夫说话儿,听说韩国的相国求见,就命人放下纱帘,自己在榻上横躺着,倒叫魏丑夫坐在前面,接了陈筮献的礼物,就问:"相国来见太后有何事?"

宣太后做的这些事并不背着人,连秦王也不过问,所以陈筮知道面前这个人是谁。可自己身为韩国的相国,却和这么个东西面对面地问答,实在气恼得很。根本不理魏丑夫,只对帘后拱手说道:"太后安好。"宣太后也在帘后答道:"相国好,何时到的咸阳,见过大王了吗?"

陈筮客客气气地说:"臣到咸阳已经三日,尚未拜见大王。因我王在新郑时常听人说起太后聪明睿智,决政如流,又最重视秦韩两国之盟,常在秦王面前讲说两国交好的利害关系,我王对太后十分感怀,特命臣携国礼来拜。想不到太后有事,不方便见下臣,如此,下臣先行告退。"说完作势要走。

陈筮这些话绵里藏针,明里暗里挤对太后,宣太后也不好再装样子了,只说:"相国太客气了,我的身体虽有微恙,并无大碍。"一摆手,身旁的宫人挑起帘幕,又对魏丑夫做个眼色,魏丑夫忙一溜小跑退出去了。

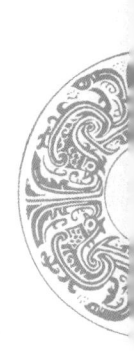

到这时陈筮才又坐了下来。宣太后问:"相国今天来有何事?"

"魏赵两国联军攻打华阳,形势危急,臣特来咸阳向大王求助。"

宣太后懒洋洋地问:"既然是国事,为何不去见大王?"

陈筮忙笑道:"大王这几天事忙,尚未召见臣下。昨日臣去拜见过穰侯,穰侯对臣说:国家大事虽由大王决断,可太后早年秉政之时多谋善断,常有奇计,既然大王一时无暇见臣,不妨先把这事说与太后,先问问太后的主意也好。"

陈筮的话里全是马屁,可宣太后混到这把年纪,早就不吃这一套了,并不答陈筮的话,而是低着头咳嗽了几声,宫人急忙端过一碗药汤,宣太后就着宫女的手喝了一口药汤,舒了口气儿,这才说:"穰侯老糊涂啦,他的话相国不能信。"

宣太后把一句冷话甩过来,陈筮倒有些手足无措,半天才笑道:"太后过谦了,眼下韩国危矣,还求太后赏给下臣一个主意。"

陈筮好歹是个相国,却把话说得如此谦卑,宣太后觉得机会来了,喝了两口药汤,又咳嗽了几声,这才有气无力地说:"既然相国这么说,我就讲个故事给你听吧:早年我侍奉先王之时,每日在王侧侍寝,先王睡到半夜翻个身,把他的腿压在我身上,实在沉重不堪,难以承受。我就在大王耳边吹气,使他惊醒。等大王醒来,在烛影下看了我的美貌,顿时把整个身子都压了上来,可说来也怪,这时候我倒不觉得沉重了,贵使以为这是何故?"

宣太后这话实在让陈筮摸不着头脑,发了半天愣,只得说:"下臣无知,还望太后明示。"

宣太后瞟了陈筮一眼,脸上浮起一丝古怪的媚笑,杂在灰白皱烂的皮

246

肉里，看着真像鬼魅一般。陈筮不敢再看，忙低下头。宣太后也知道自己没有勾引男人的姿色，可陈筮这个样子还是让她不爽，冷笑道："贵使平日一定不近女色，怎么连这也猜不出？先王把腿放在咱身上，是在睡梦中，整个身子压上来，却是要与咱交媾，一个女人侍奉大王无非是求这个吧？有这么大的好处在眼前，我哪还顾得了先王身躯沉重呢？"

其实宣太后的话陈筮并非完全听不懂，只是想不到此人身为大秦国的太后，当今秦王的生母，竟会当着使臣的面说出如此淫荡下流的话来。哪知宣太后的淫邪远超出陈筮想象，根本无所顾忌，居然这么直端端地讲解出来，表情还如此得意，陈筮心里暗骂这个老婊子无耻，嘴里却哪敢接话，只能装聋作哑不置可否。

宣太后倒真是个魄力十足的泼辣人儿，见陈筮不吭声，干脆不再客气，冷冷地说："俗话说的好，'无利不起早'，天下事都是一个理。秦国救韩，要动用多少兵马，花费多少钱财粮米？只怕日费千金也不止吧？韩王用什么报答秦国呢？"

陈筮忙说："只要秦国大军来救韩国，一切花费自然由我王负担。"

见陈筮的脑袋像个榆木疙瘩，怎么敲打都不开窍，宣太后把脸一沉，不理他了。

宣太后忽然变了脸，陈筮吃了一惊，忙沉下心来细想，这一琢磨才忽然明白，原来宣太后是借着"秦国"二字在向韩国索贿！

世上的无耻小人个个面目可憎，但这些小人也容易对付，无非用钱收买罢了。现在韩国形势危急，陈筮也不顾得多想，忙对宣太后拱手笑道："太后若能说动大王发兵救韩，我王愿将武遂献与太后做养邑，自今以后，武遂所产永远供太后享用。"

武遂是韩国的一座大城，人丁兴旺，赋税颇丰，陈筮把这么一座大城

的财赋全部献给宣太后，可真是一大笔财产了。

其实早在陈筮进宫之前，宣太后已从芈戎那里知道了魏冉伐魏助韩的全部打算，现在他向陈筮索贿，既是帮魏冉的忙，故意拖延时间，同时也在为自己捞一份好处。现在陈筮送了这么一大笔财产给她，宣太后乐得眉开眼笑，忙说："相国太客气了。这样吧，相国且回传馆，给老妇三天时间，一定说服大王，派兵马援救韩国。"

早前陈筮已经被魏冉拖了三天，现在宣太后一句话又把他拖了三天，有这几天工夫，魏冉调兵的密令已送到前线将领手中了。可惜陈筮对这一切全然不知，不但白着了几天的急，还白送给宣太后一大笔钱财，这才好不容易得到一个含糊的保证，乐得心花怒放，忙向太后再三道谢，这才辞别而去。

在魏冉和宣太后的撮弄下，陈筮在咸阳的传馆里傻乎乎地白等了六天，到第七天才被秦王招进宫中。

其实秦王的境况也不比陈筮强多少，眼下他也是刚从魏冉处得知魏国伐韩的消息。和魏冉一样，秦王立刻看出魏国伐韩正好给秦军一个聚歼魏军的好机会。于是当殿答应调动秦军救援韩国。廷议之后立刻把魏冉叫来，商议进兵之策。

到这个时候，魏冉早已把华阳之战前后细节筹划清楚，说起话来头头是道："华阳之战是秦魏两国的决战，当以武安君白起为统帅。"也不等嬴则多想，立刻又说："此战距秦远而离魏近，利在速胜，秦军提前一天到华阳，战场就多一分胜算。"

用白起为帅嬴则倒也放心，又问："华阳的魏、赵联军有二十多万，穰侯觉得要出动多少兵马才好？"

五　华阳之战

魏冉忙说："伐魏之兵多多益善，可是眼下楚地未稳，入楚的巴蜀之兵十万人不能调动，胡地也多事，陇西兵十万不可轻动，其他的尚有五十万兵马可用。臣已经想过，可将大军分成七队：第一队由左庶长王龁统领，公乘王陵为副将，发函谷关之兵十万；第二队由中更胡阳统领，发蕞城之兵五万；第三队由中尉张唐统领，发咸阳、樗里之兵三万；第四队由客卿蒙骜统领，发高陵、芷阳之兵三万；第五队由五大夫司马梗统领，发武关之兵五万；第六队由五大夫司马靳统领，发汉中之兵五万；第七队由五大夫蒙武统领，发南郡之兵五万，一共三十六万大军，以武安君白起为上将军统率全局。为了速战速胜，各路军马不必会齐，可以分头进发，为了争取时间，各军只随身携带三日之粮，沿途皆在韩国城邑就地取食，函谷、武关之兵务必于八天内赶到战场，立即与魏军交战，余众十五日内务必在华阳城下会齐，逾时不至者皆以军法论罪。"

魏冉用兵的手段实在厉害，三十多万大军调动有序，军法将令雷厉风行，秦王嬴则不由得暗暗佩服，眼看整个部署无懈可击，也就默许了魏冉提出的方案，又把地图看了半天才说："兵马调动遍及半个秦国，传下诏命也需五天工夫，各军整装进发，当在十日后了……"

魏冉掩着嘴咳了一声，稳了稳神，笑容可掬地拱手奏道："大王，魏王奸滑无比，就像钻进洞里的长虫，上次三十万大军围攻大梁半年之久也没揪住他的尾巴。眼下魏军倾巢而出到了华阳城下，倘若我军行动稍缓，给魏王听到风声又缩回去，再想抓住机会歼灭魏军主力就难了，为了不惊动魏人，臣故意把韩国来使拖了七日，在这七天里，臣斗胆代王传令，已将上述七路兵马布置妥当，所需粮秣也已齐备，只要大王诏命虎符一到，各军皆可连夜出征。"说到这里偷看了一眼秦王的脸色，见嬴则脸色铁青，眼睛里又是惊愕又是愤怒，赶紧低下头来，弓着腰赔笑道："臣这样做纯

为国家利益，断无私心，请大王见谅。"

自周天子封土建国以来，上至天子下到诸侯都把军马看得比自己的命还重，自秦国建立之始，凭王命虎符节制兵马就成了定例，就算勋戚重臣也不能擅动一兵一卒。却想不到穰侯魏冉权力滔天，胆大妄为，竟敢背着秦王私自调动兵马！

更令嬴则惊愕的是，远到函谷、武关，近到芷阳、樗里，半个大秦国的整整三十六万大军竟然全部接受了魏冉的调遣，在这些统军大将中还包括王龁、王陵这些秦王新近提拔起来的亲信，这些人在接受魏冉调遣之时，居然谁也没有向秦王透露一丝口风！倘若魏冉下的不是攻伐魏军的命令，而是合围咸阳之令，那秦王嬴则岂不立刻粉身碎骨了吗！

看着嬴则一脸惶恐的样子，魏冉肚里暗暗好笑。

对这场规模空前的伐魏之战，魏冉事先已经做了充分的准备，制订了完善的计划，调动了足够多的兵员，同时，魏冉也给嬴则布好了套子，故意展示自己的实权，要让秦王看看掌朝政三十四年的穰侯到底有多大本事！

至于魏冉调动的七路兵马，实际上只有胡阳、司马梗、司马靳三路人马已经得到进兵的命令，做好了相应的准备，而王龁、蒙骜、蒙武三路大军还不知道即将出征，中尉张唐蒙在鼓里。否则王龁怎么可能不与秦王暗通声气？咸阳的屯兵又岂是魏冉敢碰的？

以前的魏冉谋划大战之时只算计敌人，可如今他既要制胜破敌，又要费心思去算计秦王，比以前艰难了许多。

魏冉懂得"飞鸟尽，良弓藏；狡兔死，走狗烹"的道理，以前秦王要成霸业，需要谋臣上将击败各路强敌，用得着他魏冉，现在齐、楚已破，

魏国也快完了，眼看秦国统一天下的大业将成，做大王的外甥已经用不着他这个当相邦的舅舅啦，可魏冉权柄太重，势力太大，羽翼太多，就算想要急流勇退，也未必退得下来。

何况魏冉并不想退。

人哪，不要太好胜争强，也不要太有本事，否则下场太难预料。现在魏冉只想争到这个面子，至于下场二字，他早就不敢去想了。

魏军兵败华阳

就在陈筮进咸阳后的第七天，穰侯魏冉请下了秦王的诏命，顿时，半个大秦国都动员起来。左庶长王龁接诏之后，立刻调集函谷关内十万精兵开进韩国，司马梗的武关兵马几乎在同时向韩国进发。

这时武安君白起已经到了蕞城，中更胡阳帐下五万精兵早就整装待发，于是白起以蕞城精兵为中军，紧随在两路大军之后开进了韩国。想不到大军刚到高都，忽然得报：魏军已经攻克华阳！

魏国的上卿芒卯确有过人之能，他的十五万大军只用了不到二十天时间就攻下了华阳。这时秦国七路军马都在半路上，倘若魏军破城之后迅速回撤，白起就捞不到仗打了。

华阳一战秦国调动了三十六万大军，若扑了空，魏冉就不用再做相邦，白起也别当什么大良造，只好回家种地去了……

这种时候时间就是一切！

白起先在脑子里把整个战局梳理一遍，又取过地图仔细看了半天："离华阳最近的魏国大城是山氏，魏军若退，必往山氏而去。出华阳二十里是岗李，此处多有丘陵，可以打个阻击；岗李东十五里是大营，再向东是十八里台，其后就到山氏城了。"手掐心算，一个时辰一个时辰地计算时间，"七路大军之中，蒙骜所部是芷阳兵，骑兵最多——约有一万五千吧？就命蒙骜抛弃步卒，亲率全部骑兵向前突进，一直开进到魏国的山氏城下，无论如何一定要截住魏军！如果在山氏以西遇上魏国大军就立刻应战，山氏守军来援也要挡住，哪怕人都死光了，也要把魏军阻止在十八里台！王龁部下兵马太多，行动难免延误，命王龁立刻分兵两部，由公乘王陵率车、骑兵五万先行，越过华阳直插岗李，在这一带堵截魏军主力，王龁率余部继进，在华阳与岗李之间和魏军交战，司马梗的武关兵、张唐所部屯兵皆能战，务必催促张唐、司马梗提前赶到战场，进至大营一线，若魏军前部已过岗李，张唐军必须就地筑垒，将魏军阻截在大营，司马梗所部迂回其间，来往牵制，待机与王龁、王陵兵马会合，总之不能让魏军主力冲过大营。"把几路军马布置妥当，又回头问胡阳："中更觉得行军速度还能再快吗？"

此前秦军一连几天日行百里，士卒的体力已到了极限，可胡阳用兵以严狠著称，也知道这一仗全靠速度，早到华阳一天便能大获全胜，晚到一天或许就扑了空，这时候绝不能体恤士卒，咬牙说道："君上放心，我的蕞城兵可以提前两天到华阳，绝不会误事！"

有胡阳的硬话放在这里，白起约束众将就容易多了，立刻吩咐中军："传我的令：蒙骜所部务必提前两天赶到华阳，王龁、王陵、张唐、司马梗所部务必提前一天赶到华阳；司马靳、蒙武所部也必须提前两天赶到战场。贻误战机者，官大夫以上降职夺俸，官大夫以下受杖一百！"

五 华阳之战

白起的一句话，就等于强迫蒙骜所部每日行军两百多里，王龁、张唐所部日行军一百六七十里，且这样的强行军要持续四天之久。

善战之将，通常不问士卒的死活，因为他们对士卒心里有数，知道这些人的极限在何处，能估计出有多少人可以熬过这场残酷的行军按时赶到战场。至于多少人掉队，多少人累死，这些不在将领的计划之内。

一将功成万骨枯，古来如此，从无例外。

秦国大军穿越韩国，闪电雷霆般冲杀过来的时候，芒卯所率领的十五万大军还没有离开华阳。

华阳是韩国的第二大城池，城中有百姓四万户，二十万人口。韩国虽然是个弱国，可地处天下中心，商业十分繁荣，再加上韩国是个四战之地，秦、楚、赵、魏都想拿它开刀，要夺它的疆土，这个小国年年打仗，时时攻防，所以韩国人掌握了一套熔铜铸铁打造兵刃的好手艺，所产弓矢剑戈天下闻名，铜毂战车坚固耐用。

战国时代青铜黑铁各居其半，军士的铠甲兵刃多用青铜，百姓们农耕之时用得更多的还是铁器，韩国铁匠手艺精，兵刃铸得好，农具自然也打得好，犁锄铲耙闻名天下，远销六国，而出产兵刃车辆的中心就是华阳城。

眼下华阳城里打铁的作坊有数百间，熔炉几百座，能工巧匠数以万计，可以说整整一城人都指着打铁的手艺吃饭。魏国早就觊觎这些匠人的本事，所以芒卯破城之后立刻在华阳城里抓捕工匠押回魏国，魏军士卒也趁这机会杀人放火搜掠财物。为了给韩王一个教训，削弱韩国的实力，芒卯又决定把城里数百个作坊全部夷平，熔炉一律捣毁，最后干脆下令把华阳全城焚毁。这么一来，魏国的十五万大军就在华阳城下多待了三天。

到最后，眼看一座华阳大城被魏军毁坏得差不多了，能捞的油水也捞

干净了，芒卯这才罢休，命上大夫吕厌率领两万兵马驻扎城外，其余十多万人都在华阳城内驻扎，华阳四城和官衙民宅到处堆了柴草，只等明早放一把大火把整座城池烧成白地，魏国大军就可以撤回大梁去了。

打了一个大胜仗，毁了一座华阳城，回到大梁以后估计相国之位也到手了，芒卯心里十分得意，这一晚早早入睡了。哪知二更刚过，忽然有人叫门，芒卯起身开门，吕厌慌慌张张地跑了进来："芒卿，刚才我军在城外与一队秦国骑兵遭遇了！"

"胡说，哪来的秦国骑兵！"

"确是秦国骑兵！且有上万骑之多！并未与我军缠斗，只是且战且走，已经越过我军营地往东去了。我军斩杀敌骑百余，俘获数人，确实都是秦国人！"

华阳城下忽然出现上万秦国骑兵，而且不和魏军纠缠，只管一路向东……芒卯是一员久经沙场的宿将，立刻就意识到，这些骑兵分明是一支大军的先锋，他们不顾一切地东进，怕是要断魏军的后路！

先有厉闪，后有惊雷，这支骑兵就是雷霆之前的闪电！芒卯连铠甲也来不及穿，只披了一件袍子飞跑出来，一连声叫着："传令各军抛弃一切辎重连夜集结，务必在天亮前向东开拔，明天黄昏必须开进山氏城！"说着又想起吕厌，忙回头叫道："吕大夫，你立刻领兵东进，若遇秦军拦路务必将其击退，同时速报我知！"吕厌急忙领命而去。

这时段干崇也跑了进来。芒卯已经没时间同他解释，只说："秦国大军到了！我军不能在华阳停留，从今夜起，集结一路，就开拔一路！你领五万人留在华阳，一直守到明天中午，秦军若到，一定要尽力阻击！"见段干崇面色如土，又安慰他道："你放心，秦国大军来得再快，总也要一

五　华阳之战

天时间，一两万先锋军，咱们还对付得了。"段干崇也没时间多想，忙跑出去调动兵马去了。

这一夜，华阳城里灯火通明，前一天还因为打了胜仗而趾高气扬的魏军现在全成了惊弓之鸟，早先抢来的财物粮食都被抛弃一边，各部迅速整顿军马。还不到四更，吕厌已带着两万士卒向东进发，四更刚过，华阳城里的魏军也开始一队队向东撤退。

天色大亮的时候，芒卯登上战车率领中军开出了华阳城。此前他一直在心惊胆战地等待吕厌的消息，可几个时辰过去了，前方并没有任何消息，似乎最先撤退的魏军并未与秦军遭遇，芒卯这才稍稍放下心来。

芒卯哪里知道，这时秦将蒙骜的一万五千轻骑已经抢在魏军前面稳稳地占据了十八里台，而吕厌所部前军才过岗李，尚未与秦军交锋，当然没有战报。可芒卯知道秦军善于奔袭，丝毫不敢怠慢，仍然一连声地催促各军急行。眼看出华阳已有十几里，忽然一辆轻车飞驰而来，车上的校尉跳下车赶到芒卯面前："大人，前军在大营一线与秦军遭遇！"

听说秦军忽然出现在大营，芒卯大吃一惊，还不等他做出反应，又一骑快马来到面前："大人，我军在岗李与秦军遭遇，敌军约有数万之众，我军不能前进，请大人速派援兵！"

大营、岗李同时出现秦军，这么说，秦人已经抢到魏军前面去了？

事已至此，芒卯也只有咬牙发狠了："告诉前军，务必在一个时辰内突破秦军围困，否则主将提头来见！"回头吩咐左右："什么也不要管，尽力向前，遇阵冲阵，遇敌杀敌！进了山氏城就安全了！"话音刚落，忽听身边战车上有人尖叫起来："秦军！秦军上来了！"

芒卯急忙回身看去，果见东北方向烟尘四起，战车铁轮隆隆作响，黑

衣黑甲的秦军如同潮水一般冲杀过来。

到这时芒卯才明白，自己这支军马已被秦人合围在华阳城下了。

"冲上去！"芒卯拔出剑来声嘶力竭地高叫着，"秦军立足未稳，冲出去才有活路，都冲上去，冲上去！"

接下来的一整天里，芒卯领着几万魏军在旷野上左冲右突，只想尽快杀出重围，可秦国大军好像地狱中的鬼卒一般不断喷涌而出，无穷无尽，无边无岸，只见四面八方到处都是敌人，到处都在混战！魏军无论如何死战也冲不出秦人的包围圈。

这时芒卯已感觉到秦军兵力远胜魏军，蛮冲硬打不是办法，急忙命人去找段干崇，想把中军后军结为一体，就地筑营固守待援，想不到段干崇回报：后军已被合围在华阳城里，请芒卯速率中军回撤，固守华阳，以待援军。

至此芒卯才终于明白，自己的前后道路都已被秦人切断了，既到不了山氏，也回不了华阳了。

黄昏时分，华阳城西号角声声，战鼓如雷，武安君白起亲率中军赶到了。白起登上高岗远眺，只见华阳城的墙垣已在魏军破城时毁坏得参差不齐，在仅存的城墙和墩台上仍有部分魏卒拼命抵抗，大队秦军早已顺着墙上拆出的缺口杀进城里，城内城外火光冲天，喊杀声此起彼伏，从城下直到东边极远处，到处都是黑衣黑甲的秦军在与冲乱了阵势的魏军厮杀。

这时前敌将领也派出飞骑向白起报告位置：蒙骜所部前出最远，已进至十八里台，正与魏军先锋恶战，而山氏城的守军并未出援；张唐所部进至大营，司马梗所部到了大马村，两路共合围魏军四万人；王龁的部将王陵率军五万进至岗李，截住魏军中军五万人；王龁亲自率军围住了华阳城，

五　华阳之战

估计被围魏军也有五万之众。白起是个战场上的老手，听了部将所报，拿出地图一比，已经估计出战场上的总态势。

这一场大战，秦国七路大军已到了五路，除却沿途掉队的步卒不计，总兵力二十二三万人，合围魏军足有十五万众！且从战场情况估计，魏军对秦人的到来显然毫无防备，其主力仍滞留在华阳、岗李一线，已经深深陷入秦军的包围圈里，从华阳城下的战况来看，魏军各路兵马都是仓促应战，多半已经被秦军的突袭打垮了！

华阳这一仗打得太漂亮了，白起这个冷面将军也不由得眉飞色舞，问左右："芒卯在何处？"

一员裨将应道："据降卒所报，魏军吕厌部率先突围，芒卯率中军继进，段干崇所部断后，现在芒卯的军马还被困在岗李一带，正与王陵所部交战，段干崇的部属被围在城里，吕厌所部已被分割成几段，吕厌自领万余人与蒙骜部恶战，想突破十八里台东奔，目前尚未得逞。"

"赵国军马在何处？"

"战场上未见赵军踪影。"

听了军报，白起立刻吩咐胡阳："把你的五万人马分三队：轻兵一万直奔大营，阻断魏军退路，另两万军马从大营和岗李之间揳入，协助王陵堵截芒卯，务必将华阳、岗李的十万魏军一口吃掉，生擒芒卯、段干崇！"

胡阳忙问："我也去岗李助战吗？"

白起摇了摇头："眼下赵军的情况不明，中更先不要动。"略一沉吟又加上一句："依我估计，魏军占领华阳之后，赵军多半已经北返，现在咱们把魏军吞进了肚子里，赵军未必敢来救援，可咱们不能不防。就请中更带两万人先期北上，择地驻防，阻断赵军南下的道路。另外还要多派斥候北上，直到黄河岸边，一定要探明赵军的准确动向。"胡阳接令而去。

部署停当之后，白起下令就在山岗上建起帷幄，前敌有事，随时来报。

时过午夜，张唐所部率先来报，魏军两万余人已被全歼，接着司马梗也来报捷，又有两万魏军做了秦人的刀下鬼。天光放亮之时，蒙骜来报，魏军先锋有两千余人突出重围向东溃逃，其余尽数被歼。白起立刻命令蒙骜、司马梗、张唐三路兵马由东向西回撤，并力合围芒卯、段干崇两支魏军。至此，华阳城下合围已成，剩余的十万魏军插翅难飞了。

华阳城下的恶战又打了一天一夜，秦营西边杀声震天，白起已经胸有成竹，一切充耳不闻，只管在营中高卧酣睡。直到天光大亮，胡阳那里送来一个消息：原来赵国人又耍了滑头，根本不是真心援助魏国。赵军七万虽然渡过黄河，却根本没有南下参战，只是停留在荥口一带坐看魏韩两国交兵，得到魏军攻克华阳的消息后，赵军就开始渡河北撤，现在黄河南岸只剩少数赵军，对秦军的动向一无所知，更不可能南下来救芒卯了。

听了这个战报，白起彻底放下心来。叫手下捧上半斗米，一升酱，热了一壶酒，正要吃早饭，忽然灵机一动，又把地图细细看了一遍，急忙叫人去找司马梗。

不到一个时辰，五大夫司马梗从前线赶了回来，白起立刻问："前面打得怎样？"

"昨天一天砍了两万首级，今天我军在岗李外围又得了两千首功，只是魏军都被函谷兵围着，咱只好在外围帮衬，插不上手。"

王龁、王陵都是秦王的亲信，司马梗是老将军司马错的儿子，和魏冉关系很深，这几员将领面子上还过得去，心里却在互相较劲，如果战场上碰在一起，难免明争暗斗。

白起也正是考虑到这一点，笑着说："华阳虽是一锅肥肉，可咱们未

五　华阳之战

必插得进匕箸，不过眼前还有一块肥肉给你吃：魏军攻克华阳后赵军已经回撤，现在仍有一支人马在黄河南岸，估计毫无准备，你立刻抽调三万人，和中更的两万兵马一起北上，在黄河边吃掉这支赵军。"司马梗大喜，忙领命而去。

到此时，华阳城已被秦军占据了大半，城外的几万魏军也被压缩在一块不足十里的狭窄地带，眼看大势已去了，而秦国大军仍由西向东源源而至。

天黑以前，司马靳带着五万生力军赶到华阳，立刻投入了战场，蒙武所部距华阳也只剩半天路程了。

在秦军诸将之中，白起和司马靳交情最深，此时他的脑子里已经有了一个比华阳之战更大的计划，特意把司马靳叫到帐中，指着地图打趣道："五大夫来晚了，华阳这里的仗已经打完了。"

在秦国将领中，司马靳是个出名的智将，头脑好使，立刻明白了白起的意思，笑着说："俗话说'来得早不如来得巧'。眼下小仗打完了，该打大仗了，武安君要去大梁，我这支人马正好当个先锋。"

司马靳说出了白起的想法，两人一起哈哈大笑。

正在这时有人来报："君上，王龁所部已将华阳城内魏军肃清，俘获魏军一员，特向君上献俘。"

"是芒卯吗？"

"已经问过，是魏国上大夫段干崇。"

听说捉的不是芒卯，白起也没什么兴趣，和司马靳一起走出大帐，只见一队秦军押过来一个紫黑脸膛的壮士。白起在帐口坐下，问："你是段干崇？知道芒卯现在何处吗？"

段干崇毕竟是个打了半辈子仗的武夫，身上有一股刚强之气，被困华

阳时他也曾身先士卒与秦军死战,身受创伤,被俘之后也不存侥幸之心,一心只想求死,根本不理白起的问话,反而破口骂道:"你这畜生狂妄什么?难道忘了大梁之败吗!魏国持戟百万,今日虽败,士气犹存,秦人若敢侵犯魏境,必叫你等死无全尸!"

不等段干崇再骂,白起暴跳起来,顺手从士卒手里夺过一条长戟,一戟把段干崇砍倒在地。回头对众将喝道:"这个不知死活的东西竟敢提起大梁之败!好,咱们就再次兵围大梁,看魏王到底有什么本事!传令:王龁、王陵所部留在华阳,继续歼灭岗李一线魏军,其余各部就地休整一日,以司马靳所部为前锋全军东进,直至大梁!"

孤零零的信陵君

秦国大军忽然出现在华阳,与魏军展开激战,这个消息很快就传到了大梁,魏王大惊失色,急忙和重臣们商议对策。

可华阳之战魏国精锐尽出,大梁城里只剩了几万人马,其余兵马都散在各处,一时难以召集,且华阳方面情况不明,一时也难下决心。更要命的是,信陵君魏无忌还在邯郸没有回来,魏国王廷里缺了这根擎天柱,上自魏王下到臣子个个不知所措。慌乱之中还是范痤拿了个主意:不论如何且从最坏处着想,立刻将大梁城周百里之内的兵马全部调回听命,派使臣持魏王符节到河北调兵增援,同时派人到邯郸,急召信陵君回大梁。

一时间大梁城里城外兵慌马乱,车驾纷纷,大队兵马纷纷入城,情况

五 华阳之战

比一年前秦军围困大梁时还要混乱。百姓们只知道西边又在打仗，却不知战况如何，一时谣言四起，惊惶不安。混乱之中倒有一个人已经猜出了华阳的战局，并且做好了逃离大梁的打算。

这个人，就是平原君留在大梁城里的门客公孙龙。

早前公孙龙向平原君献计，要借芒卯争权的机会教唆魏国伐韩，借机挑起魏国与秦国的战争，削弱魏国的实力，却没想到芒卯攻打华阳之时秦国大军忽然出现在华阳城下！公孙龙这个人非比等闲，已经感觉到魏国或许要遭一场大败。这种时候，公孙龙这个挑唆魏国伐韩的始作俑者还待在大梁城里，真就成了找死！

好在公孙龙有他的聪明之处，虽有做大夫的功劳和本事，却从头到尾只做一个舍人，毫无名气，谁也不会注意到他。现在趁着秦军离得尚远，大梁城门还没戒严，公孙龙立刻回到住处，吩咐人收拾东西，套好马车，准备天一亮就离开大梁回邯郸去。

这一夜公孙龙早早睡下了，可心里有事，觉也睡不踏实。三更将近，忽然听得有人轻轻叩门，公孙龙吓了一跳，爬起身来问："什么人？"

半天，门外有人低声答道："公孙先生请开门，我有事和你说。"听声音十分耳熟，却又想不起来，公孙龙大着胆子上前开了房门，一条黑影闪身进来，立刻回手关了房门，借着昏黄的烛影看去，进来的竟是魏国的上卿芒卯！

原来芒卯率军从华阳突围而出，却在岗李与秦军王陵所部遭遇，整整恶战两昼夜，终于无法破围。眼看秦军越聚越多，包围圈渐渐收紧，魏军已经没了还手之力，覆没已成定局，情急之下，芒卯扔下自己的同袍，化妆成农夫模样逃了出来。虽然路上几次遇到秦军，都侥幸避过了，等到了

山氏,已经不见秦军追来,芒卯这才松了口气,可到这时他才发现,从华阳逃出来的魏军加在一起不过几千人。

也就是说,跟着他从大梁出来的十五万魏军,全完了。

身为魏国上卿,鼓动魏王伐韩在先,丧师华阳于后,已是死罪,何况芒卯身为主帅临阵脱逃,更是犯了灭族的大罪,自己也知道在魏国站不住脚了,眼下只有一个去处,就是借着早前和平原君的那点儿交情,希望逃到赵国去,在平原君府里避避风头。

于是芒卯大着胆子回到梁城来找公孙龙,一见面,芒卯也顾不得体面,扑通一声跪在地上抱着公孙龙的腿哭道:"先生救命!"

眼看芒卯浑身又是泥又是血,满脸都是鼻涕眼泪,哪里还有一点上卿的尊严,公孙龙肚里全是冷笑,伸手扶起芒卯:"芒卿不必如此,公孙龙只是一介布衣,哪能救得了你?"

芒卯忙道:"公孙先生是平原君的亲信,平原君是天下最仁义的君侯,眼下我已无路可走,求公孙先生引荐我到赵国避祸,只要逃过此劫,芒某感激不尽。"说着又要给公孙龙下跪。公孙龙忙一把扯住:"芒卿不必如此。公孙龙没什么本事,可我家君上却是个有本事的人,只要芒卿到了邯郸,平原君定能收留你。先换件衣服吃点东西,天一亮我就送芒卿到邯郸去。"

听说平原君愿意庇护,芒卯这才松了口气,又对公孙龙千恩万谢,吃了顿饭,略歇了歇,眼看天色微明,芒卿换上一身粗布衣服,剃去长须,扮作下人模样,与公孙龙同乘一辆轻车。此时大梁尚未封城,人员车马任意进出,这几个人毫不费力混出城来,立刻北上黄河。

公孙龙虽然心思险诈,对芒卯倒很客气,这一路上时时加意奉承,说了无数宽心的话儿哄他,芒卯的心里也总算好过些了。

只这么几天工夫,华阳大败的消息已传得尽人皆知,魏国到处风声鹤

五 华阳之战

唉,这几个人心里有鬼,不敢随便在城镇里停留,每夜都在荒郊露宿。这天马车已经出了安城,已到黄河南岸,离渡口不过几十里了,公孙龙心里踏实了许多,眼看天色将晚,在市镇上买了些酒肉,当夜几人就在黄河岸边露宿。

眼看黄水滚滚苇荡沉沉,想到自己一辈子的功业名声至此尽毁,芒卯心里伤感至极,哪还有心思吃东西。好在身边还有个公孙龙,热口热心,一股劲地安慰芒卯,保证到赵国之后能得平原君器重,以芒卯的本事,将来可以在赵国做个将军。好说歹说,芒卯总算喝了几碗酒,吃了些东西,公孙龙和下人这才用了饭,又找来几件厚实的衣服铺在地上,请芒卯先歇息,公孙龙和驭手仆人三个人都躺在荒草里睡了。

睡到半夜,芒卯隐约听到身边似乎有动静,勉强睁开眼,只见面前站着几个黑影,刚要发问,一个黑影猛地俯下身,两只大手紧紧掐住了芒卯的脖子!另一人也趴在芒卯身上,死死抱住他的双腿。

到这时芒卯还没弄明白到底是怎么回事,只是本能地拼命挣扎起来,双脚乱蹬乱踹,压着他下身的人几乎控制不住,第三个人站在黑暗中,举着一柄短剑慌慌张张不敢下手,只听那压腿的人低声喝道:"混账东西,还不动手!"听声音正是公孙龙!

月影中只见寒光一闪,短剑直捅进芒卯的小腹,芒卯喉中发出一声嘶哑的哀嚎,双手乱抓乱挠,却挣不出身子来,那仆人捅了一刀之后胆也大了,咬着牙握着匕首冲芒卯胸腹之间一通乱刺,芒卯一人哪抵得三个凶手,喉中咕咕作响,挣扎的力量越来越弱,终于双腿一伸,瘫在地上没了声息。

三个凶手从尸体上爬起来,都累得呼呼直喘,驭手问:"先生,尸首怎么办?"

"绑上石头,扔到黄河里去。"

驭手扛起芒卯的尸体深一脚浅一脚地向河边走去,好半天,只听得扑通一声响,再也没有声音了。

魏国伐韩,是赵国人在背后挑唆,此事若被魏王知道,一定对赵国恨之入骨。好在知道内情的人除了平原君和公孙龙,就是这个芒卯,现在不知死活的芒卯居然跑来请公孙龙救命!真是自寻死路。

此时荒郊野外,月黑风高,不杀人灭口,更待何时?

就在公孙龙这个机灵鬼儿仓皇逃离大梁的第二天深夜,秦军先锋的精锐骑兵已经到了启封。

华阳之战魏国败得太惨了,十五万大军被全部聚歼于华阳城下,上卿芒卯不知所踪,上大夫段干崇被杀,仅大夫史厌领着两千余人侥幸生还。魏王花大力气整修的榆关要塞尚未完工,听说华阳大败,榆关守军和筑城的民夫一天工夫逃得一个不剩。秦军未经一战就穿越了榆关,于是白起命五大夫司马靳为大军先锋,以一万车骑兵为先导,不顾一切地向大梁扑来。

面对如此败局,魏国的军心已经彻底瓦解了,从山氏到焦城、启封各处魏军全都不敢与秦军接战,望风而逃,一股脑儿地退进了大梁。司马靳所部连一场硬仗也没打,只管一日百里向前疾进,只用三天工夫就到了大梁城下。

在骑兵身后,几万如狼似虎的秦人持戟荷戈呼啸而来。

这一次秦军来得实在太快,魏国的老百姓没有机会像上次那样有秩序地退入大梁,很多人甚至不知道秦军将至,还在忙他们的耕作,过他们的小日子,秦国大军忽然如狂风般杀到面前,所过之处杀人屠城无所不为,魏国的城池村镇顿时一扫而空。

五　华阳之战

与此同时，中更胡阳率另一路秦军从华阳北上，在几乎无人察觉的情况下直扑荥口，准备歼灭替魏国助阵的赵军。

其实赵国的七万大军根本没参加华阳之战，因为芒卯手中已有十五万精兵，实在用不着赵军帮忙，芒卯也不愿意这些赵国人在战胜之后从华阳分一杯羹，所以赵军只在荥口驻扎，替魏军壮壮声势，并未真的南下。华阳被魏军攻克之后，赵国上大夫贾偃认为事情已经完了，没与任何人商量就决定率军北渡黄河，想不到这个自作主张的决定，却意外地救下了五万赵国人的性命。

当胡阳所部赶到荥口时，贾偃手下的七万赵军已有五万人渡过了黄河，连贾偃自己也已经渡河北返，却还有两万赵军留在黄河南岸等候渡河，想不到渡河的船只还没来，一支强大的秦军却忽然出现在他们背后，赵国人毫无准备，军中甚至连个合适的将领都没有，根本无法与秦军一战，只一天工夫就被击溃了，两万赵人大半被杀死在黄河渡口，剩下的为了活命，不顾一切跳进了黄河。贾偃在黄河北岸眼看着部下被秦军歼灭，可惜隔着滔滔黄水，根本束手无策，只能尽力拯救游过黄河的赵国士卒，最终只救回了两三百人。

至此，魏赵两国联军二十三万精兵，共被秦军歼灭了十七万。

秦国骑兵直抵大梁城下的第二天，司马靳所部五万兵马全数开到大梁城下，立刻摆开阵势向魏军挑战。城中魏军虽在兵力上仍然超过秦军，可大败之后气为之夺，哪敢应战。于是司马靳后退十五里扎营，等待大军到来。

在华阳大破魏军之后，白起已经下了合围大梁的决心，所以不慌不忙，率领大军横扫魏国中部，到处掠夺粮草以充军用，足足用了十二天时间才开到大梁城下。

武安君白起用兵如神，这次伐魏的每一步都做得无懈可击，正应孙武子所教："其疾如风，其徐如林，侵掠如火，不动如山，难知如阴，动如雷震。"所有布置中仅有一个小小的漏洞，就是合围大梁的时间拖得稍稍长了些。

就在白起大军合围大梁的前一天，信陵君魏无忌回到了大梁城。

有了信陵君，大梁城里的军民士气为之一振。

此时魏无忌也无心查问前线战败的原因，急忙把城中剩下的兵马全部召集起来，清点之后，发现可用之兵尚有十一万，魏无忌立刻挑选精兵良将分守四城，将所有粮食收入官仓，以备久战；打开官库，拿出钱来招募义勇，很快就召集了三万多人，给这些人分发兵器铠甲，让他们和军士一样上城防守，再下令征集大梁城里所有十五岁以上的男丁，让他们把匕首镰刀绑在长杆上做兵器，实在没有武器的就只拿一根木棍，一起上城以壮声势。同时挑选出两百名军士，分二十人一组，由将官亲领分头巡城，有当街喧哗造谣惑众者立斩！惶恐奔走无故惊泣者当街鞭笞。

顷刻间，大梁城头密密麻麻站满了手持器械的男人，城中秩序一时井然。魏无忌又特意挑选了五百名高大健壮的士卒做随从，自己亲自披上甲胄挺起长戈，带着五百壮士在城头巡视，所经之处擂鼓鸣钲号令不绝，军士百姓同声奉命，千人万众呐喊如雷，魏国人被打散了的士气又逐渐振作起来了。

这时，白起帐下的七路大军也全数赶到了大梁城下，一共三十六万人马，把大梁城围成了一个铁桶。白起在大营中张起帷幄，将胡阳、蒙骜、王龁、王陵、司马梗、司马靳、张唐蒙武八人召集起来，问他们："诸位觉得咱们下一步该怎么打？"

五　华阳之战

八员上将之中五大夫王陵的脾气最急，立刻叫道："大军已至，自然是立刻攻城，末将以为大梁城内空虚，我军兵强马壮，三月内破城不是问题。"

白起看了王陵一眼："将军以为三个月可以攻破大梁城？能否破城且不论，我只问将军一句，咱们手里的粮食够吃多久？"

白起一句话倒把王陵问住了。左庶长王龁忙说："我军救华阳利在速胜，只带了随身的干粮。其后虽在魏国大肆搜掠，所得之粮勉强够大军吃三个月左右。"

王龁话虽说得"勉强"，其实他的说法正好支持了王陵的意见，王陵心里暗暗得意，瞟了一眼左右，却见蒙骜、司马梗等人一个个面无表情，不觉有些扫兴。正要说话，司马靳插了进来："魏军虽然大败，可梁城尚有精兵十万，若真能给咱们三个月时间尽力攻城，袭破大梁也许不难，可我担心赵、楚两国不会给咱们这么长时间吧？"

司马靳的话倒让王陵很不服气："赵、楚皆是秦国手下败将，如今我军攻梁城如泰山压卵，赵、楚两国敢来找秦人的麻烦吗？"

王陵这话说得太莽撞了，客卿蒙骜在旁开了腔："魏国是山东六国的脊梁，位置极为重要，若魏国一破，韩、赵、楚、齐不能相顾，山东诸国必被秦国逐一攻破，所以诸国不会眼看魏国灭亡。再说，楚国虽败，尚有大军五十万，赵国也有精兵四十万，虽然在黄河边被歼灭两万，并未伤其元气，若我军猛攻梁城，魏国垂死，赵、楚两国极有可能发兵。"

蒙骜是一员老将，在诸人中年纪最长，说的话自然有分量。只有王陵反问了一句："依蒙卿之意，这一仗该怎么打？"

"不必攻城，只要派一介之使入城去见魏王，命他割让南阳郡与秦国议和。"蒙骜抬头看着众将笑道，"大王只颁下救韩的诏命，并没让咱们

灭亡魏国，现在咱们已经救了韩国，又砍了魏赵两国十七万颗首级，再割到一个南阳郡，比大王所命多出几倍的战果，足可以退兵了。"

蒙骜说的才是正路子，听了这话，连王陵也无话可说了。

眼看众人都无异议，白起站起身来："就这么办吧。传令：大军后撤三十里扎营，派使臣去见魏王，叫他五日内割让南阳郡与秦国议和，否则我军攻克大梁之后，必将全城屠灭，鸡犬不留！"

当天下午，秦军开始移营后撤，同时，一名公大夫带着白起的手书进了大梁城。

自从得知秦军到了华阳，魏王已经方寸大乱。待华阳大败的消息传到大梁，魏王整个人都垮了，把一切守城事宜都委托给范痤，自己躲在深宫里不敢露面，也不召见臣子商量对策，完全是一副听天由命的架势。直到信陵君回到大梁，整顿城防调派兵马，渐渐稳住了人心，魏王在宫里听到消息，这才有了些起死回生的意思，可还是不肯走出王宫一步，所有事务悉听信陵君一人处置。

现在秦人送来了割地议和的通牒，魏王听说白起愿意退兵，条件只是割让魏国的南阳郡，这一下真是大喜过望，立刻召集群臣上殿，商议割地之事。

眼看魏王又想割地议和，信陵君第一个站了出来："大王不要中了秦人的诡计！秦军虽在华阳获胜，可大梁城里还有十五万能战之兵，愿意效命的百姓也有十多万，黄河两岸还有二十万人马随时可以南下袭扰秦人，凭这些力量足能与秦军周旋几个月。秦军此来是急战速胜，没有粮草辎重，难以久战，很快就会退却。"

魏无忌说了一番话，可王廷上却没有一个人出来附议。

静了半晌，上大夫须贾在旁说道："君上言之有理，可我听说秦军围困大梁之前，花了十天时间在魏国境内搜刮粮食，且秦军获胜后士气旺盛，而我军精锐尽失，尤其五万名武卒全丧在华阳城里，一味守城，若有闪失怎么办？"

须贾这话说得很客气，其实是在质问信陵君，魏无忌立刻答道："只要军民同心，大梁就不会失守。"转向魏王："臣以身家性命担保，大梁城必能坚守三个月以上。"

信陵君说出这话，须贾就不敢搭腔了。公子魏齐却在一旁冷笑道："信陵君的本事大家都知道，只是太喜欢意气用事了，每到危险关头，就说什么'用身家性命担保'，难道君上一家真能保得全城几十万人的性命吗？"

这些天信陵君一人独撑社稷，内外奔忙，又苦又累又气又恼，现在自己的兄弟用这样的话质问他，魏无忌也火了，毫不客气地说道："无忌说的并非自己身家性命，而是城中几十万百姓的身家性命，是魏国几百万子民的身家性命！南阳郡是魏国西南防范暴秦的屏障，一旦割去，不但几十万百姓成了秦人的奴隶，且整个魏国的南翼都暴露在秦军刀斧之下，再也无险可守，秦人必然年年征伐，岁岁侵夺，魏国人还有一天好日子过吗？今天的局面虽然不利，却远非绝境，只要我们在大梁坚持数月，赵、楚、齐、燕必来救魏，那时何愁秦军不退！只看大王有没有这样的勇气，敢不敢做这样的坚持了！"

信陵君把话直问到魏王面前，一时间殿上群臣谁也不敢说话，所有人都抬头看着魏王，等他表态。

好半天，魏王沉声说道："妄自揣测，骇人听闻。"

魏王竟以这八个字责备信陵君，也就是说，对信陵君的一切提议都不采纳，一心只要割地求和！急怒之下，信陵君忽地站起身来，走到大殿中

央直面魏王，抗声问道："大王说臣妄自揣测，骇人听闻，却忘了一年前魏人众志成城，坚守大梁半年之久，杀得秦人死伤遍野！那时的大梁城防坚固，城里万众一心，今天的大梁仍然固若金汤，百姓仍然民心可用！大王却听信秦人恫吓，一意割地求和，臣以为大王这才是妄自揣测，这才是骇人听闻！为什么大王不走出宫去看一看城防，听一听民意？难道这千里江山只是大王一人的私产，不是五百万子民共有的邦国吗？"

说到这里，信陵君已经落下泪来，可魏王只是低着头，一脸的无动于衷，无奈之下，魏无忌只得回头对殿上群臣叫道："诸位也说一句话吧！"

没有一个人说话，整座正观殿上百余臣子个个低头缄口，无一人应和信陵君。只有魏无忌一人孤零零地立在廷前，像个不合群的怪物。

既然没人支持信陵君的主意，魏王也就不再理他了："寡人心意已决，此事不必再议。须贾明日出城与秦人商议割地媾和。"

魏王一句话定了国事，殿上的臣子们个个无言。多数人心里其实松了口气，知道南阳郡一割，大梁就保住了，他们自己的身家性命也保全了。只剩下信陵君一个人，面对整个决心割地求和的朝廷，气沮神残，再也无力争辩，整座正观殿上百余臣子没一个敢抬眼看他。魏无忌只觉得一股气堵在喉咙，整个胸膛都要炸开来了，再也不愿与这些无用之人为伍，也不管廷议未毕，魏王在座，把手中的玉圭狠狠掷在地上，转身大步下殿去了。

夜色昏蒙，石玉点起一盏小小油灯，收拾床铺准备休息，忽听门外有脚步声，接着有人轻轻叩门，石玉忙问："是侯嬴先生吗？"外面的人却不回答，停了好半晌，又轻叩房门，石玉悄悄走过去从门缝里往外看，门外黑乎乎地站着一个人来，借着似有似无的月光半天才认出，来的竟是信陵君！

五　华阳之战

这种时候信陵君忽然单身到访，石玉真是做梦也想不到，满心里又是慌乱又是紧张，急忙开门让魏无忌进来，又回手关好门，拨亮了灯，在离信陵君几步远的地方站着，怯生生地问："君上来有何事？"

"我已不是信陵君了。"昏黄的灯影里，魏无忌的声音听起来平静得吓人，"收拾一下东西，咱们今夜就离开大梁。"

魏无忌这话匪夷所思，石玉压根没听明白："你说什么？"

魏无忌说了句没头没脑的话，就在黑暗中愣愣地站着，石玉也顾不得避嫌，走上前慌里慌张地问："到底怎么了？"魏无忌一声也不答，又呆呆地站了一会儿，身上再也没力气了，低着头缩着肩膀在竹榻上坐下。石玉真给吓坏了，坐在魏无忌身边，瞪着两眼紧张地望着他，却什么也不敢问。

半晌，魏无忌嘴里喃喃说道："我不做信陵君了，魏国人不用我了，我也不再是魏国人了……"

说到这里，魏无忌再也忍不住心里的伤痛，咧着嘴哭了出来，急忙抬起手来，似乎想遮住自己的脸，却忽然一转身，双膝跪在地上，把石玉拦腰紧紧抱住，头埋在她的胸前，像个受了委屈的孩子一样放声痛哭。

石玉并不知道信陵君遇上了什么事，她只知道这个平时倔强偏激的大孩子受了天大的委屈，已经垮了。石玉也不知道怎么用言语安慰他，只能半扶半抱着让魏无忌在卧榻旁坐了，右手揽着肩背，左手轻抚魏无忌的颈项，安抚着他，让这个男人在自己怀里哭个痛快。

这一夜，魏无忌伏在石玉怀里足足哭了小半个时辰，到后来哭累了，竟躺在石玉的榻上睡着了。

魏无忌的睡相很不安稳，瘦骨嶙峋的身子像小猫一样蜷得紧紧的，呼吸低缓，却时轻时重很不均匀。淡淡的月影从窗棂中透进来，斜斜照着那

张俊秀的脸庞。只见这个男人眉心紧皱，枕在身侧的右手握着个拳头，身子时不时地轻轻颤动，嘴角也跟着微微抽搐，似乎在睡梦中还在使着力气，与一股看不见的力量抗争不休。

在石玉眼里，榻上躺着的是世上最聪明最正派却也最最不幸的男人。

这可怜的人，才三十出头却已鬓发斑白，明明是个万人敬仰锦衣玉食的君侯，却瘦得只剩一把骨头，看他的睡相，大概在睡梦中也正被敌人围攻。石玉一点也帮不上他的忙，只能伸出右手，用手指抚摸他的额头，脸颊，颈项，又轻又缓，就像在安抚一个睡梦中的婴儿。

也许这个男人本就是上天交给她照料的婴孩，可冥冥中却有一股无形之力，让这两个人可以引为知己，可以无话不谈，却永远走不到一起。

——除非，除非魏无忌真的不做信陵君了，不做魏国人了……

傻话，这是这个傻男人一辈子说的最傻的傻话，想起这些傻话，石玉真是哭笑不得。她当然知道，等魏无忌一觉醒来，也不会再记得这些话了。

随着石玉手指的轻轻摩挲，睡梦中的魏无忌忽然清晰地叹了一口气，紧皱的眉心舒展开了，接着翻了个身，无意识地把头枕在了石玉的腿上，始终紧紧蜷缩着的身子也伸直了。

这一次，是真的入睡了。

魏无忌这一觉睡得很沉，直到天光大亮才醒来，这时的他早已羞于提起那场软弱的痛哭了。石玉知道男人的虚荣劲儿，对昨晚的事也一字不提，只问："到底出了什么事？"

"大王决心割让南阳郡与秦人议和，我劝不住他……"

石玉并不知道南阳郡对魏国的意义，但她知道这是魏国的又一场大败："君上以后有什么打算？"

五　华阳之战

"南阳郡失陷了，魏国只有在黄河岸边依托邢丘重整壁垒，在河南河北重练新军，希望五年之内能恢复实力。现在的秦国内斗越来越激烈，不会一直这样强盛，只要秦国露出破绽，魏国就能重新收复失地，大势尚有可为。"

在石玉的膝头睡了一夜，魏无忌已经恢复了元气，又成了往日那个飞扬勇决的信陵君。只是他早已忘了昨夜对石玉所说的话，一个字也不记得了。

信陵君是魏国的信陵君，他不可能抛弃这个国家，这个国家也离不开他。这个国家的一切不幸都是直接加在他身上的不幸，而信陵君身上的勇气，就是魏国最后的一点希望。

对石玉来说，昨夜只是做了一个挺有趣的梦，现在梦醒了，日子还得照样过下去。

六　陷害

各怀鬼胎

华阳一战，魏国损失了三分之一的军马，西边的门户又被秦军打破，同时还向秦国割让了整个南阳郡。得到这块土地之后，秦王嬴则下令将魏国的南阳与楚国的上庸合并起来，建立了秦国的南阳郡，依惯例，秦人将魏国百姓逐出南阳，强夺了魏国人的房屋土地，兼并了他们的财产，又从国内迁来大批罪犯填满城池。

在南阳世代生息的魏国百姓，从这天起，全都做了秦国的农奴。

此时的秦国在连续两轮伐楚、两次伐魏之后，国力军力都已疲惫不堪，暂时停止了大规模的攻伐。信陵君抓住这个难得的喘息之机上奏魏王，请求拜上大夫范痤为魏国的相国，立刻组织中枢，重建大军，加筑壁垒，魏王一切准奏。于是魏国在一年内招募了十万新军，从现存的军队中精选五万健壮骁勇的士卒集合起来，重新训练魏武卒，同时在魏秦、魏韩边境加筑壁垒，足足花了一年时间，国内的危局总算略有缓和。

可惜乱世之中太平总不能持久。魏国的元气刚刚恢复，周赧王四十三年，在燕国独揽大权的相国公孙操忽然发动政变，杀了燕王，另立宗室公子为王。消息传出，天下震动，山东列国的国君无不愤慨。

得知这一消息，齐王田法章感觉到向燕国这个不共戴天的仇敌复仇的机会到了，立刻召集群臣议事，准备出兵讨伐燕国。

齐王伐燕之心很盛，可相国田单对这一战却顾虑重重："兴兵伐燕确是一件大事，可眼下的时机却未必合适。自复国以来，整训兵马、修筑宫室每年花费百万金，可赋税所得尚不及此数的一半，不得不增加粮赋，对商人加倍征税，几年下来民力已竭。往年齐国可以靠着向魏、楚、赵贩卖食盐牟利，可这几年楚、魏相继被秦国所败，国内政局混乱，赵国又遭大灾，盐税大减，齐国的国库少了一大笔进项，国内的天时也不利，时旱时涝，粮食减产，民不聊生，此时大举伐燕，只怕百姓们的日子更不好过了。"

田单话音刚落，齐王立刻接过话来："相国这话不无道理，可相国却没想过，当年燕人占领齐地数载，杀害百姓无数，齐人心里恨透了燕人，如今寡人举兵伐燕，齐人只有雀跃追随，绝不会在乎钱粮这些小事。若能报得大仇，百姓们吃一年苦也值得。"

齐王说的也是个理，可这个道理讲起来实在牵强得很。

齐王田法章刚继位时，面对的是一个被燕国打成齑粉的烂摊子，那时的齐王倒能从谏如流，节俭朴素，爱惜民力，亲爱臣子。可这些年齐国稳定下来，国力、军力渐渐恢复，齐王法章的脾气也慢慢转了，越来越像他那个亡国败家的父亲——齐闵王田地。

田单知道齐王任性，又报仇心切，不顾国力，一心想要伐燕，这么一个固执的君王实在难劝。可田单是相国，心里有话又不能不说，只好换了一套说辞："齐国原有兵马七十余万，如今却只恢复到四十万，战车、铠甲、器械都不足，还要留出足够的兵力防备赵、楚、魏三国，能用于伐燕的不

过二十万。燕国偏居北方，地广人稀，天气酷寒，单凭二十万军马北上，未必能有战果。"

正如君王后所说，田单是个谨小慎微的人，考虑问题十分周全，可办起大事来魄力略显不足，这样的个性和齐王的脾气真有些格格不入。

齐王并不知道自己的短处，却偏偏从君王后那里了解了田单性格的短处，再看他行事，听他言语，觉得处处不能令人满意，斜身倚在几上，故意拉长声音问："依相国之见，伐燕之事就作罢了？"

听齐王说出这样的话来，田单心里有些慌了。

对臣子来说，最糟糕的莫过于功高镇主，而田单偏是这样一位权臣，这些年齐王对他越来越提防，田单在朝堂上也如临深渊，惶恐莫名。现在齐王话说得很硬，田单也知道齐国君臣深恨燕人，愿意不惜一切代价讨伐燕国的臣子大有人在，自己一味阻止伐燕，弄不好会很被动。

国家大事当然要紧，可要是连自己的位子都保不住，又何谈国事呢？况且齐国伐燕未必就不能取胜，只要想一个两全其美的办法就行了。

沉吟片刻，田单又开了口："大王一心伐燕复仇，这是我王有仁孝之心，只是臣觉得天下事都是一理，'得道多助，失道寡助'，公孙操弑君谋逆，罪大恶极，大王可否派使臣到魏国去，请魏国联络诸侯共同伐燕？魏国是山东列国的从约长，有魏王挑头，赵、楚也会追随，到时集魏、赵、楚、齐四国兵马北上，胜算就大了。"

田单的意思是想把伐燕的重担压在魏国这个"从约长"的肩上，再由魏国出面联络赵、楚，合四国之兵，尤其是借助赵国的兵马，这么一来齐国的压力就减轻了很多，就算伐燕最终不能取胜，丢脸的也是魏国，齐国倒没有什么损失，这是个浑水摸鱼的鬼主意。

可不管怎么说，田单毕竟表了态，支持齐王伐燕。上大夫貂勃也起身奏道："臣愿去大梁说动魏王，联络山东诸国一起讨伐燕国。"

眼看大臣们愿意出兵伐燕，齐王也就满意了："就请貂勃大夫辛苦一趟吧。"

第二天一早，上大夫貂勃捧着王命诏书乘上安车到魏国去了。

若说齐国没有伐燕之力，眼下的魏国情况更糟。

华阳一战败北，秦军直抵黄河北岸，窥视魏国腹地。这两年魏国尽一切力量招兵买马，尽快恢复实力，同时倾尽国库所有，在河内地区增筑坚城，以邢丘、怀邑两地为支撑点，沿济水、少水修筑起一道绵延数十里的坚固城垣，准备抵御秦国随时可能发起的进攻，可不管练兵还是筑城，都非一蹴而就。

眼看魏国军力孱弱，国土门户洞开，信陵君愁得寝食俱废，河南河北来回奔波，凡事亲力亲为，一年里光拉车的马就累死了好几匹，人也瘦成了一把骨头，年纪轻轻就已两鬓斑白，三十多岁的人，看上去却像个五十岁的老头子。

就在这么个艰难的时刻，貂勃带着齐王的手书到了大梁，历数公孙操弑君篡国之罪，请魏国以从约长的身份联络山东列国共同讨伐公孙操。

说真的，要不是貂勃特意提起，魏王圉早就忘了自己还是个什么"从约长"。

早年魏国费了好大力气从赵国手里争到一个从约长的名头，可到今天，魏国做从约长整整十年了，却没从这个虚名中得到过半分好处，反而一个败仗接一个败仗，把整个国家都搞垮了。现在的魏王志气消沉，面对强秦再也没有了搏斗的勇气，只想躲在深宫里饮酒作乐，混到终老，也就够了。所以当齐国使臣来见他的时候，魏王只是呆坐在那里，既不说是，也不说否，

六 陷害

根本拿不出主意来。最后只能告诉貂勃：信陵君正在邢丘，一切国事等信陵君回来再议。

一切国事等信陵君回来再议……像魏王这样的国君，在七国之中实在罕有。貂勃也没办法，只好在大梁城里住下来慢慢等着。足足等了一个月，信陵君终于回来了，貂勃立刻赶到府上，把伐燕之事和他商量。

听了貂勃的话，信陵君想了半夜，第二天一早来见魏王，开口便说："既然齐王有此意，大王就以从约长身份联络各国，起兵伐燕。"

魏王本以为魏国实力未复，信陵君又忙着在少水一带筑城，必定不愿多事帮齐国打这一仗。想不到魏无忌竟然赞成伐燕，倒是一愣，忙说："现在魏国的国力已是如此，防范秦国才是最要紧的事，哪还抽得出兵力去伐燕国？何况魏国与燕国并不相邻，就算此战获胜，对魏国有什么好处？"

魏无忌摇了摇头："大王说的对，魏国与燕国不相邻，伐燕得胜对魏国没什么实际的好处。可自华阳败后魏国一蹶不振，再没做一件像样的事，这样下去会被山东诸国看轻，秦国也会以为魏国无能，这样反倒促使秦人加紧征伐。现在公孙操弑君，天下共讨，这倒是个机会，若由大王联络各国起兵伐燕，可以彰显国威，让秦人知道魏国还是山东诸国的从约长，仍有号令各国之能。至于伐燕的主力，自然是齐军为首，赵军次之。齐国与燕国有世仇，齐军必与燕军死战；赵国兵强马壮，又早觊觎燕国的督、亢之地，一定会调动精兵猛将去打头阵，好兼并燕国的城池百姓。有这两国兵马在前面，用不着魏国出力，大王不妨将国内新练之兵调上去，也算是磨炼一下吧。"

被魏无忌这么一说，伐燕之役倒成了有百利而无一害，魏王又想了半天才问："楚国会如何？"

"楚国有郢都之败，形势与魏国相似，楚王大概也愿借伐燕之机重振声威。只是楚国离燕国最远，也最无利可图，所以楚国不会派多少兵马助战，声援而已。"

沉吟片刻，魏王缓缓说道："好，寡人就答应齐王所请，联络各国准备伐燕。剩下的事交给信陵君去办吧。"

和信陵君商定国事之后，魏王再次召见齐国使臣，答应由魏国出面联络各国，起兵伐燕，同时派出使臣到赵国、楚国，与两国君王商量伐燕之事。

很快，派往楚国的使臣带回消息：楚王熊横已经答应出兵五万讨伐燕国。可派往赵国的使臣却迟迟没有消息。

魏无忌虽然精明，毕竟不是神仙，不能每算皆中，这一次他就把赵国君臣的心思看错了。

赵国和燕国是一对近邻，国土犬牙交错，赵国称霸以前，燕军常常侵扰赵境，但自从五国伐齐之后赵国迅速兴起，燕国却在齐国大败，形势逆转，燕军在赵军面前反而成了避猫鼠。此时赵国若要伐燕，确实能取得战果，赵王和平原君也确实觊觎燕国的土地城池。可赵国还有个上卿蔺相如，在大事面前，这个人比所有人都更加冷静："燕国被齐国击败之后一直闭关锁国，再也未同诸国交锋，军力已经恢复，早年昭王所练精兵尚有十万，新练之兵约有二十万，加之燕国深居北地，南长城十分整固，又依托武阳要塞，实在易守难攻。伐燕诸国之中，魏军经华阳之败元气大伤，武卒尽失，已经不堪为战，魏王不顾一切强行伐燕，其实只想抖抖'从约长'的威风；楚国与燕国相隔千里，就算打了胜仗也捞不到实惠，楚王愿意参战，意图和魏国相仿，也是耍耍威风罢了。且楚人最无信义，表面答应出兵，其实未必肯发一兵一卒。"

六　陷害

蔺相如分析大势总是入情入理，赵王听了暗暗点头，又问："除了楚魏两国，齐国也会出兵吧？"

"齐王法章昏弱，相国田单也不是治国整军的人才，虽有四十万大军，都是乌合之众，就算出动三十万众也拔不得武阳。"

自从齐国复国以来，赵军与齐军数次交锋，先后夺了齐国的阳晋、昔阳、麦丘、平原、高唐，屡战屡胜，齐军果然不堪一击。但在赵王听来，蔺相如对齐相田单的评价似乎偏激了些，正要再问，一旁的平原君插了进来："蔺卿言之有理，三国伐燕多半无功。"先附和了平原君之后又转向赵王："大王，魏、楚、齐三国表面联手伐燕，暗中各怀鬼胎。诚如蔺卿所言，齐国伐燕是不自量力，魏国则是想显一显'从约长'的威风。可楚国的动机却十分可疑，楚人远在天南，为何千里北上伐燕？难道真是为图虚名吗？"

赵胜的才智谋略与蔺相如在伯仲间，两位能臣精诚合作，智谋参差，互相补足，赵国在与各国的斗争中就不会吃亏。现在蔺相如说透了齐、魏两国，平原君却比他看得更深一步，对楚国起了疑心："七年前楚国被秦军所败，郢都失守，丢掉半壁江山，楚人不能从秦国手里夺回疆土，自然要在山东各国身上动手。楚人好战，令尹庄辛又老辣得很，臣以为这一次楚王伐燕是假，觊觎齐国疆土是真。"

听说楚人意图攻齐，赵王不由一愣："平原君以为楚王想要灭齐？"

"不是灭齐，只为割占齐地。"赵胜又想了想才慢慢地说，"齐国物产丰饶人口众多，是一块肥肉，楚国最贪婪，性喜兼并，当年楚将淖齿就曾挟持齐王侵夺齐国南方的土地，现在楚王急着扩大疆域恢复实力，更加觊觎齐地，臣估计楚人同意伐燕，是想趁齐国大军北进之机，在背后对齐国下手。"

平原君的思路别开蹊径，把话题引向了深处，赵王忙问："楚人果真伐齐，赵军是否应该救齐？"

平原君摇摇头："臣以为楚人若真伐齐，赵国不必理会。"

"为什么？"

平原君笑道："山东诸国各有各的打算：魏国想巩固势力；楚国想并地扩土；齐国想伐燕报仇；咱们赵国想的却是称霸山东，合纵六国。要想称霸，必须网罗魏、齐、韩、燕为羽翼。华阳之战后魏国已经削弱，不久就会被赵国收服；韩国虽然做了秦人的仆从，可秦人如狼似虎，早晚吞并韩国，韩国不想灭亡，就必然要回过头来依附赵国，这只是时间问题；燕国偏居北地，愚蠢好战，与各国结怨，弄得孤立无援，此番魏国发动诸国伐燕，赵国如果不肯参与，燕王必然感激，赵国当可趁势收服燕国。唯有齐国，地方还是太大，兵马还是太多，齐王法章虽然昏弱，却受臣民拥戴，相国田单虽然无能，却有破燕复国的威名，政局虽然昏暗，却很稳固，赵国要想收服齐国，就得促使齐国进一步衰弱，让齐王失去臣民拥戴，使田单丢掉复国的威名。楚国若借伐燕之机割占齐地，一则齐国必弱；二则齐王受臣民指责；三则田单无法在齐王面前交代，一举三得，正中赵国下怀。"

平原君的几句话把什么都说透了，赵王心里已经有了主意，嘴上却说："赵国是仁义之国，既与燕国为邻，怎能坐视乱臣弑君而不问？"

赵王这话问得有趣，明里大谈"仁义"，暗中却是推脱塞责。蔺相如在一旁说道："这个好办。大王可以发下檄文声讨逆贼，再命重臣到洛阳朝见天子，告公孙操弑君之罪。臣估计单这一来一去就能拖上一年，魏、楚、齐三国兵马早已北上与燕军开战，赵军当然不必出动了。如此既顾全赵国的仁义之名，又不必参与伐燕，因小失大。"

六　陷害

沉吟片刻，赵王沉声道："讨逆檄文就由蔺卿去写吧。"说到这里又刻意补上一句："字句要多斟酌……"蔺相如嘿嘿一笑，拱手道："臣明白了。"

赵王何，平原君，蔺相如，这三个人凑在一起，赵国想不称霸也难了。

鹬蚌相争

议罢国家大事，蔺相如要拟檄文，先告辞出宫，赵胜却被留在宫里和赵王一起用膳，兄弟二人正说些家常闲话，却见宦者令缪贤走了进来，对赵王奏道："大王，辩士苏代在宫门外求见，说是要给大王献什么'宝物'。老奴见大王在议国事，不敢来报，苏代已经在宫外等了一下午，大王是见他一面，还是就此打发他回去？"

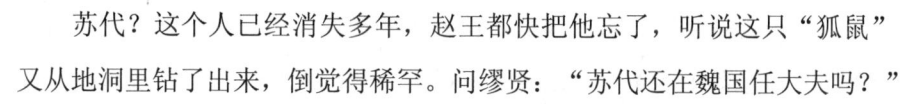

苏代？这个人已经消失多年，赵王都快把他忘了，听说这只"狐鼠"又从地洞里钻了出来，倒觉得稀罕。问缪贤："苏代还在魏国任大夫吗？"

不等缪贤回答，赵胜在旁笑道："什么大夫？这个人早被魏王罢了官爵，这几年一直住在邯郸。"

自从魏冉率秦军围攻大梁，苏代这个魏国的上大夫到邯郸求救，被赵国君臣耍了一道，无法达成使命，政敌芒卯又在魏王面前拨弄是非，罢了苏代的官，这只狡诈的狐鼠又一次失了巢穴，无处可去，只好在邯郸城外的庄院里寄居，至今已经四年了。四年间，苏代这个人从没在赵国权臣面前出现过，一直住在堵山脚下的庄院里躬耕自食，天下只有赵胜一人知道

他的下落。前些年赵胜还记得命人给苏代送过些粮食布匹，后来事忙也就忘了。

平原君赵胜原本就瞧不起苏代这个小人，加上这些年苏代游走各国，到处巴结谄媚，处处不能立足，被魏王罢逐之后，已经成了人嫌狗不理的废物，赵胜更不拿他当一回事了。

赵王对苏代的印象倒没有这么恶劣，至少还把他当成人才看待，听说此人到王宫来"献宝"也觉得有趣，反正无事，就随口吩咐缪贤："既然来了，寡人就见他一面。"缪贤急忙出去传招。

片刻工夫，苏代手中捧着一面朱漆大盘走上殿来，对赵王行礼。赵王问道："多年不见了，苏先生在何处安身？"

苏代笑嘻嘻地说："四年前小人奉魏王之命出使赵国，羡慕赵国山水壮丽，物产丰饶，就在邯郸住了下来，得大王和君上照顾，衣食无忧，心中常怀感激。可小人知道大王国事繁冗，平日不敢来叨扰，今天小人路过集市，得到一件稀罕的货色，虽值不得几个钱，却也是难得之物，特献与大王。"说着捧起那只朱漆大盘，宦者令缪贤上前接过，送到赵王面前，抬手揭去盖在盘上的黄缎，却见盘里盛着一只硕大的蚌壳，长近六尺，宽四尺有余，黄澄澄的背壳，白晃晃的螺钿，果然像苏代说的，值不了几个钱，却还有些看头儿。赵王微笑着说："果然有趣，先生费心了。"

苏代费了不少心思搞来这么个稀罕东西，又特意在缪贤那里托了门子，好容易进宫见赵王一面，当然不是献一只蚌壳那么简单。听赵王说这蚌壳有趣，连忙拱手笑道："这蚌壳颇有一番来历，就让小人讲给大王听吧。"

赵王点头道："先生请说。"

苏代理了理袍袖坐直了身子，正色说道："这只蚌壳是小人从邯郸集

六　陷害

市上买回来的，听卖蚌壳的渔人说，此蚌出于易水，年纪当在三百岁上下。这易水源头在燕，流经赵地，南下而入拒马河，水深流急，河水奇寒沏骨，水中少有鱼虾，能养出如此巨蚌实属难得，此物生于深水急流，纵是渔人也捕捉不到。却不想今年初夏时节，这巨蚌耐不得水中的寒冷，浮出岸边晒太阳，却被一只青鹬远远看见，从空中飞落下来，一口嗛住蚌肉，这蚌吃疼，急忙合起硬壳，刚好夹住青鹬的长嘴，这一下两个都走不掉了。青鹬便吓唬蚌说：'今天不下雨，明天不下雨，早晚晒死！'河蚌也不示弱，吓唬青鹬说：'今天不放你，明天不放你，早晚饿死！'于是河蚌、青鹬僵持不下，从午至晚，从夜到晨，青鹬飞不去，蚌也走不掉。这时有个渔人刚好从河边路过，看到两个傻东西在这里僵持，就顺手把青鹬、河蚌一起捉了，炖了蚌肉，拿青鹬换酒饱餐一顿，又把这蚌壳卖给小人，真是捡了个大便宜。"

苏代这故事讲得十分有趣，不但赵王听得入神，连平原君也一时听住了。半天才回过神来，略一沉吟，已经猜到苏代的意图。

苏代和兄长苏秦一样，一生全靠燕昭王提携，把这位燕国先王视为恩父，感情极深。爱屋及乌，苏代对燕国的感情也就非比寻常。此番燕国内乱，魏国以从约长身份号召山东各国伐燕，诸国之中唯赵国兵强，若赵军追随联军北上伐燕，燕军难保不败。

当年燕国率领五国伐齐，把一个富甲天下的大齐国杀成了尸山血海，家国板荡，国力至今不能恢复，若是魏、赵、齐三国大军杀进燕国，一场浩劫在所难免。苏代此时出面，是替燕国百姓向赵王求情来了。

苏代这人其实有良心，虽然少一些，但绝不是没有。

世上最有意思的事叫做"顺水推舟"。

眼下赵国君臣已经商定，不参与三国伐燕，只在一旁坐山观虎斗，等着看楚人攻齐的好戏。偏偏就有个苏代跑来凑热闹，讲了这么一个精彩的故事，劝说赵王不要伐燕，正给了赵王一个顺水推舟的机会。

这顺水推舟，最讲究的是揣着明白装糊涂。赵王已经明白了苏代的意思，却故作不知，皱着眉头问："苏先生此话何意？"

见赵王已经被自己讲的故事吸引，苏代忙说："大王，山东六国之中赵国兵力最强，其次是燕国。燕王麾下有精兵三十余万，剧辛、栗腹皆是能征惯战之人，倘若赵、燕两国交兵，正如'鹬蚌相争'一般，这对赵国有什么好处？"

苏代果然说起伐燕之事来，赵王心里暗笑，揣起明白，假装糊涂，并不回答，坐在一旁的平原君赶紧给赵王帮衬，故意装出一脸惊讶的表情，急慌慌地问："哎呀！赵国伐燕之事苏先生从何而知？"

平原君是个最会装蒜的人，这副惊惶失措的嘴脸做得极像，苏代信以为真，忍不住笑了起来："君上不要瞒我，魏国使臣已到邯郸两日了。"说完又转向赵王："大王还记得十年前赵、魏两国争夺伯阳，却被秦军所乘，占了石城、光狼，如今秦国破楚军三十万，击魏军二十万，横行天下，势力比十年前更盛，早晚要举兵东进，赵国在这个时候调重兵伐燕，这一仗必然旷日持久，万一秦军乘隙而来，赵国必然遭到重创，还请大王三思。"

赵王虽然不肯参与伐燕，却还没想好拒绝魏国的借口，苏代这一说，倒给了赵国一个不错的借口，又假装沉思良久才缓缓点头："苏先生这话在理。伐燕事大，寡人要与臣下商议之后再定。"回头吩咐缪贤："苏先生一心为赵国着想，难得！替寡人取绢帛二十匹，以谢先生良言。"

赵王赏赐给苏代这么多东西，是想借这机会把苏代进言之事传扬出去，让魏国知道赵国不肯伐燕是被苏代劝住了，好给自己身上撇清。可苏代哪

六　陷害

知道赵王的心机，在他想来，赵王厚赐，等于是接受了他的劝谏，大喜之下赶忙叩谢，乐呵呵地下殿去了。

眼看苏代走了，赵王和平原君相视而笑。平原君叹道："苏代这个人呀！表面上已经对燕国失望，可到要紧关头还是挺身而出替燕国做说客，真说不清他是忠还是奸了。"

赵王笑道："忠、奸且不论，苏代确实是个人才，若能为赵国所用就太好了。"

赵王说这话其实是在询问赵胜的意思，赵胜忙说："大王不要忘了，苏代入齐则齐败，赴燕则燕破，在魏国又卷入党争，闹出多少事来！所以臣还是当年那句话：苏代这个人不可靠，不能用他。但赵国也不能亏待此人，这样吧，就由臣出面再送给苏代一些田产宅院，让他做个衣食无忧的富家翁。"

赵国有的是谋臣勇将，赵王并不特别看重苏代，既然平原君说了这话，他也就不再问了。

平原君是赵国最有钱的人，送给苏代些田产简直不当回事。回府之后找来家宰李同，问了以前送给苏代的土地所在位置，田亩多少，知道只有一所宅院和三百亩土地，就命李同出一张地契，在堵山脚下划出七百亩土地给苏代，凑成千亩之数，李同急忙去办，平原君事忙，就不再问这事了。

过了约有十天，下人来报：苏代求见。赵胜知道此人必是来致谢的，吩咐请他进来。

片刻工夫，苏代笑吟吟地走了进来，与平原君见礼，张口就问："请问君上，伐燕之事大王如何定夺？"

"大王用了先生的主意，已经回复魏国使臣，不再参与伐燕。"

听说赵国不伐燕国了，苏代顿时眉开眼笑，连连拱手称谢。平原君笑着说："不必谢我，都是你讲的故事精彩，先生不愧是天下第一辩士。"

给平原君捧了一句，苏代倒也没怎么高兴，略一沉吟又说："在下今天来，还有一事想和君上商量。"

"何事？"

苏代又向平原君施了一礼，这才缓缓说道："苏某自入赵国以来，得君上之惠，居有其所，耕有其田，却不知足，又到楚、魏两国经营，奔波数载，两手空空而鬓发已衰，才知道早年八方游说，巧舌害人，荒废了半生光阴。这几年我在堵山下躬耕自食，辛苦有得，仓廪盈实，又在庭院中架舍作牢养些禽畜，五日食一鸡，三月割一豕，吃得香睡得甜，左邻右舍和睦如家人，实实在在享了几年福。不想为了燕国的事，苏某在大王和君上面前多了几句嘴，君上不嫌弃我，又要加赐土地房舍，可如此一来就要兼并邻里的土地，若在十年前，苏某必欣然受之，现在却觉得多一份田产而少几户睦邻，实在可惜，所以来求君上收回成命，但求一切如常便好。"

原来苏代到访竟然不是道谢，反是想拒绝平原君赠给的田产！这可真让赵胜意外，实在有些不信，眯起眼睛细细打量苏代的神情，可这一看却更糊涂了。

苏代是天下第一小人，纵横掘洞的狐鼠，虽然他平时一脸正气，说的净是堂堂之言，可眼睛里总藏不住那一丝诡诈。赵胜和这些滑贼打了半辈子交道，他们动什么心思瞒不过赵胜的眼睛。可今天的苏代却平静温和，谦恭朴实，眼里没有了早年灼灼的贼光，倒透出一份自然平直不卑不亢的气度，任谁看了苏代的神气，也知道他说的是发自肺腑的实话。

到这时赵胜才恍然明白，为什么上次苏代来拜访时，自己就觉得此人

六 陷害

和往日不同,原来这不同之处就在苏代的一双眼睛。

其实苏代的变化很大,也很显眼,原本华丽的衣冠变成了布衣竹冠,虽然鬓发斑白,脸庞却被太阳晒得黑红,一双手掌也变得宽大厚实,掌心里结起了趼子,身上多了一份沉稳,少了一份谄媚。只是平原君贵人事忙,没心思注意这些细节,可现在细看之下才发现,苏代脸上没了官气,身上没了俗气,整个人竟似脱胎换骨一般。

苏代已经不再是一只"狐鼠"了,因为狐鼠之辈不会有这样的气度。

早先苏代在王廷上讲那"鹬蚌相争"故事,赵胜还觉得这人靠不住,现在却觉得苏代或许可以做个大夫了。于是把田庄之事丢在一边不提,坐直身子正色道:"苏先生是显名六国的大贤士,如今强秦虎视天下,赵国为抗秦中坚,正需要先生这样的人,赵胜想向大王推荐先生为赵国大夫,不知先生意下如何?"

早年苏代自燕国入赵,曾经厚着脸皮跑到平原君府上求官,那时赵胜根本瞧不上他。现在平原君终于要举荐他做官了,苏代却似乎颇为意外,愣了一下才忙拱手谢道:"君上美意苏某先谢过。可苏代文不能治国,武不能破阵,只学了些不足为人道的小伎俩,依仗舌辩诡道混迹天下,齐、燕、魏三国之祸皆与小人有关,实在是个不祥之人,此生再不愿涉足官场。靠君上所赐,三餐饱暖略有盈余,已经很知足了。"说到这里又觉得不受平原君举荐是驳了人家的面子,也不合适,忙拱手笑道:"苏某承君上厚意,能在赵国立足,感激不尽,以后君上但有差遣,在下无不尽力。"

那些拼命巴结想要当官的人,权臣们可以弃之不用,可一个根本不想做官的人,却没人可以强迫他出来做官。

眼看苏代好像变了一个人，已经割断名利，说出话来尽是恬退之意，赵胜也不好再说什么。但这样一个苏代却让赵胜越发佩服，紧接着忽然想出一个主意，凝神思之，越想越觉得有趣，于是不再提做官的事，吩咐摆上酒来，与苏代对坐闲谈。

两人饮了些酒，说了几句闲话，赵胜忽然长叹一声："时间过得真快呀，想当年五国伐齐，秦、赵、魏、韩四国军马皆至济水而止，唯独燕国大军长驱直入，凭一军之力击破强齐夺取临淄，威震天下……那是十三年前的事啦。那时候权臣李兑新死，大王亲政未久，赵国对燕军畏如熊虎，本君也是日夜不安。"说到这里，仰头望天又是一声叹息："燕昭王了不起，卧薪尝胆之志胜于越王勾践，击破强敌之威堪比赵武灵王，真是一代雄杰！可惜赵胜年轻，若早生十年，当赴蓟城朝拜，一睹燕王风采。"说到这里偷看了一眼，见苏代低头不语，眼里已经见了泪水。

燕昭王姬职对苏氏兄弟有知遇之恩，这个人在苏代心里的分量太重了。现在赵胜如此盛赞昭王，苏代心里更是酸楚难忍。

赵胜要的就是这个，又是一阵长吁短叹："燕国非比等闲之国，是武王之弟召公的封国，当年成周立国之时，周公旦、召公奭共辅成王，都是大圣大贤！当今天下虽有七雄，说到氏族显赫，血统高贵，以燕国为第一！昭王在世时何其英明，哪想到身后会是这般凄凉？奸臣弑君谋逆，燕国群臣束手，无一人敢仗义执言。眼看召公传下的八百年基业就要被公孙操夺取，昭王在天有灵，怎能瞑目？"

赵胜一番话说得苏代低头无语。赵胜偷看苏代的神气，看出他心里还记着燕昭王的知遇深恩，也不多言，把话点到就够了，于是换个话题："其实公孙操也是在做白日梦，燕国还有一帮昭王留下来的旧臣子，岂能任他篡窃！依我看，公孙操早晚不得好死。"

六　陷害

苏代心里深恨公孙操,听赵胜咒骂此贼,正合心意。而赵胜的言外之意也被苏代听在耳内,记在心里了。

苏代反咬薛公

苏代在赵国本就过得不错,现在又得到赵王的赏识、平原君的关照,日子更是过得安稳惬意,苏代对这田园生活也很满意,干脆就以堵山为家,打算在此终老了。

可惜,树欲静而风不止,苏代早年张罗太勤,和各国权臣牵扯太多,到老了,想过几天舒心日子也难。在赵王面前进言后才过了两个来月,正是秋收之时,苏代也和农夫们一起每天下田收麦,劳累一天,回到庄院吃了晚饭,正与几个乡亲在树荫下坐着闲谈,一辆不起眼的马车到了苏代的庄院门口,车上走下一个人来,竟是薛公田文的家宰冯谖。

一见这个人,苏代心里隐约觉得不对劲,赶紧和乡邻作别,把冯谖迎进内室,摆了酒食,关紧房门,这才压低声音问:"薛公命你来有何事?"

冯谖咧嘴一笑,先不回答苏代的问话,从怀里掏出一个小小的锦囊递过来,苏代打开锦囊,从里面取出一条素绢,上面是田文的亲笔手书:"先生与文深相结纳,情同鱼水。现有不情之请,奉上金十斤,望笑纳。"

田文这个人其实很乏味,除了送人黄金也不会干别的了。但这十斤黄金用来买人命也能买几百条,田文送出如此重礼,苏代大概已猜到他的用意,只是不肯说破,假装一脸茫然地问冯谖:"薛公如此重礼,苏某怎么

敢当？不知薛公有何事？"

苏代又在装糊涂，冯谖也知道他是装糊涂。

冯谖和苏代打交道也不是第一次了，早就从心眼儿里认定这是个贪财好利卑鄙无耻的小人，现在大笔黄金都送出去了，也就不必在苏代面前客气，笑着说："先生也知道，薛公在魏国被芒卯这个小人所害，不得已辞了相位。自从回到采邑，齐王法章对薛公十分推重，遣使送礼下书，想请薛公到临淄委以重任，但薛公因染足疾不能前往。如今薛公的病已痊愈，且正当盛年，眼看暴秦为患天下，心中不忍，想出山为天下人做些事，听说先生得赵王赏识，又和平原君交情莫逆，想请先生代为引荐，若薛公能到邯郸，必承先生之情也。"

听了这话苏代才明白，原来薛公田文是想做赵国的相国。

薛公田文在魏国和上卿芒卯争宠，争来争去，最后糊里糊涂地给魏王做了替罪羊，罢去相位逐出大梁，好在薛邑还有一处巢穴给他容身。可田文知道自己早年引五国伐齐，得罪了齐王，现在又被魏王逐出，失了权柄，齐王随时可能派兵马来攻打薛地，杀他满门，所以回到薛邑立刻加固城防，招集人手，凭着早年积攒起来的百万金钱，很快就组成了一支六万多人的私兵，同时又厚着脸皮派使者到临淄向齐王谢罪。

齐王田法章一生有三个仇家：有破国之恨的燕国，有杀父之仇的楚国，另一个就是盘踞薛地的田文。燕国、楚国一时难以对付，于是齐王心里就格外仇视田文，欲食其肉寝其皮而后快。可齐国破国以后军力大损，一时没有力量对付盘踞薛邑的田文，齐王就和相国田单商量，定下一计，假意与田文和解，又派人到薛邑请田文赴临淄任相国，其实想把田文骗到临淄杀掉。

六　陷害

田文也不是傻瓜，立刻猜出齐王的邀请有诈，不敢去临淄，只在家里装病。好歹躲过了这一劫。

可田文知道小小一座薛邑夹在齐、魏、楚三个大国中间，随时可能遭到打击，手中这几万私兵只能给自己壮胆，却对付不了大军，要想保住性命，最好的办法还是出去做官，给自己找个靠山。到秦国做官他是不敢想的，山东六国只有赵国势力最强，能镇住齐、魏两国，而赵国几年前拜穰侯魏冉为相，现在赵、秦已经失和，这相位自然要收回来，于是田文的双眼就盯住了赵国的相国之印。

战国七雄虽然都设有相国之位，却多用王公勋戚掌握国政大权，相位虚悬，没有实权，这些国家为充门面，也常会邀请一些天下闻名的大人物来做相国。

赵国的情况就是如此，大权掌握在平原君这样的贵人手里，至于相位，早年平原君掌过几年，后来赵王嫌他权柄太重，找个碴把相印交给了在燕国任上将军的乐毅。后来乐毅归赵，赵王又嫌乐毅和平原君走得太近，想办法削了乐毅之权，与秦国会盟时，又顺手把相印送给了穰侯魏冉，这些都是虚的。

现在赵国已经与秦国反目，相位又一次虚悬，躲在薛邑的田文立刻看到了机会，觉得凭自己的名声地位完全够资格继任赵国的相国，要真能到赵国赴任，一来离开薛地，自身安全有了保障，二来有赵国做后盾，齐、魏、楚就不敢打薛地的主意，这么一来田文的性命和薛邑的土地城池就都能保全了。

田文打的是个如意算盘，但他和赵国没有渊源，早年齐国强盛时，田文这个权臣还仗着强权威逼赵国，与赵国君臣关系并不融洽，所以田文想请在赵国落脚多年的苏代出面，借他那张死人都能说活的巧嘴在赵国君臣

面前引荐自己。

　　这几年苏代在赵国混得还算不错,丰衣足食,最近又成了平原君赵胜的座上客,在赵王那里也积下几分薄面。可苏代心里很清楚,赵国早年把相位随手交给别国权臣,是因为当时赵国势力不强,需要笼络列强,现在赵国势力大张,俨然已是山东列国的领袖,这颗相印不会随便交给外人了。

　　再说,赵国本就人才济济,平原君赵胜是人中俊杰,上卿蔺相如又正在得宠,就算赵王重新任命相国,也必在赵胜和蔺相如二人之间。

　　至于田文这个人,在齐国反噬旧主,在魏国党争误国,恶名昭彰,天下憎恶,赵王若重用田文,对内会得罪赵胜、蔺相如,对外则惹齐、魏两国不快,这是绝不可能的事。

　　何况苏代在邯郸城外过了几年平淡的田园生活,渐渐把尔虞我诈的官场看淡了,也看厌了,再也不想涉足其中,虽然十斤黄金是一笔大数目,对现在的苏代而言,这些黄白之物却已可有可无,实在犯不上为了身外之物去和赵王周旋,举荐田文这个神憎鬼厌的祸水,弄不好反而得罪赵国权臣,失去邯郸城外这个小小的安乐窝。

　　想到这儿,苏代拿定了主意,故意皱起眉头对冯谖说:"在下与薛公是十几年的旧交,按说薛公有事我应尽力,可兄弟也知道,当年秦军围困大梁,魏王命我到赵国借兵,结果苏某有辱使命,未借得赵兵,从此失了大夫爵位,成了布衣。这些年我在赵国也苦苦钻营,却得不到一官半职,只能做个田舍翁,在权贵们面前说不上话,也没机会见到赵王,引荐薛公的事实在心有余而力不足,还请兄弟在薛公面前帮我说几句好话,替苏某告个罪。"说完冲着冯谖深深一揖。

　　苏代说的虽是推脱的话,心意却是真的。可冯谖并不了解苏代,只凭

六　陷害

早先的印象死死认定这苏代就是个小人，见他用话搪塞，还以为苏代嫌礼物太轻，在这里找借口讹诈，于是笑着说："苏先生太客气了。你是七国第一辩士，几句话说出口，比千军万马还厉害。薛公是个慷慨的人，只要苏先生肯帮这个忙，薛公另有厚礼相谢。"

那些贪婪的人见了黄金眼睛就会放光，可恬淡的人听别人说这些无耻的话却觉得讨厌。早前苏代谢绝了平原君赠予的田产，现在他也不想要田文这些肮脏的金子，心里嫌恶，脸上也就不那么好看，话也说得生硬了："天下事有做得成，有做不成，举荐薛公之事苏代做不成，这些黄金也无缘拜领，请冯先生代向薛公致歉。"

苏代居然不为重金所动，话里甚至有了逐客的意思，冯谖倒有些糊涂了，忙说："苏先生要如何请明言，小人转告薛公，必能令先生满意。"

冯谖越这么说，苏代越是反感，淡淡地说："苏某在赵国只是个乡农，连王宫大门也进不得，怎能替薛公说项？薛公找错人啦……"

苏代一味以"布衣之身"为托词，却想不到他以"鹬蚌相争"的故事劝说赵王不参与伐燕，这事已被赵国君臣有意放了出去，闹得天下知闻。田文肯派家宰携重金来求苏代，正是看上了他在赵王面前的这份体面。所以苏代的托词冯谖根本不信，冷笑道："苏先生这是什么话？不久前魏国欲联合赵王伐燕，不就是你在赵王面前讲了个'鹬蚌相争'的故事，说动赵王不参与伐燕吗？平原君还赠给先生田产宅院，可见先生在赵国极有人缘。"说到这里冯谖也有些动气，提高声音问道："平原君仅用三百亩薄田就收买了阁下，现在薛公所赠多于平原君岂止百倍，先生为什么不给薛公面子？"

冯谖越说越不像话了。

天下人个个都有脾气，苏代也不例外。早年做小人的时候满脑子都是鬼主意，心里只想着陷害他人，把自己的脾气个性都藏了起来，现在他与人为善，无心害人，做人有了尊严，见了反感的事也就会发火。听冯谖的话越说越不堪，忍不住高声道："薛公是做大事的贵人，苏某不过乡农而已，一个在天一个在地，各过各的日子，苏某没有本事，薛公的金子我不敢受，要做赵国的相国，薛公自己去和赵王商量，我这里还有事，你请自便！"

苏代不收黄金，反而大发脾气，真把冯谖弄糊涂了。以他的头脑，实在摸不清苏代心里的想法，但苏代疾言厉色对他下了逐客令，显然是不肯给田文帮忙了。

冯谖是田文豢养的死士，只知道铁了心替主子卖命，见好话哄不住苏代，立刻沉下脸来，两只眼睛死死盯着苏代问："先生这是不念旧交了？"

田文之所以名动六国，就因为手下养着一群凶狠的走狗，冯谖是这帮人的头目，实实在在是个杀人不眨眼的货色。见他忽然变了脸，苏代暗吃一惊，不敢和这凶徒硬碰，只得又坐了下来，把语气也放缓了些："不是苏某不念旧交，可这事我实在办不成。"

"先生尚未去办，怎么就知道办不成？"

冯谖这话倒把苏代问得无法回答。

眼看用钱收买不了苏代，威吓却还管些用，冯谖左手按着腰间佩剑，压低声音恶狠狠地说："苏先生不要忘了，你早年欠过薛公的情！薛公大度，不与先生计较，可我们这些下人心眼儿小，若真为了旧事和先生争闹起来，大家都不好看，先生觉得是不是？"

冯谖说的是当年苏代替燕王当坐探，用诡计害得田文出走齐国，又骗田文发动五国伐齐的旧事。在这事上苏代把田文害得好苦，现在田文虽然

六　陷害

混得不如意，毕竟还控制着一座三十万人口的薛城，手握几万兵马，养着数千死士，要是惹恼了此人，派刺客到赵国来杀个苏代，真如同踩死一只蚂蚁。

现在苏代必须答应田文的要求，否则他可能连今天都活不过去。

每个人都有一两样本事，是学了就永远不会忘的。苏代平生最大的本事就是胁肩谄笑说谎骗人，虽然在赵国这几年他真话说得多，瞎话说得少，哄人的技巧略生疏些，可早年练成的本事已经在他的脸皮里生了根，到用时招手即来。

现在面对冯谖，苏代在瞬息之间就掩饰住心中的恐慌，眯起眼睛，脸上摆出一副狐狸偷鸡时才有的笑容，故意拉长声调缓缓地说："兄弟这话就见外了。"

苏代忽然收起正人君子的做派，又摆出这么一张奸滑的笑脸来，冯谖顿时感到亲切无比，觉得此时才算真正和这个七国第一小人打交道了，也就收起恶形恶状，笑道："在下是个粗鲁人，信口胡言，先生不要见怪。只是薛公的事……"

苏代笑着摆摆手儿："兄弟有所不知，赵国的情况和魏国差不多，颇有几个掌握实权的臣子，暗中都在觊觎相国之位，如今上卿蔺相如和廉颇、燕周、贾偃、韩徐等人结为一党，平原君赵胜和望诸君乐毅、上大夫乐乘、赵奢交往甚密，两伙人都在赵王面前争宠，赵王心机又深，对这两派哪一边也不得罪，却又哪一边也不肯重用，这才使相位虚悬。薛公若想在赵国成事，就须联其弱，抑其强，兄弟明白吗？"

苏代的舌头实在厉害，他这话前面是个引子，后边又设了个套子。话里有七成是真的，由不得冯谖不信，而他抛出来的哑谜冯谖又听不懂，顿

时就上了套，急忙毕恭毕敬地拱手问："敢问薛公当如何联弱抑强？"

一句话制住了冯谖，苏代心里悄悄松了口气，故意拉着长音慢慢地说："兄弟有所不知，赵国能臣虽多，可赵王真正信任的还是贵戚手足，所以最强势的权臣是平原君。蔺相如是个明白人，大事上不敢与平原君相争，可心里难免不嫉恨。薛公想在邯郸站住脚，就该拉拢蔺相如，让他出来举荐薛公接任相位。只是想劝动蔺相如这样的权臣，要花钱哪……"

刚才苏代做正人君子，说肺腑之言，不收田文的贿赂，冯谖怎么也不相信。现在苏代摆出一张小人嘴脸，伸着两手向田文要钱，冯谖却认定这才是苏代的真面目，知道自己此行必有所获，心里顿时松快下来，哈哈大笑道："先生放心，只要能够成事，薛公不惜重金！但有所需只管告诉薛公，只要办成这件大事，耗费千金亦属平常。"先许下一笔厚利，又对苏代笑道："薛公若能得赵王那里得到重用，到时先生必列赵国大夫之位，绝不会再做个布衣了。"

苏代赶紧拱手道谢，点收了田文送来的金子，又留冯谖在家里住了一晚，好好喝了顿酒，第二天上午冯谖告辞而去。

冯谖刚走，苏代立刻收拾起一包衣物，带着一个仆人出了堵山下的庄院，坐着马车向南边走了。

今天的苏代已经不可能再替田文这种人卖命了，早在冯谖威胁他的时候，苏代就打定主意要收拾田文，彻底解决这个隐患，然后回到乡下，继续过他的神仙日子。

田文是个凶神，凭苏代的力量没法同他斗，可苏代早年在齐国奉承田文的时候，曾经帮他设计陷害巨子，为了救自己的命，苏代从巨子石庚手里骗到一封短信，信里清清楚楚写着田文的名字。这些年来苏代一直把这

六　陷害

张短笺小心收着，只想万一哪天事情败露，墨家侠客找上门来，可以用这个东西保住自己一条命，现在苏代却下了决心，干脆在魏王面前献出此物，揭破当年谋害巨子阴谋，就以此事为因头取田文的性命。

此时的魏国已不是苏代任上大夫时的样子了。

华阳大败，把半个魏国都拖垮了，当年在王廷上党争恶斗的那帮权臣死的死走的走，一个也没剩下，魏无忌执了国政，亚卿晋鄙掌了军权，董庆、须贾、吕厌这些人逐渐抬头，成了魏王驾下的新宠。这些新得势的权贵当然容不得苏代这种货色再来魏国搅局，苏代也不敢和这些人打交道，好在手里有田文送来的贿金，就拿出钱来买通了魏王身边的宦者令，好歹得到了魏王的召见。

当年苏代被罢职，是魏王听了芒卯的谗言，以为赵国不救魏而伐齐，是苏代在赵王面前耍弄诡计。可苏代去职不久，赵国大军南下救魏，苏代在邯郸说了什么话，做了什么事，都慢慢传进魏王耳朵里，也知道自己冤枉了苏代。

天下做君王的都是一样货色，天生的孤家寡人，只顾自己利益，视他人如草芥，就算心里有歉意，也绝不肯轻易向臣子百姓认错，所以魏王在苏代面前依然摆出一脸不高兴的样子，淡淡地问他："苏先生在赵国深得器重，贵不可言，怎么想起回大梁来了？"

苏代深知魏王秉性昏弱，凡事都不自信，在这样的人面前不妨表现得强硬些，于是挺起身来神情郑重直面魏王："大王这是在责备苏代不替魏国卖命了。可小人当年不事秦、楚，却投到魏国一心侍奉大王，在大梁三载，不敢谈功劳，总还是替大王尽了些力的。其后秦军围城，小人奉王命到邯郸请救兵，事尚未成，却被大王革了官爵，这是芒卯害我，并非大王本心。小人虽离大王左右，心无时不在魏国，居邯郸四载，并未替赵王设一谋，

还请大王体谅小人的苦处，不致动怒为好。"

苏代这话绵里藏针，看似在魏王面前表白，其实暗里却在责备魏王不能识人。不想魏王冷冷地说道："苏先生居邯郸之时未替赵王献计？这话不对。寡人听说先生曾以'鹬蚌相争'的故事劝服赵王，使赵国不出兵伐燕，可有此事？"

山东列国合力伐燕，本是魏国这个从约长的提议，却被苏代破了，魏王当然恼怒。苏代想得到魏王的信任，也必须在这件事上有个交代。好在他入宫之前早想好了一番说辞，忙笑道："苏某是个恬淡的人，本不想在大王面前表功，想不到大王已知道此事了。"

魏王用硬话责备苏代，想不到苏代脸皮极厚，不知羞耻，反而在魏王面前表起"功"来，魏王的脸色顿时难看起来。

苏代之意当然不是触怒魏王，赶忙赔着笑脸解释道："燕国公孙操弑君谋篡，罪大恶极，魏国是从约长，号召伐燕是理所当然的事。可魏国居于中原，燕国在北地，两国并无寸土相连，伐燕只能壮魏军声势，于大王并无实利。纵观山东六国形势，韩国已做了秦人附庸，不会参与伐燕；楚国新败，又与燕国相隔千里，伐燕无利可图，也不会真心追随大王。真正能从伐燕一战中得利的一是赵国，二是齐国。魏国空传号令，擅动兵马，将来割占燕国土地却尽归赵王、齐王所有，魏国得不到好处。苏代不才，毕竟是魏国的旧臣子，怎能不忠于大王？我劝说赵王不参与伐燕，实则是替大王着想啊。"

其实魏王早前也曾有过顾虑，担心伐燕的好处都被别人占了，魏国无利可图，所以苏代这番话在魏王听来也有几分道理，可对苏代这样的人毕竟不能全信，只冷冷地哼了一声。

六 陷害

魏王的脸色都被苏代看在眼里，忙凑近前来笑着说："大王，公孙操弑君作乱，罪大恶极，魏国是山东诸国的从约长，若不挺身而出率先伐燕，旁人会说大王不讲仁义。可燕国离魏国太远，大王若真发兵攻燕，弄到最后无利可图，也不是好办法。这么看来魏国不伐燕不妥，伐燕也不妥，岂不是两难？臣为大王设想，故意布下一个局，说服赵王拒绝出兵伐燕，赵国不出兵，四国伐燕就落了空，天下人都知道这是赵王不讲仁义，而非大王的过失。魏国得了好名声，又不必调动兵马做无用的事，大王的难题自然就解了，大王觉得是不是？"

苏代这张嘴好厉害！平地能说出一朵花来。魏王一时沉吟未决。苏代见了机会，急忙压低声音故作神秘地说："伐燕之事虽不可行，小人也替大王想过，与其空耗军力，不如另找一处下手，弄个名利双收为好。"

魏王忙问："在何处下手？"

"大王何不发兵攻取薛邑？"

苏代这话出其不意，魏王一时转不过弯来："薛邑？那不是薛公的采邑吗？"

魏王不是明决之君，这个苏代早就知道。以前在魏国混事，不得不奉承君主，现在苏代是闲云野鹤，不用巴结人了，对魏王这样的庸才着实有些看不起，抬起嘴角冷笑一声："大王也知道薛公田文是什么货色吧？此人早年在齐国为相，却发动五国伐齐，害死齐王，从此不敢再回齐国。亏得魏国收留，让他在魏国为相，前后十三年，侍奉两代君主，不思报恩，却挟私内斗，又畏罪私逃，实在有负大王之恩！"说到这里话锋一转，又把声音压低了些："大王也知道，田文的采邑本是武王封建时分封的薛、滕两个诸侯国，占地数百里，共有薛、滕、休、尝、留五座城池，自齐宣

王将其地封与田氏，田文父子两代经营薛县几十年，薛邑更是名城大邑，有民六万户，殷实富足，名是采邑，实为一国！大王与其伐燕，何不发兵灭掉'薛国'，并地五百里，得其民，收其财，于魏国大有好处。"

苏代这番话说得太美，魏王不能不动心。可魏王脾气柔和，不是个无所顾忌的人，沉吟片刻，皱着眉头问："薛邑虽被田文割据，毕竟是齐地……"

不等魏王把话说完，苏代已经接了过去："大王以为最恨田文的是谁？正是齐王！只不过齐王眼下没有诛杀田文之力罢了。魏国灭薛，齐人必然拍手称快，大王不必有顾虑。"

苏代说得条条在理，魏王彻底动了心，只剩下最后一个疑问："寡人发兵取薛地之后，如何处置田文？"

魏王问到此处，正中苏代下怀，立刻咬着牙狠狠地说："田氏一族盘踞薛地数十年，党羽极多，大王并地之后当立刻诛杀田文，夷其三族，永绝后患。"

听苏代说得狠毒，魏王又犹豫起来："田文虽然有负寡人，但罪不至死……"

苏代假惺惺地叹了口气："大王不忍诛田文，果然是仁厚之君。可大王想必不知田文之罪吧？小人也是听旁人说起：十七年前秦国攻打魏国故都安邑，那时齐国还是山东六国的从约长，却不肯出兵救魏，纵容秦人夺取安邑，大王可知是何人在齐王面前进了谗言？就是田文这贼！"说到这里也不等魏王发问，立刻把话头儿一转："大王还记得巨子吗？"

魏王再糊涂，也不至于忘了当年出头为魏国排忧解难的巨子，忙问："巨子怎样？"

"当年秦国来攻魏国安邑，巨子从楚国到大梁来，愿意说动齐王发兵救安邑，不想去临淄的路上竟被人杀害！当时轰动天下，却不知凶手是何

人。不久前有个落魄的士人到了赵国，卖给小人一件东西，无意间竟揭穿了凶手的面目，大王知是何人？就是薛公田文！"苏代探手入怀取出一方素帛："大王请看，这就是当年田文谋害巨子的证据！"

魏王接过来看，只见素帛上写着几行字：知齐王救魏，甚善。想来劝谏齐王君上出力必多。今事已遂，鄙人亦当为之奔走，即赴赵见平原君，为公说项。赐金如许，果孟尝也，愧谢。下面署名是：墨者石庚。

这块素帛正是苏代当年从巨子手中骗来的信物。凭这一块布，任谁都猜得出田文是怎样欺骗巨子，也猜到田文必是谋害巨子的元凶。

可谁又能猜到，献出此信的苏代，竟是杀人凶手的第一号同谋。

巧言令色的门客

听了苏代的劝说，魏王围起了伐薛之心，于是先放下讨伐燕国的打算，决定派密使去见齐王，商议魏、齐两国出兵薛地，共灭田文。而魏王选中的密使正是上大夫须贾。

战国名臣大多能言善辩，连孔子也把弟子分成"言语"、"政事"等几科，其中言语之学高于政事。可惜须贾并非能言善辩之臣，早先在魏国做大夫，只是负责拟诏、议政，上传下达，这样的人并不适合做使臣。但此时的魏国经过几轮党争挫败，名臣上将丧了一半，真正到了山中无老虎，猴子称霸王的地步，魏王一时无人可用，仍然用了须贾。须贾没有做使臣的经验，害怕到了齐国出丑，不得已，决定带上门客范雎。

听说要随主人去齐国，范雎乐得一宿没睡着觉，第二天就把好友郑安平找来喝了一顿酒。

郑安平是府上的驭手，专门替须贾赶车，力大过人，又练得一身好武艺，只是性情粗豪，头脑简单，是个市井莽夫。范雎心里其实瞧不起这样的人，可眼下的范雎混得与郑安平一样落魄，加上他怀才不遇，平时难免尖酸刻薄，须贾府里的人多对他侧目而视，只有郑安平肯与他结交，范雎也没得挑拣，就把这条莽汉当成好朋友了。

范雎这个穷酸难得请人喝一顿酒，郑安平也没架子，一请就来。此人酒量很大，一碗接着一碗，范雎手头拮据，看着心疼，自己手里的一碗酒半天也干不了。郑安平倒也看了出来，放下酒碗笑道："先生是个有本事的人，可在主公门下混了这么多年，衣食都不周全，真是屈才了。"

郑安平这话真说到范雎心坎里去了，忍不住叹了口气。郑安平随口问："先生既然不得意，何不另谋高就。"

范雎苦笑道："我这样的寒酸鬼，哪里去谋'高就'？"

"除了魏国，天下还有六国可去。"

范雎摇了摇头："国家虽多，可容身地方却并不多。头一个韩国去不得，韩国实力太弱，四面被强敌围困，已经成了死局，就算天大本事也难施展。第二个燕国去不得，燕国有公孙操篡政，内乱不止，外国士人投燕等于自杀。第三个赵国去不得，赵国文有平原君、蔺相如，武有乐毅、廉颇之辈，人才济济，像我这样没有名气的人去了，十年未必能得施展。第四个秦国去不得，秦国有魏冉一干旧臣弄权，与秦王提拔的新宠势成水火，外来的士人没有进身之路。第五个楚国去不得，楚国蛮夷之邦，法度与中原各国不同，权柄尽在楚王同宗的昭、景、屈、黄、芈、白、沈、庄几大姓手里，外人去了也插不上手。"

六　陷害

"这么说先生只有去齐国了？"

郑安平这话其实说对了，可他把话说得太直，范雎不敢承认，摇了摇头："天下有两国可去，或去齐，或在魏。两相比较，去齐容易立足，却不容易成名，若能得到主公引荐，在魏国谋个官职，与主公相互帮衬，十年内帮主公坐上魏国的相国，我也能得个上大夫的爵禄，这才是最好的出路。"

郑安平放下手里的酒碗笑着说："先生既有此心，何不去求主公举荐？"

郑安平说的是废话。范雎早先已经求过须贾，可须贾却一直推诿不肯帮忙，前后拖了好几年。范雎知道须贾是欺他没名声没门路，故意刁难，想把这个有本事的门客永远攥在手心里，让范雎只给须贾一人出主意想点子。

须贾是个小人，满心只想着自己的私利，范雎等了两年仍然不得举荐，已经有些灰了心。现在他打算自己往前闯一步，借着随须贾出使齐国的机会，在齐王面前露一手儿，如果闯出名声，就有了离开须贾的资本，那时须贾肯荐他做官当然好，如果仍不肯举荐，范雎大可离开魏国到齐国去。

可范雎实在是个穷人，连一套像样的衣服都置办不起，如果穿得像个叫花子，怕是连齐国的王宫都进不去。所以范雎请郑安平喝酒，其实就是想跟他借几个钱。

但在郑安平面前范雎不能尽说实话："不瞒兄弟，主公待我不薄，也有心举荐我出来做官，可惜我的名气不够，所以主公带我出使齐国，就是想让我先在齐王面前露个脸，回魏国后再替我谋官就容易些了。可兄弟也知道，我家里人口多，这次去齐国……"说到这里，觉着跟一个赶马车的借钱实在有些丢人，脸色十分尴尬，半天开不了口。

郑安平倒是个直爽的人，看范雎这样，已经猜到他的难处，笑着说："先

生这次去齐国，路上需要些盘缠吧？若不凑手，我这里倒有几个钱。"

范雎大喜，嘴里却说："不用不用……"郑安平也不理他，转身就走，片刻工夫手里拎着个小包袱回来，沉甸甸地塞地范雎手里，也不报数目，只说："先生都拿去用吧。"

范雎忙说："哪用得了这么多！"

郑安平是个市井间的豪杰，既与范雎相交，真就推心置腹，大咧咧地说："先生也知道，我是光棍一条，每天一碗酒两碗饭就养活了一家子，这些钱在我手里没用，先生拿去却有大用。日后真做了官，多请我吃两顿酒就行！"范雎连忙千恩万谢，捧着郑安平的钱回到家，好歹给自己做了两身新衣服，这才跟随主子一路东去临淄，赚取他的身家富贵去了。

几天后，须贾一行到了临淄。

听说魏国使臣到了，齐王法章立刻召见。范雎手捧国礼跟在须贾身后，缩头缩脑进了王宫，眼前尽是雕廊玉阶，奇花异草，出入的都是达官显贵，到处一片金碧辉煌，把个没见过世面的范雎看得目眩神驰，吓得胆战心惊。好容易挨到殿上，齐王居中高坐，献了国礼，齐王冷冷地问须贾："大夫来临淄有何事？"

"我王命臣到临淄，与大王商议一件大事。"

齐王冷笑一声，指着须贾问道："自华阳战败之后，魏国内外交困自顾不暇，还能做什么大事？"

眼下的齐国早已不复当年的国力，可齐王田法章却继承了先王的脾气，说起话来霸道粗鲁，须贾一时答不上来，却听范雎在旁朗声答道："大王此言差矣！世人都说'魏有三难，齐有五害'，三难易解，五害难除。今我王欲替大王除去'五害'之首，实是一番好意，大王还需三思。"

六 陷害

范雎所说的"三难五害",王廷上所有人都没听过,一下全愣住了。齐王问须贾:"这是何人?"须贾忙拱手答道:"此是下臣的门客。"

齐王转向范雎问:"你所说的齐国'五害'是何所指?"

范雎这辈子第一次有机会和君王面对面的说话,满脸涨得通红,心里紧张得要死,拼命稳住心神,大着胆子往上奏道:"大王,齐国东有窃国之凶,南有弑君之仇,北有毁家之敌,西有叩门之贼,中又有废弛姑息之患,'五害'加身,危如累卵,五害之中又以窃国之凶为最甚。今我王欲与大王合兵共讨叛臣,灭凶顽,靖疆土,如此有利齐国之事,大王竟视若等闲,这就是大王的不是了。"

原来范雎所说的"五害"是指薛地的田文、南面的楚国、北边的燕国、西边的赵国,而中间一害却说得含糊。齐王也不糊涂,已听出范雎的弦外之音,并不追问什么是"废弛姑息之患",只说:"田文这贼早晚要除,可这是齐国的事,与魏国何干?"

须贾忙说:"大王言之有理,可田文不仅为患齐国,又与秦国共谋,出卖魏国利益,实是两国共敌。魏国是山东六国的约长,自当发兵诛灭此贼以彰道义。至于灭掉田文之后,魏军即刻退回,绝不占据齐国一寸土地。"

须贾前面说的是虚话,最后一句却是谎话。齐王也知道"不占齐国寸土"是句瞎话,也不拆穿,只说了句:"此事容后再议。"起身下殿去了。

见过魏使以后,齐王先回到宫里,把魏国的意思对君王后说了。君王后仔细想了想,对齐王道:"此事可行。眼下七国之中,齐、魏两国都遭大败,境遇相似,日子都不好过,若齐、魏两国能借伐薛的机会联起手来,对两家都有好处。"

"寡人担心的是魏国趁机夺取薛地。"

君王后点点头:"大王顾虑的是。魏国出兵伐薛,必然要占据薛地。可话说回来,薛地在齐、魏、楚三国之间,齐国无力夺取,魏国若也不取,早晚必被楚国攻取。若楚国夺了薛地,就会直接威胁齐国腹地。现在魏国伐薛,齐国不妨在旁观望,若魏国胜了,咱们就出兵占据滕城,如此,则薛地六百里,魏国得三百里,齐国得三百里,也不算吃亏。况且魏国占了薛城,又正好挡住楚国北进的通道,对齐国也有好处。"

君王后是齐国真正的谋主,齐王对她言听计从,先在后宫拿定了主意,这才把相国田文找来商议国事。

在这件事上,田文的看法倒与君王后相似,也认为与魏国联手伐薛,既诛仇敌,又得疆土,还能结盟强邻,对齐国大有好处。连魏伐薛的事就这么定下来了。

此时的齐王心里还惦记着一件事,就是在王廷应对之时,那个丑陋的门客所说的"齐国五害"。既然国事定了,齐王也不急于召见须贾,而是派了个宦官赶一乘马车到传馆,瞒着须贾悄悄把范雎接进了王宫。

这一次,偏殿之中只有齐王和范雎两人,见范雎进来,齐王迎头便问:"先生昨日在大殿上说齐国有'五害',其中四害倒也罢了,只是那居中一害是什么,还请先生明言。"

春秋战国,说客见君王是个最大的学问,多少能言善辩之辈凭着几句话就封官拜相平步青云。范雎在这上头也早做好了十足的准备,那个"五害"就是他编出来引齐王上钩的香饵。现在听齐王动问,范雎不慌不忙弓身笑道:"小人出身乡野,鄙俗之辈,不敢妄引经典欺瞒大王。只听说齐国是天下最富庶的国家,当年景公称霸之时,一次就送给臣子车驾千乘;威王时贵人好赌赛,一掷数千金;宣王之时,在临淄做一个小吏的身家,比得

六　陷害

上赵国的一个大夫,可今天小人到齐国来一看,只见城郭凋敝,百姓寒苦,像我这样的货色走在街上竟也被当成贵人奉承,小人实在不解,堂堂大齐国,何以至此?"

范雎的话说得难听,可这些话他先前都仔细算计过,知道齐王最想听的就是这些。果然,齐王法章听范雎说到国事要紧之处,两眼一亮,也顾不得这些话刺耳,急着问:"先生觉得齐国为什么会穷?"

"小人觉得齐国穷困,根子在大王身上。"

自见了齐王,范雎一直在暗中揣测齐王的脾气秉性,觉得齐王表面霸道粗鲁,内心却是个贪婪好利、多疑寡谋之人,只要跟他谈钱,齐王必须大感兴趣,这时再用强硬的话激他,齐王就会上钩。这一宝果然押对了,齐王丝毫不恼,反而凑近前来:"先生请说。"

"齐国当年遭遇大败,只因先王称霸心切,滥用国力,对内耗竭府库,对外树敌太多。大王是个仁厚之君,自继位以来不事征伐,与民休息,这些年齐国虽然国力渐复,可国库却不充盈。按说齐地临海,物产丰富,齐人又善经商,多有奔走六国逐利之辈,齐国所产粮食、鱼盐都被这些商人贩往六国,每年获利何止百万金,可因为政令不严,这些钱都被商人逃税私取,而国家未得其利。加之商贾贪利无耻,败坏了齐国的风气,结果仁政不能强国,齐国至今无称霸之力,大王应该好好想想了。"

范雎说的话听来似乎在指责齐王,可言辞又不特别刺激,齐王正好能听得进去,立刻问道:"先生以为寡人应当如何?"

"大王应制定严刑峻法加征税收,抑制商贾,多征之钱用于置办车马兵器,整顿军伍,奖励农桑,如此不出十年,齐国军力必然壮大起来。"

范雎所献的其实是秦国商鞅的成法,表面说的是重农抑商,其实是在盘剥农民的同时,加大对商人的盘剥力度,其目的无非利用王权垄断国内

资源，尽夺天下之利，把全国财富集中起来用于兵备，在战国乱世，这倒确实是个强化军力的好办法。但这套办法想在齐国实行，未必像在秦国那么容易，需要齐王下变法的决心，再加以魄力十足的臣子，偏偏齐王是个没决心的人，齐国又缺少有魄力的大臣，单凭范雎一句话，只不过镜花水月罢了。

其实范雎也知道齐国很难变法，他说这些话无非是想取悦齐王。现在齐王果然听得入神，范雎忙又接着说道："小人听说齐桓公用管仲为相，收天下盐铁为官卖，每年得税利千万，桓公借此成就霸业，九合诸侯。如今魏国连遭兵祸，赵国年年受灾，粮食都很困乏，百姓皆靠齐国的粮食活命，大王何不效法齐桓公，也将齐国所产粮食收入官仓，不许贩往外国，平时备战养兵，若赵魏等国向齐国求粮，大王就可趁机收服赵魏，合三国之力南击楚，北伐燕，成就霸业又有何难？"

范雎这话又是半真半假。

齐国粮食产量高倒是真的，但魏国疆土平坦，沃野千里，又得黄河之利，粮食可以自给，赵国倒是缺粮，可赵王的野心比天还大，一心穷兵黩武，绝不会为了区区粮食而被齐国"收服"。范雎用花言巧语引逗齐王，看似可行，实则未必，不过是辩士们常用的花招罢了。

范雎的话句句都让齐王动心，扬起脸来细细琢磨起来。范雎却知道自己这些话水分极大，生怕齐王琢磨得太透，看出来了，赶紧又拱手说道："齐国立国八百年，根基深厚，大王英明有为，振兴邦国指日可待，小人所说的不过是些多余的话儿罢了。"先假装了一回谦逊，这才又说出更厉害的话来："小人这次随我家主公赴齐，途中经过鲁国。早先听人说鲁国虽然弱小，却很富足，国力强盛，军马严整，这次在曲阜住了两日，却见鲁国民生凋敝，百姓无食，军伍腐坏，鲁公昏聩无用，真有亡国之相，小人觉得奇怪，难道以前听说的都是不实之词？就向别人打听，鲁国人告诉小人：原来鲁国内部其实分成两国，北边曲阜一带是鲁，南边费邑一带叫做'费国'，富强的不是'鲁'而是'费'！这件事实在有趣得很，不知大王怎么看？"

鲁国是齐国的近邻，这些事齐王当然清楚，笑着说："先生错了，费邑是鲁国上卿季氏的采邑，并没有'费国'一说。"

范雎说这些话，本就为了引出齐王的话来，故意像煞有介事地点了点头："原来如此，是小人弄错了。"接着把话题一转："大王可知道鲁国季氏的来历？早年周天子分封诸侯之时，把周公旦之子伯禽封在鲁国，其后数百年，鲁国一直是和齐国比肩的强国。到鲁桓公之时，将自己的三个儿子封为世卿，此三家皆是桓公后人，故称之为'三桓'。不想这三家后人却起了异心，先是庆父乱政，弑杀鲁君，后来又出了一个季文子，掌鲁国政事三十年，身为上卿，家人不穿绸缎，养马不用粮食，表面勤政俭朴，忠厚老实，暗中却与另两家世卿勾结，尽力收买百姓，靠着贵人之力和百姓的拥戴掌握了鲁国实权。到鲁襄公的时候，三桓已经成势，分鲁国土地臣民为十二份，国君掌其五，三桓得其七。到鲁昭公的时候，三桓又将鲁国三军改为四军，季氏统领两军，另两家各领一军。从此鲁国人只知有三桓，不知有国君。到今天季氏后人割据费邑，自立一国，大王不知有'费国'，鲁国百姓却心向费邑而不亲曲阜。鲁国衰弱至此，全是三桓之祸。"

三桓世卿祸乱鲁国之事见于《左传》，天下人没有不知道的。而这一类事件在春秋战国是普遍现象，齐王田法章的先辈田恒本是齐国的相国，后来也用类似的办法收买人心，架空君王，最终弑了齐简公，夺取齐国政权。现在范雎提起三桓的故事，齐王心中一惊，不知他是何所指，一时没有吭声。

范雎一心巴结齐王，当然不会去揭齐国的丑，故意摇头叹气："像三桓这样的祸害到处都有。威王、宣王之时齐国何其强盛！不想却出了一个田文，此人得齐王器重，封孟尝君，领薛邑六万户，做了十三年相国，还不知足，又生出不臣之心，府中养死士三千，采邑所得尽施与百姓，在齐国放债，却烧毁契约不收本息，眼看就要像当年的三桓一样威逼国君，却被齐王识破，将他逐走，不想田文竟引五国之兵伐齐，害死齐国先王，杀齐人百万！现在田文虽然失势，却仍窃据薛城以自安，收齐国之税以享乐，如痛如疥，除之不去！可知亡国之祸皆先生于内，后发于外，欲治家国，必先安内，而后攘外，大王不可不警惕呀。"说完，二目灼灼看着齐王，等他发话。

范雎的话里暗含深意，十分狠辣，齐王一开始不得要领，再仔细一想，只觉得一股冷气从脚跟直冲上头顶，脸色顿时变得凝重起来。

当年齐国易主，"田氏代齐"，是因为权臣作乱；孟尝君田文引五国伐齐，也是权臣作乱；今天的齐国似乎又出了权臣，那就是破燕复齐的大功臣田单！

季文子夺鲁国实权，用的办法是收买人心；田恒夺齐国天下，也是靠着收买人心；当年的田文惯会收买人心；眼下的安平君田单也是一个极得民心的人……

其实齐王对田单早就有了戒心，只是田单功劳太大，为人又谦逊和气，齐王心里的想法隐然未发。可现在听了范雎之言，再回头去想，越想越觉得田单这人处处可疑。

见齐王皱着眉头发起呆来，范雎知道自己的话说到要害处了，心里暗暗得意，脸上却还是一副木讷的表情，一声也不言语，且让齐王自己去琢磨。

好半天，齐王终于回过神来，再看这个瘦巴巴的魏国士人，已经不觉

六 陷害

得他举止猥琐面目可憎,倒把此人看成一位高贤了:"先生是个有本事的人,可在魏国似乎并不得意,寡人想留先生在齐国做一个中大夫,不知先生愿意吗?"

眼看一场大富贵落到了自己手里,范雎乐得几乎要蹦起来了!可也就眨眼工夫,他已经压抑住心中的喜悦,开始算计得失。

在齐国做大夫当然好,可齐国自从被五国伐破之后,偏安一隅无所作为。且齐国自有田单、貂勃、齐明这些受宠的臣子,范雎是个没有根基的外人,想搏一步升迁并不容易。

而在魏国却有须贾、魏齐这些人,将来范雎可以靠着追随须贾,巴结魏齐,在魏国迅速得势。

再说,范雎毕竟是个魏国人,他这一身本领到底还是愿意卖给魏国。以前范雎没有名头,须贾不肯举荐他,现在范雎得了齐王的赏识,闯出名堂来了,须贾再也不敢拖延,必然举荐他出来做官。同样是做官,在魏国为父老乡亲出力,总比去齐国好些。

而且退一步讲,就算须贾仍然不肯举荐,范雎大可抛弃须贾回齐国来,反正齐王心里已经记住了他这个人,将来必会用他。

既然左右逢源,当然要挑选对自己更有利的去处。而范雎选择的,仍是他的主子须贾。于是故作惊讶,慌忙拜伏于地,高声道:"小人有何德能,竟蒙大王厚爱,实在感激莫名!但小人是魏国人,生于斯长于斯,家人故老都在大梁,怎么舍得下?大王美意小人实在不敢领受。"说着又对齐王连连叩头。

一个人有本事,是叫人喜欢,可一个人有骨气,更让人钦佩。眼看范雎眷恋故土,不贪富贵,齐王更觉得此人难得。微笑道:"可惜齐国没有

先生这样的人。既然不愿为官，寡人也不好勉强，先生且回传馆休息，寡人另有礼物，答谢先生为齐国尽心。"

齐王的重赏正是范雎拿来炫耀的资本，这一下真是乐不可支，忙又再三谢恩。

范雎回到传馆时，须贾已经知道他被齐王召见的事了，忙过来问，范雎并不明说，含含糊糊掩饰了过去。

一夜无事，第二天早上，宫中突然来了几名宦官，把范雎请到前厅，当着众人的面宣读齐王诏命，赐给范雎黄金十斤，牛五十头，御酒五十坛。见齐王对魏国使臣的一个门客如此厚赐，传馆里一时哄嚷起来，须贾更是大吃一惊，忙把范雎找来细问，范雎这才把昨天与齐王招对的内容大致说了一遍，至于齐王要封他为中大夫的事当然略过不提。最后又故意问须贾："主公觉得齐王所赐，小人是收还是不收？"

范雎这话问得十分明白。

齐王对范雎如此恩赏，分明是要召他到齐国做官，而范雎用这话来问须贾，若须贾有意举荐范雎在魏国做官，自然让他拒绝齐王的赏赐。如果须贾不闻不问，任凭范雎收下齐王的重赏，范雎这个人只怕从此就投奔齐国去了。

说实话，这些年来须贾从没想过举荐范雎为官。因为须贾知道范雎的本事，以此人的才干，如果抓住机会，几年工夫就会出人头第，可须贾自己苦熬苦挣多少年，好容易才混成了上大夫，在魏王眼里还算不上宠臣，此时若叫范雎得了意，扶摇直上，只怕很快就盖过了须贾的风头。

须贾这个人才智平庸，可他却明白一件事：现在范雎只是他养的一条狗，万一牵制不住，让这条狗咬断链子变成了狼，回过头来就可能咬死自

六　陷害

己的主人，这样的事太多了！所以须贾宁可让范雎心怀怨恨，也绝不肯让这条狗挣脱链子。

可惜范雎已经巴结上了齐王，牵狗的链子已经被咬断了。须贾若再不善待他，范雎必然扭头就走，可直觉告诉须贾，若真要在魏王面前推荐了范雎，此人早晚必成自己的对头。

只一瞬间，须贾心里已经拿定了主意：既然拴不住范雎了，不如趁此人还没变成狼之前，早早打杀了他吧！

想到这里，须贾的脸上浮起了一丝僵硬的笑容："依先生的本事，天下的君王都想重用你。可齐王浮躁庸碌不思进取，先生侍奉这样的君主不会有什么前途，倒不如推辞掉这些礼物，回国之后，我一定在大王面前保举先生，无论如何让你做个大夫，先生觉得怎么样？"

范雎这个人聪明绝顶，料事如神，可他身上却差着一样：没做过官，不知道官场上的险恶，心底里还存着一丝平民百姓才有的老实劲儿，让他出坏主意尚可，让他脸上带着笑，手里却动刀子杀人，范雎没有这份凶残。所以全没猜透须贾话里的意思，只以为主公终于答应举荐他了，欢天喜地，忙说："小人就去对宦官们说，辞谢齐王的礼物。"

须贾笑道："先生不要急，齐王是一国之君，你把他的赏赐尽数退还，只怕惹来不快，不如收下牛酒，只将黄金退回去吧。"

其实须贾不让范雎尽数退还礼物，是要留个"证据"，将来好整治他。可范雎压根没往这上头想，只管奉承道："还是主公想得妥当。"乐颠颠地跑出去了。

范雎变成了张禄

　　自从得了齐王的重赏，范雎的身份和从前大不相同了，须贾对他也客气了许多，在传馆里住着，两人食则同几，寝则同榻，见范雎穿戴寒酸，就把自己的衣服给他穿，回国时共乘一辆安车。这一路上须贾反复保证：回魏国述职之后，立刻找机会举荐范雎为官。

　　范雎这辈子孤寒惯了，忽然有人如此厚待他，真是又感激又喜悦，不知该如何报答须贾才好。

　　几天后，须贾带着范雎回到大梁，歇息一晚，第二天就向魏王述职。

　　知道齐王答应两国共伐薛地，诛灭田文，魏王大喜，立刻召见信陵君和亚卿晋鄙，问这两人的意思。信陵君虽不知魏王何以忽然伐薛，但田文勾结秦人，出卖魏国，罪不容赦，而且薛地果然是一块肥肉，魏国不取，他国必取，所以赞成伐薛。魏王立刻命晋鄙调动精兵五万，准备对薛邑动手。

　　魏国伐薛的事正在秘密筹划，另一边，须贾述职之后果然片刻也没耽误，立刻带着一车齐国的土产来拜见公子魏齐。

　　魏齐和须贾是推心置腹的老朋友，见须贾来了，忙设宴相迎。酒到半酣，须贾好像忽然想起来似的，对魏齐说："这次出使齐国，却出了件怪事：我家里有个叫范雎的门客，不知因为什么忽然被齐王连夜召见，去了一夜才回来，第二天齐王就赐他黄金十斤，牛酒各五十，问他为何受赏，他却不说。"说到这儿瞄了魏齐一眼，见魏齐只顾着喝酒，似乎并未在意，就又说道："最怪的是，我辞别齐王回国那天，齐王说了好些话，似乎对魏国在邢丘的兵马布防十分了解，又问我新军操练的情况，睢阳、宁陵、

六　陷害

雍丘各处的兵马部署，河北各郡的粮食收成，鸿沟转运粮米的情况，对魏国的事知之甚细……"说到这里，故意把嘴一闭，不吭声了。

魏齐是个粗心的人，须贾先前说的话他并没听到耳朵里，可须贾忽然把话扯到"邢丘"，此处是魏国失去南阳以后针对秦国新筑的要塞，至关紧要之地，魏齐立刻留了心："你说的那个士人叫什么名字？"

"名叫范雎。跟随我多年了，为人倒也老实，只是家里穷苦得很……"

到这时魏齐的脸色已经郑重起来："大夫平时与此人议论国事吗？"

"国事倒不与他商量，但此人文笔甚好，心也细，地方上的账目文书常命他誊写。"说到这里，须贾忽然满脸错愕，提高了声音，"难道公子以为此人是齐国的奸细？"

魏齐略想了想："依先生说来，这范雎早年就在先生府里，未必是齐国的奸细。可这些穷人多是邪恶之徒，为了钱财连命都不要，这次得了齐王大笔赏赐，只怕会见利忘义，做出卖国的行径来！大夫回去后好好审他，若此人真在齐王面前透露了魏国的机密大事，一定要从重处置！"

须贾今天来见魏齐，本意就是借刀杀人，当然不肯亲自去审范雎，故意愁眉苦脸地说："我与范某多年主仆，不忍心难为他……明天把他逐走就是了。"

魏齐是个暴脾气，听须贾说这些软弱的话，顿时把几案一拍厉声道："卖国奸贼岂能逐走了事？大夫只说此人住在何处，我去拿他来审，死活都不与大夫相干！"

一听这话，须贾心中暗喜，脸上故作难色，吞吞吐吐，在魏齐反复逼问之下，终于说了范雎的住处。魏齐立刻命家臣去捉范雎。

须贾的安排范雎哪里知道，此时还在家里做着升官发财的美梦，忽听

门外一声吆喝,几个人撞破门板直冲进来,二话不说,把范睢按倒在地一条绳子捆了起来,揪上一辆马车,在街市间三转两绕,径自到了魏齐府上。

范睢不是个糊涂人,忽然被魏齐的手下捉住,他的心里已经明白了一半。现在被几个人扯到阶前,只见魏齐凶神恶煞般坐在堂上,左右却没有别的人,范睢心里更明白了。不等他说话,魏齐已经厉声问道:"你这个不知死活的奸贼,在齐王面前说了什么话,做了什么事,还不从实招来!"

范睢忙叫道:"小人实在冤枉!"

这时魏齐的家臣已将齐王赐给范睢的牛酒等物都抄了出来,悄悄报与魏齐。见了这些东西,魏齐更认定范睢是个卖国贼,饮了一碗酒,冷冷地说:"你还冤枉?齐王所赐的肥牛美酒就在你家里!好,我且问你,那些黄金你藏在何处?"

"小人并没收取黄金……"

范睢话音未落,魏齐已经指着他的鼻子骂道:"放屁,有金子你会不要?这样的贼不打不招!"把手一摆,一个打手走上前来,提起赶马车的鞭子冲着范睢没头没脑一顿抽打。范睢双手抱头缩在地上,口里连声尖叫:"小人冤枉,请公子听小人一言!"

魏齐又喝了两碗酒,看着那打手抽了几十鞭,打得范睢连冤枉也叫不出了,这才冷冷地说:"好,我就让你说话。"

眼看有了申辩的机会,范睢也顾不得伤痛,急忙爬起身来冲着魏齐连连叩头:"小人只是个布衣,命比野草还贱,哪里知道什么国家大事?且小人自幼家贫无依,多亏须贾大夫救助,才不致饿死陋巷,又有为国进言的机会,心中感激无以为报,一向把须贾大夫视为恩主,比生身父母还要亲敬百倍,怎敢背离主公另投别国?请大人念在小人孤苦可怜,饶我一命,小人日后一定尽心竭力报效主子,绝不敢有非分之想!"

六　陷害

　　范雎从一开始就知道害他的人是须贾，所以口中一味向自己的主子讨饶，只希望有个侥幸，须贾略有良心，听了这些话能稍稍动心，好歹饶他一命。

　　可惜，世上最忌讳的事，莫过于做奴才的本事比主子还大，须贾要治死范雎就是因为这一条，自然下了狠心。魏齐又是个暴躁的人，在他听来，范雎的表白句句都是虚滑不实之词，瞪起眼来骂道："放屁！我只问你对齐王说了什么话！"

　　"小人实在没说什么……"

　　"你没说什么，齐王就会送你黄金牛酒？"魏齐对左右吼道，"这畜生还在放刁，给我拔光他的牙齿，看他还怎么嘴硬！"一个打手冲上前来当胸一脚把范雎踢翻在地，接着一脚狠狠踹在范雎脸上，范雎抱着头滚到一边，只觉满嘴腥甜，"噗"的一声吐出几枚断齿。

　　这时的范雎已经不知道疼痛，只是像条夹着尾巴的狗满地乱爬，嘴里尖声嚎叫，转眼又被人揪住，掐着脖子按在地上，魏齐在上面吼道："还不说实话！"

　　今天的范雎实在命里该绝，因为他真的没有什么"实话"可说。魏齐要听的只是范雎勾结齐国出卖魏国的口供，凡与此不合的都认为是撒谎放刁。范雎知道魏齐的脾气，不承认卖国是死，若承认了，不但自己要死，还得赔上一家老小的性命，只能咬紧牙关带着哭腔向魏齐哀告："小人是魏国子民，怎敢通敌卖国，在齐王面前说的无非是两国结盟共抗秦楚的好处，齐王赏赐小人也只因为这个……"

　　若范雎真的只在齐王面前说这些，是得不到重赏的。听范雎扯这个谎，魏齐更认定范雎必是个奸细了。

　　到此时，魏齐要的只是范雎认罪，别的话根本听不进去。见范雎满嘴

狡赖不肯认罪，气得抓起案上的铜壶猛掷过去，范雎不敢躲闪，这一下结结实实打在额头上，立刻血流如注。魏齐吩咐左右："给我打着问，打到这畜生说出实话为止！"随从们提着棍棒皮鞭一拥而上，围住范雎一顿狠打，范雎在地上乱滚乱钻，心里还想再对魏齐讨饶，却见魏齐站起身来往后边走去。

在魏齐这些公子王孙眼里，人命就像蝼蚁一样。早前他已认定范雎是卖国的奸贼，把此人抓来拷打，也只想审出个卖国的口供，可审了半天，范雎还在满嘴胡赖，魏齐已经没了兴趣，加上酒有些过了，觉得困倦，打算去躺一会儿，至于眼前这个罪人的死活，他也懒得再管了。

眼看魏齐要走，范雎知道此人一走，自己立刻会被活活打死！情急之下也不知哪里来的力气，忽然从地上挣扎起来，推开两名打手一头撞到魏齐面前，以头触地，嘴里连声哀求："请公子看在须贾大夫面上，饶小人一命！"

范雎的举动倒把魏齐吓了一跳。见这个奸细跪在自己脚边，脑袋像个砸烂了的血葫芦，扭歪着一张丑脸，嘴里吐着血沫子，看上去简直像个活鬼，又惊又气又是厌恶，飞起一脚踹在范雎心口上，恶狠狠地叫手下："给我打死这条狗！"说完头也不回地走开了。

听了这话，范雎知道自己已是必死，见打手们提着棍棒围上来，吓得肝胆俱裂，扯着嗓子尖叫一声："主公救我！"

这一声叫喊，彻底断了范雎的生路。

其实范雎心里早猜到陷害他的人必是须贾，只是范雎心里还有万分之一的侥幸，以为须贾是恨他在齐王面前献媚，想借魏齐之手狠狠整治他一顿，又或者须贾确实想下死手杀害范雎，但须贾一定就在附近，只要范雎

六　陷害

拿定主意一味向魏齐告饶，却不牵扯须贾，也许须贾会念在自己为他卖命多时，能生出慈悲之心，好歹饶他一条性命。

可事到如今，百般哀求都没效果，魏齐已下了狠心，叫人打死他！范雎实在是吓坏了，不及多想，直起嗓子喊了这么一声，向躲在幕后的须贾求饶，可这一声叫喊不但救不了范雎的命，反而使范雎死无葬身之地了。

魏齐审问范雎之时，须贾一直躲在耳房里，听着范雎在院里挨打告饶，想起这些年范雎着实为自己出过不少的力，难免有些心软，待魏齐叫人打死范雎，须贾的心中已经有些松动了。此时只要在魏齐面前说一句话，就能救下范雎的一条命来，正在犹疑，忽听范雎高叫"主公救命"，真把须贾吓了一跳。

原来范雎已经知道害他的人就是须贾！也就是说，他与须贾之间已经结下永不可解的深仇，若范雎不死，以此人的本事，只怕真有一天会混成人上之人，那时死无葬身之地的就是须贾了！

想到这里，须贾刚软化的心顿时硬如铁石，坐在房里竖起耳朵听着，院里人声杂乱，只听得打手们斥骂吆喝，棍棒抽打皮肉的声音令人毛骨悚然，却已听不到范雎的哀告声了。

好半天，院里终于没有动静了。须贾起身透过竹帘向外张望，打手们已经各自走散，只剩个枯瘦的身子泡在血泊之中。

作恶的人最敬畏鬼神，因为他们心里有鬼。看着范雎的惨相，须贾心里惶恐莫名，一阵冷风挟着刺鼻的血腥气吹上身来，须贾只觉得浑身上下毛骨悚然，急忙站起身从后门溜出去了。

不知过了多久，范雎幽幽醒来，眼前漆黑，看不到一丝光亮，鼻中闻到一股腥骚恶臭，浑不知自己身在何处，只觉得浑身上下处处是伤，痛入

骨髓，连稍微动弹一下都做不到。就这样僵卧良久，自己也不知究竟是死了还是活着，却听得有人声向这边过来，范雎本能地知道自己尚未脱险，忙把两眼一闭，挺直身子一动不动。

片刻工夫，两个人走了进来，一边高声谈笑，嘴里喷出一股酒气，范雎不知他们在说什么，也不敢动，只听身边有水声，接着一股热呼呼的水线直淋在自己头上！范雎吓了一跳，本能地把身子一缩，好在天黑，那两人又喝了酒，并未察觉，转身走掉了。

到这时范雎才明白过来，原来自己竟是被人抛在茅厕里了！

范雎这人命大，虽被魏齐的家臣们打得骨断筋折，一时闭了呼吸，却没有死。那些打手以为他死了，在这些人看来，范雎是个通敌卖国的小人，实在可恨，干脆把他的尸首扔进了茅厕，让人在尸体上便溺，以此羞辱范雎。其实这倒是个便宜，如果那些打手心存仁慈，真把范雎拖出去埋葬了，那范雎想活也活不过来了。

天下人不管如何幼稚，总有一天要定下神来，静静地想一想，自己这一生要做什么人，该做什么事。只是每个人做这设想的时间、地点、原因各不相同。

范雎虽然追随须贾混了多年，其实尚未做过一次透彻的思考。今天他被自己的主子害得九死一生，硬从阎王殿上捡回一条命，终于静下心来好生想想，而他做这一次人生思考的地方，竟是一间肮脏的茅厕。

说真的，天下再找不出一个比这间茅厕更适合范雎思考的地方了，因为在这一刻，范雎想的只有一件事，就是报仇。

倘若今天死在这间茅厕里，当然无话可说，若能不死，他日不论用什么样的手段，一定要争做人上之人，掌握天下的生杀大权，到那时，范雎

六　陷害

一定要回到魏国，将须贾、魏齐以及那些曾经打他、羞辱他的恶人一个个剐为肉泥，烹成肉酱，挫骨扬灰，夷其九族！不但杀尽仇人，还要让天下再无一人敢姓须，再无一人敢姓魏，才能解范雎的心头之恨！

范雎的前半生是为了混饭吃而活的，可他的后半生，只为了报仇而活。

静夜之中，范雎横卧在腥秽恶臭的茅厕里，被刻骨铭心的仇恨烧得浑身滚烫，有这仇恨在心里打转，居然撑住了范雎的一条命，渐渐觉得身上似乎有了点儿热气，伤处也不那么疼了，手脚也能略微转动了，于是缓缓活动身体，觉得手足腰身情况尚可，头上打破的地方已经结了疤，身上的鞭伤虽然一下一下地抽疼，也不碍事，只是胸前疼得厉害，身子稍微一动肋骨就略略作响，大概是给人打断了骨头。

这么说来自己并未伤到要害，若被人救出去，大概能捡回一条性命。可是困在这深宅大院里，又行走不得，谁能来救他呢？

今夜不能脱身，到天亮，必然还是一个死。

想到这里，范雎也不知哪里来的力气，双手抠着地皮，挣扎着一寸一寸向门前挪去，每动一下，胸前的伤处痛入骨髓，却连哼一声也不敢。爬了好半天，只觉浑身的力气都用尽了，满头虚汗，再也挣扎不动，可离茅厕的门口还有好远一段距离，眼看走不脱，范雎心时一阵绝望，眼前发黑，似乎又要昏厥过去，却听门外传来脚步声，范雎大吃一惊，急忙闭目装死。

片刻工夫，一个人走了进来，直到他身边，俯下身来细看。范雎吓得魂飞魄散，一动也不敢动，却听那人叹了口气，低低地咕哝了一声："真是范先生，这是怎么说的……"又略站了一会儿，大概嫌茅厕中秽臭熏人，转身要走。

此时范雎脑子里灵光一闪，忽然知道眼前这人是谁，情急之下什么也顾不得，一伸手握住了那人的脚踝，这一下把那人吓得叫了起来，范雎忙

使尽力气急急说道:"兄弟不要怕,我没有死。"

进来探视范雎的,正是须贾的驭手郑安平。

此时须贾还在魏齐府里没走,正陪着魏齐喝酒。郑安平也被安排和魏齐府里的下人一起用饭,吃着饭,这些人说起今天打死了一个叫范雎的奸细,郑安平听了大吃一惊,饭后找个借口溜出来查看,见范雎被人打成这样,郑安平又惊又气,忙问:"先生与公子有什么仇,他们为什么要杀你?"

"不是魏齐要杀我,是主公要取我性命。"

"主公为何要害先生?"

范雎已经没有说话的力气,更怕郑安平在这里待得久了被人撞见,用尽力气摇了摇头:"这件事一时说不清,你只信我的话吧。要想救我,就不能让主公知道这事。我身上有点钱,你拿着去求魏齐府上的人,只说是我的朋友,想把我的尸首拉出去葬了,请那人在魏齐面前说一句话。你千万不要自己出头,否则被主公知道,你我都难逃一死。"

郑安平是个粗鲁的人,平时对范雎的才学很佩服,现在就依着他的话,摸出钱来找到魏齐府里的一个管事,只说打死的奸细是自己的熟人,觉得可怜,想把尸首拖出去葬了。那管事也觉得一个死人扔在茅厕里怪吓人的,又收了郑安平的钱,就大着胆子走到魏齐面前。

此时魏齐早已喝得半醉,又有须贾在旁边奉承,心情倒不错。管事看着魏齐高兴,忙凑上来低声说:"大人,今天打死那个奸细还在后面扔着,是不是拖出去埋了?"

魏齐正在喝酒,哪听得进这些事,不置可否,只是挥了挥手,须贾倒是听见了一点儿,可不等他说话,管事已经退下去了。出来就告诉郑安平:尸首任他拉出去埋葬。郑安平急忙从马车上抽了一张细篾织的席子,把范

六　陷害

睢包起来抱在怀里，急忙送回家去，自己又赶着车回到魏齐府上，等着接须贾回府。

这一边，范睢的家人眼睁睁看着他被人抓去，却无处打听，直到深夜，范睢被郑安平送了回来，整个人已经被打烂了，范睢的妻子吓傻了眼，急忙给范睢换衣清洗，连夜找郎中来给他治伤。好在伤痕遍体，却没有一处致命，只是肋骨断了两根，一时走动不得。

天亮以后，郑安平又来了。范睢是个精细人，咬牙忍疼先把昨晚的事细问了一遍，郑安平告诉他：自己偷着把人带出来，并未惊动须贾。昨夜须贾酒醉，回府就睡了，还没醒过来。

郑安平粗心，什么事也想不到，范睢却知道自己现在还没逃过此劫，忙说："主公对我猜忌极深，必要见了尸首才罢休，酒醒后必会查问，我在家里住不得，请兄弟帮我找一处住处养伤吧。"又嘱咐妻子："我走之后，你要连夜置办棺椁，举家戴孝为我守灵，不管什么人来问，只说我得罪了公子魏齐，被打死了，千万不能有一个字牵涉主公。把家里的钱都拿出来，交给我这兄弟，我就算逃过这场大祸，也不能留在魏国了，还请兄弟照看我的家小。"说到这里，强挣扎着要起身叩拜，郑安平忙扶住范睢："不必如此，我自会照顾先生的家小。"

依范睢的吩咐，郑安平在朋友那里给范睢找了个住处，用马车送范睢过去，自己又匆匆回府。

这时须贾的酒已经醒了，正在屋里坐着发呆，想起昨晚的事，心里隐然觉得不安。命人把郑安平叫来，装出一副糊涂样子问："范先生今天怎么没来？"

听须贾问起范雎，郑安平不禁有些发毛，好在早先范雎已经教给他一些话，忙说道："主公还不知道吗？听说范先生得罪了公子魏齐，昨夜被逮到公子府里，一顿乱棍打死了！"

郑安平不是个惯会说谎的人，言语间难免有做作之处，可须贾心里有鬼，慌里慌张的，哪有心思去看郑安平的脸色。也故作惊讶地问："竟有这样的事！公子与我交情最好，难道不知道范先生是我亲近的人吗？马上备车，我现在就去问魏齐，为何无故杀我的门客！"

须贾说的话做的事实在无耻到了极处，可世上的伪君子们个个都有这么一副嘴脸。郑安平是个老实人，眼看须贾瞪着两只眼在这里装神扮鬼，只觉得又恶心又害怕，一时不知该如何回话，低着头不敢吭声。须贾这里假装又想了想，重重地叹了口气："现在不是争闹的时候，还是先去看看范先生的家眷吧。"

须贾哪里是要去探望范雎的家眷，分明是昨夜不见了范雎的尸首，心里不踏实，要亲自到范雎家里查个明白。这一切早被范雎料中，也把对策教给了郑安平。

到这时郑安平心里才算多少有了底，驾着马车把须贾送到范雎家里，只见两间破房大门紧闭，屋里隐约传来哭声，郑安平上前叫门，好半天，范雎的妻子来开了门，郑安平忙说："我家主公听说范先生遭了横祸，特来探望。"说着冲范雎的妻子做个眼色，范雎的妻子知道是仇人来了，急忙把手伸进袖子里在胳膊上用力掐了一把，顿时疼得满眼泪水，上前给须贾行礼，请他进屋。只见昏暗的破屋里摆着一副薄皮棺材，棺材前头设了个香案，摆了几件寒酸的祭品，两个孩子跪在灵前哭作一团。须贾在灵前行了礼，转身问范雎的妻子："怎么会出这样的事？范先生到底为何事得罪了魏齐？"范雎的妻子只是哭，一句话也答不上来。

六　陷害

到这时须贾才相信范雎真的死了,心里踏实下来,想起范雎着实为自己出过些好主意,最后落个横死的下场,心里有些不忍,居然也掉了几滴眼泪,又给了范家人一些钱。范雎的妻子连连叩首,千恩万谢,阖家上下哭成一团,须贾嘴里连声叹息,坐上马车回府去了。

养了两个多月的伤,范雎的身体渐渐复元,已能行动如常了。可此时的他待在魏国如临虎穴。郑安平倒是个讲义气的人,这些日子一直照顾范雎,到此时才问:"先生今后打算怎么办?"

"魏国待不得了,我想找个机会到秦国去求官。"

郑安平忙问:"先生不是说秦国贵戚弄权,外来士人站不住脚吗?"

范雎摇了摇头:"此一时也彼一时也。秦国是天下第一强国,只有到了秦国,我才能真正施展抱负,有一天得了权柄,回来找暗算我的人报仇。至于说秦国难以立足,事在人为,只要抓住机会,还是站得住脚的。兄弟帮我留心着,若有秦国的使臣来大梁,一定要告诉我。"

郑安平忙答应了。

这时范雎又想起一件事来,"现在我与须贾这个贼结了死仇,他不会放过我,就算我到了秦国,给他知道了消息,也会去害我的家人,所以今后我不能再叫范雎了……"自己想了想,"要报深仇,必先张其禄,从今天起,我就叫张禄吧。"

也是范雎的运气好,就在他改名换姓隐于市井一个月后,秦国使臣王稽到了大梁。郑安平忙把这个消息告诉了范雎。

听说秦国使臣来了,范雎大喜过望,忙说:"这是千载难逢的机会!兄弟务必帮我凑几个钱,想办法疏通传馆里的人,让我和这位王稽大夫见上一面。"

"先生有把握说动王稽吗？"

"说得动他便是生路，若说不动，就是死路了。"范雎眼里闪出两道狼一样的凶光，"老天眷顾我，没让我死在仇人手里，就是要给我一条生路走，兄弟放心，这次去见王稽，其事必成！"

应范雎所求，郑安平设法用钱贿赂了传馆里的人，找个机会在王稽面前进言，说魏国有一个高士名叫张禄，想和王稽见上一面。

为国访贤，是战国使臣必做的一件事。听说魏国有贤士，王稽立刻叫人去请张禄来见面。

眼见机会来了，范雎急忙换了身衣服，跟着传馆里的人来见王稽，一见面就对王稽拱手行礼，笑着说："小人张禄，特来替大夫解忧。"

范雎这话其实是个辩士常用的引子，不想他运气甚好，随口一句话正说到王稽心里的痛处。

王稽在秦国任职多年，颇有才干，却因为与魏冉这些权臣无缘，始终得不到重用，常被派到各国出使，每每吃力不讨好。上次秦魏在大梁交战，赵国插手其间，秦王大怒，派使臣责备赵王，这份吃力不讨好的苦差事就落在王稽头上。结果被赵国君臣一顿奚落，灰溜溜地回到咸阳，魏冉正因为伐魏不顺大发脾气，见王稽在赵国吃了瘪，二话不说，立刻罚了他一年的俸禄。王稽心里窝火却又无处去诉，只好打落牙齿往肚里吞。想不到今天这个士人见面第一句话就说要替他"解忧"，王稽一愣，忙问："先生此话何意？"

范雎当然不知道王稽心里有什么隐痛，可是察言观色，已经知道刚才那句话蒙到点子上了。忙笑道："小人早年追随高人专学伏羲卦术，善观气色，能算时运，前几天偶然在街上遇见大夫，见大夫神气高敞，时运兴旺，

六 陷害

料想必是哪一国的列侯卿相，所以求了人进来，想说几句吉祥话儿，讨几个赏钱，可进得堂来细看，却见大夫眉毛散淡，印堂暗晦，身上的宏运全被一股邪气破尽了。小人觉得奇怪，但想人身上的时运能顺能逆，只要处置得法，就可趋吉避凶，所以想帮大夫破一破身上的邪气。"

范雎说的是市井算命先生的套话，可这些话倒能引起王稽的兴趣，反正闲着没事，只当寻一个开心吧，就问："依先生算来，我身上的时运是被什么邪气压住的？"

范雎又凑近前来把王稽仔细打量了半天，才说："依小人看来，克制大人的这股邪气雄健威猛，至刚至强，以大人自身之力，怕是难以抗衡，需有外力助之才好。"

范雎说的全是隐语，在王稽听来，这些话似乎颇有道理，也就似信非信，又问："需何力助之？"

见王稽已渐入彀，范雎笑道："外力至刚至强，当以柔弱制之。老子有云：'天下至柔，驰骋天下至坚'就是这个道理。好比万仞铜柱，若自顶上压下，就是一座泰山也压它不倒，但若拦腰击之，一击即折；又如千人猎虎，呼唤奔逐，逼得那虎发起威来，咆哮攫人，千人俱遁，但若设陷阱，用毒弩，取之即如反掌尔。大夫觉得是这个理吗？"

范雎这话扯得有些远了，王稽一时听不明白，不禁皱起眉头。范雎觉得该说正经话了，就凑上半步，压低了声音："如今秦国有虎，威武雄壮，咆哮一声，秦王战栗，百官惶惶，大夫是秦臣，眼看猛虎食人，难道没有猎虎之心吗？"

范雎所说的"猛虎"分明是指魏冉！

当今天下七雄之中所有王孙权贵重臣名将，没一个人的势力能与穰侯魏冉比肩，尤其秦国的臣子，听了魏冉的名字，哪个不吓得心惊肉跳？现

在魏国传馆之中，一个不知名的术士忽然对王稽说出"猎虎"两个字来，话锋直指魏冉，把王稽吓得魂飞魄散，像被火烫了一样猛跳起身来，厉声喝道："你究竟是何人？这话是何意！"

眼看戏法已经揭开，范雎这才不慌不忙地拱手笑道："小人张禄，是个游学的士人，欲借大夫之力入秦，一展平生所学。可小人出身卑微，无缘拜见大夫，只得假扮术士来亲近大夫，还望大夫莫怪。"

此时的王稽惊怒交加早已乱了方寸，根本听不进范雎的话，指着他的鼻子吼道："胡说，你到底想做什么，若不说实话，小心我要你的命！"

看着王稽这惊慌失措的样子范雎觉得十分可笑，嘿嘿笑道："难道大夫以为穰侯特别畏惧大夫，特地派小人来当细作，打探大夫的心思吗？"

范雎这句话顿时把王稽说住了。

魏冉是天下第一枭雄，势力遮天蔽日，王稽只是秦国一个不起眼的中大夫，平时想巴结魏冉还巴结不上，魏冉哪有闲工夫来探听他的心思。王稽刚才这一阵慌乱真是自惊自吓，现在被范雎一说，顿时明白过来，自己也觉得没趣，只好硬说："你这东西满嘴胡话，难道是个疯子？"

"小人想送一场富贵给大夫，可大夫却不信小人，反而说小人是疯子，看来大夫是做不成事了，小人这就告辞。"范雎说着站起身来作势要走。

这时王稽的惊惧之心已消，回头一想，觉得范雎那些话似乎颇有深意，又舍不得让他走了，笑着说："先生不要急，请坐。"又亲手替范雎倒了一碗酒，这才问："先生说有一场大富贵，不知是何所指？"

范雎端起酒碗喝了一口，舒了口气，慢慢地说："依小人看来，穰侯魏冉功高镇主，势压秦王，已成坠石滚卵之势，数年之内就要覆灭，谁能扳倒魏冉，就是秦王第一亲信，秦国第一功臣，封侯拜相也不稀奇。这难道不是一场大富贵吗？"

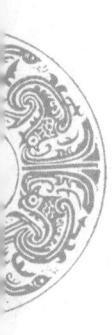

六 陷害

王稽冷笑一声:"先生这么说,是不知道秦国的内情吧……"

范雎针锋相对,也冷笑道:"秦国的'内情'天下皆知。穰侯魏冉是秦王的舅父,早年诛灭权臣,辅佐秦王继位,战魏于伊阙,击韩于夏山,败齐于济水,破楚于鄢郢,成就秦国滔滔大势,此谓'功高镇主'。如今魏冉内掌相印,外执兵权,采邑千里,上有宣太后、华阳君扶持,又有泾阳君、高陵君助势,武安君白起、中更胡阳、司马梗、司马靳、张若、蒙武皆是其羽翼,此谓'势压秦王'。试问这样的权臣,天下有哪位君王能容他?此谓坠石滚卵,覆灭之相。"

到这时,王稽已经对面前这个瘦小丑陋的士人另眼相看,再不敢有丝毫轻视之心,又端起盃来为范雎斟满酒:"先生之言或许有理,可穰侯势力如此之大,谁能撼动得了?"

"撼动魏冉之人自然是秦王。"范雎端起酒来一饮而尽,抹了抹嘴,"秦国以法制天下,秦王一言皆是'法',只要找到缘由,处置魏冉等辈如屠豕犬。可惜秦国臣子多是无能之辈,或忍辱求存,或与魏冉沆瀣一气,无人替王出力,秦王困于囚笼,四面虎狼环伺,局势危如累卵,盼猎虎之人早已望眼欲穿,此时有一人为大王设下驱虎逐狼之谋,大王必引为心腹。眼下局势,如明珠弃于道路,不识者不可得之,若识得明珠,只需一俯身,富贵权柄皆在掌中,大夫不肯拾起,难道留给别人?"

深思良久,王稽缓缓说道:"先生的话句句在理,可王稽才智平庸,并非'拾珠'之人,依我看来,先生倒有雄才大略,不如由我在大王面前引荐,请先生自己去做拾珠之人吧。"

范雎今天来,就是想让王稽把他引荐给秦王。现在目的达到,心中窃喜,脸上却不动声色,对王稽一揖,沉声道:"多谢大夫,张禄他日若能得势,必与大夫同享富贵。"王稽忙禀手还礼,客客气气地说:"多谢了。明天

我就带先生一起回秦国去。"

"我还有一个兄弟叫郑安平,为人仗义,颇有勇力,也想一同赴秦。"

"这个好说。"王稽亲自走下堂去吩咐重摆酒宴,回来对范雎说道,"先生今夜就住在这里,明天辞了魏王,咱们一起动身。"

田文灭族

范雎化名张禄窜进咸阳,天下人都不知道,苏代溜进大梁挑唆魏王杀人,天下人也不知情。

这时魏国已经联络齐国,即将伐薛,但兵马未动。苏代知道在这一刻自己真的成了一只狐鼠,必须找个深深的洞子藏起来才保险。好在大梁城里有个地方可以让他藏身,就是信陵君府上。

几年前苏代在魏国混过一遭,很得信陵君器重,后来无故被罢,信陵君却没替他说话。现在苏代对魏王献了伐薛的毒计后,就大摇大摆到信陵君府上来拜访,果然,魏无忌自觉对不起苏代,立刻把他请进府里好生款待。苏代也不客气,顺势在府里住了下来。

这时的信陵君已经招纳士人三千多名,府里各处院落全都住满了人,闹哄哄的,多出一个苏代丝毫也不显眼。可信陵君对苏代不但敬重,且有愧意,对他的礼遇和旁人不同,专门在自己居处对面清扫了一处院落给苏代居住,每天总要抽空去问候一声,或把苏代请过来饮酒谈天。

这天午后魏无忌从宫里议政回来,又把苏代请来一起用午饭。两人谈

六　陷害

　　笑甚欢，信陵君多喝了几杯酒，话也多起来，就把早前魏国有意联络齐、楚、赵三国共同伐燕，后来赵国不肯参与，伐燕未成，魏王忽然打算伐薛的事对苏代说了起来。

　　苏代这个人最滑，若在平时，一定会装糊涂蒙混过去。可今天酒有些过了，就顺嘴笑问："君上觉得魏国是伐燕有用，还是伐薛实惠？"

　　魏无忌笑道："这两仗各有意图，但要仔细算的话，还是伐薛更实惠些。"

　　一听这话苏代不禁得意起来，捻须微笑，半天又问："君上可知是何人向大王献了伐薛的妙计？"

　　此时信陵君还不知向魏王献计的就是苏代，忙问："是何人？"

　　苏代指着自己的鼻尖说道："若不是我，天下还有谁能揭穿田文暗杀巨子的真相？"

　　苏代这个人为人最谨慎，像今天这样酒后失言，一辈子怕也没有两三回。听了他的话，魏无忌大吃一惊，推开几案上前一把抓住苏代的手，变颜变色地问："先生说什么？田文杀了巨子？"

　　苏代这里话已出口收不住了，又一想，反正这事魏无忌早晚会知道，也没什么，就点头道："确有此事。"

　　"可有凭据吗？"

　　苏代借着酒劲探手入怀摸索了一阵，把那张素绢取了出来，魏无忌一把抢过去细细看了绢上的文字，厉声问："此物从何而来！"

　　"是田文家的舍人卖给我的。"

　　魏无忌再没说别的，略想了想，忽地站起身来飞步走出去了。这下倒把苏代吓得一愣，搔着头皮，不知信陵君对巨子被害之事为何如此在意。

　　这时魏无忌已经回到卧处，又把手里的素绢仔细看了一遍，回想当年

巨子赴临淄劝说齐王，半路遇害，而齐国最终不肯救魏，再把这些事和绢上的文字反复参详，瞬间已经想明白了，立刻高叫："请侯嬴先生来见我！"

片刻，侯嬴疾步走了进来。魏无忌迎着他拱手说道："本君有一事想请先生帮个忙。"

"君上请说。"

魏无忌阴沉着脸恨恨地说："本君平生只有一个仇家，就是当年暗杀巨子的恶贼。如今我已知道仇人是谁，想请先生挑选几个勇士，帮我刺杀此贼，若能得手，我必有重谢。"

魏无忌只知道侯嬴是个勇士，却不知此人其实是个墨者！一听这话，侯嬴忙问："是谁刺了巨子！"

"薛公田文。"

"君上可有证据吗？"

按说侯嬴一个舍人，只给主子办事就够了，没资格去问什么证据。可对侯嬴来说此事关系太大，不弄清楚不行，魏无忌也是个正派人，觉得刺杀仇人事大，证据当然要有，就把那条素绢递给侯嬴看了。

侯嬴早先追随巨子多年，认得巨子的笔迹，细看绢上的字，果然一点不差。半晌，咬着牙狠狠地说："原来是田文！这么些年了……君上不必问此事了，侯嬴这就去取田文的首级！"

见侯嬴答应替他去杀仇人，魏无忌忙说："先生需要多少人手、兵刃、钱物？"

"一切不用。只我与朱亥二人就够了。我们今夜就走，君上静候消息吧。"侯嬴冲魏无忌一拱手，转身出去了。

深夜里，石玉早已睡下，忽然外面有人轻轻叩门，石玉醒了过来，轻

六　陷害

问一声："是谁。"外面答道："侯嬴。"石玉忙披衣起身开了房门，侯嬴和朱亥两人走了进来，不等石玉开口，侯嬴已经说道："我已探得当年杀害巨子的凶手就是田文，现在就去取田文的首级。"

一听这话，石玉惊得瞪大了眼睛："杀我父亲的凶手真是田文？"

"不会错。当年巨子留下一信，上面有田文的名字，我已看过字迹，确是巨子手书。"

听说找到了杀害父亲的凶手，石玉浑身热血如沸："我也和你们一起去！"

侯嬴忙说："不必。我等刺杀田文必然深入薛地，那里是田文的巢穴。田文这贼心计凶险，耳目众多，若发现你到了薛地，必然警觉起来，想杀他就没这么容易了。"

侯嬴说这话，一半是不愿意石玉履险，可他的话也实在有道理。石玉虽然一心想替父报仇，可她毕竟是个墨者，心思冷静，仔细一想，田文知道她是巨子之女，若发现她的行踪，必然加意提防。如果执意要去，未必帮得上什么忙，却会给其他墨者带来很大的风险。想了好久，只得说道："有劳先生了。"在侯嬴面前双膝跪地叩下头去。侯嬴忙伸手搀扶："不必如此，巨子之仇是墨者共仇，义不容辞，我今夜就走，你在大梁等我们的消息。"说完转身大步去了。剩下石玉一个人呆坐在屋里，心里愤恨，伤感，苦涩，期待……百味杂陈，忍不住自己哭了一夜。

大梁城里的变故，躲在薛邑的田文自然毫不知情。

自从被逐出大梁逃回薛邑，这几年田文一直如坐针毡，整天急着出来做官，早前托苏代替他在赵王面前疏通，苏代也答应了，可田文再派人去送金银给苏代，此人却不知躲到何处去了。田文是个有本事的人，可惜名

声太坏,连自己都不知该到何处落脚,眼看做官一时无望,只好暂时困居薛城,靠着早年练成的私兵,积下的财富,求个苟安罢了。

眼看已是深秋,天时转冷,霜气已浓,鹿兔正肥,到了狩猎的季节,田文无事可干,于是挎弓腰矢,带着三十多个门客,全都提着标枪虎叉,又牵了七八条猎狗。到城外的谷山射猎。

谷山是薛城外的一座不高的小山,南边滨水,草木丰泽,野味极多,门客散作几处,田文带着七八个人直走进树林深处,隐约听得远处人声犬吠,似乎门客多有收获,田文的运气却不好,奔波了半天只射了一只雁,打到几只兔子,眼看天已过午,正有些扫兴,却见一个穿着短衣黑履的门客站在草丛里,脚下躺着一头肥大的雌鹿,见田文等人来了,门客飞跑过来手指着东面的一片树丛叫道:"薛公,有几头鹿跑进林子里去了!"

田文正在兴头上,也没多想,跟着门客直追进林子里,一口气往前跑了两三里,连个鹿的影子也不见,田文再也跑不动了,一屁股坐在路边的石头上,汗流浃背呼呼直喘,门客赶紧取过皮囊,用银碗捧水给他喝,先前引路的人站在田文身后,忽然把手指伸进嘴里打了一声响亮的呼哨,树林里走出几个人来,个个布衣麻鞋,腰插短剑,当先一位壮士手里提着一杆青铜铍直走到田文面前。田文还以为这人是自家的门客,也没细看,随口问:"鹿在何处?"却听那人冷笑道:"鹿就在这里,薛公还要去哪里找?"

对方的话十分突兀,田文一愣,抬头细看,面前的几个人都不认得,顿时警觉起来,起身问道:"你是什么人?"

"在下侯嬴,魏国人。"

田文向来以养士出名,那些穷困潦倒的士人或者杀人犯案的强徒常来他这里寻求庇护,所以田文把眼前的几个人也当成了这类货色,顺口问道:"你是何出身?"

六　陷害

侯嬴两眼恶狠狠地盯着田文，咬着牙说："难怪薛公不认得我们，拜薛公所赐，我们这些人早已没了出身。可在十多年前，天下人都称我等为'墨者'……"

听了"墨者"二字，田文大叫一声，把手里的水碗劈面向侯嬴掷去，趁侯嬴闪避的工夫拔腿就跑。侯嬴挺着铍追赶上来，守在田文身边的几个门客见有人袭击薛公，急忙挺着兵刃上前拼命，侯嬴身后的墨者也一拥而上，顷刻之间双方都伤亡了几个人，侯嬴甩开众人死死追赶田文，朱亥也抡起一柄铁锤连连击杀两人，随后赶了过来。

这时的田文连头也不敢回，只管向树林外飞跑，却听得身后脚步声越来越近，知道这样逃不掉，暗暗抽出一支箭来，忽然停步转身张弓扣弦冲着侯嬴一箭射来，这时两人相距只有二三十步，侯嬴情急之下急忙缩头拧身，虽然勉强躲过利箭，脚下却站不稳，一跤滚倒在地上，田文捡了便宜，立刻扔下弓，拔剑上前对着侯嬴乱砍，一连几下都被侯嬴避过。

眨眼工夫朱亥已经赶到身边，一锤打落，田文挺剑来迎，哪里挡得住，"当"的一声响，短剑被震飞出老远，弯得好像曲尺一样，侯嬴顺势起身，抓过铍来刺中田文肩膀，顿时血流如注，田文就地打个滚，爬起身来又往前跑，却听前面传来人声，原来田文的家宰冯谖听到求救的呼喊，领着一群门客赶来接应，眼看追之不急，侯嬴停下脚来，力贯右臂，把手中铜铍冲着田文背后猛掷过去，一下戳个正着，田文惨叫一声扑倒在地。

此时田文的手下已蜂拥而至，侯嬴眼看田文已被重创，估计难以活命了，拉着朱亥回身退进树林里去了。

冯谖顾不得追赶刺客，急忙上前扶起田文，只见一根铜铍从背后刺入，半尺多长的锋刃血淋淋地透胸而出，已经救不得了，只得把嘴凑到田文耳边高声问："是何人要害主公！"

"墨者……"田文嘴里流出一股黏稠的血水，喘息半晌，用尽全身力气低声道，"苏代，知此事者只有苏代……"两眼一翻死在地上。

薛公田文忽然被人刺死，这件大事立刻震动了聚居薛地的田氏宗族。一时间薛邑、滕邑、尝邑、留城、休城所有姓田的人家不论族支远近势力大小，全都赶到薛邑来替田文戴孝，这一下聚集了两三千人。田文这辈子穷侈极欲，身后留下二十多个儿子，为了显示对父亲的孝顺，这些人个个倾尽家产大办丧事，流水宴摆了几千席，陪灵守孝的上万人，那些投在田文门下的死士凶徒有的依附了新主子，拿刀动枪替主子拼命，准备争夺田文留下的庞大家产，也有些人冷眼看着，觉得田文这棵大树靠不住了，就在府里偷鸡摸狗，弄些钱财一走了之。薛邑的大街上天天有人私斗，送命的多至数十人，入夜之后，田府大门洞开，灵堂之上孝子们一个个扯着嗓子哭嚎，堂下酒食川流不息，门客们赌酒猜拳吆五喝六，闹得鸡飞狗跳，谁也没有想到，魏国的五万精兵在亚卿晋鄙统率下已经摸出睢阳，渡过丹水、泗水直奔薛邑而来。

此时的晋鄙还不知道田文已死，薛邑大乱，本以为攻克薛邑还有一场恶仗要打，军马过了啮桑就停下休整，派轻兵向前哨探。一天之后斥候回报：三天前田文射猎之时被仇家杀死，现在薛邑田氏宗族正在夺嗣争产，闹得乌烟瘴气，薛邑四门大开，根本无人防守。

听了这个消息晋鄙大喜过望，立刻挥军直扑薛城，天明时分前锋已到城下，果见城门大开，晋鄙立刻下令："冲进城去围住田府，只要是姓田的，不论男女老幼一律屠灭，城中凡有兵刃者尽杀！"

随着晋鄙一声令下，五万魏军齐声呐喊，顺着薛邑的西门直冲进城内。

薛邑本是仅次于临淄的齐国第二大城，城内有六万余户三十万百姓，

六 陷害

此城又在齐、楚、魏三国交界之地，商贾往来，货物集散，本就富庶得很。齐国破国之后，薛城商人靠着齐国商业衰落之机，借田文的支持从齐国低价购置粮食囤于城里，等粮价高涨再贩往楚、魏，又从楚国购买丝绸，魏地贩进铁器，高价输往齐国，获利无数，更使薛城富甲一方。现在田文的宗族子侄为了分他身后的家产，个个都借着丧事大把花钱在田文的遗孀面前买好，更把城里搞成了一片酒池肉林。魏国人从未见过如此殷富之地，满眼看见的都是金银酒肉，又有晋鄙屠城杀人的将令，也不管哪个是田氏族人，哪个是无辜百姓，见门就进，见人就杀，见物就抢！薛城中顿时火光四起血肉横飞。

田文平时虽养了三千死士，六万私兵，到这时早已树倒猢狲散，虽有冯谖这样的死士想替主子拼命，可百十个人哪挡得住五万精兵。

也就转眼工夫，薛城四门都被魏军夺占，敢于抵抗的人皆被魏军杀尽，两万大军把田府团团围住，晋鄙亲自带了几千人从正门进去，后门出来，杀了一个通透，齐国最显赫的孟尝君田氏一族，被魏国人杀得一个不剩。又开了棺木，就在棺中割了田文的首级，与其他田氏族人的首级一起装进木笼，立刻送回大梁。

如茵馆消失了

夺取薛邑之后，魏军又顺势夺占了尝邑、留城，同时齐王也派兵出邹城，占据了早前被田文控制的滕邑、休城，对齐王来说，虽然薛邑被魏国占去了，可是拔掉田文这颗眼中钉，替先王报了旧恨，齐王自己也出了一口恶气，也算值得。尤其魏国遵守前约，将薛地的一半地盘送给齐国，也让齐王满意，立刻派使臣到魏国商议伐燕之事。

齐国使臣到大梁的这天，也正是亚卿晋鄙从薛邑得胜班师之日。天将正午，上大夫须贾坐了一乘安车到陋巷里来拜访石玉，传话过来：魏王在宫里设宴，有事要和她谈。

石玉刚到大梁的时候魏王还在做太子，温厚多情，对石玉极为眷顾。那时的石玉年轻，芳心难测，在太子和公子无忌之间左右摇摆，不知其可。但其后过了这么些年，发生了这么多事，石玉的心事早已和从前不同，无事不愿和魏王相见。可现在魏王派一位上大夫来请她饮宴，礼数隆重，石玉不得不来，于是换了件过得去的衣服，仍做男装打扮，随着须贾进了王宫。不想魏王却把酒宴摆在了如茵馆里。

这座如茵馆设在东宫之侧，是早年魏王做太子时给石玉准备的住处，如今魏王已经做了五年魏王，石玉更是八年没回过如茵馆了，故地重游，只见竹林森森流水汩汩，房舍依然，想起当年自己在这幽竹闲舍之间消磨大好青春，整天做白日梦，弄到最后却没有下场，真是傻到极点，觉得又是羞愧又是好笑，却又有些说不出的苦涩味道，一时间心如乱麻，百感交织。

魏王当然看不出石玉的心思，今天的他心情大好，开怀畅饮，谈天说地，虽然石玉神游天外，情绪也不高，十句话答不上两三句，却有个须贾在旁捧场，倒也谈得热热闹闹。眼看午时已过，酒也喝了六七成了，一个宦官走进来悄悄在魏王耳边说了几句，魏王对石玉笑道："今天宫里有一桩大典，你想不想去看看？"

这时的石玉已经没了兴致，只想早点回去，忙说："国事我都不懂，既然大王有事，我就告辞了。"

六　陷害

须贾忙在旁边说："这件事是大王专为姑娘置办的，不可不去。"石玉摸不着头脑，又不好再拒绝，只得跟着魏王出来。院里已经备了辇，魏王硬拉着石玉同乘一辇，一路进了王宫，在宫门前下辇，沿马道上了宫墙，到这时魏王才问石玉："你知道当年谋害巨子的是谁吗？"

"是田文吧？"

石玉竟知道凶手是谁，魏王觉得十分意外，随即又笑道："你知道也好。当年巨子前辈为了救魏奔走天下，想不到竟被田文暗害，姑娘曾托寡人替你报仇，如今寡人已经灭了薛地，取得仇人的首级，姑娘请看。"说着抬手向前一指。

石玉顺着魏王的手指看去，只见宫墙外的广场上排列着数千健卒，铁甲凛凛剑戟森森，鸦雀无声，在这些军士们脚下跪了上千人，无论老幼妇孺皆赤膊被缚，垂首待死。在这些人前面，空场上摆满了两尺见方的木笼，虽然离得很远仍看得出，每个木笼里都盛着一颗血肉模糊的人头。

魏王指着木笼说："当先那颗就是田文的首级，其余都是田文的家属子侄，共四百三十三级，薛城田氏三族尽诛，无一走脱。"又指着那些被缚之人说："这些都是田文的旁支亲属，不在三族之内，依律或囚死狱中，或发卖为奴，就由你来决定吧。"

见了这几百颗人头，石玉整个人都呆住了。

墨者是正道豪侠，他们的理想是豁出自己的性命为天下解战，当年巨子石庚也是为了这个目的被田文杀害，虽然身死，却死而无悔。身为石庚之女，石玉当然要替父亲报仇，可她一心只想手刃仇敌，却从没想过要杀害这么多无辜的人，更想不到自己当年随口说出一句话，竟害了成千上万条人命！

老子说"勇于敢则杀,勇于不敢则活",这话一点也没说错。

墨家从墨子以下,历代巨子都是操守高洁之人,一心只为天下奔波,不计私名私利,可才传了几代,就再也找不到这样的人物了。鲁仲连是智者,知道人心不可测,更不能用人心中那个狭隘的善恶观来定天下正气,他说墨家早该至此而绝,这话是对的。魏无忌也引过先贤的一句话,叫"人心惟危,道心惟微",当时石玉听不懂这话,可现在她明白了,圣贤说的对,人的私心有时候只是一点点,可就是这一点私心发酵起来,却能生出天大的恶行。

现在石玉的一点私心竟害得几百颗人头落地,薛城上万名死难者的账,也都要算在她一个人身上,造成这样的恶果,不但石玉再也不配称为墨者,就连最后一位巨子石庚的名声,也被彻底败坏了。

眼看石玉面色如土,魏王并不知道这位最后的墨家弟子正在怎样啮胆嚼心地谴责自己,只以为石玉忽然得知父仇已报,心里伤痛喜悦交织,以至失神,想到自己能办成这么一件大事,既夺得富庶城池,又赢得美人的芳心,心里甚是得意,在旁边捻须微笑。须贾是个精乖的人,知道这时候该替魏王做媒了,忙凑上前对石玉笑道:"当年姑娘曾与大王有约,不知还记得吗?如今大王替姑娘办成这件事,真是可喜可贺。"

听了这话,石玉只觉得心里像被针狠狠刺了一下,忽然鼻子一酸,忍不住落下两行泪来。

世人都知道因果循环报应不爽,可什么是因果,什么是报应,未必有几人说得清。当年石玉说过,谁替她报了杀父之仇就以身相许,杀人的话和嫁人的话是一起说出口的,现在她明白了,原来起那杀人之心就是她的因,而嫁给魏王做妃子,竟是她的果。

六　陷害

老天爷的心实在狠，竟把出嫁当成报应来惩罚她！可这报应是她应得的，逃避不得，更不敢埋怨，也许有这惩罚加在身上，石玉的后半生会少些自责，能活得稍稍踏实一点。

墨家该终结了，最后一群墨家弟子可以散去了，而石玉自己，也准备接受上天替她安排的命运了。

现在石玉想的只是救下广场上那些将死的无辜之人，也顾不得多想，对魏王俯身叩拜："妾早年与大王有约，今王已践约，妾敢不从命？只有一事相求：田文作恶，只杀田文一人即可，族人无辜，请大王将这些人放回薛地，任其生息。这些首级也都赏还家人与尸体同葬吧，免得分尸不祥，来世受苦。"

说到这里，石玉已经泣不成声。

听石玉答应了婚事，魏王大喜，忙说："一切依卿之意。"随口吩咐："将这些囚徒送回薛地，抄没家财。"见石玉痛哭失声，只以为她报了父仇，心里难免喜慰伤感，哭一哭也是应该的，温言抚慰了几句。

须贾看到了奉承魏王的机会，忙在一旁笑着说："姑娘从今天起就是须贾的主子了，只是尊卑有别，不可再居于陋巷，应该另行安排住处，以待佳期。"

说起住处，倒是现成的，魏王吩咐："卿受册封之前，就先在如茵馆里住吧。"

此时的石玉，整个身子都不再是自己的了，只能任人摆布，叩拜听命。

依着魏王的意思，石玉今天就该住进如茵馆里去，可石玉心里实在不情愿，找借口说有些要紧的东西要取过来，总算得到一个空子，回到自己居住的陋巷，把贴身的东西大概收拾了一下，只结了两个小小的包袱，虽

然天色已晚，可心情沉重，一口饭也吃不下，正在屋里坐着发愣，却见魏无忌笑嘻嘻地走了进来。

原来就在这天，魏无忌也得到侯嬴送来的消息，知道田文已死。在他想来，这是自己替石玉报了父仇，也解开了石玉当年立的那个誓。至于魏国大军攻克薛城，魏无忌只把这看作一件国事，根本没想过：魏军忽然攻打薛邑，竟也和当年巨子之事有关，而石玉的誓言是同时对信陵君和魏王两个人说的，早已后宫三千宠幸、养育子嗣多人的魏王，竟然也还记着石玉当年发下的誓言。

信陵君就是这么个缺心眼的傻瓜，傻到极处，已经不可救药了。

此时的石玉面对魏无忌，已经没有一句话可说。魏无忌也看出石玉情绪不高，可这个粗心的男人却没往深处多想，只是急着把好消息告诉她："你知道吗？当年杀害巨子的凶手就是薛公田文，几天前此贼已经伏诛了！"

自从知道杀父仇人是田文，石玉已经哭了几场，尤其刚才在王宫里更是哭得肝肠寸断。现在魏无忌又来说这事，石玉满脸戚容，却已经没有眼泪可流了，只是低垂着头在榻上坐下。魏无忌以为石玉想起父亲心里难过，就宽慰她道："仇人已经死了，巨子的仇总算报了。"

提起这事，石玉心里没有丝毫快慰，反而说不出的沉重，低着头喃喃说道："是啊，仇人死了……"

在心上人面前魏无忌总是笨嘴拙舌，一时不知该说什么，一回头，却见石玉把随身的东西都收拾起来，打了两个简单的包袱，吓了一跳，忙问："你不是又要离开魏国吧？"

听魏无忌问出这话，石玉第一次抬起头来静静地看着他："陋巷的日子太辛苦，明天我打算搬到如茵馆去住了。"

如茵馆虽然是个锦衣玉食的好去处，可魏无忌满心不愿意石玉搬过去

六 陷害

住，倒宁可她在这陋巷里还好些："好端端的怎么突然要搬去那里住？"

"此是大王之意，我也不好推辞。"石玉两眼一眨不眨地望着魏无忌，嘴角边挂起一丝淡淡的笑意，"除非君上愿意和大王去说，让我能继续住在这陋巷里……"

石玉这话大有深意，若是个聪明人，也许听了这句话心里会有所触动，可信陵君偏就一点也不明白石玉话里的意思，踌躇半晌，呆头呆脑地说了句："其实搬过去也好，只要你不离开魏国就行。"

有信陵君这句傻话，石玉的一生也就注定了，再也没有改变的余地了。

看着这个不可救药的呆子，石玉觉得心里酸涩难忍，却又哭不出来，只是轻轻叹了口气，低声说："放心吧，我已经把根扎在魏国，这辈子永远不会离开大梁城了。"

这天魏无忌在陋巷里待到挺晚才回来，后面事忙，也分不出身。一直过了十几天，好容易得了半天清闲，才又抱了一张琴，像往常一样坐着安车兴冲冲来见石玉。可到了陋巷深处，却见柴门紧闭，人去屋空。魏无忌发了一会儿愣，忽然想起：石玉早已搬到如茵馆去了。急忙叫马车转到东宫外的如茵馆去。哪知驭手在东宫墙外转了两圈，硬是找不到这个"如茵馆"。

早先石玉在如茵馆里住的时候，魏无忌倒是常来常往，自从石玉走后，他也多年不到东宫这边走动了，可如茵馆的位置地段总不会记错。且宫墙外小巷依旧，对面的人家门户俨然，一切都没有变，甚至隔着宫墙还能隐约望见熟悉的殿阁一角，看到绿竹茵茵，听见水声潺潺。

魏无忌抱着琴像个傻子一样站在大街上，发了好一会儿愣才想明白：如茵馆就在眼前，只是对着大街的那道门不知何时已被人用砖石砌死，和

高大的宫墙连为一体，不让闲人进去了。

如茵馆没了，就在魏无忌忙那些闲事的时候，它和它的主人一起，永远消失不见了。